KB231575

에피 브리스트

이 도서의 국립중앙도서관 출판예정도서목록(CIP)은 서지정보유통지원시스템 홈페이지(http://seoji.nl.go.kr)와
국가자료공동목록시스템(http://www.nl.go.kr/kolisnet)에서 이용하실 수 있습니다.
(CIP제어번호: CIP2010002612)

세계문학전집
048

Theodor Fontane : Effi Briest

에피 브리스트

테오도어 폰타네 장편소설

한미희 옮김

문학동네

차례

에피 브리스트　　　7

해설 | 사랑과 결혼, 그 치명적인 경계　　415
테오도어 폰타네 연보　　427

제1장

브리스트 가문이 게오르크 빌헬름 선제후 때부터 살아온 호엔크레멘의 저택 앞 한낮의 조용한 시골길에 환한 햇살이 쏟아져내렸다. 공원과 정원 쪽으로는 본채와 직각으로 지어진 곁채의 넓은 그림자가 점점 세력을 넓혀 하얀색과 초록색의 네모난 타일 통로를 가리고, 이윽고 더 멀리 커다란 원형 화단까지 가렸다. 화단의 한가운데에는 해시계가 있고, 가장자리에는 칸나와 대황이 빽빽하게 자라고 있었다. 수십 걸음 남짓 더 앞쪽으로는 교회 묘지 담이 길게 뻗어 있었다. 잎이 작은 담쟁이로 뒤덮인 그 담은 위치와 방향이 곁채와 똑같았지만 하얗게 칠한 작은 철문이 나 있다는 점이 달랐다. 묘지 담 뒤에는 얼마 전 새로 도금하여 번쩍이는 풍향계가 달린 호엔크레멘의 나무탑이 우뚝 서 있었다. 앞채와 곁채와 묘지 담이 말굽 모양으로 작은 꽃밭을 둘러싸고 있었는데 말굽의 트인 쪽으로 연못이 보였다. 연못에는 작은 다리가 놓여 있고 보트가 사슬에 매여 있었다. 연못 바로 옆에는 그네가 있었다. 그네의 발판은 위아래로 각각 두 줄의 밧줄에 매여 있고, 들보의 기둥은 약간 비스듬히 기울어 있었다. 연못과 원형 화단 사이에는 아름드리 플라타너스 고목 서너 그루가 그네를 반쯤 가리며 서 있었다.

저택 앞 현관에는 알로에 화분과 의자 몇 개가 놓여 있었다. 날씨가 흐리면 거기서도 즐겁고 편하게 갖가지 일을 할 수 있었지만 햇볕이 따가울 때는 정원이 훨씬 더 좋았다. 특히 저택의 여주인과 딸이 정원을 좋아했다. 오늘도 두 사람은 그늘에 완전히 가려진 타일 통로에 앉아 있었다. 두 사람의 등 뒤로 보이는 창문들은 활짝 열려 있었다. 가장자리에 머루넝쿨이 뒤엉켜 있는 창문 옆에는 층계가 네 개밖에 안 되는 작은 돌계단이 있었다. 정원에서 곁채 중이층 높이의 베란다로 올라가는 계단이었다. 엄마와 딸은 열심히 일을 하고 있었다. 네모난 천조각들을 이어서 교회 제단 양탄자를 만드는 일이었다. 크고 둥근 탁자 위에는 색색의 고운 털실과 명주실 타래가 어지럽게 흩어져 있는 가운데, 늦은 아침을 먹고 그대로 둔 후식 접시들과 탐스러운 구스베리 열매가 수북하게 담긴 마욜리카 도자기 쟁반이 있었다. 두 사람은 바늘을 익숙한 솜씨로 빠르게 놀렸다. 엄마는 일감에서 눈을 떼지 않았지만 에피라고 불리는 딸은 이따금 바늘을 놓고 일어나 규칙에 따라 허리를 굽혔다 폈다 하면서 맨손체조의 전 과정을 연습하곤 했다. 그녀는 동작을 일부러 약간 우스꽝스럽게 꾸미면서 재미있어했다. 엄마는 양팔을 천천히 머리 위로 올려 손바닥을 모으는 딸을 눈을 들고 황홀하게 쳐다보았지만 그런 속마음을 감추고 싶은 듯 몰래 슬쩍 보는 것이었다. 엄마가 자랑스러워할 만도 했다. 에피는 헐렁한 가운처럼 보이는 하늘색과 하얀색 줄무늬 아마포 옷을 입고, 청동색 가죽 허리띠를 꽉 졸라매고 있었다. 목덜미는 드러냈고 세일러복의 넓은 깃이 어깨에 드리워 있었다. 그녀의 모든 행동에는 발랄함과 우아함이 깃들어 있고, 환하게 웃는 갈색 눈에는 타고난 영리함과 삶에 대한 기쁨과 착한 마음씨가 엿보였다. 호엔크레멘 사람들은 그녀를 '작은 아씨'라고 불렀다. 날씬하고 아름다운 엄마가 한 뼘쯤 더 컸기에 그녀는 그 호칭을 순순히 받아들였다.

에피가 또 일어나 몸을 왼쪽 오른쪽으로 번갈아 돌리자 마침 자수에서 눈을 들던 엄마가 소리쳤다.

"에피, 곡예사가 될 걸 그랬구나. 『하늘의 딸』*처럼 늘 곡예용 그네를 타고 말이지. 꼭 그렇게 되고 싶어하는 것 같다니까."

"어쩌면요. 하지만 엄마, 그렇다고 해도 누구 탓이죠? 누구 닮아서 그런데요? 엄마잖아요. 혹시 아빠 닮았다고 생각하세요? 그렇지 않다는 건 엄마도 잘 아시잖아요. 그런데 엄마는 왜 나한테 남자애들이나 입는 이런 헐렁한 옷을 입히세요? 난 가끔은 옛날처럼 짧은 옷을 입고 싶단 말이에요. 그런 옷을 입으면 어린 여자아이처럼 무릎을 살짝 굽혀 사뿐 절을 하고, 라테노의 장교들이 오면 괴츠 대령님 무릎에 앉아 이랴! 이랴! 말을 탈 수도 있어요. 못할 것도 없잖아요? 대령님은 사분의 삼은 삼촌 같고, 나머지 사분의 일만 사랑을 구하는 남자 같으

---

* 독일의 극작가 에른스트 폰 빌덴브루흐의 희곡.

니까. 엄마 탓이에요. 왜 예쁘고 우아한 옷을 안 사주세요? 왜 숙녀답
게 꾸며주지 않는 거예요?"

"그러고 싶니?"

"아니요."

에피는 이렇게 대답하고는 달려들어 엄마를 꼭 끌어안고 입을 맞추
었다.

"야단스럽게 그러지 마, 에피. 요란하게 그러지 말라고. 네가 그러
면 엄마는 늘 걱정이……"

엄마는 정색을 하고 걱정과 불안한 마음을 한참 더 늘어놓으려 했
다. 그때 세 소녀가 교회 묘지 담에 난 쪽문으로 정원에 들어와 자갈
길을 따라 원형 화단과 해시계 쪽으로 걸어오는 것이 보였다. 엄마는
그만 입을 다물었다. 소녀들은 멀리서부터 양산을 흔들어 에피에게
인사하고는 서둘러 뛰어와 브리스트 부인의 손에 입을 맞추었다. 부
인은 얼른 몇 가지를 물어본 다음 모녀를 위해 적어도 에피를 위해 삼
십 분쯤 같이 있어달라고 부탁했다.

"안 그래도 난 할 일이 좀 있단다. 젊은 사람들은 자기들끼리 있는
게 좋지 뭐. 재밌게 놀아."

브리스트 부인은 이렇게 말하고 곁채로 가는 돌계단을 올라갔다.

이제 소녀들만 남았다.

그중 둘은 키가 작고 통통했는데 명랑한 얼굴과 주근깨와 불그레한
금발의 곱슬머리가 기가 막히게 잘 어울렸다. 그들은 교사 얀케의 쌍
둥이 딸이었다. 얀케는 한자동맹, 스칸디나비아, 프리츠 로이터*를 열
렬히 좋아했다. 그래서 자기처럼 메클렌부르크 태생인 로이터에 대한

존경심에서, 딸들의 이름을 그의 소설에 나오는 '미닝'과 '리닝'처럼 돌림자를 넣어 '베르타'와 '헤르타'라고 지었다. 남은 소녀는 니마이어 목사의 외동딸 훌다 니마이어였다. 훌다는 쌍둥이보다 숙녀답긴 하지만 지루하고 잘난 척하는 금발의 창백한 소녀였다. 약간 튀어나온 눈은 근시였지만 늘 뭔가 찾고 있는 것 같았다. 그걸 두고 경기병 크리칭은 이렇게 말했다.

"이제나저제나 가브리엘 천사**를 기다리는 것 같지 않아?"

에피는 비판적인 크리칭이 정곡을 찔렀다고 생각하면서도 세 친구 가운데 하나를 따돌리지 않으려고 노력했다. 적어도 지금은 따돌리고 싶은 생각이 없었다. 에피는 양팔을 탁자에 올려놓으며 말했다.

"나는 자수가 싫어. 지루해. 너희 덕분에 살았다."

훌다가 말했다.

"혹시 우리 때문에 엄마가 가신 거 아니야?"

"아니야, 엄마가 가야 한다고 하셨잖아. 손님이 오시거든. 엄마 처녀 때 남자친구야. 그 사람 이야기는 나중에 꼭 해줄게. 남자 주인공과 여자 주인공의 사랑 이야기거든. 결국 체념으로 끝나지만. 너희는 들으면 놀라서 눈이 휘둥그레질걸. 난 그 사람을 슈반티코에서 벌써 만났단다. 군수님인데 체격이 좋고 무척 남자다우셔."

그러자 헤르타가 한마디 했다.

"그게 제일 중요한 거야."

에피는 이렇게 대답했다.

---

* 메클렌부르크 방언으로 작품을 쓴 독일의 향토문학 작가.
** 마리아에게 예수의 잉태를 알린 천사.

"물론 제일 중요하고말고. '여자는 여자답고 남자는 남자다워야 한다.' 너희도 알지? 우리 아빠가 늘 하는 말씀이란다. 그런데 우선 이 탁자를 치워야겠다. 좀 도와줘. 안 그럼 또 한바탕 설교를 들을 테니까."

실타래들이 순식간에 바구니 속으로 사라졌다. 모두 다시 자리에 앉자 훌다가 말했다.

"에피, 이제 체념으로 끝난 사랑 이야기해줘. 혹시 도덕적으로 나쁜 건 아니지?"

"체념으로 끝나는 이야기는 절대 나쁘지 않아. 하지만 헤르타가 구스베리를 먹기 전에는 시작하지 않을래. 아까부터 눈을 떼지 못하잖아. 먹고 싶은 만큼 먹어. 우린 나중에 또 따면 되니까. 단, 껍질은 멀리 던져야 해. 아니, 여기 신문지 위에 놓는 게 낫겠다. 나중에 신문지로 봉투를 만들어서 한꺼번에 버리자. 껍질을 늘어놓으면 엄마가 질색하시거든. 엄마는 늘 누가 미끄러져 다리가 부러질지도 모른다고 하신단다."

헤르타가 구스베리를 열심히 먹으면서 또 한마디 했다.

"난 그렇게 생각 안 해."

에피가 냉큼 맞장구를 쳤다.

"나도. 생각해봐, 난 날마다 적어도 두세 번은 넘어지지만 다리가 부러진 적은 아직 한 번도 없었어. 제대로 된 다리라면 그렇게 쉽게 부러지지 않아. 적어도 내 다리는 그래. 헤르타, 네 다리도 그럴 거야. 훌다, 넌 어떻게 생각해?"

"운명을 시험하면 안 돼. 오만은 화를 부르거든."

훌다의 대답에 에피는 이렇게 쏘아주었다.

"역시 가정교사 같다니까. 넌 타고난 노처녀야."

"난 꼭 결혼할 거야. 어쩌면 너보다 빨리."

"그러렴. 너, 내가 결혼하고 싶어 안달하는 줄 알아? 틀렸어. 그건 그렇고 내게도 남자가 생길 거야. 아마 곧 생길걸. 난 걱정 안 해. 얼마 전 저쪽 라테노의 키 작은 벤티베크니가 그랬거든. '에피 양, 내기 해도 좋은데 올해 우리는 결혼 피로연과 결혼식에 갈 겁니다.' 그랬다니까."

"넌 뭐라고 했는데?"

"'그럴 수도 있지요.' 그랬지 뭐. '그럴 수도 있어요. 훌다가 나이가 가장 많으니까 곧 결혼할지도 모르거든요.' 하지만 벤티베크니는 귓 등으로 듣고 이러더라고. '아니요, 훌다 양의 금발처럼 갈색 머리가 아름다운 다른 아가씨 이야기예요.' 그러면서 날 아주 그윽하게 바라보더라니까…… 그런데 엉뚱한 얘기를 하다가 무슨 말을 하려고 했는지 그만 잊어버렸네."

"그래, 자꾸 중간에 끊더라. 얘기하고 싶지 않은 거야."

"아니야, 할 거야. 그런데 정말 자꾸 끊게 되네. 워낙 이상한 이야기라서 그런가봐. 낭만적이기도 하고."

"군수님이라고 했지?"

"그럼. 군수님이야. 이름은 게르트 폰 인슈테텐, 인슈테텐 남작님이야."

세 소녀가 와하하 웃음을 터뜨렸다. 에피는 기분이 상해서 물었다.

"왜 웃어? 무슨 뜻으로 웃는 거야?"

“아, 에피, 기분 나쁘게 생각하지 마. 너 때문이 아니야. 남작 때문
도 아니고. 인슈테텐이라고 했지? 또 게르트라고? 여긴 그런 이름을
가진 사람이 없잖아. 역시 귀족 이름 중에는 우스운 이름이 많다니
까.”

“그래. 그래서 귀족인 거야. 귀족들은 그런 이름을 가질 수 있었어.
거슬러 올라갈수록, 그러니까 시대를 거슬러 올라갈수록 그렇다니까.
귀족이 아닌 너희는 모를 거야. 기분 나쁘게 생각하지는 마. 우린 친
구잖아. 아무튼 게르트 폰 인슈테텐이고 남작님이야. 남작님은 우리
엄마하고 나이가 같아. 생일까지 똑같단다.”

“엄마가 몇 살이신데?”

“서른여덟.”

“한창 나이시구나.”

“그래. 특히 우리 엄마처럼 아직도 외모를 유지하고 있다면 그렇
지. 엄만 정말 예뻐. 그렇지 않니? 엄마는 모르는 게 없고 자신감이
있으면서도 우아해. 아빠처럼 눈치 없이 행동한 적이 한 번도 없어.
내가 젊은 소위라면 홀딱 반할 것 같아.”

그러자 훌다가 나섰다.

“에피, 어떻게 그런 말을 할 수 있어? 부모를 공경하라는 넷째 계명
에 어긋나잖아.”

“말도 안 돼. 어째서 어긋나는데? 내가 그런 말을 한 걸 알면 우리
엄만 아마 좋아하실걸.”

여기서 헤르타가 툭 끼어들었다.

“그래, 그러실 거야. 어서 이야기나 해.”

"걱정 마, 이제 할 테니까…… 그러니까 인슈테텐 남작님! 남작님은 채 스무 살이 안 됐고 저쪽 라테노 연대에 있었는데 근처에 사는 유지들과 친하게 지냈단다. 특히 슈반티코에 있는 우리 벨링 할아버지네에 자주 드나들었대. 물론 할아버지 때문은 아닐걸. 엄마 이야기를 들으면 단박에 누구 때문인지 알 수 있다니까. 내 생각엔, 두 사람은 서로 좋아했어."

"그래서 어떻게 됐는데?"

"뻔하지 뭐. 남작님은 아직 너무 젊었고, 프로이센 지방의회의 귀족 지주 대표이자 호엔크레멘의 주인인 우리 아빠가 등장하자 엄마는 오래 생각하지 않고 바로 아빠를 선택해서 브리스트 부인이 됐단다…… 그리고 그다음엔…… 알지? 바로 내가 태어났지."

그러자 베르타가 한마디 했다.

"에피, 너였구나. 다행이다. 이야기가 달라졌다면 우린 널 알지 못했을 테니까. 인슈테텐 남작님은 어떻게 됐어? 말해봐, 어떻게 됐어? 목숨을 끊진 않았나보네. 그랬다면 오늘 너희 집에 올 수 없었을 테니까."

"그래, 자살하진 않았어. 하지만 조금 비슷한 일이 있었어."

"자살을 기도했니?"

"아니. 더는 이 근처에 남아 있고 싶지 않았대. 군대생활 자체가 싫어졌나봐. 평화로운 시절이기도 했고. 간단히 말하면, 제대를 하고 법학을 공부하기 시작했어. 아빠 말로는 정말 '죽기 살기로' 공부했대. 하지만 1870년 프로이센·프랑스 전쟁이 터지자 다시 군대에 들어갔는데 옛날에 근무했던 연대가 아니라 페를레베르크 기병대에 들어갔어. 철십자훈장도 받았단다. 당연하지. 아주 용감했거든. 전쟁이 끝나자 남작님은 바로 다시 법률 일을 했단다. 비스마르크 수상이 남작님의 능력을 높이 평가했고, 황제도 그랬다더라고. 그래서 군수님, 케신의 군수님이 된 거야."

"케신? 여기서 케신이란 곳은 못 들어봤는데."

"우리 동네가 아니야. 여기서 한참 먼 포메른이란 곳에 있어. 그것도 힌터포메른에. 하지만 그런 건 별로 중요하지 않아. 거긴 해수욕장이거든. 그 주변은 다 해수욕장이란다. 남작님은 지금 휴가여행중이야. 먼 친척들을 방문하는 여행 같은 거지. 여기서 옛 친구들과 친척들을 다시 만나려는 거야."

"친척들이 여기 살아?"

"그렇기도 하고 아니기도 해. 여기에 인슈테텐이란 성을 가진 사람은 없거든. 그러니까 이젠 없는 것 같아. 외가 쪽 먼 친척들이 살긴 하지만. 그것보다 추억이 많은 슈반티코와 벨링 가를 다시 찾고 싶었나봐. 그래서 그저께는 저쪽에 갔고 오늘은 호엔크레멘에 오는 거야."

"아빠는 뭐라고 하셔?"

"아무 말도 안 하셔. 아빠는 그런 분이 아니야. 또 엄마를 잘 아시니까. 그냥 엄마를 계속 놀리실 뿐이야."

그때 정오를 알리는 종이 울렸다. 종이 열두 번 다 울리기도 전에 브리스트 가에서 잡다한 일을 하는 늙은 하인 빌케가 와서 에피 아가씨에게 마님의 말을 전했다.

"한시에 바로 남작님이 오실 테니 늦지 않게 단장을 하라십니다."

그러면서 빌케는 탁자를 치우기 시작했다. 빌케가 먼저 구스베리

껍질을 놓은 신문지를 집어들자 에피가 말렸다.

"아니요, 빌케. 치우지 마세요. 껍질은 우리가 치울게요. ……헤르타, 신문지로 봉투를 만들고 잘 가라앉게 돌멩이를 한 개 넣어. 애들아, 장례식처럼 길게 줄을 지어 걸으면서 봉투를 바다에 수장시키자."

빌케는 빙긋 웃었다. 정말 맹랑한 아가씨야, 하고 생각하는 것 같았다. 에피는 급하게 그러모은 탁자보 한가운데에 신문지 봉투를 놓으며 말했다.

"귀퉁이를 하나씩 잡고 슬픈 노래를 부르자."

"그래, 에피, 말은 그렇지만 무슨 노래를 부르지?"

"뭐든지. 아무거나 상관없어. 단, '우' 모음으로 운율을 맞춰야 해. '우'는 언제나 슬픈 분위기가 나거든. 자, 부르자."

물결이여, 물결이여
모두 바로잡으라……

에피가 엄숙하게 장송곡을 부르는 사이 네 소녀는 연못에 놓인 다리로 가서 보트에 올랐다. 그리고 자갈을 넣어 무거워진 신문지 봉투를 물속에 천천히 빠뜨렸다. 에피가 말했다.

"헤르타, 이제 그대의 죄는 물속에 가라앉았노라. 지금 생각나는데 옛날에는 불쌍하고 불행한 여자들도 이렇게 보트에 태워 물속에 빠뜨렸대. 물론 부정을 저질렀기 때문이지."

"설마 여긴 아니겠지."

에피가 웃었다.

"그럼. 여기서 그런 일은 없었어. 콘스탄티노플에서 있었던 일이야. 너도 알 텐데. 홀츠아펠 교생 선생님이 지리 시간에 해준 이야기니까. 그때 너도 있었잖아."

"그래. 그 선생님은 늘 그런 이야기를 해주셨지. 그런 건 금방 잊어버리잖아."

훌다의 말에 에피는 이렇게 대답했다.

"난 아니야. 난 그런 이야기는 꼭 기억하고 있어."

제2장

소녀들은 잠시 더 함께 들었던 수업과 홀츠아펠의 점잖지 못한 행동을 이야기하면서 화도 내고 즐거워도 했다. 한없이 그럴 수 있었을 테지만 훌다가 불쑥 말했다.

"이제 더 늦으면 안 될 것 같아, 에피. 그런데 넌 꼭 버찌를 따다 온 것처럼 보인다. 옷이 엉망으로 구겨졌어. 아마포 옷은 구김이 잘 가더라. 그 하얗고 커다란 옷깃은…… 그래, 정말, 이제 생각났다, 꼭 뱃일을 배우는 소년 같아."

그러자 에피가 받아쳤다.

"이왕이면 해군사관학교 생도라고 해라. 귀족 출신이라는 건 보여줘야 하니까. 그런데 뱃일 배우는 소년이든 해군사관학교 생도든, 얼마 전 아빠가 돛대를 놓아준다고 하셨다. 여기 이 그네 바로 옆에. 활대랑 줄사다리도 놓을 거야. 정말 좋겠지. 돛대 꼭대기에 깃발은 꼭 내가 달아야 한다고 했어. 훌다, 넌 다른 쪽에서 올라와. 우리, 하늘 높은 곳에서 소리 높여 만세를 부르고 입을 맞추자. 맙소사, 정말 짜릿할 거야."

"맙소사? 그건 또 무슨 말투야…… 말투까지 진짜 해군사관학교 생도 같구나. 그런데 난 너를 따라 돛대에 기어올라갈 생각은 없어. 난 위험한 짓은 안 하거든. 얀케 선생님 말이 진짜 맞다니까. 선생님은 늘 네가 벨링 가, 엄마 쪽 피를 너무 많이 물려받았다고 하시거든. 하지만 나는 목사님 딸일 뿐이란다."

"아, 그만해. 겉으로 얌전한 사람이 속에 더 많은 걸 숨기고 있는 법이야. 설마 잊은 건 아니겠지? 해군사관학교 생도인 우리 사촌 오빠가 왔을 때 말이야. 그때 넌 나이도 충분히 먹었으면서 헛간 지붕을 타고 주르륵 미끄러져 내려왔잖아. 왜 그랬을까? 비밀을 폭로하진 않을게. 얘들아, 이리 와서 그네 타자. 한쪽에 두 명씩 타자. 그런다고 줄이 끊어지진 않을 거야. 또 실망한 표정이네. 싫으면 술래잡기하자. 아직 십오 분이나 남았어. 벌써 들어가긴 싫어. 군수님한테 '안녕하세요!' 하고 인사하려고, 그것도 힌터포메른 군수님한테. 또 나이도 많다고. 거의 우리 아빠뻘이라니까. 진짜 해변 도시에서 사는 분이라면, 케신은 그런 곳일 거야, 이런 뱃사람 옷을 좋아하실걸. 관심을 보이는 거라고 생각할 수도 있어. 아빠가 그러는데 영주들은 손님을 맞을 때면 손님이 사는 지방의 제복을 입는대. 그러니까 걱정 마…… 자, 얼른 하자, 얼른. 그럼 간다. 여기 이 벤치 옆이 술래 자리야."

훌다가 조건을 몇 가지 달려고 하는데 에피는 어느새 자갈길을 쏜살같이 뛰어올라갔다. 그리고 왼쪽 오른쪽으로 왔다갔다하더니 갑자기 온데간데없이 사라졌다.

"에피, 이건 무효야. 어디 있어? 숨바꼭질이 아니라 술래잡기잖아."

친구들은 그렇게 소리치며 얼른 뒤를 쫓아갔다. 원형 화단과 옆에 있는 두 그루의 플라타너스를 한참 지나 뛰어가는데 에피가 등 뒤에서 튀어나오더니 "하나, 둘, 셋!" 하면서 벤치 옆 술래 자리로 달려갔다. 이미 술래 뒤에 있었으니 힘들 게 없었다.

"어디 있었어?"

"대황 덤불 뒤에. 이파리가 아주 크잖아. 무화과 잎보다 더 크다고……"

"피!"

"어머, 오히려 내가 그래야지. 너희가 졌으니까. 훌다, 넌 눈이 그렇게 크면서 아무것도 못 봤구나. 역시 둔하다니까."

에피는 그렇게 말하고 다시 원형 화단을 지나 연못으로 달려갔다. 빽빽한 개암나무 덤불 뒤에 숨었다가 교회 묘지와 앞채를 끼고 멀리 빙 돌아 다시 곁채와 술래 자리로 가려는 것 같았다. 정확하게 계산한 것이었다. 하지만 연못을 채 반도 돌지 않았는데 집에서 부르는 소리가 들렸다. 뒤를 돌아보니 브리스트 부인이 돌계단에서 손수건을 흔들고 있었다. 잠시 후 에피는 브리스트 부인 앞에 섰다.

"아직도 그 차림이구나. 손님이 오셨어. 정말 시간을 지키는 적이 한 번도 없구나."

"나는 지켰어요, 엄마. 손님이 안 지킨 거예요. 아직 한시도 안 됐단 말이에요. 아직 멀었다고요."

에피는 쌍둥이 쪽으로 몸을 돌리며 소리쳤다. 훌다는 훨씬 더 멀리 있었다.

"놀고 있어. 금방 올게."

잠시 후 에피는 브리스트 부인과 함께 정원 쪽으로 난 커다란 응접실에 들어갔다. 응접실은 곁채의 대부분을 차지하고 있었다.

"엄마, 야단치면 안 돼요. 진짜 열두시 반밖에 안 됐잖아요. 왜 이렇게 일찍 오는 거예요? 기사는 너무 늦으면 안 되지만 너무 일찍 오는 건 더더욱 안 되잖아요."

브리스트 부인은 당황했다. 에피는 어리광 피우듯 브리스트 부인에게 바싹 기대며 말했다.

"용서해주세요. 얼른 할게요. 아시잖아요, 나도 빨리 할 수 있다고요. 오 분 안에 재투성이 신데렐라가 공주님으로 변할 테니까. 그동안 그분은 기다리거나 아빠하고 이야기하고 있으면 되잖아요."

에피는 브리스트 부인에게 고개를 끄덕이고는 가벼운 걸음으로 좁은 철계단을 올라가려고 했다. 하지만 융통성 있는 브리스트 부인이 벌써 뛰어가는 딸을 불러 세웠다. 아까 뛰어놀아서 아직도 얼굴이 발그레한 에피는 파릇파릇한 생명 그 자체였다. 브리스트 부인은 예쁜 딸을 바라보며 은근하게 말했다.

"있는 그대로가 제일 좋겠다. 그래, 그냥 있어라. 지금 넌 아주 예뻐 보인단다. 설사 예쁘게 보이지 않는다 하더라도 어쨌든 준비를 전혀 안 한 것처럼 보여. 단장도 안 한 것 같고 지금 중요한 건 그거야. 우리 예쁜 딸, 엄마가 할 말이 있는데⋯⋯"

브리스트 부인은 딸의 두 손을 잡았다.

"⋯⋯할 말이 있는데⋯⋯"

"엄마, 무슨 말인데요? 불안하잖아요."

"⋯⋯할 말이 있다. 에피, 인슈테텐 남작님이 너한테 청혼했단다."

"청혼이요? 진심으로요?"

"장난할 수 있는 문제가 아니란다. 그저께 그분을 만났잖니. 엄마가 보니까 너도 마음에 든 눈치던데. 너보다 나이가 많긴 하지만 전체적으로 보면 좋은 거란다. 게다가 건실하고 지위도 있고 예절도 바른 사람이야. 네가 싫다고 하지 않으면, 엄만 우리 똑똑한 에피가 그러리라고는 생각하지 않지만, 넌 스무 살에 벌써 다른 사람이 마흔에야 오를 수 있는 위치가 되는 거야. 네 엄마를 훨씬 앞지르는 거란다."

에피는 잠자코 어떻게 대답해야 할까 머리를 굴렸다. 대답을 채 찾기도 전에 앞채에 딸린 옆쪽 뒷방에서 아빠의 목소리가 들렸다. 오십 대에도 여전히 젊음을 간직한, 사람 좋아 보이는 브리스트 의원이 인슈테텐 남작과 함께 응접실 문턱을 넘어왔다. 남작은 구릿빛 피부에 호리호리하고, 태도에 군인 같은 데가 있었다.

남작을 보자 에피는 신경질적으로 바르르 떨었다. 오래 그러진 않았다. 인슈테텐이 다정하게 인사하며 다가오는데 활짝 열린 가운데 창문으로 쌍둥이의 붉은 머리가 언뜻 보였기 때문이다. 반이 머루넝쿨로 뒤덮인 창문에서 가장 말괄량이인 헤르타가 응접실에 대고 소리쳤다.

"에피, 얼른 와."

헤르타는 바로 몸을 숙였고, 쌍둥이는 벤치 등받이 위에 서 있다가
정원으로 껑충 뛰어내렸다. 그리고 소리 죽여 킥킥 웃는 소리가 들
렸다.

제3장

그날 인슈테텐 남작은 에피 브리스트와 약혼했다. 늘 쾌활한 장인은 엄숙한 역할이 어색했지만 바로 이어 열린 약혼 피로연에서 젊은 두 사람을 위해 축사를 했다. 브리스트 부인은 그 모습을 바라보며 십팔 년 남짓 된 옛일이 떠올라 감회가 새로웠다. 하지만 오래 그리고 있지는 않았다. 자신이 할 수 없었던 것을 딸이 대신 했으니 결국은 다 잘된 일이었다. 아니, 어쩌면 더 잘된 일인지도 몰랐다. 조금 무미건조하고 가끔 점잖지 못한 구석도 있지만 브리스트와 그런대로 잘 살았기 때문이다. 식사가 끝날 무렵 아이스크림이 나오자 브리스트는 다시 인사말을 하며 이제 식구가 되었으니까 모두 편하게 말을 놓자고 제안했다. 그리고 인슈테텐을 와락 끌어안고는 왼쪽 뺨에 입을 맞추었다. 그뿐이 아니었다. 말을 놓는 것은 물론 식구들끼리는 서로 더 편하게 부르자며 친근한 이름과 호칭을 죽 나열했다. 물론 정당하게 얻어 타당한 특성은 살려야 한다고 했다. 그래서 자기 아내는 계속 '엄마'라고 부르는 것이 제일 좋다고 했다. 젊은 엄마들도 있기 때문이라는 것이다. 반면 자신은 '아빠'라는 명예로운 호칭을 포기하고 이름도 짧으니까 그냥 '브리스트'로 불러달라고 했다. 아이들은—그는 겨우 열두 살 아래인 인슈테텐의 눈을 쳐다보고는 어색함을 떨쳐버리고 나서야 그 말을 할 수 있었다—에피는 '에피', 게르트는 '게르트'로 부르자고 했다. 그러면서 자기가 잘못 아는 것이 아니라면, 게르트는 '가는 나뭇가지'란 뜻이니까 에피는 가지를 휘감고 올라가는 '담쟁이덩굴'이 되어야 한다고 했다.* 당사자들은 당황해서 서로 얼굴을 쳐다보았다. 에피는 당황하면서도 어린아이처럼 재미있어했지만 브리스트 부인은 한마디 했다.

"여보, 마음대로 말하고, 마음대로 건배의 말을 해도 좋아요. 하지만 시적인 표현은 제발 그만두세요. 당신은 그런 쪽에 소질이 없다고요."

브리스트는 아내의 나무라는 말을 선선히 받아들였다.

"당신 말이 맞을 거요, 루이제."

식탁을 치우자마자 에피는 목사관에 다녀오겠다며 일어섰다. 길을 가며 그녀는 혼자 중얼거렸다.

"훌다가 화낼 것 같아. 내가 그애를 앞질렀잖아. 늘 거만하고 잘난 척했는데."

---

* 여기서 브리스트는 '게르트(Geert)'와 발음이 비슷한 '게르테(Gerte, 가는 나뭇가지)'와 '에피(Effi)'와 발음이 비슷한 '에포이(Efeu, 담쟁이덩굴)'를 가지고 농담을 하고 있다.

하지만 잘못 짚은 것이었다. 훌다는 아주 의연하고 훌륭하게 행동했다. 불쾌함과 분노는 모두 엄마가 표현하게 했다. 목사 부인은 묘한 말을 했다.

"그래, 그래, 그렇지 뭐. 당연해. 엄마가 못했으니 딸이 해야지. 다 아는 사실이지 뭐. 오래된 가문들은 늘 끼리끼리 관계를 맺거든. 이미 가졌는데 더 가지게 되는 거라고."

목사 부인이 이렇게 교양도 품위도 없이 가시 돋친 말을 계속하자 니마이어는 당황해서 가정부와 결혼한 것을 다시 한 번 한탄했다.

에피는 목사관을 나와 얀케의 집으로 갔다. 쌍둥이는 벌써 기다리고 있었는지 앞뜰에서 에피를 맞았다. 세 소녀는 양옆으로 흐드러지게 핀 천수국 사이를 거닐었다. 헤르타가 물었다.

"에피, 기분이 어때?"

"기분이 어떠냐고? 아주 좋아. 우리는 벌써 편하게 말을 놓고 서로 이름을 부른단다. 아까 말한 것 같은데 그 사람 이름은 게르트야."

헤르타가 다시 물었다.

"그래, 말했어. 그런데 난 좀 불안하다. 정말 너한테 맞는 사람일까?"

"그럼 맞고말고. 아마 넌 이해할 수 없을 거야, 헤르타. 어떤 남자하고도 다 맞을 수 있어. 귀족이고 지위가 있고 잘생겼다면 말이지."

"세상에, 에피, 어떻게 그런 말을 해? 옛날에는 안 그랬잖아. 전혀 다르게 말했다고."

"그래, 옛날에는."

"많이 행복해?"

"약혼한 지 두 시간밖에 안 된 사람은 다 많이 행복해. 적어도 난 행복한 것 같아."

"불편한 마음은 조금도 없어?"

"아주 조금 불편하지만 많이는 아니야. 곧 떨쳐버릴 수 있을 거야."

에피는 채 삼십 분도 안 걸려서 친구들을 다 만났다. 집에 돌아왔더니 식구들은 정원 베란다에서 커피를 마시려는 참이었다. 장인과 사위는 플라타너스나무 사이 자갈길을 거닐고 있었다. 브리스트는 군수는 어려운 위치라면서 그 자리를 여러 번 제의받았지만 매번 사양했다고 했다.

"나는 내 마음대로 행동하는 것이 늘 가장 좋았다네. 아무튼 늘 위를 바라보는 것보다는—미안하네, 인슈테텐—좋다니까. 위를 바라보면 언제나 높은 분 눈치만 살펴야 하거든. 그런 일은 내 성미에 맞지 않아. 나는 여기서 자유롭게 살면서 푸른 잎사귀 하나하나에서, 또 저쪽 창가에 자라는 머루에서 기쁨을 느낀다네."

그렇게 브리스트는 관료적인 모든 것에 대해 반감을 토로하면서 간간이 "미안하네, 인슈테텐" 하고 짧게 사과했다. 인슈테텐은 연신 고개를 끄덕였지만 정신은 딴 데 가 있었다. 그는 홀린 사람처럼 브리스트가 말한 머루를 계속 쳐다보았다. 머루넝쿨 사이로 소녀들의 불그레한 금발이 언뜻 보이고, "에피, 얼른 와" 하고 외치는 들뜬 목소리가 들리는 것 같았다.

인슈테텐은 징조 따위는 믿지 않았고 미신을 멀리했다. 하지만 그 두 마디가 머릿속을 떠나지 않았다. 브리스트의 장황한 말을 들으며 그는 계속 그 사소한 사건이 단순한 우연은 아니라는 생각이 들었다.

인슈테텐은 휴가가 짧아서 벌써 다음날 떠나야 했다. 그는 매일 편지를 쓰겠다고 약속했다.

"예, 꼭 그래주세요."

에피는 진심으로 그렇게 말했다. 몇 년 전부터 생일 축하 편지를 많이 받는 것보다 멋있는 것은 없다고 생각했기 때문이다. 생일에는 모두 편지를 써야 했다. 하지만 "진심으로 축하해. 게르트루트와 클라라가" 같은 상투적인 문구는 사절이었다. 친구가 되고 싶다면 게르트루트와 클라라는 봉투에 특이한 우표를, 이를테면 스위스나 카를스바트 같은 외국의 우표를 붙여야 했다. 그녀의 생일은 여행철이었기 때문이다.

인슈테텐은 약속대로 매일 편지를 보냈다. 편지를 받는 것이 특히 좋았던 데는 답장은 일주일에 한 번만 짧게 해달라고 한 것이 큰 몫을 했다. 에피는 실제로 일주일에 한 번 답장을 썼다. 인슈테텐은 황홀할 만큼 내용이 없는 그녀의 편지에 매번 매료되었다. 결혼식이나 혼수나 가구 같은 더 진지한 일은 브리스트 부인이 사위와 의논했다. 삼 년째 관직에 있는 인슈테텐이 사는 케신의 집은 화려하다고 할 수는 없어도 지위에 맞게 꾸며져 있었다. 따라서 불필요한 것을 마련하지 않도록 그 집에 무엇이 있는지 편지로 자세하게 물어봐야 했다. 마침내 브리스트 부인은 필요한 정보를 모두 얻었다. 그러자 엄마와 딸은, 브리스트의 표현을 빌리면 에피 공주님의 "혼수"를 준비하러 베를린에 가기로 결정했다. 에피는 그날을 손꼽아 기다렸다. 무엇보다 아빠가 운터덴린덴 가의 고급 호텔 뒤노르에 방을 잡아도 좋다고 했기 때문이었다. 브리스트는 숙박비는 혼수 비용에서 제할 수 있을 거라고 했다. 인슈테텐은 어차피 없는 게 없다는 것이다. 엄마는 "좀스러운

짓"은 제발 그만두라고 했지만, 에피는 아빠의 말이 농담인지 진담인지 걱정도 하지 않고 흔쾌히 좋다고 했다. 에피는 먼저 들르려고 메모해놓은 슈핀과 멘케, 고센호퍼 같은 가구점이나 혼수용품점보다는, 점심 정식을 먹으러 호텔에 등장한 모녀를 사람들이 어떻게 생각할까, 그런 문제를 더, 훨씬 더 많이 생각했다. 베를린에 머무는 동안 그녀는 실제로 그런 기분좋은 상상에 걸맞게 행동했다. 알렉산더 연대에 있는 사촌 오빠 다고베르트 브리스트 소위가 근무가 빌 때마다 두 사람에게 시간을 내주었다. 그는 『플리겐데 블레터』*를 들고 다니고 재미있는 유머를 메모하는 자유분방한 젊은이였다. 세 사람은 유명한 과자점 크란츨러의 구석 창가에 앉아 있기도 하고, 시간이 되면 맞은편에 있는 카페 바우어에도 갔다. 다고베르트가 노처녀 귀족같이 생겼다고 주장하는 기린을 구경하려고 오후에는 동물원에도 갔다. 하루하루를 계획대로 보냈다. 사흘째인가 나흘째에는 국립미술관에도 갔다. 다고베르트가 사촌 여동생에게 〈행복한 사람들의 섬〉**을 보여주려고 했기 때문이다. 다고베르트는 에피는 곧 결혼할 테지만 그 작품을 미리 알아두는 게 좋을 거라고 했다. 그러자 브리스트 부인이 부채로 때렸지만 눈빛이 너그러워서 다고베르트는 말투를 바꾸지는 않았다. 세 사람은 행복한 시간을 보냈다. 특히 다고베르트가 그랬다. 그는 안내자 역할을 놀랄 만큼 잘했고, 작은 의견 충돌이 일어나면 바로 조정할 줄 알았다. 으레 그렇듯 모녀가 충돌하는 일이 없지는 않았지

---

* 1844년 뮌헨에서 창간되어 인기를 누렸던 풍자 주간지.
** 당시 나체의 요정을 그려서 큰 물의를 불러일으켰던 스위스 화가 아르놀트 뵈클린의 그림.

만 다행히 사야 할 물건 문제로 충돌을 빚은 적은 한 번도 없었다. 에피는 여섯 다스를 사든 세 다스를 사든 다 좋다고 했으며, 돌아오면서 방금 산 물건값 이야기를 할 때면 값을 늘 혼동했다. 브리스트 부인은 평소 매사에, 심지어 사랑하는 딸에게도 비판적이었지만, 관심이 부족한 듯한 그런 태도를 가볍게 보아 넘기고 그게 장점이라고까지 생각했다. 브리스트 부인은 혼자 중얼거렸다.

"에피한테는 이 모든 것이 중요하지 않아. 정말 욕심이 없는 애야. 상상과 꿈속에서 살고 있다고. 아마 프리드리히 카를 황태자비가 마차를 타고 가면서 친절하게 인사해주는 걸 하얀 천 한 궤짝보다 중요하게 여길걸."

그것은 옳은 진단이었지만 반만 옳았다. 에피는 일상적인 물건을 손에 넣는 것은 그다지 중요하게 생각지 않았지만 항상 그런 것은 아니었다. 그녀는 결혼식을 올리고 곧장 이탈리아로 신혼여행을 떠날 예정이었는데 그때 필요한 물건을 사려고 엄마와 함께 운터덴린덴 가를 오르내리고, 가장 예쁜 진열장들을 구경한 다음, 궁정에 가죽제품과 여행용품을 납품하는 데무트 상점에 들어갈 때면 진짜 성격이 드러났다. 그녀는 가장 우아한 것만 마음에 들어했으며, 가장 좋은 것을 가질 수 없으면 둘째로 좋은 것은 아예 사려고도 하지 않았다. 둘째는 의미가 없었기 때문이다. 그랬다, 에피는 단념할 수 있었으며, 그 점에서 브리스트 부인은 딸을 제대로 본 것이었다. 포기할 수 있다는 것은 욕심이 없다는 의미일 수 있기 때문이다. 하지만 어쩌다 꼭 갖고싶은 것은 언제나 아주 특별한 것이어야 했다. 그 점에서 그녀는 욕심이 아주 많았다.

제4장

다고베르트는 호엔크레멘으로 돌아가는 두 숙녀를 기차역까지 배웅하러 나왔다. 베를린에서는 즐거운 시간을 보냈다. 불편하고 신분에 어울리지 않는 친척 때문에 고생하는 일이 없어서 더욱 그랬다. 에피는 베를린에 도착하자마자 이렇게 말했다.

"이번엔 테레제 아주머니한테 절대 알리지 마세요. 호텔로 찾아오면 어떡해요. 뒤노르 호텔과 테레제 아주머니 가운데 하나를 선택해야 한다고요. 서로 어울리지 않거든요."

브리스트 부인은 결국 동의하고, 확인하는 의미로 딸의 이마에 입을 맞춰주었다.

물론 다고베르트는 예외였다. 그는 사교적인 근위대 장교답게 태도며 처신이며 나무랄 데가 없는데다가 알렉산더 연대 장교들의 전통이 되다시피 한 특유의 명랑한 태도로 처음부터 모녀를 즐겁게 해주었다. 엄마와 딸은 마지막까지 기분이 좋았다. 헤어지면서 에피는 이렇게 말했다.

"오빠, 내 결혼 피로연에 꼭 와. 물론 절대 혼자 오면 안 돼. 그렇다고 하인이나 쥐덫 장수를 데려오지는 말고. 연극 공연이 끝나면 무도회가 열리거든. 나의 최초이자 마지막 큰 무도회일 수도 있다는 걸 잊지 말았으면 좋겠어. 최고의 춤꾼을 여섯 명 이상 데려와야 해. 끝나고 다 같이 새벽 기차로 돌아가면 되잖아."

다고베르트는 그러겠다고 약속하고 모녀와 헤어졌다.

두 숙녀는 정오쯤에 습지에 있는 하벨란트 역에 이르렀고, 거기서 삼십 분을 더 달려 호엔크레멘에 도착했다. 브리스트는 아내와 딸을 반갑게 맞으며 소나기처럼 질문을 퍼부었지만 대답을 기다리기보다는 그동안 일어난 일을 장황하게 설명할 때가 많았다.

"전에 국립미술관과 〈행복한 사람들의 섬〉 이야기를 하지 않았소. 글쎄 당신이 없는 사이에 그런 일이 일어났다오. 우리 감독관 핑크와 정원사 아내 말이오. 당연히 난 핑크를 해고해야 했지. 내키진 않았지. 짜증난다니까. 항상 추수기에 그런 사건이 터지거든. 핑크는 무척 유능한 사람인데 유감스럽게도 이번엔 엉뚱한 데서 실력을 발휘했어. 그만합시다. 빌케가 불안해하는구려."

브리스트는 식사 때가 되자 비로소 모녀의 이야기에 좀더 귀를 기울였다. 다고베르트 이야기를 많이 하는 것을 보고 그 아이와 잘 지낸 것은 잘했다고 칭찬했다. 테레제 아주머니의 일은 칭찬하지는 않았지만 속으로는 좋아하는 눈치였다. 브리스트가 짓궂은 데가 있기도 했지만 테레제 아주머니는 실제로 우스꽝스러운 사람이었기 때문이다. 브리스트는 잔을 들어 아내와 딸과 건배했다. 식사를 마치고 모녀가 베를린에서 산 아름다운 물건들을 펼쳐 보이며 평가를 부탁했을 때도 바짝 관심을 보였다. 그는 계산서를 훑어보기 전까지는 관심을 보였다. 적어도 관심을 완전히 잃지는 않았다.

"좀 비싼데. 아니, 아주 비싸다고 해야겠어. 하지만 상관없어요. 다 멋있으니까. 마음을 동하게 만든다고 할까. 그래서 그런지 이런 생각이 드는구려. 여보, 당신이 크리스마스 때 내게 저런 가방과 여행용 담요를 선물한다면 우리도 부활절엔 로마에 가 있을 텐데! 결혼하고 십팔 년이 지났지만 우리도 신혼여행을 해보자! 이런 생각 말이오. 루이제, 어떻게 생각하오? 우리도 에피처럼 신혼여행을 갈까? 늦었지만 왔도다.*"

브리스트 부인은 "정말 어쩔 수 없는 사람이야"라는 듯 손사래를 쳐서 무안을 주었다. 하지만 브리스트는 많이 무안해하지는 않았다.

그때가 8월 말이었다. 10월 3일로 예정된 결혼식 날이 점점 가까워졌다. 브리스트네뿐 아니라 목사관과 학교도 결혼 피로연 준비로 내내 분주했다. 얀케는 프리츠 로이터의 열성 팬답게 베르타와 헤르타를 리닝과 미닝으로 등장시키는 '의미 있는' 아이디어를 생각해냈다. 물론 쌍둥이는 북부 방언을 써야 했다. 훌다는 라일락나무 장면의 케트헨 폰 하일브론을 연기하고, 경기병 연대의 엥겔브레히트 소위는

베터 폼 슈트랄을 연기하기로 했다.* 그런 아이디어를 낸 장본인이라고 할 수 있는 니마이어 목사는 신혼부부가 수줍어할 교훈을 장면 속에 집어넣으려고 쉬지 않고 일했다. 그는 자신의 작품에 만족했으며 낭독 연습이 끝나자 참석자들에게 칭찬을 많이 들었다. 하지만 딱 한 사람, 교회의 후원자이자 오랜 친구인 브리스트는 예외였다. 브리스트는 클라이스트와 니마이어를 섞어놓은 듯한 작품의 낭독이 끝나자마자 당장 강력하게 항의했다. 문학적인 이유 때문은 아니었다.

"'높으신 분, 높으신 분!' 그게 뭔가? 관객들을 오도하고 상황에도 전혀 들어맞지 않는다고. 인슈테텐이 건실하고 결단력 있는 훌륭하고 모범적인 남자인 건 사실이지만 브리스트도 형편없는 가문은 아니라고. 베를린 말투를 용서하오, 루이제. 우리는 역사적으로 중요한 가문이야. 다행히도 그렇지. 하지만 인슈테텐은 아니야. 인슈테텐 가문은 그냥 오래된 가문일 뿐이라고. 백번 양보해서 유서 깊은 귀족 가문이라고 하자고. 한데 유서 깊은 귀족 가문이란 게 뭔가? 브리스트 가의 여자, 아니 적어도 우리 에피라는 것을 누구나 짐작할 결혼 피로연의 주인공이 간접적으로든 직접적으로든 계속 '높으신 분'이라고 부르다니, 있을 수 없는 일이야. 그러려면 인슈테텐이 적어도 신분을 숨기고 다니는 호엔촐레른 왕가 사람** 정도는 돼야 한다고. 그런 사람이 있긴 하지. 하지만 인슈테텐은 아니잖아. 다시 말하지만 상황에 전혀 들어맞지 않는다고."

---

* 독일 작가 하인리히 폰 클라이스트의 희곡 『케트헨 폰 하일브론』 4막 2장에서 케트헨은 라일락나무 밑에서 자다가 꿈에서 베터 폼 슈트랄에게 사랑을 고백한다.
** 프로이센의 루이 페르디난트 왕자의 손자인 작가 에른스트 폰 빌덴브루흐를 가리킨다.

브리스트는 집요하게 그런 주장을 늘어놓았다. 하지만 '케트헨'이 무대의상을 반은 갖춰 입고 나온 두번째 연습 공연이 끝나자 태도가 조금 누그러졌다. 평소에도 홀다에게 관심을 표시했던 그는 꼭 끼는 실크 드레스를 입은 케트헨이 정말 멋있게 누워 있었다고 논평했다. 브리스트의 완고한 태도가 이미 누그러졌거나 누그러지려고 한다는 뜻이었다. 물론 모든 준비를 에피에게는 비밀로 했음은 말할 필요도 없었다. 에피가 호기심을 더 보였더라면 모를 리도 없었겠지만 에피는 연극 준비나 깜짝쇼 계획을 파헤칠 마음이 없었기에 기다릴 수 있다고 엄마에게 분명하게 말했다. 엄마가 진짜냐고 의심하면 정말이라고, 믿어도 된다고 거듭 말하고는 그만 이야기를 끝내버렸다. 그러지 못할 이유도 없다는 것이다. 그냥 연극일 뿐이며, 그것도 베를린에서 마지막 날 저녁에 구경한 로데리히 베네딕스의 〈부엌데기〉보다 더 아름답고 시적일 리도 없는 공연일 뿐이라는 것이다. 그러면서 〈부엌데기〉를 공연한다면 은퇴한 우스꽝스런 교사의 등에 분필로 낙서하는 단역이라도 꼭 해보고 싶다고 했다.

"마지막 장에서 '자고 일어났더니 부엌데기는 공주님' 혹은 적어도 백작 부인이 되어 있었다, 얼마나 멋있어요. 꼭 동화 같아요."

에피는 자주 그런 식으로 말했으며 전보다 더 멋대로 굴 때가 많았다. 그러면서 친구들이 계속 쏙닥대고 큰 비밀이라도 있는 듯 행동한다고 화를 냈다.

"쟤들이 그만 좀 거드럭거리고 나를 더 위해줬으면 좋겠어요. 쟤들은 훗날 지금 위치에 그대로 머물러 있겠지만, 나는 쟤들 때문에 마음을 줄이고, 쟤들 같은 친구들을 둔 것을 부끄러워해야 할 테니까요."

에피는 그렇게 빈정거렸다. 피로연과 결혼식에 그다지 관심이 없는 것이 분명했다. 그것 때문에 브리스트 부인은 생각을 좀 했지만 걱정은 하지 않았다. 딸이 미래를 열심히 그리고 있었기 때문이다. 상상력이 풍부한 에피는 십오 분 동안 케신의 생활을 자세히 묘사하면서 힌터포메른에 대한 이상한 상상을 털어놓아서 엄마를 웃게 만들었다. 어쩌면 영리하게 계산해서 하는 말일지도 몰랐다. 에피는 케신을 거의 일 년 내내 눈이 오고 얼음이 얼어 있는 시베리아 같은 곳으로 상상하기를 좋아했다.

엄마와 딸은 평소처럼 곁채 앞쪽 탁자에 앉아 있었다. 탁자 위에는 아마포와 빨랫감이 계속 쌓이면서 그동안 자리만 차지했던 신문들이 점점 모습을 감추었다. 브리스트 부인이 말했다.

"오늘 고셴호퍼에서 마지막 물건을 보냈다. 이제 다 장만한 것 같구나, 에피. 혹시 더 갖고 싶은 게 있으면 지금 말하렴. 말하는 것이 좋아. 유채씨를 좋은 값에 팔아서 아빠가 기분이 아주 좋으시거든."

"아주? 항상 좋으시잖아."

엄마가 되풀이했다.

"아주 좋다니까. 이 기회를 이용해야 해. 그러니까 말하렴. 베를린에서 이것저것 갖고 싶어했잖아. 몇 번이나 그랬던 것 같은데."

"예, 엄마, 그런데 뭘 사달라고 하지요. 필요한 건 다 샀잖아요. 그러니까 여기서 필요한 것 말이에요. 하지만 저 먼 북쪽으로 가야 하니까…… 싫다는 말은 아니에요. 오히려 더 빛나는 별이랑 북극광을 어서 보고 싶어요…… 북쪽으로 가야 하니까 밍크코트를 갖고 싶어요."

"에피, 바보 같은 소리 마라. 페테르부르크나 아르한겔스크에 가는 게 아니잖아."

"아니죠. 하지만 그곳으로 가는 길목⋯⋯"

"물론, 길목이지. 하지만 그게 무슨 의미가 있어? 여기서 조금 위에 있는 나우엔도 러시아로 가는 길목이잖아. 그래, 정 갖고 싶다면 사줄 게. 엄마는 말리고 싶지만 말이다. 밍크는 나이 든 사람들이나 걸치는 거야. 나이 든 네 엄마도 아직 그런 것을 걸칠 나이가 아니란다. 열일 곱 살밖에 안 된 네가 밍크와 담비를 휘감고 나타나면 케신 사람들은 가장 무도회를 한다고 생각할걸."

모녀는 9월 2일에 그런 이야기를 나누었다. 그날이 스당 전승기념 일*이 아니었다면 이야기는 한참 더 이어졌을 테지만 북소리와 휘파 람 소리가 들리자 그만 중단되고 말았다. 에피는 시가행진이 있을 거 라는 말은 들었지만 까맣게 잊고 있다가 시끄러운 소리가 들리자 바 로 자리에서 튕기듯 일어나 달리기 시작했다. 그녀는 원형 화단과 연 못을 지나 교회 묘지 담 옆의 작은 발코니 쪽으로 달려가서는, 순식간 에 사다리 너비보다 넓지 않은 계단 여섯 개를 뛰어올라가 발코니에 섰다. 과연 전교생들이 이쪽으로 행진해 오고 있었다. 얀케가 위엄을 부리며 오른쪽에서 걷고 있고, 선두에서 행진을 이끄는 작달막한 고 수(鼓手)는 스당 전투를 다시 치르려는 듯 비장한 표정이었다. 그녀가 손수건을 흔들어주자 상대방은 바로 동그란 손잡이가 달린 번쩍이는 지휘봉을 들어 경례했다.

---

* 1870년 프로이센·프랑스 전쟁 때 나폴레옹 3세가 스당에서 패배한 것을 기념하는 날.

일주일 후 모녀는 늘 앉는 곳에서 다시 일을 하고 있었다. 눈부시도록 화창한 날이었다. 화단의 해시계 주위에는 아직도 헬리오트로프가 피어 있었고 산들바람에 실려온 향긋한 냄새가 코끝을 간질였다. 에피가 말했다.

"아, 좋다. 기분이 너무 좋고, 너무 행복해요. 하늘나라도 이렇게 아름답지는 않을 거예요. 하늘나라에서도 이처럼 예쁜 헬리오트로프가 피는지 누가 알겠어요."

브리스트 부인이 질색을 했다.

"에피, 그런 말을 하면 못써. 넌 꼭 아빠를 닮았구나. 아빠는 신성하게 여기는 게 하나도 없으시잖니. 글쎄 얼마 전에는 니마이어가 롯*을 닮았다더라. 기가 막혀서. 그게 무슨 말이니? 우선 아빠는 롯이 어떻게 생겼는지 몰라. 그리고 그런 말은 훌다를 조금도 배려하지 않는 거야. 훌다가 외동딸이라서 다행이야. 벌써 아빠 말이 모순이라는 게 증명이 되니까. 딱 하나 맞는 게 있긴 하지. '롯의 아내', 우리의 훌륭한 사모님 이야기는 딱 맞는다니까. 어리석고 오만불손한 그 여자가 실제로 스당 전승기념일을 완전히 망쳐놓았으니까. 그런데 에피, 얀케가 학생들과 행진하는 바람에 이야기가 끊겼잖아. 밍크코트가 갖고 싶다고 했는데 갖고 싶은 게 그것뿐일 것 같지는 않은데. 우리 예쁜 딸, 말해보렴. 마음에 두고 있는 게 또 있니?"

"없어요, 엄마."

---

* 출애굽기 1장 19절에서 롯의 아내는 소돔과 고모라가 멸망할 때 하느님의 말을 듣지 않아서 소금 기둥이 되었다. 롯의 두 딸은 아버지에게 술을 먹여 취하게 한 다음 관계를 가져 아들 둘을 낳았다.

"정말 없어?"

"예, 진짜 없어요. 정말로…… 그래도 꼭 말하라고 하면……"

"그럼……"

"……그럼 일본 병풍을 갖고 싶어요. 두루미처럼 부리가 기다란 까만색과 금색 새들이 그려진…… 침실 천장에 다는 붉은 등도 있으면 좋겠어요."

브리스트 부인이 아무 대답도 하지 않자 에피가 따졌다.

"보세요, 엄마, 아무 말도 안 하시잖아요. 내가 말도 안 되는 말을 했다는 얼굴이잖아요."

"아니야, 그렇지 않아. 또 엄마한테 못 할 말이 어디 있어. 엄마는 널 잘 알거든. 넌 상상력이 풍부한 소녀야. 미래를 그려보길 좋아하지. 그 그림이 울긋불긋 화려할수록 미래는 탐나고 아름답게 보이는 거야. 여행용품을 사러 다닐 때 알았다. 지금 넌 갖가지 상상의 동물이 그려진 병풍과 침실을 은은하게 비추는 붉은 등이 있으면 멋있을 것 같은 거야. 그럼 동화 같을 것 같은 거지. 너는 동화 속 공주님이 되고 싶은 거고."

에피가 브리스트 부인의 손에 입을 맞추며 말했다.

"예, 엄마, 진짜 그래요."

"그래, 너는 그런 아이지. 잘 알지. 하지만 에피, 우리는 살면서 조심해야 한단다. 특히 여자들은 더 조심해야 해. 케신은 가로등도 없는 작은 마을이란다. 그런 걸 보면 케신 사람들이 웃을 거야. 그냥 웃기만 하면 괜찮지. 널 좋아하지 않는 사람들은―그런 사람들은 늘 있단다―교육을 잘못 받았다고 수군댈 거야. 더 나쁘게 말하는 사람들도 많을걸."

"그럼 일본 병풍은 그만둘게요. 침실 등도요. 하지만 솔직히 모든 게 은은한 붉은 빛 속에 잠겨 있으면 아름답고 시적일 것 같았어요."

브리스트 부인은 가슴이 뭉클해져서 일어나 딸에게 입을 맞추었다.

"에피, 넌 어린애야. 예쁘고 시적이지. 상상이란 그런 거란다. 하지만 현실은 다르단다. 환하거나 은은한 빛보다 어둠이 더 좋을 때가 많지."

에피가 대꾸를 하려는데 빌케가 편지를 가지고 왔다. 인슈테텐의 편지도 있었다.

"아, 게르트가 보냈네."

에피는 이렇게 말하고 편지를 주머니에 넣었다. 그리고 평온한 어조로 말을 이었다.

"거실에 비스듬하게 그랜드피아노를 놓는 건 괜찮지요? 게르트는 벽난로를 놓아주겠다고 했지만 나는 벽난로보다 피아노가 더 중요해요. 엄마 초상화는 받침대에 놓을래요. 엄마가 없으면 못 살 것 같으니까. 아, 엄마 아빠가 얼마나 보고 싶을까. 신혼여행 때 벌써 보고 싶을지도 몰라요. 케신에서는 분명히 보고 싶을 거예요. 케신에는 주둔하는 군대도 없고, 군의관조차 없대요. 그래도 해수욕장이라서 다행이에요. 다고베르트 오빠를 생각하면서 기운을 낼래요. 오빠네 엄마와 여동생들은 늘 바르네뮌데로 가잖아요. 그러니까 오빠가 식구들을 지휘해서 케신으로 데려오지 못할 것도 없다고요. 그런데 지휘한다니까 장군의 지휘봉이 생각나네요. 오빠는 그걸 손에 넣으려는 야심이 있는 것 같아요. 식구들이 오면 오빠도 당연히 같이 올 테고, 그럼 우리집에서 묵을 수 있겠지요. 그런데 엄마, 얼마 전 들었는데 케신 사람들은 꽤 큰 증기선을 갖고 있대요. 일주일에 두 번 스웨덴으로 가는데 배에서 무도회도 열린대요. 당연히 음악도 있지요. 그는 춤을 아주 잘 추니까……"

"누구 말이야?"

"다고베르트 오빠요."

"난 인슈테텐인 줄 알았다. 아무튼 이제 편지를 읽어야 할 것 같구나. 인슈테텐이 뭐라고 썼는지…… 아직도 호주머니에 들어 있잖아."

"맞아요. 하마터면 잊어버릴 뻔했네."

에피는 봉투를 뜯어 편지를 훑어보았다.

"에피, 아무 말도 안 해? 얼굴이 빛나지도 않고 웃지도 않네. 인슈테텐은 늘 유쾌하고, 재미있고, 나이 든 사람처럼 현명한 체하지도 않는데."

"그러는 건 나도 못 하게 할 거예요. 그이는 나이가 있고 나는 젊어요. 손가락으로 위협하며 말할 거예요. '게르트, 생각해봐요. 뭐가 더 좋지요?'"

"그럼 인슈테텐은 '에피, 당신이 가진 게 더 좋아요'라고 대답할걸. 예절 바를 뿐 아니라 올바르고 이해심 많고 젊음이 뭔지를 아는 사람이니까. 그 사람은 늘 그렇게 말하면서 젊은 너한테 맞출 거야. 변함없이 그러면 너희 부부는 모범적인 결혼생활을 하게 될걸."

"예, 나도 그렇게 믿어요, 엄마. 하지만 상상이 되세요? 말하기 부끄럽지만 난 사람들이 모범적인 결혼이라고 부르는 걸 바라지 않아요."

"너다운 말이로구나. 그럼 뭘 바라는데?"

“나는…… 나는 한결같은 마음과, 또 당연히 다정함과 사랑을 원해요. 그런데 그 말을 믿지는 않지만 아빠는 사랑이란 허튼소리에 불과하다고 하잖아요. 나는 다정함과 사랑이 불가능하다면 부와 호화로운 저택이 있으면 좋겠어요. 프리드리히 카를 황태자가 고라니나 뇌조를 사냥하러 오고, 늙은 황제가 지나가면서 숙녀들한테, 그러니까 젊은 숙녀한테도 친절하게 말을 건네는 그런 호화로운 집 말이에요. 또 베를린에서 살게 되면 궁정 무도회에도 가고, 항상 황제의 특별석 바로 옆자리에 앉아서 갈라 오페라도 구경하고 싶어요.”

“그냥 들떠서 하는 말이야?”

“아니요, 엄마. 진심이에요. 사랑이 첫째지만, 영광과 명예가 바로 다음이고, 그다음은 재미예요. 그래요, 재미요. 나는 새로운 것, 웃거나 울 수 있는 것이 꼭 필요해요. 지루한 건 절대 못 참아요.”

“우리하고는 어떻게 살았어?”

“아이, 엄마, 무슨 말씀이세요. 물론 가끔 기분이 좋지 않을 때도 있었어요. 인정해요. 이를테면 겨울에 친척들이 찾아와서 여섯 시간 넘게 눌러앉아 있고, 군넬 아주머니와 올가 아주머니가 나를 찬찬히 뜯어보고는 되바라진 아이라고 생각할 때가 그랬지요. 군넬 아주머니는 진짜 그런 말을 했다니까요. 그것 빼고는 항상 행복했어요. 얼마나 행복했는지……”

에피는 갑자기 울음을 터뜨리며 무릎을 꿇고는 엄마의 손에 입을 맞추었다.

“일어나, 에피. 너처럼 젊은 사람이 결혼이라는 미지의 것을 앞두고 있을 때는 그런 기분이 들기도 한단다. 이제 편지를 읽어주렴. 특별한 내용이나 비밀이 없다면.”

“비밀이요!”

에피는 깔깔 웃으며 갑자기 기분이 바뀐 듯 벌떡 일어났다.

“비밀이요! 그이는 늘 비밀스런 내용을 쓰려고 시도는 하는 것 같
지만 사실 대부분 이장 사무실 게시판에 걸어도 되는 내용이지요. 왜
군수의 법령을 걸어놓는 게시판 있잖아요. 실제로 게르트는 군수이기
도 하고요.”

브리스트 부인이 다시 재촉했다.

“읽어. 읽어주렴.”

“사랑하는 에피! ……늘 이렇게 시작해요. ‘작은 이브’라고 부를 때
도 있고요.”

“읽어봐. 읽으라니까…… 읽어야 해.”

“읽을게요.”

사랑하는 에피!

결혼식이 가까워질수록 편지가 뜸해지는구려. 우편물이 도착하
면 언제나 먼저 당신 글씨부터 찾지만 알다시피 (나도 찾기를 바랐
지만) 대부분 헛수고지요. 우리집은 방이 많지는 않지만 당신이 오
는 시간에 맞추어 일꾼들이 한창 방을 꾸미고 있다오. 가장 좋은 일
은 아마 우리가 여행하는 동안 일어날 거요. 물건을 대는 도배공 마
델룽은 무척 괴짜라오. 그 사람 이야기는 다음에 해주리다. 나는 나
의 작고 예쁜 에피를 생각하면 기분이 제일 좋다오. 여기는 여전히
발바닥이 화끈거릴 만큼 뜨거운데 우리의 훌륭한 도시는 점점 조용

하고 고독해진다오. 어제 마지막 손님이 해수욕장을 떠났다오. 마지막 날에는 섭씨 9도의 물에서 수영을 했는데 해수욕장 관리인들은 손님이 멀쩡한 모습으로 물속에서 나오면 반색을 했지요. 졸도하지 않을까 가슴을 졸였기 때문이오. 그런 일이 벌어지면 여기 바닷물이 나쁘다는 소문이 돌아서 평판이 나빠지니까. 이제 한 달만 지나면 당신하고 베네치아의 피아체타 광장에서 리도나 무라노로 가겠지. 그 생각을 하면 벌써 환호성이 절로 나온다오. 무라노는 유리구슬과 예쁜 장신구로 유명하니까 최고로 예쁜 것을 사주리다. 부모님께 안부 전해줘요.

애정이 듬뿍 담긴 키스를 보내며

당신의 게르트

에피는 편지를 접어 봉투에 다시 넣었다. 브리스트 부인이 말했다.

"아주 예쁜 편지로구나. 모든 면에서 절도를 지킨 것도 좋아."

"그래요, 절도요. 편지에 절도가 있지요."

"에피, 하나 물어볼게. 혹시 절도를 지키지 않고 좀더 다정한, 넘치도록 다정한 편지를 바랐던 거야?"

"아니, 아니에요, 엄마. 진짜 아니에요. 그걸 바라는 건 아니에요. 하지만 그럼 더 좋을 것 같아요."

"그럼 더 좋겠다, 그건 또 무슨 말일까? 정말 이상하구나. 아까는 펑펑 울고. 혹시 마음에 걸리는 게 있니? 아직 시간은 있다. 혹시 게르트를 사랑하지 않니?"

"왜 그이를 사랑하지 않겠어요? 나는 훌다를 사랑하고 베르타를 사랑하고 헤르타를 사랑해요. 니마이어 목사님도요. 엄마 아빠를 사랑하는 건 말할 필요도 없고요. 나는 나를 좋게 생각하고 나한테 잘해주고 응석을 받아주는 사람은 다 사랑해요. 게르트는 아마 응석을 잘 받아줄 거예요. 물론 그이의 방식으로요. 벌써 베네치아에서 장신구를 사주겠다잖아요. 내가 그런 것에 관심이 없을지도 모른다는 생각은 꿈에도 못 하는 것 같아요. 나는 나무에 기어올라가고 그네 타는 게 더 좋은데. 다치거나 부러지고 떨어질까 항상 조마조마한 게 가장 좋다고요. 그런다고 당장 죽는 건 아니니까요."

"혹시 다고베르트를 사랑하니?"

"예, 아주요. 나를 항상 즐겁게 해주거든요."

"그 아이와 결혼하고 싶어?"

"결혼이요? 맙소사, 아니요. 오빠는 아직 반은 소년이잖아요. 하지만 게르트는 남자, 멋진 남자예요. 나를 호강시켜주고, 뭔가 될 수 있는 남자요. 무슨 생각을 하시는 거예요, 엄마."

"그래, 맞다, 에피. 그렇게 말하니까 좋구나. 하지만 분명 뭔가 있어."

"어쩌면요."

"자, 말해보렴."

"있잖아요, 엄마, 나보다 나이가 많은 건 괜찮아요. 어쩌면 정말 좋을 수도 있어요. 나이가 아주 많지도 않고 건강하고 활기가 넘치고 군인답고 절도가 있으니까. 그이가 정말 좋다고 말할 수도 있어요. 다만…… 그래요, 그이가 아주 조금만 다르면 좋겠어요."

“어떻게?”

“예, 어떻게, 바로 그게 문제죠. 엄마, 비웃지 마세요. 얼마 전 목사 관에서 무슨 말을 들었어요. 인슈테텐 이야기가 나왔는데 니마이어 목사님이 불쑥 이마를 찡그리면서 존경스럽고 감탄스럽다는 듯 이러 시더라고요. ‘그래, 남작 말이지! 건실하고 원칙이 있는 남자야.’”

“진짜 그렇잖아, 에피.”

“물론이에요. 목사님은 바로 이렇게 덧붙였던 것 같아요. 기본 원 칙이 있는 남자라고. 그건 더한 거예요. 하지만 나는…… 나는 그런 게 없어요. 엄마, 그래서 괴롭고 불안해요. 그이는 상냥하고 너그럽지 만…… 나는 그이가 무서워요.”

제5장

　호엔크레멘의 축제가 끝났다. 모두 떠나고 신혼부부도 결혼식 날 저녁에 여행을 떠났다.

　모두 결혼 피로연에 만족했는데 특히 연극을 공연한 사람들이 대만족이었다. 훌다는 젊은 장교들을 매료시켰다. 라테노 경기병들은 물론, 약간 비판적인 알렉산더 연대 사람들까지 그녀에게 찬사를 보냈다. 그랬다, 기대 이상으로 모두 좋았고 진행도 매끄러웠다. 다만 베르타와 헤르타가 심하게 흐느껴 얀케의 북부 방언 시를 망치는 사고가 있었다. 하지만 그것 역시 큰 문제가 되지 않았다. 그런 일을 잘 아는 사람은 배우가 말이 막히고 흐느껴 울고 대사를 알아듣기 힘들게 처리하는 것이 항상 대성공을 보장하는 비결이라고도 했다. 배우가 곱슬거리는 붉은 금발의 귀여운 소녀들이라면 더욱 그렇다는 것이다.

다고베르트는 기발한 아이디어로 빛나는 성공을 거두었다. 그는 데무트 상점의 점원으로 분장하고 등장해서는 젊은 신부가 결혼식이 끝나면 바로 이탈리아로 신혼여행을 떠난다는 소식을 듣고 여행 가방을 전하러 왔다고 했다. 그런데 가방 속에서 회벨 알사탕이 잔뜩 나왔던 것이다. 모두들 새벽 세시까지 춤을 추었고, 브리스트는 샴페인에 거나하게 취해서는 결혼 피로연 때 남자들이 횃불을 들고 춤추는 궁전이 아직도 많다는 둥, 어느 고장에서는 춤을 추면서 신부의 양말 대님을 찢어 하객들에게 기념으로 나누어주는 이상한 풍습이 있다는 둥 오만 가지 이야기를 한없이 늘어놓았다. 이야기의 강도가 점점 높아져서 결국 빗장을 질러야 할 지경이 되었다. 브리스트 부인이 심각한 어조로 소곤소곤 말했다.

"정신 차려요, 브리스트. 당신은 주인으로서 손님을 접대하려고 여기 있는 거예요. 점잖지 못한 이야기를 하려고 있는 게 아니라고요. 우리는 사냥 파티가 아니라 피로연을 열고 있다고요."

브리스트는 사냥 파티든 결혼 피로연이든 큰 차이를 모르겠다, 하여튼 지금 행복하다고 대답했다.

결혼식 역시 순조롭게 진행되었다. 니마이어 목사는 훌륭한 설교를 했다. 베를린 출신으로 반은 궁정사회에 발을 들여놓은 어느 신사는 교회에서 신부 집으로 돌아오면서 우리나라 곳곳에 얼마나 많은 재주꾼이 숨어 있는지 놀라울 따름이라며 연신 감탄했다.

"나는 우리 학교제도의 승리라고 봅니다. 아니, 우리 철학의 승리라고 하는 게 더 낫겠네요. 이 늙은 시골 목사 니마이어를 보세요. 첫인상은 꼭 빈민구호소 노인 같지만…… 그래요, 말씀해보세요, 꼭 궁정 목사처럼 설교하지 않던가요? 박자며 상반되는 명제를 조합하는 대조법이며 영락없이 쾨겔*입디다. 감정 면에선 오히려 한 수 위지요. 쾨겔은 너무 차가우니까. 물론 그런 위치에 있는 인물이라면 차가워야겠지만. 사람들이 무엇 때문에 인생에서 실패하는지 아세요? 오로지 정 때문이랍니다."

베를린 신사의 대화 상대자는 고위 공직자였다. 아직 미혼이고 아마 그래서 네번째 '연애 관계'에 빠져 있는 그는 당연히 맞장구를 쳤다.

"맞습니다. 정이 너무 많아서! ……지당하신 말씀이세요. ……제가 나중에 이야기를 하나 해드리리다."

결혼식 다음날은 화창한 10월 날씨였다. 아침해는 반짝였지만 가을처럼 선선했다. 아내와 막 아침식사를 마친 브리스트는 불기운이 사그라져가는 벽난로 앞에 뒷짐을 지고 서 있었다. 브리스트 부인도 일감을 손에 들고 벽난로 가까이 의자를 당겨 앉았다. 그녀는 빌케가 식탁을 치우려고 들어오자 말했다.

"빌케, 먼저 홀을 깨끗이 정리한 다음 파이를 건너편에 갖다드려요. 목사님 댁에는 호두파이를 갖다드리고 얀케 선생님 댁에는 과자를 그릇에 담아서 갖다드려요. 유리잔은 깨뜨리지 않도록 조심하고요. 내 말은, 얇은 잔들 말이에요."

브리스트는 벌써 세 대째 담배를 피우고 있었는데 기분이 아주 좋아 보였다. 그는 자신의 결혼식은 당연히 빼고 결혼식만큼 좋은 것은

---

* 1863년에 베를린 궁정 설교가가 된 보수 신학자.

없다고 했다. 그러자 브리스트 부인이 한마디 했다.

"왜 그런 말을 하는지 모르겠네요, 브리스트. 결혼식 때 당신이 괴로웠다는 이야기는 처음 들어요. 왜 괴로웠는지도 모르겠고."

"루이제, 당신은 정말 농담을 몰라. 하지만 기분 나쁘게 생각하진 않으리다. 그럴 만한 일도 아니고. 말이 나왔으니까 말인데 우린 신혼여행도 안 갔잖소. 장인어른이 반대하셨지. 하지만 에피는 신혼여행을 간다고. 정말 부럽다니까. 열시 기차로 떠났으니까 지금쯤 레겐스부르크를 지나가고 있을 거요. 인슈테텐이 에피에게 발할라*의 중요한 보물에 대해 자세히 설명해주고 있을 것 같은데. 물론 기차에서 내리지는 않겠지. 그는 뛰어난 인물이지만 예술을 숭배하는 바보 같은 면이 있지. 하지만 에피, 오, 가엾은 우리 에피는 자연의 아이요. 인슈테텐이 예술에 대한 열정으로 에피를 괴롭힐 것 같아서 걱정이야."

"모든 남자는 다 아내를 괴롭혀요. 예술에 대한 열정이 크게 나쁜 것도 아니고요."

"아니지, 물론 아니지. 어쨌든 이 문제로 싸우지는 맙시다. 그건 간단한 문제가 아니오. 또 사람마다 다르기도 하고. 당신이라면, 그래, 당신이라면 괜찮았을 거야. 에피보다 오히려 당신이 인슈테텐에게 어울렸을 거야. 유감스럽게도 너무 늦었어."

"정말 여자 마음에 드는 말만 한다니까. 틀린 말이라는 게 흠이지만. 아무튼 다 지나간 일이에요. 이제 인슈테텐은 사위가 되었고, 지나간 젊은 날을 계속 돌아보는 건 쓸데없는 짓이에요."

---

* 독일의 유명한 인물들의 흉상이 있는 레겐스부르크 인근의 기념사원.

"난 그저 당신 기분을 북돋워주려고 했을 뿐이오."

"정말 고맙군요. 하지만 필요 없어요. 이미 충분히 북돋워져 있으니까."

"좋기도 하고?"

"그런 셈이죠. 그러니까 제발 망치지 말아주세요. 또 있어요? 하고 싶은 말이 있는 것 같은데."

"에피 행동이 마음에 들었소? 이 일 전부가 마음에 들었소? 에피는 특이한 아이요. 아직 반은 아이 같지만 자의식이 아주 강하지. 인슈테텐 같은 남자 앞에서는 다소곳해야 하는데 절대 안 그러지. 그의 좋은 점이 뭔지 아직 모르기 때문일 수도 있지. 아니면 단순히 그를 진심으로 사랑하지 않는 걸까? 만약 그렇다면 좋지 않아요. 인슈테텐은 장점이 많지만 에피의 사랑을 가벼운 방식으로 얻을 타입은 아니거든."

잠자코 뜨개실의 코를 세던 브리스트 부인이 입을 열었다.

"브리스트, 식사 때 연설을 포함해서 지난 사흘간 당신이 한 말 중에서 가장 분별 있는 말이네요. 나도 그런 의심을 했지만 안심해도 될 것 같아요."

"그애가 마음을 털어놓았소?"

"그런 표현은 쓰고 싶지 않아요. 그애는 말은 하고 싶어하지만 속마음을 명확하게 드러내려고 하지는 않아요. 많은 것을 혼자 속으로 해결하지요. 수다스러우면서도 폐쇄적이라고 할 만큼 내성적인 아이예요. 두 가지가 묘하게 섞여 있다니까요."

"나도 그렇게 생각해. 한데 말을 안 했다면 어떻게 아는 거요?"

"그냥 그애가 속마음을 털어놓지 않았다는 말이에요. 그앤 영혼의 짐을 다 내려놓는 고해 같은 건 하지 않아요. 모든 게 갑자기 확 쏟아져나오는가 싶으면 벌써 지나가지요. 하지만 의도한 게 아니라 우연처럼 영혼에서 흘러나온 거라서 중요해 보였어요."

"언제? 어떤 계기로?"

"꼭 삼 주 전이에요. 정원에서 크고 작은 혼수용품을 손질하고 있는데 빌케가 인슈테텐의 편지를 가져왔어요. 그런데 에피는 편지를 주머니에 그냥 집어넣더라고요. 그래서 십오 분이 지난 다음 편지 이야기를 했지요. 그런데 편지를 읽은 애가 표정 하나 안 바뀌더라고요. 솔직히 갑자기 불안해졌어요. 얼마나 불안한지 이런 일이 생기면 보통 사람들이 하는 정도는 확인을 해야겠다는 생각이 들었어요."

"그럼, 그럼."

"무슨 뜻이에요?"

"나는 다만…… 아무래도 상관없어. 어서 이야기나 계속해요. 열심히 듣고 있으니까."

"그래서 사정이 어떤지 솔직하게 물어봤어요. 그애 성격을 아니까 엄숙한 말투는 피하고 모든 일을 가능한 한 가볍게, 그래요, 장난으로 받아들인 것처럼 혹시 다고베르트와 결혼하고 싶으냐고 물었어요. 그애가 베를린에서 에피의 비위를 무척 잘 맞췄거든요. 사촌 오빠와 결혼하고 싶으냐고……"

"그랬더니?"

"당신이 그애 얼굴을 봤어야 하는데. 바로 건방지게 깔깔 웃더라고요. 다고베르트는 제복을 입은 커다란 사관학교 생도일 뿐이라며 생도를 사랑할 순 없대요. 하물며 결혼이라니, 말도 안 된대요. 그러고는 갑자기 인슈테텐을 남성적인 미덕을 모두 갖춘 남자로 그리는 거예요."

"당신은 그걸 어떻게 생각하오?"

"아주 간단해요. 에피는 영리하고 활달하고 정열적이기까지 하지만 사랑에 목을 매는 타입은 아니에요. 어쩌면 그런 성격이니까 그런지도 모르지만, 어쨌든 적어도 진짜 사랑이라고 할 만한 것에 목을 매진 않아요. 강조하면서 확신에 찬 어조로 사랑 이야기를 하지만 사랑이란 가장 고결하고 아름답고 멋진 거라는 구절을 어디선가 읽어서 그러는 것뿐이에요. 감상적인 훌다가 하는 말을 듣고 따라하는 걸 수도 있고요. 하지만 그런 말을 하며 느끼는 게 많지는 않은 것 같아요. 물론 그런 일이 일어날 수도 있지요. 하느님의 가호로 제발 그런 일이 없기를! 하지만 아직은 없어요."

"그럼 뭐가 있는데? 그애 문제가 뭐요?"

"나도 확인하고 그애도 확인했지만 그애는 즐기려는 욕망과 명예욕, 이 두 가지를 갖고 있어요."

"그럴 수 있지. 그렇다면 안심이오."

"난 아니에요. 인슈테텐은 성공을 좇는 사람이에요. 출세에 목매는 사람이라고 하고 싶진 않아요. 사실 그러지도 않고요. 그러기엔 너무 고결하니까. 어쨌든 성공을 좇는 사람이고, 그 점은 에피의 명예욕을 만족시켜줄 거예요."

"그렇다면. 좋은 거요."

"예, 좋지요! 하지만 반만 좋은 거예요. 명예욕은 만족되겠지만 재미와 모험을 추구하는 경향도 그럴까요? 아닐걸요. 인슈테텐은 재기발랄한 그애가 원수처럼 싫어하는 지루함을 달래주려고 소소한 재미와 자극을 매 시간 챙겨주지는 못할 거예요. 물론 정신적으로 공허하게 살게 하진 않겠지요. 영리하고 세상을 잘 아는 사람이니까. 하지만 그애를 특별히 즐겁게 해주지도 않을 거예요. 그 문제를 어떻게 풀어야 할지 한 번도 심각하게 고민하지 않을 거라는 게 가장 나쁘지요. 한동안은 별문제가 없겠지만 결국 그애는 사실을 깨달을 테고 상처를 받을 거예요. 그럼 무슨 일이 벌어질지 모르겠어요. 온화하고 너그러우면서도 격렬해서 무슨 짓이든 저지를 수 있는 아이니까요."

그때 빌케가 홀에서 돌아와, 그릇 개수를 확인했는데 없어진 것이 없다고 보고했다. 얇은 포도주 잔 한 개가 깨졌지만 어제 건배할 때 훌다 양이 닌케르켄 소위와 잔을 너무 세게 부딪치는 바람에 깨졌다고 했다. 브리스트 부인이 말했다.

"당연해. 옛날부터 라일락나무 밑에 누워서 잠만 자니까 좋은 일이 일어날 리가 있나. 어리석은 아이라니까. 나는 닌케르켄도 이해할 수 없어요."

"나는 완전히 이해할 수 있소."

"하지만 닌케르켄은 훌다와 결혼할 수 없어요."

"없지."

"그럼 닌케르켄은 왜 그러죠?"

"그건 간단한 문제가 아니오, 루이제."

두 사람은 결혼식 다음날에 그런 이야기를 나누었다. 사흘 후 뮌헨에서 휘갈겨 쓴 작은 엽서가 날아왔다. 모든 이름은 두 개의 철자로 줄여 적었다.

사랑하는 엄마!

오늘 아침에는 피나코텍 미술관에 갔었어요. 게르트는 다른 곳에도 가고 싶어했지만 그곳 이름은 안 쓸게요. 철자를 모르지만 게르트에게 물어보고 싶지도 않거든요. 그이는 저한테 천사처럼 잘해주고 하나하나 자세히 설명해준답니다. 모두 다 아름답지만 힘이 들어요. 이탈리아에 가면 아마 좀 편하고 좋아지겠지요. 우리는 '사계절'이란 호텔에 묵고 있는데 게르트는 그 이름을 보고 바깥은 가을이지만 내 안에서 봄을 느낀다고 했어요. 재치 있는 말 같아요. 그이는 아무것도 허투루 보지 않아요. 물론 그이가 말을 하거나 설명할 때는 나도 그래야 해요. 그이는 책을 찾아볼 필요가 없을 만큼모든 것을 아주 잘 알아요. 또 두 분, 특히 엄마 이야기 하는 것을좋아하지요. 훌다는 얌전한 척하는 것 같고 니마이어 목사님은 매력적인 분이래요. 그럼 안녕히 계세요.

황홀하지만 조금 피곤한 두 분의

에피 올림

인스부르크, 베로나, 비첸차, 파도바에서 날마다 그런 엽서가 날아왔다. 서두는 하나같이 "오늘 아침 우리는 이곳의 유명한 미술관에 갔어요" 혹은 미술관이 아니면 어느 경기장이나 '산타 마리아'라는 교회에 갔다는 말로 시작했다. 에피는 파도바에서 엽서와 함께 비로소 편지다운 편지를 보냈다.

우리는 어제 비첸차에 갔어요. 팔라디오* 때문이라도 비첸차는 꼭 구경해야 해요. 게르트가 모든 현대적인 것은 팔라디오에 뿌리를 두고 있다고 하더라고요. 물론 건축예술 분야에서 말이죠. 오늘 새벽에 파도바에 도착했는데 게르트는 호텔 마차를 타고 가면서 "그는 파도바에 묻혀 있습니다"**라고 몇 번이나 혼자 중얼거리더라고요. 내가 처음 들어보는 말이라고 했더니 깜짝 놀랐어요. 하지만 나중에는 괜찮다면서 내가 그것을 모르는 게 장점이라고 했어요. 게르트는 항상 무척 공정하답니다. 무엇보다 나한테 천사처럼 잘해주고 잘난 척도 하지 않고 나이 든 티를 내지 않지요. 나는 여전히 발이 아프고, 책자를 뒤적이는 것도 그림 앞에 오래 서 있는 것도 힘들어요. 하지만 어쩔 수 없지요. 어서 베네치아에 가면 좋겠어요. 베네치아에서는 닷새나 어쩌면 일주일 동안 있을 거예요. 게르트는 벌써 열을 내며 산마르코 광장의 비둘기 이야기를 해주었답니다. 광장에서 완두콩이 든 봉지를 사서 예쁜 비둘기들한테 모이를 준다고요. '홀다 타입'의 예쁜 금발 소녀들이 모이를 주는 모습을 그린 그림들도 있다더라고요. 하지만 나는 헤르타와 베르타 생각도 났어요. 아, 우리집 마당에서 친구들과 마차 채 위에 앉아 우리 공작비둘기들한테 모이를 줄 수 있다면 세상 모든 것을 내놓을 수 있을 것 같아요. 엄마 아빠, 모이주머니가 튀어나온 공작비둘기는 다시 보고 싶으니까 절대 잡아먹지 마세요. 아, 여기는 정말 아

---

* 비첸차의 교회와 건물을 지은 이탈리아의 유명한 건축가.
** 괴테의 『파우스트』 제1부에서 메피스토펠레스가 그레트헨의 이웃에 사는 마르테 슈베르틀라인에게 남편의 죽음을 알리는 대사.

름다워요. 세상에서 제일 아름다운 곳이라는 말도 있지요.

행복하지만 조금 피곤한 두 분의

에피 올림

브리스트 부인은 편지를 소리내어 읽고는 말했다.

"불쌍한 것. 여기가 그리운 거예요."

"그래, 그리운 거야. 빌어먹을 여행……"

"왜 지금 와서 그런 말을 하세요? 못 가게 막을 수도 있었잖아요. 당신은 늘 뒤늦게 현자처럼 군다니까. 소 잃고 외양간 고치는 식이라고요."

"아, 루이제, 나한테 그렇게 말하지 마요. 에피는 우리 딸이지만 10월 3일부터 인슈테텐 남작 부인이야. 남편, 그러니까 사위가 신혼여행을 하고 그 김에 미술관 목록을 새로 만들겠다면 내가 무슨 수로 말리겠소. 결혼이란 그런 거라오."

"이제야 인정하시네. 여자들은 마음대로 할 수 있는 게 하나도 없다고 하면 항상 아니라고 했잖아요."

"그래요, 루이제. 그랬지. 하지만 왜 지금 그런 말을 해. 그거야말로 진짜 간단한 문제가 아니라오."

제6장

에피와 인슈테텐은 카프리와 소렌토까지 갔다. 인슈테텐의 휴가는 11월 중순까지였다. 그는 성격적으로나 습관적으로 시간을 정확하게 지켰기 때문에 14일 새벽 급행열차로 베를린에 도착했다. 다고베르트는 사촌 여동생 부부를 반갑게 맞으면서 슈테틴행 기차가 출발하려면 두 시간이 남았으니까 성 프리바트 파노라마*를 구경한 다음 간단하게 늦은 아침을 먹는 것이 어떻겠느냐고 했다. 두 사람은 두 제안을 감사하게 받아들였다. 정오 무렵 세 사람은 다시 역에 모였다. 에피와

---

* 파노라마는 배경과 전면에 원형 그림과 플라스틱 모형 들을 놓고 효과음이나 음악 혹은 조명을 통해 관람객에게 높은 곳에서 사건에 참여하는 느낌을 유발하는 장치로 19세기에 전쟁 장면을 묘사하는 데 이용되었다. 성 프리바트 파노라마에는 독일과 프랑스의 성 프리바트 전투를 묘사한 에밀 휜텐의 원형 그림이 있다.

인슈테텐은 다고베르트에게 "언제 한번 놀러 오라"는 다행히 부담 없는 인사를 의례적으로 한 뒤 다정하게 악수하고 헤어졌다. 에피는 자리에 앉고 나서도 내내 손을 흔들다가 기차가 움직이기 시작하자 비로소 편히 눈을 감았다. 그리고 이따금 몸을 바로하고 남편에게 손을 내밀었다.

편안한 여행이었고 기차는 정각에 클라인 탄토 역에 도착했는데 케신에 가려면 국도를 따라 3킬로미터를 더 올라가야 했다. 여름철, 특히 해수욕장이 개장할 때면 국도보다는 수로를 이용하여 '불사조' 호를 타고 케시네라는 작은 강을 따라 내려갔다. 케신이라는 도시 이름은 바로 케시네 강에서 유래했다. 낡은 증기선 불사조호는 10월 1일이 되면 규정에 따라 운행을 중단했는데 사람들은 손님이 없을 때 그 배가 자기 이름처럼 불에 타버리기를 오랫동안 바라왔다. 하지만 불사조호는 매번 그런 소망을 거스르고 이듬해 여름이면 어김없이 모습을 드러냈다. 따라서 인슈테텐은 슈테틴에서 마부 크루제에게 전보를 쳤다. "다섯시 클라인 탄토 역 도착. 날씨가 좋으면 지붕 없는 마차 준비."

날씨가 좋아서 크루제는 지붕 없는 마차를 준비하고 역 앞에 서 있다가 주인 내외를 맞았다. 주인을 모시는 마부답게 깍듯이 예의를 차리는 크루제에게 인슈테텐이 물었다.

"자, 크루제, 준비됐나?"

"예, 군수님."

"그럼, 에피, 타요."

에피는 권하는 대로 마차에 탔고, 역에서 일하는 사람 하나가 작은

손가방을 마부 자리에 놓았다. 인슈테텐은 나머지 짐은 나중에 승합
마차로 보내라고 지시하고는 자리에 앉았다. 그리고 마차 주위에 둘
러서 있는 사람들 중 하나에게 소탈하게 담뱃불을 빌리고는 소리쳤다.

"출발하게, 크루제."

마차는 선로들이 엇갈리는 건널목을 지나 철둑을 비스듬히 따라 내
려가 '비스마르크 후작에게'라는 여관을 지나갔다. 거기서 길이 갈라
져서 오른쪽으로 가면 케신이 나오고, 왼쪽으로 가면 비스마르크의
영지가 있는 바르친이 나왔다. 국도 옆의 여관 앞에는 중키에 어깨가
넓은 남자가 모피 외투에 모피 모자를 쓰고 서 있었다. 남자는 군수가
마차를 타고 지나가자 품위 있게 모자를 벗어 들었다.

보이는 것마다 흥미로웠던 에피는 기분이 좋아서 물었다.

"누구예요? 꼭 폴란드 마을 촌장 같아요. 솔직히 실제로 본 적은 없
지만."

"상관없어요, 에피. 본 적이 없다면서 잘 맞히는구려. 진짜 폴란드
마을 촌장처럼 보이는데다가 실제로 그 비슷한 인물이거든. 반은 폴
란드 사람이지. 골호브스키라고 하는데, 선거나 사냥 때면 설치고 다
니지요. 어디서 왔는지 모르는 뜨내기요. 믿을 수 없는 자야. 양심에
걸리는 일도 많을걸. 하지만 충성스런 왕당파처럼 행동하고 바르친의
후작이 지나가면 마차 앞에 몸이라도 던질 태세라오. 내가 알기론 후
작도 저자를 좋아하지 않아요. 하지만 무슨 수가 있겠소? 필요한 사
람이라서 사이가 틀어지면 안 되는데. 저자는 이 지역을 손 안에 쥐고
있고, 선거운동이라면 그 누구보다 잘 안다오. 부자라는 소문도 있어
요. 고리로 돈을 빌려준다지. 폴란드 사람들은 보통 그런 짓을 안 해

요. 오히려 그 반대인 경우가 대부분이지."

"잘생긴 것 같아요."

"음, 잘생겼지. 여기 사람들은 대부분 외모가 괜찮아요. 잘생긴 사람들이지. 그 점이 그들의 최고 장점이오. 당신이 태어나고 자란 마르크 지방 사람들은 여기 사람들보다 외모가 빠지고 호감이 안 가고 태도도 정중함이 모자라지, 아니, 전혀 정중하지 않지만, 마르크 지방 사람들이 그렇다면 그런 거고 아니라면 아닌 거요. 어쨌든 신뢰할 수 있는 사람들이지. 하지만 여기선 모든 게 불확실하다오."

"왜 그런 말을 해요? 여기서 같이 살아야 할 사람들인데."

"당신은 아니오. 당신은 그 사람들에 관해 많이 듣지도, 그 사람들을 자주 만나지도 않을 거요. 여긴 도시와 시골이 딴판이거든. 당신은 도시 사람들, 우리 훌륭한 케신 사람들만 사귀게 될 거요."

"우리 훌륭한 케신 사람들? 비웃는 거예요, 아니면 진짜 훌륭해요?"

"진짜 훌륭하다고는 하지 않겠소. 하지만 시골 사람들하곤 달라요. 비슷한 점이 하나도 없다고 할 수 있지."

"어떻게 그래요?"

"혈통도 인간관계도 완전히 다른 사람들이거든. 아마 들은 적이 있을 텐데 당신이 여기 내륙 쪽에서 만나게 될 사람들은 이른바 카슈브인들이오. 슬라브족으로 천 년 전부터 여기서 살고 있지. 훨씬 더 오래전부터였을지도 모르고. 하지만 해안가 쪽 소도시와 상업 도시에 사는 사람들은 모두 먼 곳에서 이주해 온 사람들이오. 그 사람들은 카슈브 내륙 지방에는 그다지 관심이 없어요. 거기선 이익을 기대할 수 없고, 전혀 다른 것에 생계를 의지하기 때문이지. 그러니까 그들이 거래하는 곳에 의지하지. 전 세계와 거래하고 전 세계와 관계를 맺고 있으니까 당신은 앞으로 전 세계 곳곳에서 온 사람들을 만날 수 있을 거요. 새둥지처럼 작지만 우리의 훌륭한 케신에도 그런 사람들이 있다오."

"멋있어요, 게르트. 계속 새둥지라고 하지만 과장이 아니라면 완전히 새로운 세계 같아요. 이국적인 정취가 가득한 곳. 그런 걸 말하는 거죠, 그렇죠?"

인슈테텐이 고개를 끄덕였다. 에피가 말을 이었다.

"완전히 새로운 세계예요. 흑인이나 터키인도 있을걸요. 어쩌면 중국인도 있을 테고."

"음, 중국인도 있지. 진짜 족집게네. 한 명쯤 더 있을 가능성은 얼마든지 있지만 아무튼 옛날에는 확실히 중국인이 한 명 있었소. 지금은 교회 묘지 바로 옆 울타리가 쳐진 작은 땅에 묻혀 있는데 무섭지 않다면 언제 보여주리다. 무덤은 해변의 모래언덕 사이에 있소. 주위에는 갯보리가 자라고 엉겅퀴 몇 송이가 피어 있기도 하지. 항상 파도 소리가 들리고, 무척 아름다우면서도 으스스한 곳이라오."

"정말 으스스하네요. 더 얘기해줘요. 아니, 안 하는 게 낫겠어요. 나는 바로 환영을 보고 꿈을 꾸거든요. 오늘밤 잘 자고 싶은데 중국인이 내 침대로 걸어오는 걸 보고 싶지는 않아요."

"중국인도 그러지 않을걸."

"중국인도 그러지 않을 거다. 어조가 묘한데요. 꼭 그럴 수도 있다는 말 같아요. 케신을 흥미로운 곳으로 만들고 싶나본데 조금 지나치네요. 그런데 케신에는 그런 외국인들이 많아요?”

“아주 많지. 도시 전체가 그런 외국인으로 이루어져 있으니까. 부모나 조부모가 어딘가 다른 곳에 사는 사람들이지요.”

“정말 신기해요. 좀더 얘기해줘요. 하지만 무서운 이야기는 안 돼요. 난 중국인은 항상 으스스해요.”

인슈테텐이 웃음을 터뜨렸다.

“그래요, 중국인은 그렇지. 다행히 나머지는 전혀 그렇지 않은 사람들이오. 점잖은 사람들이지. 약간 지나치게 장사치 같고, 약간 지나치게 계산적이고, 항상 진짜인지 의심스러운 어음을 손에 쥐고 있긴 하지만. 그래요, 그들을 대할 때는 조심해야 하오. 하지만 그것 빼고는 친절한 사람들이지. 내 말이 꾸며낸 얘기가 아니라는 걸 증명해보리다. 예를 들어볼게요. 목록이나 인명색인 같은 거지.”

“그래요, 게르트. 해줘요.”

“이를테면 우리집에서 채 오십 보도 떨어지지 않은 곳에 맥퍼슨이란 사람이 살아요. 그 사람 정원과 우리집 정원이 맞닿아 있지. 맥퍼슨은 공사장 장비랑 굴착기 주임인데 진짜 스코틀랜드 고원지대 사람이라오.”

“혹시 아직도 체크무늬 치마를 입어요?”

“아니, 다행히 아니오. 스코틀랜드족도 월터 스콧*도 특별히 자랑스러워하지 않을 쪼그라든 남자거든. 맥퍼슨이 사는 건물에는 베차라는 늙은 외과의사도 산다오. 원래 이발사였는데 리스본 출신이지. 덴

---

* 스코틀랜드의 소설가.

마크의 유명한 드메차 장군의 고향 말이오. 메차, 베차, 발음을 보면 벌써 고향이 같다는 걸 알 수 있을 거요. 또 강 위쪽 선창가, 그러니까 배들이 정박하는 부두에는 슈테딩크라는 금세공사가 산다오. 스웨덴의 유서 깊은 가문 출신인데, 내 기억으로는 이름이 같은 백작들이 있을 거요. 또 있지만 오늘은 한 명만 더 소개하고 끝내지. 케신에는 한네만이라는 훌륭한 나이 든 의사도 있다오. 당연히 덴마크인이고, 오랫동안 아이슬란드에 있으면서 그곳의 헤클라인가 크라블라인가 하는 화산의 마지막 분출에 대해 얇은 책까지 썼다오."

"굉장해요, 게르트. 여섯 권짜리 대하소설처럼 도무지 끝날 기미가 안 보이네요. 처음엔 소시민들 같았는데 이제 보니 진짜 독특한 사람들이네요. 그런데 바닷가 도시니까 외과의사나 이발사 말고 다른 사람도 있을 것 같아요. 선장도 있고, 방황하는 네덜란드인*이나 아니면……"

"그래요, 선장도 있지. 검은 깃발 밑에서 일한 해적**이었지."

"모르겠는데. 검은 깃발이 뭐예요?"

"저 먼 베트남 통킹 만과 남쪽 바다에 사는 사람들인데…… 하지만 선장은 다시 사람들과 섞여 살면서부터 아주 예절 바르고 재미있는 사람이 되었다오."

"그래도 무서울 것 같아요."

"무서워할 것 없어요. 시골에 가거나 후작의 차 모임에 가느라 내

---

* 생전의 타락한 생활 때문에 유령선을 타고 바다를 한없이 떠돌아다니는 전설의 인물. 바그너의 같은 이름의 오페라는 이 전설에 토대를 두고 있다.
** 1850년 중국에서 일어난 태평천국운동의 잔당으로 1886년까지도 통킹 만에서 프랑스인에 대항해 싸웠다.

가 집을 비울 때도 마찬가지요. 우리한테는 다른 것도 있지만 다행히 롤로도 있거든……"

"롤로요?"

"그래요, 롤로. 당신이 니마이어나 얀케 집에서 그 이름을 들었다면 지금 노르망디의 롤로 대공을 생각할 테지. 우리 롤로도 그 비슷하지만 뉴펀들랜드 종 개일 뿐이오. 잘생겼지. 롤로는 나를 좋아하는데 아마 당신도 좋아할 거요. 사람을 보는 눈이 있거든. 롤로가 옆에 있으면 안심해도 돼요. 산 사람도 죽은 사람도 절대 가까이 오지 못할 테니까. 에피, 하늘을 좀 보구려. 아름답지 않소?"

에피는 잠자코 생각에 잠겨 한 마디 한 마디를 두려워하면서도 목마른 듯 빨아들이다가 자세를 바로하고 오른쪽 하늘을 올려다보았다. 빠르게 흘러가는 하얀 구름 사이로 커다랗고 둥그런 구릿빛 달이 막 얼굴을 내밀었다. 달은 오리나무 숲 너머에서 케시네 강의 드넓은 수면에 빛을 뿌렸다. 강이 그 지점에 이르러 폭이 넓어진 것이리라. 아니면 바닷물이 만든 해안호일 수도 있었다.

에피는 몽롱해졌다.

"그러네요, 게르트. 아름다워요. 하지만 섬뜩한 데가 있어요. 이탈리아에선 그런 적이 없었는데. 메스트레에서 베네치아로 건너갈 때도 안 그랬어요. 그때도 물과 늪과 달빛이 있었죠. 다리가 무너질까 겁이 났지만 이렇게 음울하고 섬뜩하진 않았어요. 왜 그럴까? 북쪽이라서 그런가?"

인슈테텐이 웃음을 터뜨렸다.

"호엔크레멘에서 북쪽으로 겨우 이십오 킬로미터 떨어진 곳이오.

북극곰이 내려오려면 아직도 한참 기다려야 해요. 긴 여행에 성 프리바트 파노라마와 중국인 이야기 때문에 예민해졌나본데."

"그 이야긴 하지도 않았잖아요."

"그래요, 이름만 말했을 뿐이지. 하지만 중국인은 그 자체로 이미 이야기니까……"

"맞아요."

에피는 웃으며 대답했다. 인슈테텐이 말을 이었다.

"어쨌든 곧 괜찮아질 거요. 저 앞에 불을 밝힌 작은 집이 보이지? 대장간이오. 거기서 길이 굽어지는데 모퉁이를 돌면 케신 탑이 보일 거요. 정확히 말하면 두 개가……"

"탑이 두 개예요?"

"그렇소. 케신은 번영하고 있다오. 지금은 가톨릭 교회까지 있지."

삼십 분 후 마차는 시내의 반대쪽 끝에 있는 군수 저택에 도착했다. 저택은 소박하고 약간 구식인 목조건물이었는데 앞쪽으로 해수욕장으로 가는 큰 도로가 내다보이고 합각머리 지붕 쪽으로 '농장'이 내다보였다. 농장은 시내와 모래언덕 사이에 있는 작은 숲의 이름이었다. 이 구식 목조건물은 인슈테텐의 사택이었고, 사무실은 비스듬한 방향으로 길 건너편에 있었다.

크루제는 주인 내외의 도착을 알리려고 채찍을 세 번 휘두를 필요가 없었다. 식구들이 아까부터 대문과 창문으로 내다보다가 마차가 도착하기도 전에 넓은 보도를 다 차지하는 돌 문턱에 벌써 다 나와 서 있었기 때문이다. 마차가 멈추자 맨 앞에 있던 롤로가 마차 주위를 빙

빙 돌기 시작했다. 인슈테텐은 젊은 아내가 마차에서 내리는 것을 도와주고는 그녀와 팔짱을 끼고 하인들에게 따뜻한 인사를 건네며 집 안으로 들어갔다. 하인들도 고풍스럽고 화려한 벽장들이 늘어선 현관으로 주인 내외를 따라 들어왔다. 예쁘장한 하녀가 마님이 토시와 외투를 벗는 것을 도와주고는 허리를 굽혀 모피로 안을 댄 고무장화를 벗기려고 했다. 하녀는 어리다고는 할 수 없지만 풍만한 몸매하며 금발 머리에 쓴 우아한 모자하며 모두 아주 잘 어울렸다. 그녀가 장화를 채 벗기기도 전에 인슈테텐이 말했다.

"여기서 우리 식구들을 소개하는 게 좋겠소. 크루제 부인은 사람들 앞에 나타나는 걸 좋아하지 않으니까 빼야겠는데. 분명 또 검은 닭하고 있겠지."

모두 빙그레 웃는 가운데 인슈테텐이 소개를 계속했다.

"크루제 부인은 내버려두고…… 이 사람은 내 오랜 친구 프리드리히요. 대학 시절부터 같이 지냈지…… 안 그런가, 프리드리히? 좋은 시절이었지…… 여기는 요한나요. 당신처럼 마르크 지방 출신이지. 파제발크 사람도 마르크 사람으로 인정한다면 말이지. 여기는 크리스텔이오. 점심과 저녁 때마다 우리의 건강을 책임지지. 장담하지만 요리 솜씨가 아주 좋다오. 그리고 여기는 롤로요. 롤로, 어떻게 지냈지?"

롤로는 그렇게 특별히 말을 걸어주기만을 기다린 것 같았다. 이름을 듣자마자 기쁜 듯 컹컹 짖고는 벌떡 일어나 주인의 어깨에 앞발을 척 올려놓았다.

"그만해, 롤로, 그만. 저길 보렴. 내 아내란다. 네 이야기를 해주었단다. 멋진 동물이고 든든하게 지켜줄 거라고."

그러자 롤로는 발을 내리고 인슈테텐 앞에 앉아 궁금한 듯 젊은 부인을 올려다보았다. 그리고 에피가 손을 내밀자 재롱을 부리며 살갑게 굴었다.

에피는 식구들을 소개받으며 주위를 둘러보았다. 마법에 걸린 느낌이었다. 불빛이 너무 밝아서 눈이 부셨다. 현관 앞쪽에만 네다섯 개의 촛대가 벽에 걸려 있었다. 촛대 자체는 그냥 양철로 된 원시적인 촛대였지만 그래서 불빛이 더 밝은 것 같았다. 떡갈나무 장롱들 사이에 있는 접이식 탁자 위에는 니마이어 목사의 결혼 선물인 석유등 두 개가 놓여 있었다. 붉은 천이 덮인 석유등 앞쪽에는 차 도구가 준비되어 있고, 주전자 밑의 램프에는 벌써 불이 켜졌다. 이상한 물건들이 더 있었다. 세 개의 대들보가 복도 위 천장을 똑같이 세 부분으로 비스듬하게 가르고 있었다. 맨 앞쪽 대들보에 후갑판이 높고 대포가 있고 돛을 활짝 펼친 배가 달려 있었다. 더 뒤쪽에는 공중에서 헤엄을 치는 것처럼 보이는 거대한 물고기가 있었다. 에피가 손에 들고 있던 우산으로 톡 쳤더니 물고기가 그네를 타듯 천천히 왔다갔다했다.

"이게 뭐예요, 게르트?"

에피가 물었다.

"상어요."

"저 뒤쪽 저건요? 담배 가게 앞에 있는 커다란 담배처럼 보여요."

"새끼 악어요. 내일 아침에 더 자세히 볼 수 있을 거요. 지금은 이리 와서 차나 듭시다. 담요와 이불을 많이 둘렀다고 해도 꽁꽁 얼었을 거요. 나중엔 살을 에는 것 같았으니까."

인슈테텐은 에피에게 팔을 내밀어 팔짱을 끼고 안으로 들어갔다.

하녀들은 물러가고 프리드리히와 롤로만 뒤를 따랐다. 에피는 바깥 현관에서 그랬듯이 왼쪽의 거실과 서재로 들어서면서도 깜짝 놀랐다. 그 말을 하려는데 인슈테텐이 커튼을 옆으로 홱 젖혔다. 그러자 마당과 정원 쪽으로 난 큼지막한 방이 모습을 드러냈다.

"에피, 당신 방이오. 프리드리히와 요한나가 내 지시대로 정성을 다해 꾸며놓았을 거요. 내가 보기에는 괜찮은 것 같은데 마음에 들었으면 좋겠구려."

에피는 팔을 빼고는 발돋움을 하여 남편에게 다정하게 입을 맞추어주었다.

"부족한 날 위해 이렇게까지 해주다니. 그랜드피아노며 터키산처럼 보이는 양탄자며 작은 물고기들이 노니는 어항에 화분대까지. 눈길을 돌리는 곳마다 다 마음에 들어요. 너무 호강하는 것 같아요."

"에피, 당연하다고 생각해요. 다 당신이 젊고 예쁘고 사랑스러워서 받은 거니까. 케신 사람들도 당신이 그렇다는 걸 곧 알게 될 거요. 그런데 이런 것들이 어디서 왔는지는 모르겠는걸. 적어도 나는 화분대는 모르는 일이야. 프리드리히, 화분대는 누가 보낸 거지?"

"기스휘블러 약사님이요…… 명함이 꽂혀 있을 겁니다."

"아, 기스휘블러, 알론초 기스휘블러."

인슈테텐은 기분좋게 웃으면서 약간 낯선 이름이 적힌 명함을 내밀었다.

"기스휘블러 이야기를 그만 깜빡 잊었구려. 덧붙이면 그는 박사학위도 갖고 있다오. 하지만 박사님이라고 부르는 걸 좋아하지 않지. 진짜 박사님들이 화를 낸다나. 그 말이 맞을 거요. 어쨌든 그를 만나게 될 거요. 곧. 그는 여기서 제일 좋은 사람이고 예술을 좋아하는 괴짜지. 무엇보다 선량하고 이해심이 많다오. 사실 그 점이 제일 중요하지. 이제 그만 앉아서 차를 듭시다. 어디서 마실까? 여기 당신 방에서 마실까, 저쪽 내 방에서 마실까? 더 고르고 말고 할 게 없어요. 내 집은 작고 좁은 오두막이니까."

에피는 별생각 없이 구석에 있는 작은 소파에 앉으며 대답했다.

"오늘은 여기 있어요. 오늘은 당신이 손님이에요. 이러는 게 더 좋겠어요. 차는 늘 내 방에서 마시고, 아침은 당신 방에서 먹어요. 그럼 공평하잖아요. 어디가 더 마음에 들지 궁금한데요."

"매일 아침과 저녁마다 문제가 되겠는걸."

"그래요. 하지만 그 문제가 어떤지, 정확히 말하면, 우리가 그 문제를 어떻게 생각하는지가 중요하잖아요."

에피는 웃으면서 남편에게 바짝 기대며 손에 입을 맞추려고 했다. 하지만 인슈테텐이 말렸다.

"아니, 에피. 그러지 마요. 나는 존경받는 인물이 되고 싶지 않아요. 케신 사람들한테나 그런 사람이지. 당신에게는……"

"뭔데요?"

"그만둡시다. 말하지 않는 게 좋겠소."

제7장

다음날 아침 눈을 떴더니 벌써 날이 훤하게 밝았다. 에피는 정신을 차리려고 애를 썼다. 어디지? 그렇다, 케신의 인슈테텐 군수 집이고, 그녀는 그의 아내 인슈테텐 남작 부인이었다. 그녀는 몸을 일으켜 주위를 둘러보았다. 어젯밤에는 어찌나 피곤한지 주위를 자세히 둘러보지 못했다. 모든 것이 낯설고 구식처럼 보였다. 기둥 두 개가 천장의 대들보를 받치고 있고, 초록색 커튼이 알코브*와 방의 다른 부분을 가르고 있었다. 침대 가운데에만 커튼이 없었는데 젖혀놓은 것일 수도 있었다. 그래서 침대에 앉은 채로 편하게 방 안을 둘러볼 수 있었다. 좁고 기다란 거울이 창문과 창문 사이에 있고, 그 오른쪽으로 벽 가까

---

* 서양식 건축에서 벽면을 쑥 들어가게 만들어 침대를 들여놓은 곳.

이 검고 커다란 타일 난로가 있었다. 어젯밤에 벌써 알아차렸지만 난로는 바깥에서 불을 때는 옛날식이었다. 난로에서 온기가 밀려왔다. 집에 있다는 것은 얼마나 좋은가. 여행하면서 한 번도, 소렌토에서조차도 이렇게 마음이 편안한 적이 없었다.

인슈테텐은 어디 있지? 주위는 쥐죽은 듯 조용했고 인기척이 없었다. 벽에 걸린 작은 추시계가 똑딱거리는 소리만 들릴 뿐이었다. 이따금 난로에서 둔탁한 소리가 났다. 복도에서 누가 난로에 장작 몇 개를 새로 넣은 모양이었다. 어젯밤 인슈테텐이 전기로 울리는 종 이야기를 했던 생각이 서서히 떠올랐다. 오래 찾을 필요도 없었다. 상아로 된 작고 하얀 단추가 베개 바로 옆에 있었다. 에피가 단추를 가볍게 누르자 바로 요한나가 나타났다.

"마님, 부르셨어요?"

"아, 요한나, 내가 늦잠을 잤나봐요. 시간이 꽤 된 것 같은데."

"막 아홉시가 됐습니다."

"나리는……"

에피는 바로 '남편'이라는 말이 나오지 않았다……

"나리는 아주 조용히 일어나셨나봐요. 아무 소리도 못 들었어요."

"나리가 조심하셨을 거예요. 마님이 깊이 잠드셔서. 여행을 오래 하셨으니까……"

"맞아요. 그랬어요. 나리는 늘 그렇게 일찍 일어나세요?"

"예, 마님. 그 점은 아주 엄격하세요. 늦잠을 자는 건 절대 못 참으시죠. 또 건너편 나리 방에 들어서실 때 난로가 미리 따뜻하게 피워져 있지 않으면 안 된답니다. 커피를 기다리시게 해도 안 돼요."

"그럼 벌써 아침을 드셨어요?"

"오, 아니요, 마님…… 나리는……"

에피는 그런 건 묻지 않는 편이 나았다는 생각이 들었다. 인슈테텐이 자신을 기다리지 않았다는 추측도 말하지 말았어야 했다. 실수를 만회해야 했다. 그녀는 침대에서 일어나 거울 앞에 앉으며 아까 하던 이야기를 계속했다.

"나리가 잘하시는 거예요. 친정에서도 일찍 일어나는 게 규칙이었지요. 늦잠을 자면 하루 종일 두서가 없고 질서도 없으니까요. 하지만 오늘 늦잠을 잤다고 나리가 나를 엄격하게 대하진 않을 거예요. 어젯밤 한참 잠을 못 잔데다 조금 겁까지 났거든요."

"무슨 말씀이세요, 마님! 무슨 일이 있었어요?"

"위층에서 이상한 소리가 나더라고요. 크지는 않았지만 아주 또렷했어요. 처음에는 긴 옷자락이 마룻바닥에 쓸리는 소리 같았는데, 신경이 예민해서 그랬는지 작고 하얀 공단 신발을 언뜻 본 것도 같아요. 누가 위에서 춤을 추는 것 같았어요. 아주 조용하게."

요한나는 에피의 어깨 너머 거울로 젊은 마님의 표정을 더 자세히 살펴보고는 대답했다.

"예, 위층 홀에서 나는 소리예요. 예전에는 부엌에서도 들렸답니다. 하지만 이제는 안 들려요. 익숙해졌나봐요."

"무슨 특별한 사연이라도 있나요?"

"오, 맙소사, 없습니다. 한동안 저희도 어디서 그런 소리가 나는지 이유를 몰랐어요. 목사님은 당황한 얼굴을 하셨고, 기스휘블러 박사님은 그걸 보고 항상 웃으셨지요. 하지만 이제 알았어요. 커튼 때문이에요. 홀에서 곰팡이 냄새가 나서 비바람이 몰아치는 날이 아니면 창문을 늘 열어놓는데, 맞바람이 강해서 안 그래도 긴 커튼자락이 마룻바닥에 쓸리는 거예요. 그 소리가 마님 말씀처럼 비단 옷이나 공단 신발 소리처럼 들리는 거예요."

"물론 그렇겠지요. 다만 왜 커튼을 걷어버리지 않는지 이해가 안 되네요. 커튼을 좀 자를 수도 있고. 정말 신경에 거슬리는 이상한 소리였거든요. 요한나, 수건을 가지고 와서 이마를 좀 닦아줘요. 아니, 여행 가방에서 향수병을 꺼내 오는 게 나을 것 같네요…… 아, 좋아요, 기운이 좀 나네요. 이제 건너가봐야겠다. 나리는 아직 계신가요, 아니면 벌써 나가셨어요?"

"나갔다 들어오셨습니다. 건너편 사무실에 가셨던 것 같은데 십오 분 전에 돌아오셨어요. 프리드리히에게 아침을 가져오라고 할게요."

요한나가 나가자 에피는 거울을 한 번 더 들여다보았다. 그리고 환한 햇빛을 받아 어젯밤의 신비스러운 매력이 거의 사라진 복도를 지나 인슈테텐의 방으로 건너갔다.

인슈테텐은 책상에 앉아 있었다. 뚜껑이 달린 육중한 책상이었는데 인슈테텐은 부모의 유품이라서 버리고 싶어하지 않았다. 에피는 등 뒤에서 남편을 끌어안고 그가 자리에서 일어나기도 전에 키스를 했다.

"벌써 일어났소?"

"벌써? 당신 날 비웃는 거죠."

인슈테텐이 고개를 저었다.

"내가 왜 그러겠소?"

하지만 에피는 자신을 비난하는 것이 재미있었다. 남편이 진심이었다고 아무리 말해도 도무지 들으려고 하지 않았다.

"여행할 때 당신도 알았을 거예요. 나는 아침에 남을 절대 기다리게 하지 않는다고요. 물론 낮에는 조금 다르지요. 그래요, 사실 시간을 정확하게 지키진 않지요. 하지만 늦잠꾸러기는 아니라고요. 그 점은 부모님한테 교육을 잘 받은 것 같아요."

"그 점은? 모든 점에서 그렇소, 귀여운 나의 에피."

"신혼이니까 그렇게 말하는 거죠? ……아니, 벌써 신혼이라고 할 수 없네요. 세상에, 게르트, 그 생각은 까맣게 못 했어요. 결혼한 지 벌써 육 주가 지났어요. 육 주하고도 하루라고요. 그럼 이야기가 달라지지요. 입에 발린 말이 아니라 진심으로 받아들일게요."

그때 프리드리히가 커피를 가지고 왔다. 아침 식탁은 작고 네모난 소파 앞에 비스듬하게 놓여 있었다. 두 사람은 거실의 한 구석을 차지한 소파에 앉았다. 에피는 거실과 가구들을 자세히 뜯어보고는 말했다.

"커피 맛이 환상적이에요. 호텔 커피나 보테고네 커피 같아요. 생각나요? ……대성당이 내려다보이는 피렌체의 카페 말이에요. 엄마한테 호엔크레멘에는 이런 커피가 없다고 편지해야겠어요. 게르트, 이제야 아주 높은 사람하고 결혼한 실감이 나요. 우리집에서는 모두 겨우 시늉만 하고 넘어갔거든요."

"어리석은 소리 말아요, 에피. 나는 당신네보다 살림이 훌륭한 집은 본 적이 없어요."

"당신이 사는 방식도 그래요. 옛날에 아빠가 사냥총을 보관하는 장식장을 새로 마련한 적이 있어요. 아빠는 책상 위 벽에 물소머리를 달고는 바로 아래에 프로이센의 브랑겔 대장군 흉상을 놓았답니다. 옛날에 노(老)장군의 부관으로 일하신 적이 있거든요. 그러고는 아주 대단하게 생각하셨지요. 하지만 여기 거실을 둘러보니까 우리 호엔크 레멘은 초라하고 평범해 보여요. 어떻게 비교해야 좋을지 모르겠어요. 어젯밤에도 얼핏 보았을 뿐인데 오만 가지 생각이 떠오르더라고요."

"어떤 생각인지 물어봐도 되겠소?"

"예, 생각이지요. 웃으면 안 돼요. 옛날에 그림책이 한 권 있었는데 그 책에 책상다리를 하고 붉은 비단 방석에 앉아 있는 페르시아인가 인도의 왕이 나왔어요. 머리에 터번을 두르고 있었거든요. 왕의 등 뒤로는 커다랗고 불룩한 비단 휘장이 양옆으로 보이고, 긴 칼과 단도와 표범가죽과 방패와 기다란 터키 엽총 들이 뒤쪽 벽에 빼곡히 걸려 있었지요. 보세요, 당신 집이 꼭 그렇게 보여요. 당신이 책상다리를 하고 앉으면 진짜 완벽하게 똑같을걸요."

"에피, 당신은 정말 매력적이고 사랑스러운 사람이오. 내가 얼마나 그렇게 생각하는지, 매 순간 그런 마음을 얼마나 표현하고 싶어하는지 아마 모를 거요."

"시간은 아주 많아요. 난 겨우 열일곱이고 아직 죽고 싶지 않으니까요."

"적어도 나보다 먼저 죽진 않겠지. 죽을 때 분명 당신을 데려가고 싶을 거야. 다른 남자한테 넘겨주기 싫으니까. 어떻게 생각하오?"

"한번 생각해봐야겠는데요. 아니, 그만해요. 난 죽는 이야기는 싫어요. 삶을 사랑하니까. 앞으로 어떻게 살지나 말해줘요. 오는 길에 도시와 시골에 대해 오만 가지 이상한 이야기를 하면서도 정작 우리가 어떻게 살 것인지는 한마디도 안 했잖아요. 나도 호엔크레멘이나 슈반티코와는 아주 다르다는 것 정도는 알아요. 하지만 당신이 늘 말하는 '훌륭한 케신'에도 분명 교제와 사교 모임 같은 것이 있겠지요. 시내에 명문가가 있나요?"

"아니요, 에피. 그 부분은 실망이 클 거요. 앞으로 당신이 교제하게 될 귀족이 근처에 몇 명 살지만 시내에는 하나도 없어요."

"하나도 없다고요? 믿을 수 없어요. 주민이 삼천 명이나 되잖아요. 삼천 명 가운데는 이발사 베차—그런 이름이었던 것 같은데—같은 소시민들 말고도 엘리트가 한 명쯤 있을 거예요. 지방 유지나 그 비슷한 인물 말이에요."

인슈테텐이 웃음을 터뜨렸다.

"그래요, 유지는 있지. 하지만 자세히 보면 대단한 것이 못 돼요. 물론 목사도 있고 지방법원 판사도 있고 교장도 수로 안내인도 있지. 관직에 있는 그런 사람들을 다 합치면 열두 명쯤 될걸. 사람은 좋지만 별것 없는 사람들이 대부분이지. 남는 건 그저 영사들뿐이오."

"그저 영사들뿐이오? 게르트, 어떻게 '그저 영사들뿐'이라고 할 수 있어요. 아주 높고 위대한 거잖아요. 나는 두려운 존재라고까지 생각하는데. 영사는 로마 관리 같은 거잖아요. 나뭇가지 묶음을 들고 다니고 그 묶음 사이로 도끼가 보인다는."

"꼭 그렇진 않아요, 에피. 그런 사람들은 집정관 수행관리라고 부르는 거고."

"맞아요, 집정관 수행관리죠. 하지만 영사도 아주 귀하고 높은 거잖아요. 브루투스도 영사였다니까요."

"그래요, 브루투스도 영사였지. 하지만 우리 영사들은 고대 로마 영사와는 아주 달라요. 설탕과 커피를 거래하거나 오렌지 상자를 뜯어서 당신에게 한 개에 십 페니히를 받고 파는 사람들이지."

"그럴 리가 없어요."

"그렇다니까. 그들은 교활하고 보잘것없는 상인들이오. 외국 배가 들어왔는데 사업상 문제로 오도 가도 못 하면 충고를 하고 도와주지요. 충고를 하고 네덜란드나 포르투갈 배를 위해 일을 하나 해주면 결국 그 나라의 믿을 만한 대변인이 되는 거요. 베를린에 대사와 공사가 아주 많은 것처럼 케신에도 영사들이 많다오. 여긴 경축일이 많은데 그런 날이면 깃발이란 깃발은 모두 걸리지. 아침해가 빛나면 당신은 우리 지붕 위에 유럽의 모든 국기가 펄럭이는 걸 보게 될 거요. 미국의 성조기와 중국의 용 깃발까지 펄럭이니까."

"비꼬고 싶은가봐요, 게르트. 당신 말이 맞겠지요. 하지만 보잘것없는 나는 다 굉장하게 보여요. 그에 비하면 우리 하벨란트의 도시들은 아무것도 아닌 것 같아요. 황제의 생신을 축하하는 날이면 까맣고 하얀 깃발만 펄럭일 뿐이거든요. 기껏해야 빨간색이 하나 더 들어간 깃발이 가끔 섞여 있지요.* 당신이 말한 전 세계 국기들과는 비교도 할 수 없지요. 아까도 말했지만 모두가 다 이국적이라는 느낌이 계속 들어요. 보고 듣는 것마다 놀랍고. 바로 어젯밤 바깥 복도에서 본 이상한 배도 그렇고, 그 뒤의 상어와 악어도 그렇고, 여기 당신 방도 그렇고, 다 놀라워요. 모두 동양적이고, 다시 말하지만 인도 왕의 궁전

---

* 까만색과 하얀색은 프로이센을 상징하는 색이며, 까만색, 하얀색, 빨간색은 당시 독일 국기의 색깔이다.

과 비슷하다……"

"나는 아무래도 상관없소. 축하드리나이다, 왕비 마마……"

"또 긴 커튼이 마룻바닥에 쓸리는 위층 홀도 있지요."

"홀에 대해 아는 게 있소, 에피?"

"지금 말한 게 다예요. 어젯밤 거의 한 시간 동안 잠을 못 자고 있는데 신발을 땅에 질질 끄는 것 같은 소리가 들리더라고요. 춤을 추는 소리 같기도 하고, 음악 소리 같기도 하고. 아주 나지막한 소리였어요. 오늘 아침에 그냥 늦잠을 잔 것을 변명해야 할 것 같아서 요한나에게 그 이야기를 했어요. 위층 홀의 긴 커튼 때문이라고 하더군요. 내 생각엔 간단히 커튼을 좀 자르면 될 것 같은데. 최소한 창문을 닫거나. 그러잖아도 곧 비바람이 불 테니까요. 11월 중순이니까 비바람이 불 때잖아요."

인슈테텐은 약간 당황한 표정으로 앞을 바라보았는데 일일이 대답할까 말까 망설이는 눈치였다. 결국 그는 입을 다물기로 했다.

"당신 말이 맞아요, 에피. 위층의 긴 커튼은 좀 자릅시다. 그런데 급한 일도 아니잖소. 그런다고 도움이 될지 확실하지도 않고. 다른 것 때문일 수도 있거든. 연통 때문일 수도 있고, 나무를 갉아먹는 벌레나 스컹크 때문일 수도 있어요. 이곳엔 스컹크가 있거든. 아무튼 변화를 주기 전에 우선 집 구경이나 합시다. 물론 안내는 내가 하지. 십오 분 후에 합시다. 그동안 아주 조금만 단장을 해요. 지금 그대로가 가장 매력적이지만 우리의 친구 기스휘블러를 위해서 하구려. 지금 열시가 넘었으니까 열한시쯤이나 늦어도 점심때까지는 나타나서 당신의 발아래 공손하게 경의를 바칠 거요. 기스휘블러의 말투요. 그때까지 오지 않으면 내가 사람을 잘못 본 거지. 아까 말했지만 대단한 사람이라오.
내가 그 사람과 당신을 제대로 본 거라면 그는 당신 친구가 될 거요.”

제8장

열한시가 한참 지났지만 기스휘블러는 나타나지 않았다. 사무실에 나가야 하는 인슈테텐이 말했다.

"더 기다릴 수 없어. 기스휘블러가 오거든 가능한 한 친절하게 대해줘요. 그럼 아주 잘될 거요. 당황하게 만들면 안 돼요. 당황하면 말문이 막히거나 이상한 말만 할 테니까. 믿음을 주고 기분좋게 해주면 신이 나서 술술 말할 거요. 당신은 잘할 거야. 나는 세시까진 못 와요. 사무실에 할 일이 많아서. 위층 홀 문제는 더 생각해봅시다. 하지만 그냥 두는 게 가장 좋을 것 같소."

인슈테텐은 젊은 아내를 혼자 두고 나갔다. 에피는 책상에서 빼낸 작은 나무판에 왼팔을 받치고 아늑한 창가 구석에 비스듬히 앉아 밖을 내다보았다. 집 앞의 길은 해변으로 가는 주요 도로라서 여름에도 활기가 넘쳤지만 11월 중순인 지금은 인적이 없고 조용하기만 했다. '농장'의 맨 끄트머리에 있는 초가집에 사는 가난한 아이들 서넛이 딱딱 나막신 소리를 내며 지나갈 뿐이었다. 하지만 에피는 쓸쓸함을 느끼지 못했다. 조금 전 집 안을 구경하면서 본 기묘한 것들을 아직 생각하고 있었기 때문이다. 부엌부터 구경하기 시작했는데 현대식 구조의 화덕이 있고, 천장에는 하녀 방까지 전깃줄이 이어져 있었다. 둘 다 얼마 전 새로 설치했다는 인슈테텐의 말에 에피는 기분이 좋았다. 그들은 부엌에서 다시 복도로 돌아와 마당으로 나갔다. 마당의 앞쪽 반은 두 곁채 사이로 난 좁은 통로에 불과했는데 곁채에는 살림을 꾸리는 데 필요한 모든 것이 들어 있었다. 오른쪽에는 하녀와 하인 들의 방과 빨래 주름을 펴는 나무 롤러를 두는 방이 있고, 왼쪽에는 연장이나 마차를 두는 헛간과 마구간이 있고, 그 사이에 크루제의 집이 있었다. 크루제의 집 너머에는 닭을 치는 나무 닭장이 있고, 마구간 지붕에 난 창문은 비둘기들이 드나드는 통로 구실을 했다. 모두 다 흥미로웠지만 마당에서 다시 앞채로 돌아와 인슈테텐의 안내에 따라 위층으로 가는 계단을 올라갈 때에 비하면 아무것도 아니었다. 비스듬히 기울어진 계단은 당장이라도 무너질 듯 위태롭고 어두웠지만 복도는 햇빛이 잘 들고 전망도 좋아서 화사한 느낌을 주었다. 복도 한쪽으로는 변두리 집들의 지붕 위로 삐쭉 고개를 내민 모래언덕의 네덜란드 풍차가 내다보이고, 다른 쪽으로는 케시네 강이 보였다. 바다로 흘러들어가기 직전이라서 폭이 넓어진 강은 장관을 연출했다. 그런 풍경에 감동하지 않을 사람은 없으리라. 에피 역시 기쁜 마음을 바로 표현했지만 인슈테텐은 그냥 이렇게 대답했다.

"음, 아주 아름답지, 그림 같지."

그리고 문짝이 약간 비스듬히 달린 이중문을 열었더니 오른쪽 홀로
통했다. 위층 전체를 차지하는 홀은 앞뒤 창문이 활짝 열려 있고 여러
번 이야기가 나온 긴 커튼이 강한 맞바람에 이리저리 휘날리고 있었
다. 세로로 긴 벽의 중앙에는 커다란 석판이 달린 벽난로가 툭 튀어나
와 있고, 맞은편 벽에는 양철 촛대 몇 개가 걸려 있었다. 촛대는 아래
층 복도의 촛대처럼 빛이 나오는 구멍이 두 개씩 있었지만 광택도 없
고 손질도 부실해 보였다. 실망스러웠다. 에피는 그렇게 말하고는 황
량하고 초라한 홀 대신 맞은편 복도 쪽 방들을 구경하고 싶다고 했다.

"아무것도 없는데."

그러면서도 인슈테텐이 그쪽 문을 열자 창문이 하나씩 달린 방 네
개가 나왔다. 방들은 홀과 마찬가지로 모두 노란 칠이 되어 있었고 가
구는 하나도 없었다. 다만 그중 한 방에 다 낡은 골풀 의자 세 개가 놓
여 있고, 어느 의자 등받이에는 손가락 반만 한 작은 그림이 붙어 있
었다. 푸른 윗옷에 헐렁한 노란색 바지를 입고 납작한 모자를 쓴 중국
인 그림이었다.

"이 중국인은 뭐죠?"

그림을 보고 인슈테텐도 놀란 듯 모르는 일이라고 했다.

"크리스텔이 붙였을 거요. 요한나가 그랬을 수도 있고. 장난이지.
보다시피 어린이 글자책에서 오려낸 거야."

에피도 그렇게 생각했지만 진짜 뭔가 있는 듯 인슈테텐이 일을 심
각하게 받아들이는 것이 의아할 따름이었다. 그녀는 홀을 다시 한 번
둘러보고는 비어 있는 것이 유감이라고 했다.

"아래층에 방이 세 개밖에 없어서 손님이 오면 어디로 모셔야 할지 모르겠어요. 홀을 예쁜 손님방 두 개로 꾸밀 수 있지 않을까요? 엄마가 오시면 뒷방에서 주무시면서 강과 방파제를 구경하고, 앞방에서는 시내와 네덜란드 풍차를 구경할 수 있을 텐데. 호엔크레멘에는 독일식 풍차밖에 없거든요. 어떻게 생각해요? 내년 5월에는 엄마가 오실 텐데."

인슈테텐은 다 좋다고 하면서 이렇게 말했다.

"다 좋아요. 하지만 장모님은 건너편 사무실에서 묵으시는 게 나아요. 여기처럼 이층 전체가 비어 있으니까 더 여유롭게 지내실 수 있을 거요."

그것이 집을 처음 구경한 결과였다. 에피는 건너편 방에서 인슈테텐의 예상보다 오래 단장하고는 위층의 작은 중국인과 아직도 나타나지 않은 기스휘블러 생각을 하며 남편 방에 앉아 있었다. 십오 분 전에 키가 작고 어깨가 비뚤어져 기형으로 보이는 신사가 짧고 우아한 모피 웃옷에 깨끗하게 솔질한 높은 실크 모자를 쓰고 길 건너편을 지나가며 창문을 올려다보긴 했다. 하지만 기스휘블러일 리가 없었다! 어깨가 비뚤어졌지만 고상해 보이는 신사는 재판장이 틀림없었다. 테레제 아주머니 집에서 그런 사람을 본 생각이 났지만 문득 케신에 판사가 하나뿐이라는 생각이 났다.

그런 생각을 하고 있는데 당사자가 다시 나타났다. 그는 먼저 농장주변으로 아침 산책을 다녀온 것 같았다. 혹은 용기를 내기 위한 산책이라고 할까. 일 분 후 프리드리히가 기스휘블러 약사가 왔다고 전했다.

"들어오시라고 해요."

불쌍한 젊은 부인은 가슴이 쿵쿵 세차게 뛰었다. 한 집안의 여주인이자 도시의 제일가는 부인으로서 처음 등장하는 자리였기 때문이다.

프리드리히는 기스휘블러가 모피 옷을 벗는 것을 도와주고는 다시 문을 열었다.

에피는 당황해서 손을 내밀었고, 기스휘블러는 그 손에 약간 격렬하게 입을 맞추었다. 젊은 부인에게 강한 인상을 받은 것 같았다.

"남편한테 벌써 말씀 들었는데…… 제가 남편 방에서 손님을 맞네요…… 남편은 건너편 사무실에 갔지만 바로 올 수 있는데…… 괜찮으시다면 제 방으로 가실까요?"

기스휘블러는 에피를 따라 옆방으로 건너갔다. 에피는 손님에게 안락의자를 권하고는 소파에 앉았다.

"어제 예쁜 꽃과 카드를 보내주셔서 얼마나 기뻤는지 몰라요. 제가 여기서 이방인 같다는 생각이 대번 사라졌어요. 인슈테텐에게 그 말을 했더니 우리가 좋은 친구가 될 거라고 하더라고요."

"그러셨어요? 정말 좋은 군수님이세요. 예, 군수님과 부인, 이런 말씀을 드려도 된다면, 사랑스러운 두 분이 만나신 것 같습니다. 군수님이 어떤 분인지는 이미 알고 있고, 부인이 어떤 분인지는 지금 보니까 알겠네요."

"너무 좋게만 보지 마세요. 저는 아직 어려요. 젊다는 건……"

"아, 부인, 젊음을 폄하하지 마세요. 젊다는 건 결점이 있어도 아름답고 사랑스럽지만, 늙었다는 건 미덕이 있어도 쓸모가 없으니까요.

물론 저는 개인적으로 이 문제를 논할 자격이 없습니다. 노년은 몰라도 청춘을 논할 자격은 없지요. 저는 한 번도 젊었던 적이 없거든요. 저 같은 사람은 청춘이 없답니다. 그것이 제일 슬픈 점이지요. 진정한 용기도 없고 자신감도 없고, 숙녀가 당황할까 두려워 춤 한번 신청 못합니다. 그렇게 세월이 가고 어느새 늙는 거예요. 불쌍하고 허무한 인생이지요."

에피는 손을 내밀었다.

"그렇게 말하지 마세요. 우리 여자들은 그렇게 나쁘지 않답니다."

"아, 아니지요. 절대 아니지요……"

에피는 말을 이었다.

"지난날을 돌이켜보면…… 경험이 많진 않아요. 바깥에 나간 적이 거의 없고 주로 시골에서 살았으니까…… 하지만 지난날을 돌이켜보면 우리는 사랑스러운 것을 사랑하는 것 같아요. 저는 약사님이 다른 사람과 다른 분이라는 것을 바로 알아차렸답니다. 우리 여자들은 그런 것을 보는 눈이 예리하거든요. 약사님 경우에는 이름도 영향을 미친 것 같아요. 우리 니마이어 목사님은 늘 이름, 특히 세례명은 그 주인을 규정하는 신비스런 힘이 있다고 주장하셨어요. 알론초 기스휘블러, 전혀 새로운 세계가 열리는 느낌이에요. 그래요, 알론초는 낭만적인 이름 같아요. 프레치오자*의 이름이에요."

기스휘블러는 이루 말할 수 없이 흐뭇한 미소를 지었다. 그리고 그때까지 손으로 빙글빙글 돌리고 있던 분에 넘치게 높은 실크 모자를

---

* 1820년 초연된 독일 작가 피우스 알렉산더 볼프의 연극에서 청년 귀족 돈 알론초는 집시 소녀 프레치오자를 사랑한다.

비로소 용기를 내어 옆에 내려놓았다.

"예, 부인, 맞습니다."

"오, 그럴 줄 알았어요. 케신에 영사들이 많다는 이야기를 들었어요. 약사님 아버님께서는 스페인 영사 집에서 어떤 선장의 따님을 만났을 것 같아요. 안달루시아의 아름다운 여인이었을 것 같은데. 안달루시아 여인들은 다 예쁘거든요."

"짐작하신 대로입니다, 부인. 몸소 증명할 수는 없지만 어머님은 실제로 아름다운 여인이셨답니다. 군수님께서 삼 년 전 처음 여기 부임하셨을 때는 살아 계셨는데 그때도 눈이 불꽃처럼 이글거리셨지요. 군수님한테 물어보시면 아실 겁니다. 저는 기스휘블러 집안 쪽을 더 닮았지요. 저희는 외모가 좀 빠지는 것 말고는 그런대로 살고 있습니다. 여기서 벌써 사대째 살고 있지요. 그러니까 백 년째가 되네요. 만약 약사 귀족이라는 것이 있다면……"

여기서 에피가 툭 끼어들었다.

"그럼 귀족 자격이 있으신 거예요. 저는 자격이 있다고, 그것도 무조건 있다고 인정하겠어요. 유서 깊은 가문 사람인 우리에게 그런 건 아주 쉬운 일이랍니다. 우리는 훌륭한 생각은 출처에 상관없이 기쁘게 인정하거든요. 적어도 저는 아버지한테, 또 어머니한테 그렇게 배웠지요. 저는 브리스트 가문에서 태어났어요. 페르벨린 전투에 앞서 라테노를 기습공격했던 브리스트의 후손이지요. 혹시 들으신 적이 있을 텐데……"

"오, 물론입니다, 부인. 제가 제일 잘 아는 분야지요."

"그 브리스트 가문 사람이에요. 아버지는 백번도 더 이렇게 말씀하셨답니다. '에피—제 이름이에요—에피, 그건 오직 여기 우리 마음속에 있단다. 프로벤이 대선제후와 말을 바꿔 주인의 목숨을 구했을 때 그는 귀족이었다. 또 보름스 의회가 이단적인 글을 쓴 책임을 묻는 자리에서 루터가 "저는 여기 서 있습니다"라고 했을 때 그는 진짜 귀족이었단다.' 기스휘블러 씨, 인슈테텐 말이 맞는 것 같아요. 우리는 좋은 친구가 될 거예요."

　기스휘블러는 바로 사랑을 고백하고 시드 혹은 캄페아도르*가 되어 목숨을 내놓고 그녀를 위해 싸우겠다고 말하고 싶었다. 하지만 그럴 수 없었기 때문에 가슴이 벅차 더는 견딜 수가 없었다. 그래서 그만 벌떡 일어나 모자를 찾았는데 다행히 바로 찾아 머리에 쓰고는 에피의 손에 몇 번이나 입을 맞춘 다음 한 마디도 더 안 하고 서둘러 가버렸다.

---

* 시드, 캄페아도르는 11세기 스페인을 침략한 무어족을 물리친 영웅 로드리고 디아스 데 비바르의 별명이다.

제9장

　케신에서의 첫날은 그랬다. 인슈테텐은 새로운 생활에 적응하고 호엔크레멘에 있는 엄마와 훌다와 쌍둥이에게 편지를 쓰라고 반 주일을 더 주었다. 이윽고 도시 방문을 시작했는데 지붕이 있는 마차 안에서 인사를 할 때도 있었다. 비가 억수같이 내렸기 때문에 그런 이례적인 행동이 허용되었다. 도시 방문이 끝나자 지방 귀족들을 찾아갈 차례였다. 영지들이 서로 멀찍이 떨어져 있어서 하루에 한 집밖에 방문할 수 없었기 때문에 이번에는 더 오래 걸렸다. 먼저 로텐모어의 보르케 가를 방문한 다음, 모르크니츠, 다베르고츠, 크로셴틴에 사는 알레만, 야츠코, 그라젠압 가를 방문했다. 파펜하겐의 나이 든 귈덴클레 남작을 포함하여 몇 집을 더 도는 것으로 드디어 의무적인 방문이 끝났다. 에피는 어디서나 똑같은 인상을 받았다. 평범하고 상냥하지만 진짜 그런지 의심스러울 때가 많은 사람들이다. 그들은 비스마르크와 황태자비 이야기를 하는 척하면서 에피의 화장이나 옷차림을 뜯어보았다. 젊은 부인답지 않게 너무 거만하다는 사람도 있고, 사회적 지위가 있는 부인다운 단정함이 너무 부족하다는 사람도 있었다. 외적인 것을 중시하고, 어려운 문제가 나오면 당황하고 자신 없어하는 것을 보면 확실히 베를린 학교를 나왔음을 알 수 있다고 모두 한입으로 말했다. 로텐모어의 브로케 가와 모르크니츠와 다베르고츠의 귀족들은 에피가 "합리주의적으로 병들어 있다"고 진단했고, 크로셴틴의 그라젠압 가 사람들은 단호하게 "무신론자"라고 선언했다. 남독일의 슈티펠 폰 슈티펠슈타인 가 태생인 그라젠압 부인이 에피가 이신론(理神論)을 믿는 것 같다며 에피를 구하려고 했지만 마흔세 살의 노처녀 지도니 폰 그라젠압은 그 허약한 시도를 무참하게 짓밟아버렸다. 지도니는 어머니의 말을 무뚝뚝하게 잘랐다.

"엄마, 한 치도 틀림없는 무신론자예요. 그렇다면 그런 줄 아세요."

그러자 딸을 무서워하는 노인은 현명하게 입을 다물었다.

귀족들을 방문하는 데 거의 이 주가 걸렸다. 12월 2일 드디어 마지막 방문을 마치고 밤늦게 케신으로 돌아왔다. 인슈테텐은 마지막으로 방문한 파펜하겐에서 노(老) 귈텐클레와 정치 토론을 피할 수 없었다.

"군수님, 시대가 변하는 것을 생각하면 정말 만감이 교차합니다! 한 세대쯤 전 오늘, 그날도 12월 2일이었지요, 나폴레옹의 조카 훌륭한 루이는—그가 정말 나폴레옹의 조카이고 다른 혈통이 아니라면 말이죠—파리의 천민들에게 산탄총을 쏘았습니다. 예, 그건 용서할 수 있어요. 그런 짓을 할 사람이니까. '잘되고 못되는 건 다 자기 하기

나름이다'라는 속담이 있지요. 나는 그 속담을 믿습니다. 하지만 그후 루이가 신망을 잃고 1870년 에라, 모르겠다는 식으로 우리한테 싸움을 건 것은, 남작님, 그건 정말이지 파렴치한 짓이었어요. 물론 대가를 톡톡히 치르긴 했지요. 저 위 우리 비스마르크 어른은 결코 만만한 분이 아니거든요. 그분은 든든한 우리 편이지요."

인슈테텐은 현명한 사람이라서 그런 편협한 민족주의적 견해도 진지한 척 관심을 보였다.

"자르브뤼켄을 점령한 영웅은 자신이 무슨 일을 하고 있는지 몰랐던 거예요. 하지만 개인적으로 너무 몰아세우지는 마세요. 결국 누가 그 집의 주인입니까? 아무도 없지 않습니까. 제 생각엔 통치권이 다른 사람 손에 넘어갈 것 같아요. 루이 나폴레옹은 가톨릭 신자인 아내에게 쥐여사는 사람이었어요. 아니, 가톨릭이 아니라 제수이트 파라고 하는 게 낫겠네요.*"

"아내에게 쥐여사는 남자는 결국 아내의 비웃음을 사지요. 인슈테텐, 물론 루이는 그런 위인이었어요. 하지만 그렇다고 그 허수아비를 두둔하시는 건 아니죠? 그자는 심판을 받았어요. 그건 분명한 사실입니다."

여기서 쾰덴클레는 불안한 듯 아내의 눈을 보면서 말을 이었다.

"사실 여성 통치가 좋지 않다는 증거는 없습니다. 물론 여성도 통치해야죠. 하지만 루이 나폴레옹의 아내가 누구였습니까? 그 여자는 여자가 아니라 아무리 좋게 봐도 마담이었어요. 사람들이 다 그렇게

---

* 프랑스는 자르브뤼켄을 잠시 점령했었다. 나폴레옹 3세의 황후 외제니 드 몽티조는 스페인 백작의 딸로, 광신적인 가톨릭 신자였으며 정치에도 적극 개입했다.

말해요. '마담'이란 말은 항상 묘한 뒷맛이 있다니까요. 외제니는 여가수들이 나오는 카페 분위기가 납니다. 유대인 은행가와의 관계는 언급하지 않겠습니다. 나는 도덕자연하는 걸 싫어해서. 그 여자가 사는 도시가 바빌론이라면, 그 여자는 바빌론의 여자였습니다. 더 자세한 말은 그만두지요."

귈덴클레는 에피에게 고개를 숙이고는 계속했다.

"독일 여성들에게는 어떤 태도로 대해야 하는지 잘 알고 있으니까요. 부인, 아무튼 부인 앞에서 이런 이야기를 해서 죄송합니다."

그들은 제국의회 선거와 노빌링*과 유채 이야기를 한 다음 그런 대화를 나누었다. 인슈테텐과 에피는 집에 돌아와 삼십 분 동안 더 이야기했다. 자정이 가까운 시간이라서 두 하녀는 이미 자러 간 뒤였다.

인슈테텐은 집에서 입는 편안한 윗옷에 염소가죽 신을 신고 방 안을 거닐었다. 에피는 아직 외출복 차림이었다. 부채와 장갑은 옆에 놓아두었다. 인슈테텐이 문득 걸음을 멈추고 말했다.

"이날을 축하해야 하는데 어떻게 해야 할지 모르겠네. 승리의 행진을 해 보일까, 바깥의 상어를 움직이게 할까? 승리에 취해 당신을 복도로 안고 나갈까? 뭔가 해야 해. 드디어 방문이 끝났으니까."

"다행히 끝났네요. 이제 편히 쉴 수 있다는 걸로 충분해요. 이럴 때 키스를 한 번 해주면 될 텐데. 당신은 그런 생각은 꿈에도 못 하지. 먼 길을 오면서 내내 꼼짝도 안 하고 꼭 눈사람처럼 차갑더군요. 담배만 뻑뻑 피우고."

---

* 프리드리히 빌헬름 1세의 암살을 기도했던 무신론자. 비스마르크는 이 사건을 빌미로 사회민주주의자들에 대한 대대적인 탄압을 단행했다.

"그만하구려. 앞으로 더 잘할게요. 지금은 당신이 교유와 교제의 문제를 어떻게 생각하는지 알고 싶을 뿐이오. 마음이 끌리는 집이라도 있었소? 보르케 가가 그라젠압 가보다 낫소, 아니면 그 반대요? 노 귈덴클레와는 잘 지낼 것 같소? 나는 그가 외제니 이야기를 할 때는 참으로 고상하고 순수하다는 생각이 들었다오."

"아이 참, 인슈테텐 씨, 또 비꼬는군요. 당신한테 그런 면이 있는 줄은 몰랐어요."

하지만 인슈테텐은 개의치 않고 계속했다.

"우리 귀족들이 마음에 안 든다면 케신의 유지들은 어떻소? 클럽은 어떻고? 결국 사느냐 죽느냐가 달린 문제요. 얼마 전 당신이 우아한 우리 지방법원 판사와 이야기하는 걸 보았소. 예비역 소위지. 그와는 그런대로 잘 지낼 수 있을 거요. 단, 르부르제를 탈환*할 수 있었던 것이 자신이 측면에서 등장했기 때문이라는 망상은 버려야겠지. 그리고 그의 아내! 그 여자는 보스턴 카드놀이의 고수라고 알려졌는데 실제로 최고 기록을 보유하고 있다더군. 다시 묻겠소, 에피. 케신에서 어떻게 지낼 것 같소? 잘 적응할 것 같소? 대중의 인기를 얻어서 남편이 제국의회에 나갈 때 몰표를 얻어줄 수 있겠소? 아니면 시내며 시골이며 하여간 케신 사람들과는 담을 쌓고 은둔생활을 할 것 같소?"

"무어인의 약국이 나를 끌어내지 않으면 은둔생활을 할 것 같은데요. 그럼 지도니가 나를 조금 더 나쁘게 보겠지만 각오해야죠. 어차피 치러야 할 싸움이니까. 나는 기스휘블러와 생사를 같이할래요. 조금

---

* 파리 점령 당시 프로이센은 파리 인근의 르부르제를 둘러싸고 프랑스군과 치열한 공방전을 벌이다가 이곳을 탈환했다.

우습게 들리겠지만 실제로 한마디라도 나눌 수 있는 사람은 기스휘블러뿐이에요. 그는 여기서 유일하게 제대로 된 사람이에요."

"음, 그는 그런 사람이지. 정말 선택을 잘하는구려."

에피는 남편의 팔에 매달리며 대답했다.

"안 그랬으면 내가 어떻게 당신을 골랐겠어요?"

그것이 12월 2일에 있었던 일이었다. 일주일 후 비스마르크가 바르친에 왔다. 인슈테텐은 크리스마스나 어쩌면 그후까지 편안한 날이 하루도 없으리라는 것을 알았다. 비스마르크 후작은 베르사유 시절[*] 부터 그를 총애하여 손님이 오면 자주 식사에 초대했는데 손님이 없을 때도 종종 불렀다. 후작 부인도 반듯하고 똑똑한 젊은 군수에게 호감을 가졌기 때문이다.

12월 14일 후작이 처음으로 초대를 했다. 눈이 잔뜩 쌓여서 인슈테텐은 역까지 두 시간 정도 썰매를 타고 가기로 했다. 후작의 집까지는 거기서 기차로 한 시간을 더 가야 했다. 그는 떠나기 전에 에피에게 말했다.

"기다리지 마요, 에피. 자정까지는 못 와요. 아마 두시쯤 올 거야. 더 늦을 수도 있고. 잠을 방해하지는 않으리다. 잘 지내고 내일 아침에 만납시다."

그가 타자 황갈색 말 두 필이 끄는 썰매는 바람처럼 시내를 가로질러 내륙 쪽 역을 향해 달려갔다.

---

[*] 독일군, 총사령부는 1870년 10월 5일부터 1871년 3월 13일까지 베르사유에 주둔했으며 비스마르크는 여기서 정무를 보았다.

처음으로 오랫동안, 거의 열두 시간 동안이나 헤어지는 것이었다. 불쌍한 에피! 어떻게 저녁을 보내야 할까? 일찍 자는 것은 위험했다. 밤중에 잠이 깼다가 잠이 오지 않아서 귀를 쫑긋 세우고 있어야 할지도 몰랐다. 아니다, 우선 아주 피곤해진 다음 푹 자는 것이 제일 좋았다. 에피는 엄마에게 편지를 쓰고는 크루제 부인에게 가보았다. 정신병을 앓는 크루제 부인이 불쌍해 보였기 때문이다. 크루제 부인은 밤에도 검은 닭을 꼭 끌어안고 있을 때가 많았다. 친절하게 말을 걸어도 그녀는 후덥지근한 방에 앉아 입을 꾹 다문 채 멍하니 앞만 쳐다보고 있었다. 에피는 자신이 오히려 방해만 된다는 것을 깨닫고 일어서면서 필요한 것이 있느냐고 물었지만 크루제 부인은 다 거절했다.

그사이 날이 저물었고 집에도 등을 밝혔다. 에피는 침실 창가에 서서 숲을 내다보았다. 나뭇가지마다 소복하게 쌓인 눈이 반짝였다. 경치에 취해 등 뒤에서 무슨 일이 벌어지는지 상관하지 않다가 정신을 차리고 주위를 둘러보았다. 프리드리히가 조용히 식탁을 차리고 소파 탁자에 후식 쟁반을 놓고 있었다.

"아, 저녁식사네…… 그만 앉아야겠다."

하지만 입맛이 없어서 일어나 엄마에게 보내는 편지를 다시 훑어보았다. 전에도 외로웠지만 지금은 두 배나 더 외로웠다. 빨간 머리의 헤르타와 베르타가 지금 걸어 들어온다면 온 세상을 내줄 수 있을 것 같았다. 훌다도 괜찮았다. 훌다는 늘 감상적이고 남자에게 거둔 승리 이야기만 하지만 그 승리가 진짜인지 의심스러울 때가 많았다. 하지만 그 순간 그런 이야기라도 듣고 싶었다. 결국 피아노 뚜껑을 열고 피아노를 쳐보았지만 소용이 없었다.

"아니야. 피아노를 치면 진짜 우울해질 거야. 차라리 책을 읽어야 겠다."

이리저리 뒤적이다보니 표지가 빨간 낡고 두꺼운 여행안내서가 손에 잡혔다. 인슈테텐이 소위 시절에 보던 책 같았다.

"이 책을 읽어야지. 마음을 안정시키는 데는 이런 책이 최고거든. 단지 지도가 위험할 뿐이야. 나는 이런 깨알 같은 글씨가 싫어. 조심해야지."

아무렇게나 펼치니까 153쪽이 나왔다. 옆방에서 시계가 똑딱거리는 소리가 들렸다. 바깥에서는 롤로가 저녁이면 늘 그러듯 오늘도 날이 어두워지자 헛간 자리를 버리고 침실 앞의 커다란 깔개에 드러누워 있었다. 롤로가 가까이 있다고 생각하자 쓸쓸함이 덜해졌다. 에피는 기분이 좋아져서 바로 책을 읽기 시작했다. 153쪽에는 바이로이트 인근에 있는 유명한 마르크 지방 백작의 별장 '은자의 동굴' 이야기가 나왔다. 바이로이트, 리하르트 바그너. 흥미가 생겼다.

은자의 동굴에는 아름다움보다는 묘사하고 있는 인물과 연대 때문에 흥미로운 그림이 한 점 있다. 색이 바랜 이 그림은 여인의 초상화이다. 여인은 불쾌하고 조금 섬뜩한 표정에, 목의 주름장식이 작은 머리를 떠받치고 있는 듯 보인다. 혹자는 이 여인이 15세기 말 마르크 지방 백작의 늙은 부인이라고 주장하고, 혹자는 오를라뮌데 백작 부인*이라고 주장한다. 하지만 그 이후 호엔촐레른 왕가 역사

---

* 남편이 죽자 호엔촐레른 왕가의 선조인 알브레히트 폰 뉘른베르크 백작과 결혼하기 위해 자신의 아이들을 살해했다고 전해진다.

에서 '하얀 여인'이라는 이름으로 유명해진 여인의 초상화라는 데
는 의견이 일치한다.

에피는 책을 옆으로 치웠다.
"제대로 골랐네. 마음을 가라앉히려고 처음 잡은 책이 '하얀 여인'
이야기라니. 돌이켜보면 나는 하얀 여인이 항상 무서웠는데. 하지만
이미 소름이 돋았으니까 끝까지 읽어야겠다."
그녀는 책을 다시 폈다.

……이 오래된 초상화의 **모델**이 호엔촐레른 왕가의 가족사에서
하는 역할을 **초상화**도 은자의 동굴의 특이한 역사에서 하고 있다.
이는 그림이 외부인에게는 보이지 않는 양탄자 문에 걸려 있고, 그
문 뒤에 지하에서 올라오는 계단이 있는 것과 관련이 있다. 1812년
여름 나폴레옹 황제가 은자의 동굴에 묵었을 때 '하얀 여인'이 액자
에서 나와 그의 침대로 걸어왔다고 한다. 황제는 깜짝 놀라서 부관
을 불렀고, 세상을 떠날 때까지 화를 내며 이 '저주받은 성' 이야기
를 했다고 한다.

에피는 혼자 중얼거렸다.
"독서로 마음을 가라앉히려는 생각은 버려야겠어. 더 읽다간 악마
가 포도주 통을 타고 가는 지하실 이야기까지 나올 것 같아. 독일에는
그런 곳이 정말 많은 것 같아. 여행안내서에는 당연히 그런 이야기를
다 실어야겠지. 차라리 다시 눈을 감고 결혼 피로연 생각을 하는 게

좋겠어. 쌍둥이는 흐느껴 우느라 말을 제대로 못 했지. 모두 당황해서 쳐다보고 있는데 다고베르트 오빠가 품위 있게 그런 눈물은 낙원을 열어준다고 했지. 오빠는 진짜 매력적이고 항상 명랑한 것 같아…… 그리고 나는! 여기에 있지. 아, 나는 높으신 귀부인 역할엔 소질이 없나봐. 엄마라면, 그래 엄마라면 더 어울렸을 거야. 군수 부인답게 좌중을 휘어잡았을걸. 지도니 그라젠압은 엄마에게 경의를 바치고 엄마가 하느님을 믿건 말건 신경쓰지 않았을 거야. 하지만 나는…… 나는 어린아이이고 계속 그대로일 것 같아. 그것이 행복이라고들 하지만 정말인지 모르겠어. 사람은 환경에 맞추어 살아야 하거든."

프리드리히가 식탁을 치우려고 들어왔다.

"몇시예요, 프리드리히?"

"곧 아홉시입니다, 마님."

"아, 종소리가 들리네요. 요한나를 보내줘요."

"마님, 부르셨어요."

"그래요, 요한나. 이제 그만 자러 가야겠어요. 시간이 좀 이르지만 너무 외롭네요. 우선 편지를 우체통에 넣어줘요. 편지를 부치고 오면 시간이 맞을 것 같아요. 안 맞아도 할 수 없고."

에피는 촛불을 들고 침실로 건너갔다. 예상대로 롤로는 깔개에 누워 있다가 그녀를 보고 일어나 길을 내주었다. 그리고 에피의 손에 귀를 비벼대고는 다시 드러누웠다.

요한나는 군수 사무실에 있는 우체통에 편지를 넣으러 갔다. 하지만 일부러 서두르지 않고 머무적거리면서 사무실에서 일하는 하인 파

셴의 아내와 수다를 떨었다. 물론 주제는 우리의 젊은 부인이었다. 파
셴 부인이 물었다.

"마님은 어때?"

"아주 젊으세요."

"음, 그건 나쁜 게 아니야, 오히려 그 반대지. 젊은 여자들의 좋은
점은 노상 거울 앞에 붙어서 머리카락이나 당기고 핀이나 꽂지, 많이
보지도 듣지도 않는다는 거야. 더욱이 바깥에서 양초토막이 없어지지
나 않았는지 개수를 세어보지도 않지. 남이 키스받는 걸 막는 일도 없
어. 막는 건 다 이제 자기가 키스를 못 받으니까 그러는 거라고."

요한나가 맞장구를 쳤다.

"전에 모시던 마님이 그랬어요. 별 이유도 없는데 괜히 그랬다니까
요. 하지만 우리 마님은 전혀 그러지 않으세요."

"군수님이 다정하게 대해주셔?"

"그럼요. 짐작하실 텐데요."

"하지만 아내를 혼자 두다니……"

"파셴 부인, 잊지 마세요…… 후작님 때문이잖아요. 또 군수님이니
까요. 아마 더 높은 자리에 올라가려고 하실걸요."

"아무렴 그렇고말고. 분명 출세하실 거야. 뭔가 갖고 계시거든. 파
셴도 늘 그렇게 말한다니까. 군수님은 사람 보는 안목이 있다고."

요한나가 십오 분 남짓 후에 돌아왔더니 에피는 거울 앞에 앉아서
기다리고 있었다.

"오래 걸렸네요, 요한나."

"예, 마님…… 죄송합니다, 마님…… 파셴 부인을 만나서 조금 늦

었어요. 여기는 너무 조용해요. 한마디라도 나눌 수 있는 사람을 만나면 항상 반갑지요. 크리스텔은 사람은 좋지만 말이 없고, 프리드리히는 느린데다가 어찌나 조심을 하는지 도무지 말을 하려고 하지 않거든요. 물론 사람은 입을 다물 줄도 알아야지요. 파센 부인은 지나치게 호기심이 많고 평범해서 제 취향에 맞지는 않아요. 하지만 뭔가 보고 들으려면 어울릴 수밖에 없답니다."

에피는 한숨을 쉬었다.

"그래요, 요한나, 그게 가장 좋지요……"

"마님, 머리카락이 정말 예쁘세요. 길고 비단처럼 부드러워요."

"그래요, 아주 부드럽지요. 하지만 좋은 게 아니에요, 요한나. 머리카락은 성격과 같거든요."

"그럼요, 마님. 하지만 부드러운 성격이 딱딱한 성격보다 좋잖아요. 저도 머리카락이 부드럽답니다."

"그러네요, 요한나. 게다가 금발이고. 남자들은 금발을 제일 좋아하지요."

"아이, 사람마다 달라요, 마님. 까만 머리를 좋아하는 남자들도 많아요."

에피는 웃음을 터뜨렸다.

"나도 알아요. 아마 다른 것 때문일 거예요. 그런데 금발은 피부가 하얗더라고요. 요한나, 당신도 그러네요. 분명 쫓아다니는 남자들이 많을 거야. 나는 아직 젊지만 그 정도는 알아요. 금발인 친구가 있어요. 정말 밝은 금발이라서 요한나 머리보다 더 황금빛이죠. 목사님 딸인데……"

"예, 그래서요……"

"요한나, '예, 그래서요'라니, 무슨 뜻이죠? 어투가 묘한데요. 비꼬는 것 같고. 목사님 딸에게 반감이 있는 건 아닐 텐데…… 그 친구는 아주 예뻐요. 장교들도 다 그렇게 생각했지요. 내 고향에는 장교들, 그리고 붉은 경기병들도 있어요. 내 친구는 꾸밀 줄 알아서 딱 맞는 까만 조끼를 입고 꼭 장미나 헬리오트로프 같은 꽃을 꽂지요. 눈이 너무 크고 튀어나온 것이 흠이지만…… 당신도 보면 좋을 텐데. 눈이 적어도 이만큼 크다니까(에피는 웃으면서 오른쪽 눈꺼풀을 잡아당겼다). 눈만 아니라면 분명 미인일 거예요. 이름은 훌다, 훌다 니마이어인데 나하고는 진짜로 친한 적이 한 번도 없었어요. 하지만 훌다가 여기 소파 모서리에 앉아 있다면 열두시, 아니 더 늦게까지 수다를 떨 것 같아요. 사무치게 그립고 또……"

에피는 요한나의 머리를 바짝 끌어당겼다.

"무서워요."

"아이, 당연한 거예요, 마님. 저희도 다 무서웠답니다."

"당신들도 무서웠다고요? 무슨 뜻이죠, 요한나?"

"……그렇게 무서우시면 제가 여기서 잘 수도 있습니다. 멍석을 가지고 와서 깔고 의자를 돌려서 머리를 기대면 돼요. 내일 새벽이나 나리가 오실 때까지 여기서 잘게요."

"그이는 날 방해하지 않을 거예요. 약속했어요."

"아니면 그냥 소파 구석에 앉아 있을게요."

"그래요, 그러는 게 좋겠네요. 아니, 안 되겠어요. 내가 겁을 내는 걸 나리가 알면 안 되거든요. 좋아하지 않으세요. 나리는 늘 내가 자기처럼 용감하고 단호하기를 바라지요. 하지만 그럴 수가 없어요. 나는 항상 좀 허약했는데…… 물론 모든 일에서 억지로라도 나리의 뜻을 따라야 한다는 걸 잘 알고…… 또 롤로가 있어요. 저기 문지방 앞에 누워 있지요."

요한나는 마님의 한 마디 한 마디에 고개를 끄덕였다. 그리고 침대 옆 탁자의 촛불을 켜고는 램프를 들었다.

"더 분부하실 일은 없으세요?"

"예, 요한나. 덧문은 꼭 잠갔죠?"

"그냥 지쳐놓았습니다, 마님. 너무 어둡고 숨이 막힐 것 같아서요."

"좋아요. 좋아요."

요한나가 나가자 에피는 침대에 누워 이불을 둘러썼다.

바로 자고 싶지 않아서 촛불을 끄지는 않았다. 아까 피로연을 되짚어본 것처럼 신혼여행을 되짚어보며 하나하나 눈앞에 그려볼 생각이었다. 하지만 베로나까지 와서 줄리엣 캐플릿의 집을 찾는데 벌써 눈이 스르르 감겼다. 은촛대의 양초토막이 천천히 타 내려가 불꽃이 한 번 펄럭하더니 이윽고 꺼져버렸다.

에피는 한동안 깊이 잤다. 그러다 갑자기 비명을 지르며 잠이 깼다. 자신의 비명이 들렸다. 바깥에서 롤로가 짖고 있었다. "컹컹" 하는 소리는 복도를 따라 둔탁하고 불안하게 울렸다. 심장이 멎는 듯했지만 소리를 지를 수가 없었다. 그 순간 무언가 옆을 휙 스쳐지나가면서 복도로 나가는 문이 벌컥 열렸다. 하지만 두려움이 극에 달한 그 순간은 두려움이 사라지는 순간이기도 했다. 롤로가 쏜살같이 뛰어들어와 머리로 그녀의 손을 찾았기 때문이다. 롤로는 그녀의 손에 머리를 들이

밀고는 침대 앞 양탄자에 누웠다. 그녀는 다른 손으로 종을 세 번 눌렀다. 그러자 삼십 초도 안 돼서 맨발에 윗옷을 팔에 두르고 머리와 어깨에는 커다란 체크무늬 수건을 둘러쓴 요한나가 뛰어들어왔다.

"아, 요한나, 당신이 와서 다행이에요."

"무슨 일이 있었어요, 마님? 꿈을 꾸셨나봐요."

"예, 꿈을 꾸었어요. 분명 꿈이었을 텐데…… 하지만 다른 게 있었어요."

"뭐가요, 마님?"

"곤히 자다가 갑자기 소스라치게 놀라서 비명을 질렀어요…… 가위에 눌린 것 같은데…… 우리집 식구들은 가위에 잘 눌려요. 아빠도 그래서 우리를 걱정시켰지요. 엄마는 아빠한테 그냥 두면 안 된다고 항상 말씀하셨지만 말이 쉽지…… 그러니까 소스라치게 놀라서 잠이 깼고 비명을 질렀어요. 깜깜해도 주위를 둘러보는데 뭔가가 침대 옆, 요한나가 지금 서 있는 곳을 휙 스쳐지나가 바로 사라지더라고요. 무엇이었을까 생각해봤는데……"

"뭐였는데요, 마님?"

"생각해봤는데…… 요한나, 말하고 싶지 않지만…… 중국인 같아요."

요한나는 웃으려고 애를 썼다.

"위층의 중국인이요? 우리 작은 중국인은 크리스텔과 제가 의자 등받이에 붙인 거예요. 아이 참, 꿈을 꾸신 거예요. 잠이 깼는데도 꿈에 나온 것들이 보이는 거라고요."

"나도 그렇게 믿고 싶어요. 그런데 그 순간 바깥에서 롤로가 짖었다고요. 롤로도 뭔가 본 거예요. 문이 벌컥 열리면서 착하고 충성스런 롤로가 나를 구하려는 듯 뛰어들어왔어요. 아, 요한나, 정말 무서웠어요. 나는 이렇게 혼자이고 젊은데. 아, 곁에 누구라도 있으면 품에 안겨 엉엉 울고 싶어. 그런데 집에서 이렇게 멀리 떨어져 있다니……집에서……”

“나리가 바로 오실 거예요.”

“안 돼요, 지금 오면 안 돼요. 이런 꼴을 보여줄 순 없어요. 나를 비웃을 텐데 그럼 그이를 절대 용서할 수 없을 거야. 정말 무서웠거든요, 요한나…… 여기 있어줘요…… 크리스텔은 깨우지 마요. 프리드리히도. 아무한테도 알리지 말아요.”

“그럼 크루제 부인을 부를까요. 잠을 자지 않고 밤새 꼬박 그대로 앉아 있거든요.”

“아니, 아니요. 그 여자 자체가 무서워요. 검은 닭도 그렇고. 부르지 마요. 아니요, 요한나, 그냥 혼자 여기 있어요. 덧문을 지쳐놓기를 잘했어요. 탕 소리나게 덧문을 열어봐요. 소리, 인간적인 소리를 듣고 싶으니까…… 이상하게 들리겠지만 그렇게 말할 수밖에 없어요…… 그리고 공기와 빛이 들어오게 창문을 조금 열어줘요.”

요한나가 시키는 대로 하자 에피는 베개에 머리를 파묻고 바로 병적인 잠에 곯아떨어졌다.

제10장

인슈테텐은 새벽 여섯시에 바르친에서 돌아왔다. 그는 달려드는 롤로를 막으며 가능한 한 조용히 방에 들어가 편히 누웠다. 프리드리히가 여행용 담요를 덮어주는 걸 내버려두었다.

"아홉시에 깨우게."

프리드리히가 정확히 그 시각에 잠을 깨우자 인슈테텐은 바로 일어났다.

"아침을 가져오게."

"마님이 아직 주무십니다."

"시간이 꽤 됐는데. 무슨 일이 있었나?"

"잘 모르겠습니다. 어젯밤 요한나가 마님 방에서 잤다는 것만 압니다."

"음, 그럼 요한나를 보내주게."

요한나가 왔다. 평소와 다름없이 발그레한 얼굴을 보면 어젯밤 일을 특별히 마음에 두고 있는 것 같지는 않았다.

"마님한테 무슨 일이 있었어요? 프리드리히가 그러는데 무슨 일이 생겨서 같이 잤다던데."

"예, 남작님. 마님이 종을 급하게 연거푸 세 번이나 누르시는 바람에 무슨 일이 있는 줄 알았습니다. 사실이었어요. 꿈을 꾸셨나봐요. 다른 것이었을 수도 있고요."

"다른 것요?"

"아이, 아실 텐데요."

"모르겠는데. 아무튼 그만합시다. 마님은 어땠지요?"

"넋이 나가신 것 같았습니다. 침대 옆에 있는 롤로의 목걸이를 꽉 움켜쥐고 계시더라고요. 롤로도 불안해 보였어요."

"무슨 꿈을 꾸었는데요? 아니면 뭔가 보거나 들은 건가요? 마님이 뭐라던가요?"

"그것이 마님 곁을 휙 스쳐지나갔다고 하셨습니다."

"뭐가? 누가요?"

"위층 남자요. 홀이랑 작은 방에 있는 남자 말이에요."

"말도 안 돼. 계속 어리석은 말만 하는군. 더 듣고 싶지 않아요. 그래서 마님 곁에 있었어요?"

"예, 나리. 마님 바로 옆 방바닥에 자리를 폈습니다. 손을 꼭 잡아드려야 했는데 바로 잠이 드셨어요."

"아직도 잔다고?"

"아주 곤히 주무세요."

"걱정되네요, 요한나. 건강한 잠도 있지만 병적인 잠도 있는 법이에요. 깨워야 해요. 물론 또 놀라는 일이 없도록 조심해서 깨워야지요. 프리드리히한테 아침을 가져오지 말라고 해요. 마님이 올 때까지 기다릴 테니까. 솜씨 좋게 잘해줘요."

삼십 분 후 에피가 창백하지만 매력적인 모습으로 요한나의 부축을 받으며 들어왔다. 에피는 인슈테텐을 보자 와락 달려들어 끌어안으며 키스를 하고 눈물을 흘렸다.

"아, 게르트, 왔군요. 다행이에요. 이제 좋아졌어요. 다시는 멀리 가지 마세요. 다시는 나를 혼자 두고 가지 마세요."

"사랑하는 에피…… 거기 놓아요, 프리드리히. 나머진 내가 알아서 할 테니까…… 에피, 무정하거나 변덕을 부리느라 혼자 둔 게 아니잖소. 그래야 하니까 그런 거잖아. 나는 내 마음대로 할 수가 없어요. 공직에 있는 사람이니까. 후작님이나 후작 부인에게 '각하, 아내가 혼자 있어서, 아내가 무서워해서 갈 수 없습니다'라고 할 수는 없는 노릇이잖소. 그렇게 말하면 아주 웃기는 사람처럼 보일걸. 나는 물론이고 당신도 그렇게 보인다고. 우선 커피나 한 잔 마셔요."

에피는 커피를 마시고 기운을 차렸다. 그녀는 다시 남편의 손을 잡고 말했다.

"당신 말이 맞아요. 나도 그러면 안 된다는 걸 알아요. 또 우리는 더 출세하려고 하잖아요. 내가 '우리'라고 했는데 본래 나는 당신보다 욕심이 많거든요……"

인슈테텐이 웃었다.

"여자들은 다 그렇지."

"자, 결정된 거예요. 당신은 예전처럼 초대를 수락하고, 나는 여기서 '높으신 분'을 기다릴게요. '높으신 분'이라니까 문득 라일락나무 아래 누워 있던 훌다 생각이 나네요. 어떻게 지낼까?"

"훌다 같은 사람은 항상 잘 지내요. 그런데 무슨 말을 하려고 했지요?"

"그래야 한다면 여기서 혼자 남아 있겠다고요. 하지만 이 집은 아니에요. 우리, 이사 가요. 부둣가에 예쁜 집이 많더라고요. 마르텐스 영사와 그뤼츠마허 영사네 사이에도 한 채가 있고, 광장 근처 기스휘블러 집 바로 맞은편에도 한 채가 있어요. 왜 그런 집에서 안 살아요? 왜 꼭 이 집이어야 하죠? 옛날에 우리집에 놀러온 친구들이랑 친척들이 그러는데 베를린에선 이사를 많이 다닌대요. 여러 번 들었어요. 피아노 소리나 좀벌레나 불친절한 수위 아내 때문에도 이사한다는 거예요. 그런 사소한 이유로 이사한다면……"

"사소한 이유? 수위 부인? 그런 말 하지 마요……"

"그런 이유로 이사한다면 여기서도 그럴 수 있잖아요. 당신은 군수님이고 사람들은 당신 뜻을 따르니까. 당신한테 감사해야 할 사람들도 많잖아요. 그냥 나 때문에 이사한다고 해도 기스휘블러는 분명 우리를 도와줄 거예요. 나를 불쌍하게 생각하니까. 말해봐요, 게르트, 이 저주받은 집을 버리자고요. 이 집에는 저……"

"……중국인이 있다고 하겠지. 에피, 중국인이 나타나지 않더라도 무서운 얘기는 할 수 있어요. 당신이 본 것, 침대 곁을 스쳐지나갔다고 생각한 것은 작은 중국인이었어요. 하녀들이 위층 의자 등받이에 붙인 중국인 말이오. 장담하지만 하늘색 웃옷에 번쩍이는 단추가 달린 납작한 모자를 쓰고 있었을걸."

에피는 고개를 끄덕였다.

"봐요, 꿈이고 환각이야. 어젯밤 요한나가 위층 결혼식에 대해 무슨 말을 했겠지……"

"안 했어요."

"그럼 더 좋지."

"요한나는 한 마디도 안 했어요. 하지만 난 모든 면에서 여기에 이상한 게 있다는 느낌을 받았어요. 악어도 있고, 전부 다 으스스해요."

"첫날밤에는 악어가 동화 같다고 하더니……"

"예, 그때는요……"

"……설사 집을 팔거나 이사할 수 있다고 해도 간단하게 나갈 수는 없어요. 바르친에서 부를 때 거절하지 못하는 것과 같은 거요. 케신 사람들이 '인슈테텐 군수가 집을 팔았대요. 아내가 침대 옆에서 중국인 유령을 보았기 때문이라더군' 하고 수군댈 거요. 나는 그런 일은 참을 수 없소. 그럼 난 끝장이오, 에피. 웃음거리가 되면 회복이 불가능해요."

"게르트, 그럼 당신은 그런 건 없다고 믿어요?"

"그런 말은 안 하겠소. 그건 믿을 수 있는지의 문제니까. 아니, 그걸 믿지 않을 수 있는지의 문제라고 하는 게 더 낫겠네. 하지만 그런 것이 있다 해도 무슨 해를 끼치는 것은 아니잖소? 공기 중에 박테리아가 떠다닌다는 말을 들은 적이 있을 거요. 그건 유령이 돌아다니는 것보다 훨씬 나쁘고 위험한 거야. 설사 유령이 돌아다니고 또 실제로 존재한다고 합시다. 브리스트 가의 여인인 당신이 그렇게 무서워하고 싫어하다니 놀랐소. 꼭 하찮은 시민 가정 여자 같잖아. 유령이란 족보처럼 하나의 특권이오. 나는 가문에 문장(紋章)만큼 '하얀 여인'도 두려고 했던 가문을 알고 있다오. 검은 여인이라도 상관없겠지."

에피는 잠자코 있었다.

"자, 에피. 왜 대답을 안 하지?"

"무슨 말을 해야 하는데요? 나는 당신에게 양보하고 고분고분한 모습을 보여주었어요. 당신도 좀더 따뜻한 모습을 보여줄 수도 있을 텐데. 내가 얼마나 간절하게 당신이 그래주길 바라는지 안다면 그럴 수는 없어요. 힘들었다고요, 정말로. 당신을 보니까 이제 두려움을 떨쳐버릴 수 있겠다 싶었어요. 그런데 당신은 겨우 후작과 도시 사람들한테 웃음거리가 되고 싶지 않다고 하는군요. 위안이 안 돼. 위안이 안 된다고요. 그리고 마지막에는 다시 말을 바꾸었어요. 당신도 유령을 믿는 것처럼 말하고 나한테까지 유령은 귀족만 가질 수 있는 것이니까 자랑스럽게 여기라고 하다니, 더 위안이 안 되네요. 난 그런 긍지는 없어요. 유령을 문장만큼 소중하게 생각하는 가문 이야기를 하는데 그건 취향의 문제예요. 나는 내 문장이 더 소중해요. 우리 브리스트 가에는 다행히 유령이 없어요. 브리스트 가 사람들은 하나같이 아주 좋은 사람들이었어요. 아마 그래서 그럴 거예요."

싸움은 계속되어 최초의 심각한 불화로 이어졌을 터였다. 하지만 그때 프리드리히가 마님에게 편지를 전하러 들어왔다.

“기스휘블러 씨의 편지입니다. 심부름꾼이 답변을 기다리고 있습니다.”

에피의 얼굴에서 불쾌한 기운이 대번 씻은 듯 사라졌다. 그녀는 기스휘블러라는 이름만 들어도 기분이 좋았는데 편지를 보고는 더 좋아졌다. 그것은 편지가 아니라 쪽지였다. 멋진 관공서 글씨로 “브리스트 가문의 인슈테텐 남작 부인”이라 쓰여 있고, 봉인 대신 동그랗고 조그만 리라 그림이 붙어 있었다. 리라의 가운데에는 어떻게 보면 화살처럼 보이는 막대기가 꽂혀 있었다. 에피가 쪽지를 건네주자 인슈테텐 역시 감탄했다.

“읽어보구려.”

에피는 그림을 뜯고 쪽지를 읽었다.

존경하는 남작 부인!

공손하게 아침 인사 올리며 삼가 부탁을 하나 드리겠습니다. 제 오랜 친구인 마리에타 트리펠리 양이 점심 기차로 와서 내일 새벽까지 제 집에 머무를 예정입니다. 트리펠리 양은 훌륭한 우리 케신의 딸로서 17일에는 페테르부르크로 떠나 1월 중순까지 그곳에서 연주회를 열 예정이지요. 이번에도 코츄코프 후작이 친절하게도 집을 내준다고 합니다. 저에게 변함없이 친절한 트리펠리 양은 오늘 저녁 제 집에 머물면서 온전히 제가 고른 노래 몇 곡을 부르겠다고 약속했습니다. 그녀는 어떤 곡도 문제없이 부를 수 있으니까요. 혹시 저녁 음악회에 참석해주실 수 있으신지요? 일곱시입니다. 부군께서 제 부탁을 응원해주시고 꼭 함께 오시리라 믿습니다. 그 자리

에는 반주를 맡은 린데크비스트 목사와 미망인 트리펠 목사 부인도
물론 오실 겁니다.

삼가 경의를 표하며

A. 기스휘블러 올림

"자, 갈까 말까?"

인슈테텐이 물었다.

"당연히 가야지요. 가면 우울한 기분이 사라질 것 같아요. 또 내가
좋아하는 기스휘블러의 첫 초대를 거절할 순 없어요."

"좋아요, 그럽시다. 프리드리히, 미람보가 쪽지를 가져왔을 텐데
초대해줘서 고맙다고 전하게."

프리드리히가 나가자 에피가 물었다.

"미람보가 누구예요?"

"진짜 미람보*는 아프리카의 해적 두목이지. 당신의 지리 지식이
거기까지 미치는지 모르겠지만…… 탕가니카 해를 누비는…… 하지
만 우리의 미람보는 기스휘블러가 거래하는 석탄 가게 주인이자 허드
레 일꾼인데 오늘은 면장갑에 연미복을 차려입고 왔을 거요."

에피는 이 작은 사건 덕에 평소의 명랑한 모습을 상당 부분 되찾았
다. 하지만 인슈테텐은 회복의 속도를 높이려고 자신도 한몫을 하기
로 했다.

---

* 영국의 언론인이자 탐험가인 헨리 모턴 스탠리의 『아프리카 대륙 횡단기』에 나오는 아
프리카의 반군 지도자.

"오래 생각하지 않고 바로 가겠다니까 좋구려. 예전 모습을 완전히 되찾도록 제안을 하나 하리다. 나의 에피의 마음에 들지 않는 게 어젯 밤부터 몰래 따라온 것 같은데 그것을 쫓아버리려면 신선한 공기보다 좋은 게 없지. 날씨가 아주 좋아요. 상쾌하면서도 온화하고 바람도 없 지. 산책을 가면 어떨까? 그냥 농장을 둘러보는 것이 아니라 먼 데까 지 갑시다. 물론 썰매로. 어디 한번 종소리를 울리면서 하얀 눈밭을 달려봅시다. 네시에 돌아와서 잠시 쉬다가 일곱시에 기스휘블러 집에 가서 트리펠리 양의 노래를 듣는 거요."

에피는 남편의 손을 잡았다.

"게르트, 어쩌면 그렇게 착하고 마음이 넓어요. 분명 내가 유치하 게 보였을 텐데. 적어도 어린애처럼 처음엔 무서워하더니 집을 팔자 고 하고, 한술 더 떠서 후작 일로 억지를 부렸잖아요. 후작을 우리집 에서 쫓아버려야 한다고 말이지요. 배꼽을 잡을 일이죠. 우리 운명을 좌지우지하는 분이잖아요. 그러니까 내 운명도 좌지우지하는데. 내가 얼마나 명예욕이 강한지 모를 거예요. 나는 오로지 명예욕 때문에 당 신과 결혼했어요. 그렇게 심각한 얼굴은 하지 마요. 물론 당신을 사랑 해요…… 연인들이 나뭇가지를 꺾어 나뭇잎을 하나씩 떼면서, 뭐라 고 하더라? 진심으로, 고통스러워도, 한없이라고 하던가."

에피는 밝게 웃고는 인슈테텐이 여전히 잠자코 있자 물었다.

"어디로 갈 건데요?"

"기차역까지 갈 생각이었소. 에움길로 갔다가 국도로 돌아오려고. 식사는 역에서 합시다. 골호브스키의 음식점에서 먹거나. 그게 낫겠 소. 기억할지 모르겠는데 '비스마르크 후작에게'라고 여기 온 첫날 그

앞을 지나갔지. 역시 미리 말을 해놓으면 좋다니까. 나는 나의 에피가 총애하는 폴란드 마을 촌장과 선거 이야기를 할 거요. 그자는 개인적으로 별 도움은 안 되지만 음식점은 깔끔하게 운영하지. 음식 맛은 더 좋고. 여기 사람들은 먹고 마시는 거라면 일가견이 있다오."

그들은 그런 이야기를 열한시쯤에 나누었다. 열두시 정각에 크루제가 대문 앞에 썰매를 대자 에피는 썰매를 탔다. 그녀는 요한나가 발을 싸는 수건과 모피를 가져오려는 것을 말리고 담요만 받았다. 지난 일이 아직도 마음에 남아서 신선한 공기를 마시고 싶었다. 인슈테텐이 말했다.

"크루제, 오늘 새벽에 갔던 역으로 갈 거예요. 사람들이 놀라겠지만 상관없어요. 농장을 따라가다가 왼쪽으로 꺾어 크로셴틴의 교회 탑 쪽으로 가는 게 좋겠소. 그럼 출발해요. 한시에는 역에 도착해야 해요."

말이 달리기 시작했다. 바람이 거의 없어서 눈 쌓인 하얀 지붕들 위에 연기가 멈춰 있었다. 우트파텔 풍차도 천천히 돌고 있었다. 썰매는 풍차 앞을 바람처럼 스쳐지나가 교회 묘지 옆을 지나갔다. 묘지 울타리 너머로 웃자란 매자나무 가지 끝이 몸에 스치면서 담요 위로 와르르 눈이 쏟아졌다. 길 건너편에 담장으로 둘러싸인 곳이 보였다. 정원 화단보다 많이 크지 않은 그 안쪽에는 어린 소나무 한 그루만 삐죽 고개를 내밀고 있었다.

"저기에도 누가 묻혔어요?"

"그렇소. 중국인이오."

에피는 칼에 찔린 듯 흠칫 놀랐다. 하지만 마음을 가다듬고 태연한 척 물었다.

"우리 중국인요?"

"그렇소, 우리 중국인이오. 당연히 교구민 묘지에는 묻힐 수 없었지. 그러자 친구 같았던 톰젠 선장이 저 땅을 사서 묻어준 거요. 비문이 적힌 비석도 있다오. 물론 다 내가 부임하기 전에 일어난 일이오. 하지만 아직도 그 이야기를 한다오."

"뭔가 있는 거예요. 이야기가. 당신은 오늘 아침에도 그 비슷한 말을 했잖아요. 어떤 이야기인지 들어보는 게 제일 좋겠어요. 모르면 아무리 굳게 마음을 먹어도 내가 만든 상상에 사로잡혀버리거든요. 사실을 말해줘요. 현실은 상상만큼 괴롭지 않을 거예요."

"좋아요, 에피. 그 이야기는 안 할 생각이었소. 하지만 분위기가 저절로 조성되었으니까 해도 좋겠군. 또 진짜 아무것도 아니거든."

"아무것도 아니든 대단하든 대수롭지 않든 다 상관없어요. 어서 이야기나 해요."

"그럽시다. 어렵지도 않으니까. 언제나 시작이 어려운 법이지. 이야기도 그렇다오. 톰젠 선장 이야기부터 하는 게 좋을 것 같은데."

"좋아요, 좋아요."

"아까 말한 톰젠은 이른바 중국 전문 상인이오. 여러 해 동안 쌀을 싣고 상하이와 싱가포르를 왕래했다오. 이곳에 왔을 때는 벌써 예순 살은 되었을 거요. 그가 여기서 태어났는지, 이 고장과 다른 인연이 있는지는 모르겠소. 간단히 말하면, 그는 여기 와서 고물 상자 같은 배를 얼마 안 되는 돈에 팔고 지금 우리가 사는 집을 샀다오. 바깥에서 돈을 좀 모았거든. 그래서 집에 악어며 상어며 배가 있는 거지……

톰젠은 아주 깔끔하고 호감가는 사람이었소. 사람들이 그러더라고. 키르슈타인 시장은 물론, 특히 당시 케신 목사가 그를 좋아했다더군. 목사는 베를린 출신이지. 톰젠이 오기 직전에 부임했는데 적이 많았다더군."

"이해할 수 있어요. 내가 봐도 여기 사람들은 정말 완고하고 독선적이에요. 포메른 지방의 특징인가봐요."

"그렇기도 하고 아니기도 하고, 지역마다 다르지. 전혀 완고하지 않은 지역도 있고, 두 가지가 뒤섞인 지역도 있고…… 저기 봐요, 에피. 바로 앞에 크로셴틴의 교회탑이 보이는구려. 역에 가지 말고 그라젠압 노부인 댁에 들러볼까? 내 정보가 정확하다면 지도니는 지금 집에 없거든. 그러니까 한번 모험을 해보는……"

"세상에, 게르트, 대체 무슨 생각을 하는 거예요? 이렇게 달리니까 너무 좋아요. 자유롭고 두려움도 사라지는 것 같고. 그런데 모든 걸 포기하라고요? 단지 잠시 들러서 노인들을 당황하게 만들려고요? 절대 안 돼요. 무엇보다 나는 이야기가 듣고 싶단 말이에요. 톰젠 선장 이야기를 하는 중이잖아요. 덴마크 사람 아니면 영국 사람일 것 같은데 아주 깨끗하고 깃이 높은 하얀 셔츠에 새하얀 내의를 입고……"

"맞아. 꼭 그랬다고 하더라고. 톰젠은 스무 살쯤 되는 처녀와 살았어요. 조카딸이라고 주장하는 사람들도 몇 명 있었지만, 나이를 보면 불가능한데도 대부분은 손녀라고 생각했지. 손녀인가 조카딸 말고도 중국인이 있었소. 저 모래언덕 사이에 묻혔는데 지금 그의 무덤 앞을 지나가고 있지."

"그렇군요."

"중국인은 톰젠의 하인이었소. 얼마나 신임을 받았던지 하인이라 기보다 친구 같았지. 그렇게 세월이 흘렀는데 갑자기 톰젠의 손녀가 결혼한다는 소문이 돌았다오. 내 기억으로는 이름이 '니나'였어. 신랑은 톰젠의 바람대로 역시 선장이었지. 소문은 사실이었다오. 집에서 성대한 결혼식을 올렸는데 베를린 목사가 결혼식을 주관했지. 방앗간 주인 우트파텔과 기스휘블러가 초대를 받았소. 우트파텔은 비밀 종교 집단에 들어 있었고, 기스휘블러 역시 교회 일로 여기 사람들의 의심을 받았지. 그 밖에도 선장들과 그 아내와 딸 들이 결혼식에 왔지. 상상할 수 있겠지만 분위기가 좋았다더군. 저녁에는 무도회가 열렸소. 신부는 모든 남자와 춤을 추었고 마지막에는 중국인하고도 추었지요. 그런데 갑자기 그 여자가, 그러니까 신부가 사라졌다는 소리가 들렸소. 신부는 진짜 어딘가로 사라졌다오. 무슨 일이 있었는지 아무도 몰랐지. 그 일이 있고 이 주 후 중국인이 죽었소. 톰젠은 내가 당신한테 보여준 땅을 샀고, 중국인은 거기 묻혔지. 그런데 베를린 목사가 이런 말을 했다더라고. '중국인을 교회 묘지에 묻어도 아무 문제가 없다. 다른 사람들처럼 아주 좋은 사람이었으니까'라고 말이오. 기스휘블러는 목사가 말하는 '다른 사람들'이 누구인지 모르겠다고 하더라고."

"내 생각엔 목사가 큰 잘못을 했어요. 그런 말은 하면 안 되지요. 위험하기도 하고 적절하지도 않으니까. 니마이어 목사님도 그런 말은 안 하셨을 거예요."

"트리펠이라는 불쌍한 목사는 실제로 의심을 많이 받았소. 바로 세상을 떠났기에 망정이지 자리를 잃을 뻔했다더군. 그를 뽑았던 케신 사람들이 당신처럼 들고일어났기 때문이지. 물론 교회의 최고 감독기

118

관이 맨 먼저 들고일어났지."

"트리펠? 혹시 오늘 저녁 만나기로 한 트리펠 목사 부인하고 관계가 있나요?"

"당연히 있지. 트리펠은 그 부인의 남편이자 트리펠리의 아버지라오."

에피가 깔깔 웃었다.

"트리펠리! 이제 다 알겠어요. 기스휘블러가 케신 출신이라고는 했지만 나는 이탈리아 영사 딸인 줄 알았어요. 여긴 외국 이름이 참 많으니까요. 그런데 독일인에다 트리펠 가 사람이라니. 이탈리아식으로 이름을 지을 만큼 대단한가요?"

"세상은 용기 있는 자의 것이니까. 트리펠리는 아주 유능하다오. 파리에서 유명한 오페라 가수 비아르도 밑에서 몇 해 동안 공부했지. 러시아 후작도 거기서 알게 된 거야. 러시아 후작들은 아주 깨어 있는 사람들이라서 사소한 신분 차이는 무시하거든. 코츄코프와 기스휘블러는 어린 마리 트리펠을 지금의 모습으로 만든 사람들이라오. 트리펠리는 기스휘블러를 '삼촌'이라고 부르는데 진짜 삼촌이라고 해도 될 정도지. 기스휘블러는 그녀를 파리에 보내주었고 코츄코프는 그녀를 트리펠리로 바꾸어주었지."

"아, 게르트, 다 멋있어요! 나는 호엔크레멘에서 얼마나 평범하게 살았는지! 색다른 일은 하나도 없었다고요."

그러자 인슈테텐은 아내의 손을 잡고 말했다.

"그렇게 말하면 안 돼요, 에피. 유령이라면 마음대로 대해도 되지. 하지만 색다른 것이나 사람들이 색다르다고 부르는 것은 조심해야 해요. 트리펠리의 인생을 포함하여 당신이 매력적이라고 생각하는 것은 보통 평범한 행복을 대가로 얻을 수 있는 거야. 당신이 호엔크레멘을 진심으로 사랑하고 애착이 있다는 건 잘 알아요. 하지만 그런 것을 비웃고, 호엔크레멘 사람들이 영위하는 조용한 나날들의 의미를 모르는 것 같을 때도 많더라고."

"아니요, 아니요. 나도 잘 알아요. 그냥 다른 이야기를 듣는 것이 좋고, 듣다보면 불쑥 나도 거기 있었으면 하는 마음이 드는 것뿐이에요. 당신 말이 옳아요. 나는 본래 조용하고 평화로운 생활을 동경한답니다."

인슈테텐이 손가락으로 위협했다.

"하나뿐인 나의 사랑하는 에피, 또 상상의 나래를 펼치는군. 당신은 늘 이런저런 상상을 한다니까."

제11장

　산책은 예정대로 이루어졌고 썰매는 한시에 아래쪽 철둑 근처 '비스마르크 후작에게' 음식점 앞에 멈춰 섰다. 골호브스키는 군수가 나타나자 반가워하며 맛있는 아침을 차린다고 수선을 피우고, 이따금 나타나 인슈테텐의 분부를 기다렸다. 마지막으로 후식과 헝가리산 포도주가 나오자 인슈테텐은 주인을 불러 식탁에 앉아 이야기를 해달라고 부탁했다. 골호브스키는 그런 일에 딱 맞는 사람이었다. 사방 3킬로미터 안에서 닭이 알을 낳은 사실까지 알고 있었으니 말이다. 그는 오늘도 그 실력을 여실히 보여주었다. 인슈테텐의 짐작대로 지도니 그라젠압은 작년 크리스마스 때처럼 이번에도 '궁정 목사들'을 만나려고 한 달간 여행을 떠났다고 했다. 팔레스케 부인은 언짢은 소문 때문에 하녀를 갑자기 해고해야 했고, 프라우데 노인은 건강이 좋지 않다고 했다. 단지 미끄러져 넘어진 것뿐이라는 소문이 있지만 사실은 뇌졸중으로 쓰러졌으며 리사에서 경기병으로 있는 아들이 언제 올까 기다리고 있다는 것이다. 그런 가벼운 대화는 좀더 진지한 주제로 이어져서 이윽고 바르친에 이르렀다. 골호브스키가 말했다.

"비스마르크 후작님이 종이 제조업자라는 생각을 하면! 세상일은 정말 모른다니까요. 본래 편지질을 싫어하시고 인쇄된 종이는 특히 못 참는 분이신데 제지공장을 운영하시잖아요."

인슈테텐이 대답했다.

"그렇소, 골호브스키. 사람은 그런 모순에서 벗어나지 못하지요. 후작도, 아무리 위대한 인물도 어쩔 수 없는 거요."

"그럼요, 그럼요. 위대한 인물도 어쩔 수 없지요."

후작 이야기는 더 이어졌을 테지만 마침 역 쪽에서 기차가 곧 도착한다고 알리는 종소리가 들렸다. 인슈테텐이 시계를 보면서 물었다.

"무슨 기차죠, 골호브스키?"

"단치히행 급행열차입니다. 여기 정차하지는 않지만 저는 항상 위에 올라가서 객차 수를 세어본답니다. 가끔 아는 사람이 창가에 서 있을 때도 있지요. 저희 집 마당 뒤쪽에 철둑 건널목지기 초소 417호로 올라가는 계단이 있는데……"

"어머, 그걸 이용하는 게 어때요. 나는 기차를 보는 걸 좋아해요……"

에피가 말했다.

"그럼 지금이 딱 좋습니다, 부인."

세 사람은 길을 나서서 철둑 위 건널목지기 초소 옆 길쭉한 밭에 섰다. 쌓인 눈을 삽으로 치워놓은 곳이 있었다. 건널목지기는 벌써 손에 깃발을 들고 서 있었다. 기차가 쏜살같이 달려와 눈 깜짝할 사이에 초소와 밭을 스쳐지나갔다. 에피는 흥분해서 아무것도 보지 못하고 위에 제동수가 앉아 있는 마지막 객차를 넋을 잃고 바라보았다.

"저 기차는 여섯시 오십분에 베를린에 도착할 테고, 호엔크레멘 사람들은 한 시간 후에 멀리 기차 지나가는 소리를 들을 수 있을 거요. 당신도 가고 싶소, 에피?"

인슈테텐의 말에 에피는 아무 대답도 하지 않았다. 인슈테텐이 쳐다보았더니 에피의 눈에 눈물이 맺혀 있었다.

에피는 사무치는 그리움에 가슴이 먹먹했다. 잘 지내지만 낯선 세상에 있다는 느낌이 들었다. 이런저런 것에 마음이 끌리기도 했지만 바로 허전한 마음이 들었다. 저쪽이 바르친이고, 그 반대편에는 크로셴틴 교회탑이 번쩍이고, 더 멀리 모르게니처에는 벨링 가도 아니고 브리스트 가도 아닌, 그라젠압 가와 보르케 가가 있는 것이다.

"그래, 그들이 없구나!"

인슈테텐은 그녀가 기분이 순식간에 변한다고 했는데 제대로 본 것이었다. 그녀는 또다시 두고 온 모든 것을 미화해서 보았다. 그리움에 잠겨 기차를 바라본 것은 사실이지만 활발한 성격이라서 계속 그러고 있지는 않았다. 붉은 공 같은 해가 하얀 눈밭에 빛을 쏟아붓는 석양 무렵 집으로 돌아오는데, 답답했던 가슴이 벌써 트이고 모든 것이 아름답고 산뜻하게 보였다. 케신에 돌아와 일곱시 종이 울리는 순간 기스휘블러네 현관에 들어설 때는 좋은 정도를 넘어 한껏 들떠 있었다. 쥐오줌풀과 제비꽃 뿌리의 은은한 향기가 집 안에 감도는 것도 한몫을 한 것 같았다.

　정각에 도착했지만 다른 손님들보다는 늦었다. 린데크비스트 목사와 트리펠 노부인과 트리펠리는 벌써 와 있었다. 기스휘블러는 광택 없는 금색 단추가 달린 푸른 연미복을 입었는데 새하얀 면 조끼 위로 코안경의 넓고 까만 끈이 훈장처럼 늘어져 있었다. 기스휘블러가 흥분을 애써 누르면서 말했다.

　"여러분, 소개를 드려도 될까요? 인슈테텐 남작 내외분이시고, 트리펠 목사 부인, 마리에타 트리펠리 양입니다."

　모두가 다 아는 린데크비스트 목사는 미소를 지으면서 한쪽에 서 있었다.

　트리펠리는 삼십대 초반으로 남자처럼 건장하고 유머가 풍부해 보였다. 그녀는 소개를 받을 때도 소파의 상석에 그대로 앉아 있다가 소개가 끝나자 비로소 등받이가 높은 옆 의자로 옮겨 앉았다. 그리고 소파를 가리키며 말했다.

　"부인, 부탁인데 이제 이 소파에 앉는 무거운 짐과 위험한 임무를 맡아주세요. 이 경우엔 '위험하다'는 말이 딱 맞다니까요. 기스휘블러에게 몇 해 전부터 주의를 주었는데도 아무 소용이 없네요. 좋은 분이지만 고집도 대단하시거든요."

　"하지만 마리에타……"

　"이 소파는 적어도 오십 년은 된데다 앉으면 푹 내려가는 옛날 방식이라서 미리 방석 몇 개를 깔지 않고 털썩 앉았다가는 깊이를 모르는 나락으로 떨어져버린답니다. 하여튼 돌기둥처럼 무릎이 쑥 올라갈 만큼 푹 내려가지요."

트리펠리의 말에는 따뜻한 마음과 확신이 묻어났다. 꼭 '너는 인슈테텐 남작 부인이고, 나는 트리펠리다'라고 말하려는 듯한 어조였다.

기스휘블러는 이 예술가 친구를 열렬히 좋아하고 재능을 높이 샀지만 사교적인 섬세함이 많이 부족하다는 사실까지 모를 만큼 눈이 멀지는 않았다. 그러한 섬세함을 갖춘 그가 말을 받았다.

"마리에타, 그런 문제를 정말 재미있게 다루는구나. 하지만 내 소파로 말하자면 진짜 억울하다. 전문가라면 우리 둘 중 누구 말이 맞는지 판결해줄걸. 코츄코프 후작 같은 분도……"

"아, 기스휘블러, 제발 부탁인데 그 사람은 그냥 두세요. 항상 코츄코프, 코츄코프 한다니까. 후작이라지만 별로 대단하지도 않아요. 갖고 있는 농노가 천 명을 넘지 않지요. 그러니까 옛날에 갖고 있던 농노라고 해야겠네요. 옛날에는 농노 숫자로 재산 규모를 계산했으니까. 자꾸 코츄코프 후작 이야기를 하시면 여기 계시는 부인께서 제가 후작의 천한번째 농노라는 걸 자랑스럽게 여기는 줄 아실 거예요. 절대 그렇지 않다고요. '언제나 당당하게!' 기스휘블러, 제 좌우명을 잘 아시잖아요. 코츄코프는 좋은 동료이자 친구지만 예술이나 그 비슷한 분야는 하나도 모른답니다. 미사곡과 오라토리오를 작곡하긴 하지만 확실히 음악은 모르지요. 예술을 하는 러시아 후작들은 대부분 종교나 그리스 정교회로 조금 기우는 경향이 있지요. 그 밖에도 코츄코프가 아무것도 모르는 분야로 가구와 벽지를 빼놓을 수 없어요. 얼마나 고상한지 누가 색깔이 요란하고 비싼 게 바로 아름다운 거라고 하면 그냥 넘어갈 사람이지요."

인슈테텐은 재미있어했고 린데크비스트 목사도 유쾌해 보였다. 하지만 선량한 트리펠 부인은 거리낌 없는 딸의 태도에 안절부절못했다. 기스휘블러는 대화가 점점 어려워지자 그만 끝내는 것이 좋겠다고 생각했다. 그러려면 노래 몇 곡이 가장 좋았다. 트리펠리가 가사에 문제가 있는 곡을 고를 리가 없고, 설사 고른다고 해도 노래 솜씨가 좋으니까 가사까지 고상해질 터였다.

"마리에타, 여덟시에 조촐한 저녁식사를 할 예정이야. 그러니까 사십오 분이 남았네. 어떻게 하면 좋을까? 식사중에 즐거운 노래를 부르는 게 좋을까 아니면 식사를 마친 다음에……"

"세상에, 기스휘블러! 미를 아시는 분이잖아요. 배가 부른데 노래하는 것처럼 미적이지 않은 것은 없답니다. 제가 알기로는 엄선된 요리를 내놓는 미식가시잖아요. 또 일을 끝내고 먹으면 음식이 더 맛있는 법이에요. 예술이 먼저고 그다음 호두아이스크림을 먹는 거예요. 그게 순서예요."

"그럼 악보를 가져올까, 마리에타?"

"악보를 가져온다니, 무슨 뜻이죠, 기스휘블러? 장식장마다 악보가 가득 들었잖아요. 보크 운트 보테*에 있는 곡을 모두 불러드릴 수는 없어요. 악보라니요! 어떤 악보지요, 기스휘블러? 그게 문제라고요. 그리고 알토 음이 제대로 되어야……"

"그럼 가져오마."

기스휘블러는 장식장으로 가서 서랍을 하나씩 빼고 악보를 찾았다. 트리펠리가 의자를 탁자 왼쪽으로 밀어 에피 옆으로 가까이 다가앉았다.

"어떤 곡을 가져올지 궁금한데요."

에피는 조금 당황하며 머뭇머뭇 대답했다.

"글루크의 작품 같은 아주 극적인 곡을 갖고 오실 것 같은데……
이런 말을 해도 되는지 모르겠지만, 연주회 가수로만 활동하신다는
말을 듣고 놀랐어요. 무대에 설 수 있는 분이라고 생각했거든요. 그런
사람은 드물잖아요. 풍채며 넘치는 힘하며 목소리하며…… 저는 그
런 걸 본 적이 거의 없어요. 베를린에 잠깐 들를 때 한 번씩 봤지
만…… 그땐 어린아이나 마찬가지였지요. 글루크의 〈오르페우스〉나
도른의 〈크림힐트〉나 스폰티니의 〈베스타의 무녀〉였던 것 같아요."

트리펠리는 에피가 자신과 너무 다르다는 걸 깨닫고 고개를 저었
다. 하지만 기스휘블러가 악보 여섯 부를 앞에 놓는 바람에 대답을 하
지는 않았다. 그녀는 악보를 재빨리 훑어보았다.

"슈베르트의 〈마왕〉…… 아이 참, '시냇물아, 조잘대지 마라……'
기스휘블러, 겨울잠을 자는 마멋 같으세요. 칠 년 동안 내리 잔 것처
럼…… 뢰베가 작곡한 이 발라드들도 최신 곡은 아니지요. 〈슈파이어
의 종〉…… 으, 과장해서 주목을 끌려는 듯한 이 한없는 땡땡 소리는
정말 멋도 없고 김빠진다니까. 오, 〈기사 올라프〉…… 이건 괜찮아
요."

트리펠리는 일어나 목사의 반주에 맞추어 〈기사 올라프〉를 자신 있
고 노련하게 불러 박수갈채를 받았다.

그리고 낭만적인 곡을 더 골랐다. 바그너의 〈방황하는 네덜란드인〉
과 에롤드의 〈참파〉에 나오는 곡을 부른 다음, 슈만의 〈황야의 소년〉
을 불렀다. 기교도 완벽하고 태도 역시 침착하기 그지없었다. 에피는

가사와 곡에 홀린 기분이었다. 트리펠리는 〈황야의 소년〉을 부르고
나서 말했다.

"이제 됐습니다."

그 어조가 얼마나 단호한지 기스휘블러를 비롯하여 아무도 감히 더
부탁할 수 없었다. 에피는 말할 것도 없었다. 그녀는 트리펠리가 다시
옆에 앉자 이렇게 말했다.

"트리펠리 양, 정말 감사합니다! 모두 아름답고 자신에 넘치고 노
련하게 부르시네요. 실례인지 모르겠지만 저는 침착하신 태도가 특히
감탄스러워요. 저는 외부의 영향을 잘 받아서 대수롭지 않은 유령 이
야기에도 덜덜 떨고 갈팡질팡하거든요. 그런데 당당하고 감동적으로
노래하시면서도 유쾌하고 명랑하세요."

"부인, 예술을 하려면 그럴 수밖에 없답니다. 무대에서는 더욱 그
렇지요. 저는 다행히 무대와는 거리를 두고 있어요. 무대는 평판을 해
칠 수 있거든요. 평판이란 우리가 가진 최고의 것인데. 물론 저는 어
떤 유혹에도 넘어가지 않을 자신이 있어요. 하지만 점점 무뎌진다고
하더라고요. 동료 여가수들한테 백번도 넘게 그런 말을 들었어요. 무
대에서는 독살을 당하고, 칼에 찔려 죽고, 로미오가 죽은 줄리엣의 귀
에 시시한 농담이나 신랄한 말을 속삭이죠. 작은 연애편지를 손에 꼭
쥐여주기도 하고요."

"상상이 안 돼요. 오늘 저녁 들려주신 노래만 해도, 이를테면 〈기사
올라프〉의 유령 이야기만 해도 그래요. 저는 불안한 꿈을 꾼다든지,
아무도 없는 위층에서 조용히 춤추는 소리나 음악 소리가 들린다든
지, 누가 침대 옆을 휙 스쳐지나갔다는 느낌이 들면 그만 마음이 혼란

스러워져서 며칠 동안 그 생각을 지울 수가 없어요."

"부인이 말씀하시는 일은 다른 일일 거예요. 그런 일은 진짜 일어 났거나 적어도 실감나는 요소가 있을 테니까요. 저는 발라드에 나오는 유령은 하나도 무섭지 않지만 유령이 제 방 안을 돌아다닌다면 무척 기분 나쁠 것 같아요. 다른 사람과 똑같지요 뭐. 우리가 느끼는 건 다 똑같을 거예요."

"그런 일을 겪은 적이 있으세요?"

"그럼요. 그것도 코츄코프 집에서 그랬답니다. 그래서 이번에는 다른 방에서 자겠다고 했는데 어쩌면 영국 여자 가정교사와 잘지도 모르겠어요. 그 여자는 퀘이커 교도니까 그 방이라면 분명 안전할 거예요."

"그런 일이 실제로 일어날 수 있다고 생각하세요?"

"부인, 저처럼 나이를 먹고 러시아에도 가보고, 심지어 루마니아에서도 반년 동안 살고, 이렇게 세상을 떠돌아다닌 사람은 모든 게 다 가능하다고 생각한답니다. 세상에는 나쁜 사람들이 많고, 그래서 다른 일들도 생기지요. 그런 일은 말하자면 같이 따라오는 거지요."

에피가 열심히 듣자 트리펠리는 말을 이었다.

"저는 아주 깨인 집안에서 자랐어요. 어머니는 그렇지 않으셨지만. 그런데 영혼을 기록하는 장치*가 유행할 때 아버지는 '이것 보렴, 마리, 뭔가 있는 것 같은데'라고 하셨어요. 아버지가 맞았어요. 진짜 뭔가 있었으니까요. 우리의 왼쪽 오른쪽, 앞쪽과 뒤쪽에는 뭔가가 도사리고 있답니다. 부인께서도 이제 아시게 될 거예요."

---

* 심령술 모임에서 영의 세계가 주는 계시를 기록하는 장치.

그때 기스휘블러가 다가와 에피에게 팔을 내밀었다. 인슈테텐은 마리에타와 팔짱을 끼고 들어가고 그 뒤를 린데크비스트 목사와 미망인 트리펠 부인이 따라갔다. 그렇게 모두 식탁으로 갔다.

제12장

그들은 밤늦게 기스휘블러의 집을 나왔다. 열시가 넘자마자 에피는 기스휘블러에게 이제 시간이 된 것 같다, 트리펠리가 기차를 놓치지 않으려면 새벽 여섯시에는 케신을 떠나야 한다고 말했다. 하지만 트리펠리는 옆에 서 있다가 특유의 달변으로 에피의 섬세한 배려에 항의했다.

"부인, 우리 같은 사람들은 규칙적으로 자야 한다고 생각하시는 것 같은데, 전혀 아닌걸요. 우리에게 규칙적으로 필요한 건 박수갈채와 큰 상이랍니다. 예, 웃으셔도 좋아요. 또 저는 기차에서도 잘 수 있답니다. 살다보면 그런 것을 배우게 되지요. 상황이 어떻든 모로 눕거나, 옷을 편하게 끄르지 않고도 잘 수 있다니까요. 물론 조이는 옷을 입은 적은 한 번도 없어요. 가슴과 폐 특히 심장이 편해야 하니까요.

부인, 그게 제일 중요해요. 잠은 양이 아니라 질이 중요한 거예요. 오분 깜빡 조는 게 다섯 시간 뒤척이는 것보다 낫지요. 그런데 러시아 사람들은 진한 차를 마시는데도 잠을 잘 잔답니다. 분명 공기나 늦은 저녁식사 때문일 거예요. 어쩌면 그런 습관이 든 것일 수도 있고요. 러시아에서는 걱정이 없답니다. 돈 문제라면 러시아나 미국이나 똑같지만 그 점은 러시아가 미국보다 낫지요."

그다음부터 에피는 그만 일어나자고 재촉하지 않았다. 그들은 자정이 다 되어서 친밀감을 느끼며 유쾌하고 다정하게 헤어졌다.

무어인의 약국에서 군수 사택까지는 상당히 멀었지만 린데크비스트 목사가 한 구간을 같이 걷자고 해서 돌아오는 길이 지루하지 않았다. 목사는 기스휘블러 집에서 마신 라인산(産) 포도주의 취기를 깨는 데는 별이 빛나는 하늘을 이고 산책하는 것이 최고라고 했다. 그들은 오는 내내 자연스레 트리펠리 이야기를 했다. 에피가 먼저 생각나는 이야기를 하고, 목사가 바로 차례를 이어받았다. 빈정대기 좋아하는 목사는 트리펠리에게 극히 세속적인 일에 대해 이것저것 물어본 다음 마지막으로 신앙에 대해 물었는데 트리펠리는 오직 하나, 정교밖에 모르더라고 했다. 그녀의 아버지는 자유사상가라 할 만큼 합리주의자여서 중국인을 교회 묘지에 묻고 싶어했다, 하지만 트리펠리는 아버지와 견해가 전혀 다르면서도 개인적으로는 무신론의 이점을 만끽하고 있다는 것이다. 그런데 트리펠리는 무신론을 분명히 표방하면서도 매 순간 무신론은 사람이 오직 개인으로서만 누릴 수 있는 사치스러운 특권일 뿐이라고 생각하더라고 했다. 국가의 차원이 되면 농담은 그만하고, 자기가 문화부나 교회 감독기관의 수장이 된다면 매우 엄격한 조치를 취할 거라고 했다는 것이다. 린데크비스트는 트리펠리의 말을 그대로 전했다.

"제 안에는 토르케마다* 같은 데가 있다니까요."

그러자 인슈테텐은 기분이 좋아서 자기는 교리 같은 까다로운 문제는 피하고 도덕적인 문제를 전면에 부각시켰다고 했다. 대중 앞에 나서는 데 따르는 유혹과 끊임없는 위험이 주요 주제였는데 트리펠리는 오직 후자만 강조하면서 이렇게 대수롭지 않게 대답하더라는 것이다.

"예, 위험에 끊임없이 노출되어 있죠. 특히 목소리가."

그들은 그런 이야기를 나누며 트리펠리의 저녁 음악회를 다시 한 번 회상했다. 사흘 후 트리펠리가 페테르부르크에서 에피에게 전보를 보냈다. 그래서 그들은 또다시 음악회를 돌이켜보았다. 전보는 프랑스어로 이렇게 쓰여 있었다.

브리스트 가문의 인슈테텐 남작 부인. 무사히 도착. K. 후작이 역으로 마중 나옴. 그 어느 때보다 기뻤음. 부인의 환대에 깊이 감사. 남작님께 안부 바람. 마리에타 트리펠리.

인슈테텐은 에피가 보기에 지나칠 정도로 야단스럽게 감탄을 표했다.

"당신을 이해할 수 없어요, 게르트."

"당신이 트리펠리를 모르니까 그래. 나는 그 순수함에 매료된 거

---

* 잔혹하기로 유명한 스페인의 종교 재판장.

요. 하나부터 열까지 다 진짜요."

"모든 게 희극 같다는 거예요?"

"그럼 뭐지? 러시아와 여기, 기스휘블러와 코츄코프, 양쪽을 철저하게 계산한 거요. 기스휘블러가 트리펠리에게 기부를 하거나 유산을 물려줄지도 모르겠네."

기스휘블러 집의 저녁 모임은 12월 중순의 일이었고, 바로 크리스마스 준비가 시작되었다. 가정이 있고 해야 할 일이 있는 것이 다행이었다. 그렇지 않았더라면 에피는 그 시기를 힘들게 보냈으리라. 이것저것 생각하고, 물어보고, 물건을 사러 돌아다니느라 우울한 생각이 떠오를 겨를이 없었다. 크리스마스이브 전날에는 호엔크레멘에서 선물 상자가 도착했다. 상자에는 얀케네서 보낸 작은 선물들도 들어 있었다. 얀케는 몇 해 전 에피와 함께 접붙인 나무에 열린 파랗고 예쁜 사과를 보냈고, 베르타와 헤르타는 손수 짠 갈색 토시와 무릎덮개를 보냈다. 하지만 훌다는 X를 위해 여행용 담요를 짜야 한다면서 선물도 없이 겨우 몇 줄을 써 보냈을 뿐이었다. 에피는 기가 막혔다.

"새빨간 거짓말이야. X는 무슨 X. 존재하지도 않는 숭배자들에 둘러싸여 있다는 환상을 도무지 버릴 수가 없나봐!"

크리스마스이브가 다가왔다.

인슈테텐은 젊은 아내를 위해 꼭대기에 아기천사가 달린 예쁜 크리스마스트리를 직접 만들었다. 구유에는 예쁜 투시화와 글이 새겨져 있었는데 다음 해 집안에 생길 경사를 넌지시 암시하는 글도 있었다. 에피는 그 글을 읽고 얼굴이 빨개져서는 고맙다는 말을 하려고 인슈테텐에게 다가갔다. 하지만 채 그러기도 전에 포메른의 옛 크리스마스 풍습에 따라 선물이요! 하는 외침과 함께 커다란 상자 하나가 복도에 떨어졌다. 오만 가지 물건이 다 들어 있는 상자에서 마지막으로 제일 중요한 것이 나왔다. 작고 예쁜 일본 그림들을 잔뜩 붙인 과자 상자였는데 안에 작은 쪽지가 들어 있었다. 쪽지에는 이렇게 적혀 있었다.

세 명의 왕이 예수님을 찾아오셨네.
그중에는 무어인의 왕도 있었네.
오늘 작은 무어인 약사가
향료를 들고 오는데
유향과 몰약을 못 구하여 대신
파스타치오 과자와 아몬드 과자를 들고 온다네.

에피는 쪽지를 두세 번 연거푸 읽으며 몹시 기뻐했다.
"좋은 사람한테 숭배를 받는 건 정말 기분좋아요. 안 그래요, 게르트?"
"그럼 나도 그렇게 생각해요. 오직 그것만이 우리를 기쁘게 하고, 적어도 기쁨을 줘야 하지. 사람은 누구나 그 밖의 온갖 멍청한 짓에 빠져 있거든. 나도 그래요. 물론 사람은 저마다 성격이 다르지만."
휴일의 첫날은 교회 건축 기념일이었다. 이튿날에는 그라젠압 가 사람들만 빼고 모두 보르케 가에 모였다. 그라젠압 가 사람들은 지도니가 집에 없어서 올 수 없다고 전했는데 모두 그런 핑계를 이상하게 생각했다. "오히려 반대지. 그러니까 와야지"라고 수군거리는 사람들도 있었다. 12월 31일에는 클럽 무도회가 있었다. 에피가 꼭 가야 하는 자리였는데 물론 불참할 생각도 없었다. 케신의 명사들을 한자리에서 볼 기회였기 때문이다. 요한나는 마님의 무도회 의상을 준비하느라 바빴으며, 없는 것이 없고 온실도 갖고 있는 기스휘블러는 동백꽃을 보내주었다. 인슈테텐은 시간이 빠듯했지만 오후에는 곳간 세 채를 화재로 잃은 파펜하겐에 들렀다.

집 안이 쥐죽은 듯 조용했다. 크리스텔은 할 일이 없어서 졸린 얼굴로 발판을 난로 가까이 끌어당겼고, 에피는 침실로 들어가 책상에 앉아 엄마한테 편지를 썼다. 거울과 소파 사이에 있는 책상은 편지를 쓸 목적으로 놓은 것이었다. 그녀는 크리스마스 편지와 선물을 보내주어서 고맙다는 카드를 보냈을 뿐, 몇 주 동안 소식을 전하지 못했다.

사랑하는 엄마!

카드를 보낸 것 말고는 오랫동안 소식을 전하지 않았으니 긴 편지가 될 것 같아요. 지난번에 쓸 때는 크리스마스를 준비하느라 바빴는데 어느새 크리스마스도 지나갔네요. 인슈테텐과 기스휘블러는 가능한 한 즐거운 크리스마스이브를 만들어주려고 애썼지만 나는 조금 외롭고 엄마 아빠가 사무치게 보고 싶었어요. 감사하고 즐겁고 행복할 이유가 많은데도 외로움을 떨쳐버릴 수 없네요. 옛날에 한도 끝도 없이 감상적인 눈물을 흘리는 훌다를 심하게 비웃은 벌을 받는지, 지금 나는 눈물을 참느라 안간힘을 써야 한답니다. 인슈테텐한테 그런 모습을 보이면 안 되니까요. 하지만 우리 가정이 더 활기를 띠게 되면 아마 다 좋아지겠지요. 꼭 그렇게 될 거예요, 엄마. 얼마 전 내가 살짝 암시했던 일이 사실로 밝혀졌거든요. 인슈테텐은 날마다 기쁘다고 해요. 그 생각을 하면 나도 얼마나 기쁜지 몰라요. 그때가 되면 집안 분위기가 바뀌고 생기가 돌 테니까요. 게르트는 '사랑스러운 장난감'이 생기게 된다고 해요. 뭐, 틀린 말은 아니지만 그런 말은 안 했으면 좋겠어요. 그런 말을 들으면 가슴이 뜨끔하면서 내가 너무 젊고 아직도 반쯤 어린아이라는 생각이 들기 때문이에요. 그런 생각을 떨쳐버릴 수가 없어요(게르트는 병적이 래요). 그래서 최고로 행복해야 할 일이 오히려 나를 계속 당혹스 럽게 만든답니다. 그래요, 엄마, 얼마 전 선량한 플레밍 가의 부인 들이 이것저것 자세하게 물어보는데 꼭 공부를 제대로 안 하고 시 험을 치는 기분이었어요. 내가 생각해도 바보 같은 대답만 했어요. 짜증도 났어요. 관심처럼 보이지만 사실은 단순한 호기심일 때가 많거든요. 좋은 일이 생기는 여름까지는 아직도 한참 남았는데 꼬 치꼬치 물으니까 더 집요하다는 느낌이 들더라고요. 내 예상으로는 7월 초가 될 거예요. 그때는 엄마가 이리로 오셔야 해요. 아니, 몸 을 웬만큼 추스르는 대로 내가 그쪽으로 가는 게 더 좋겠어요. 여기 서 휴가를 내고 호엔크레멘으로 가는 거예요. 아, 어서 그날이 와서 하벨란트의 공기를 마실 수 있으면 좋겠다! 여기는 날씨가 거의 항 상 사납고 추워요. 고향에 가면 날마다 마차를 타고 온통 빨갛고 노 란 습지로 나갈래요. 아기가 손을 내미는 모습이 벌써 눈에 선해요. 고향이니까 아기도 마음이 편할 거예요. 그런데 이런 말은 엄마한 테만 쓰는 거예요. 인슈테텐은 알면 안 되거든요. 사실 엄마한테도 미안해요. 케신으로 오시라고 간곡하게 권하는 것이 아니라 아기를 데리고 호엔크레멘으로 가겠다고 하는데다가, 그런 말을 벌써부터 하다니. 미안해요. 케신은 여름이면 천오백 명이 해수욕장을 찾고, 전 세계 국기가 펄럭이는 배들이 있고, 모래언덕에는 호텔까지 있는 곳인데 말이지요. 하지만 엄마가 오시는 것이 싫어서 그러는 게 아니에요. 난 그렇게까지 변하지는 않았답니다. 오직 지금 사는 집 때문이에요. 예쁘고 독특한 점도 많지만 제대로 된 집이 아니라 그냥 두 사람이 사는 아파트 같거든요. 아니 식사하는 곳도 없으니까 아파트라고 할 수도 없네요. 손님이 몇 명만 와도 아주 불편해요. 물론 이층은 아주 넓어요. 커다란 홀도 있고 작은 방이 네 개나 있으니까요. 하지만 마음을 붙일 수가 없어요. 잡동사니라도 있으면 헛간이라고 하겠지만 골풀 의자 몇 개가 있을 뿐, 텅텅 비어서 아무리 잘 봐줘도 이상한 인상만 줘요. 그런 건 쉽게 바꿀 수 있다고 생각하실 거예요. 하지만 바꿀 수가 없어요. 왜냐하면 우리집은……유령의 집이거든요. 유령이 나온다고요. 그런데 내 말에 대답을 하지는 마세요. 엄마 편지를 인슈테텐에게 늘 보여주는데 그런 이야기를 쓴 줄 알면 불같이 화를 낼 테니까요. 나도 안 쓰는 것이 좋았을지도 모르겠어요. 몇 주일간 마음이 편하고 불안하지 않으니까 더욱 그런 생각이 드네요. 하지만 요한나가 그러는데 유령은 계속 다시 나타난대요. 특히 새로운 사람이 집에 오면 나타난다고 하더라고요. 난 엄마를 그런 위험에 처하게 하고 싶지 않아요. 내 말이 너무 심했다면, 그런 이상하고 불쾌한 혼란을 겪게 하고 싶지 않다고 할게요. 오늘 이 일로 엄마를 괴롭힐 생각은 없어요. 적어도 자세하게 설명해서 그러고 싶지는 않아요. 중국 전문 상인이었다는 늙은 선장과 손녀 이야기예요. 손녀는 이곳의 젊은 선장과 약혼을 했었는데 결혼식 날 갑자기 온데간데없이 사라졌대요. 거기까지는 그래도 괜찮아요. 더 중요한 것은 그녀의 할아버지가 중국에서 데려온 젊은 중국인이에요. 중국인은 처음에는 노인의 하인이었지만 친구가 되었는데 그 사건 후 바로 죽었고 교회 묘지 근처의 한적한 곳에 묻혔답니다. 얼마 전 그곳을 지나가는데 얼른 고개를 돌렸어요. 다른 쪽을 보지 않으면 무덤 위에 앉아 있는 중국인이 보일 것 같았거든요. 아, 엄마, 나는 그 중국인을 실제로 보았어요. 적어도 본 것 같아요. 인슈테텐이 비스마르크 후작 집에 가서 없고 나는 곤히 자고 있을 때였어요. 정말 무서웠어요. 그런 일은 두 번 다시 겪고 싶지 않아요. 엄마한테 예쁘지만 그런 집으로(아늑하면서도 으스스하고 묘한 집이라니까요) 오시라고 하고 싶지 않아요. 그런데 이 정도는 말해도 될 것 같아요. 결국은 여러모로 그이 말에 수긍했지만 인슈테텐도 정말 너무했어요. 처음에 그이는 모든 것을 늙은 여자들이 떠드는 어리석은 소리로 생각하고 웃어넘기라고 했어요. 그러다가 갑자기 자기도 그 이야기를 믿는 것처럼 말하더니 나한테도 정말 이상하고 부당한 요구를 하더라고요. 글쎄 그런 유령을 고결하고 유서 깊은 귀족적인 것으로 생각하라는 거예요. 그이는 평소에는 친절한 사람이지만 그때는 친절하지도 너그럽지도 않았어요. 나는 뭔가 있다는 것을 요한나와 크루제 부인을 보고 알았거든요. 크루제 부인은 우리 마부의 아내인데 후덥지근한 방에서 언제나 검은 닭을 안고 앉아 있답니다. 크루제 부인만 해도 벌써 무서워요. 이 정도만 해도 왜 내가 굳이 그곳으로 가려는지 아시겠지요. 아, 그게 다가 아니에요. 호엔크레멘으로 가고 싶어하는 이유는 그

밖에도 많아요. 오늘 저녁에는 송년 무도회가 있는데 기스휘블러가 동백꽃을 보내주었어요. 비록 한쪽 어깨가 치켜 올라갔지만 여기에서 유일하게 상냥한 사람이에요. 어쩌면 그 이상이지요. 무도회에서 춤을 출지도 모르겠어요. 우리 의사가 춤추는 게 건강에 나쁘지 않고 오히려 좋다고 했거든요. 놀랍게도 인슈테텐도 춤을 추라고 하더라고요. 아빠한테, 또 사랑하는 다른 사람들한테 안부와 키스를 전해주세요. 새해 복 많이 받으시고요.

12월 31일

딸 에피 올림

제13장

송년 무도회는 새벽까지 이어졌다. 사람들은 동백 꽃다발이 기스휘블러의 온실에서 나온 것을 알고는 아낌없는 찬사를 보냈다. 에피 역시 그만큼은 아니라도 사람들의 감탄을 많이 받았다. 하지만 무도회가 끝나고 나자 모든 것이 옛날 그대로였고, 다른 집안과 사교적으로 가깝게 지내려는 시도도 거의 하지 않았기 때문에 겨울이 정말 길게 느껴졌다. 이웃의 귀족들이 아주 가끔 찾아왔는데 에피는 의무적인 답방을 해야 할 때마다 서글픈 목소리로 말하는 것이었다.

"그래요, 게르트, 꼭 해야 한다면 어쩔 수 없지요. 하지만 나는 지루해서 죽을지도 몰라요."

그럼 인슈테텐은 늘 맞장구만 쳤다. 그렇게 오후에 방문한 사람들이 가족이나 자녀들이나 농사 이야기를 하는 것은 그래도 괜찮았다.

하지만 교회 문제가 화제에 오르고 자리를 같이한 목사들이 작은 교황 같은 대접을 받거나, 목사들이 자신을 그런 인물로 여기는 것을 보면 에피의 인내심은 그만 바닥이 나고 말았다. 에피는 슬퍼하며 니마이어 목사를 생각했다. 니마이어는 늘 겸손하고 소박했지만 커다란 축제 때마다 '큰 교회'의 초빙을 받을 만한 재목이라는 말을 듣곤 했다. 보르케 가와 플레밍 가 그리고 지도니를 제외한 그라젠압 가 사람들은 친절했지만 같이 어울릴 수는 없었다. 만약 기스휘블러가 없었다면 그녀는 기분전환을 하거나 기쁨과 편안함을 느끼지 못할 때가 많았으리라. 기스휘블러는 마치 수호천사처럼 에피를 보살펴주었고, 에피 역시 그에게 고마워했다. 그는 다른 활동도 했지만 신문 읽기 클럽 회장이었다. 그러니 신문을 꼼꼼하게 열심히 읽는 것은 말할 필요도 없었다. 그래서 거의 날마다 미람보가 갖가지 잡지와 신문이 들어 있는 하얗고 커다란 봉투를 에피에게 가져오는 것이었다. 필요한 부분에는 밑줄이 그어져 있었다. 대부분 연필로 가늘게 그었지만 파란 색연필로 굵게 칠하고 옆에 느낌표나 물음표를 표시할 때도 있었다. 그뿐이 아니었다. 무화과, 대추야자 열매, 초콜릿을 비단같이 윤이 나는 종이에 싼 다음 빨간 끈으로 묶어서 보내는가 하면, 온실에서 특별히 예쁜 꽃이 피면 직접 들고 와서 이야기를 나누기도 했다. 그는 에피에게 아버지와 삼촌, 교사이자 숭배자의 아름다운 사랑을 나란히 혹은 뒤섞인 상태로 느끼고 있었다. 에피는 그 모든 것에 감동을 받았고, 호엔크레멘으로 그런 이야기를 자주 써 보내자 엄마는 "연금술사에 대한 사랑"이라고 놀리기 시작했다. 악의로 놀린 것은 아니었지만 에피는 마음이 아팠다. 자신의 결혼생활에서 무엇이 부족한지 어렴풋이 깨달았기 때문이다. 그것은 바로 진심에서 우러나오는 숭배와 자극과 작은 선물이었다. 인슈테텐은 친절하고 좋았지만 연인은 아니었다. 그는 아내를 사랑한다고 느꼈고 그래서 양심에 거리낄 것이 없었기에 특별히 노력을 하지 않았다. 프리드리히가 램프를 가져오면 그는 아내의 방에 있다가 자기 방으로 돌아가는 것이 거의 습관이 되었다.

"복잡한 일을 처리해야 하오."

그는 이렇게 말하고 방으로 들어갔다. 물론 문 앞의 커튼은 젖혀놓아서 서류를 넘기거나 펜을 놀리는 소리를 들을 수 있었다. 그게 전부였다. 그러면 롤로가 와서 그녀 앞에 있는 벽난로 곁 양탄자에 길게 드러누웠는데, 마치 이렇게 말하려는 것 같았다.

"당신을 또 보러 왔어요. 그런데 다른 사람은 그러지 않네요."

그럼 에피는 몸을 숙이며 나직하게 말하는 것이었다.

"그래, 롤로, 우리뿐이란다."

인슈테텐은 아홉시에 차를 마시러 왔는데 대개 손에 신문을 들고 후작 이야기를 했다. 그는 후작이 이번에는 오이겐 리히터*의 태도와 언어가 수준 이하라며 또 불같이 화를 냈다고 했다. 그리고 자신이 대부분 반대한 공직 임명과 훈장 수여를 화제에 올렸다. 끝으로 선거 이야기를 하며 아직 존경심이 남아 있는 지역의 군수라서 다행이라고 했다. 이렇게 모든 주제를 섭렵하고 나면 그는 에피에게 바그너의 오페라 〈로엔그린〉이나 〈발퀴레〉에 나오는 곡을 연주해달라고 부탁했

---

* 비스마르크의 정적이었던 자유주의적 좌파 국회의원.

다. 그는 바그너를 숭배했다. 그가 바그너를 좋아하게 된 이유는 분명하지 않았다. 신경이 예민해서 그렇다는 사람들도 있었다. 인슈테텐은 아주 냉철해 보이지만 사실은 무척 예민한 사람이라는 것이다. 하지만 유대인 문제에 대한 바그너의 입장 때문이라는 사람들도 있었다. 아마 양쪽이 다 맞을 것이다. 열시가 되면 인슈테텐은 긴장을 풀고, 의도는 좋지만 조금 피곤한 몇 가지 애정표현을 했는데 에피는 제대로 대응하지 않고 그냥 두었다.

그렇게 겨울이 가고 4월이 되었다. 마당 뒤쪽의 정원이 푸른빛을 띠기 시작하자 에피는 정말 기뻤다. 어서 여름이 되어 해변으로 산책을 가고, 해수욕객이 몰려오기를 기다리기가 힘들 정도였다. 지난날을 돌이켜보면 트리펠리의 음악회와 송년 무도회는 그래도 괜찮았다. 그것은 아름다운 추억이었다. 하지만 그후 몇 달은 정말 힘들었다. 무엇보다 일상이 어찌나 단조로운지 엄마에게 이런 편지를 쓰기까지 했다.

엄마, 상상이 돼요? 난 우리집 유령과 거의 화해했답니다. 물론 게르트가 후작 집에 가고 없던 그 끔찍한 밤을 두 번 다시 경험하고 싶지는 않아요. 절대로. 하지만 늘 혼자 있고 아무 일도 없는 것도 힘드네요. 밤에 어쩌다 잠이 깨면 가끔 위층에서 신발 끄는 소리가 들리지 않나 가만히 귀를 기울인답니다. 아무 소리도 안 나면 실망해서 혼자 중얼거리지요. "너무 무섭거나 너무 가까이만 안 오면 다시 나타나도 좋겠다!" 하고요.

그런 편지를 쓴 때가 2월이었다. 이제 조금 있으면 5월이었다. 농장이 다시 활기를 띠고 되새들의 노랫소리가 들렸다. 그 주에 황새들이 왔는데 한 마리가 한참 지붕 위에서 날다가 우트파텔 풍차 옆의 헛간 위에 앉았다. 황새가 옛날부터 쉬던 곳이었다. 그즈음 에피는 호엔크레멘으로 편지를 더 자주 썼다. 황새 이야기를 쓴 편지의 마지막은 이랬다.

엄마, 깜빡 잊을 뻔했는데 민방위대 대장이 새로 왔답니다. 벌써 한 달이 다 돼가요. 그런데 그를 정말 맞이한 걸까요? 그것이 문제, 그것도 아주 중요한 문제랍니다. 엄마는 사교적인 일로 어려워한 적이 없으니까 웃으실 거예요. 또 웃을 일이기도 하고요. 하지만 우리는 예나 지금이나 어려움을 겪고 있답니다. 적어도 나는요. 이곳 귀족들과 잘 지내지 못하거든요. 아마 내 잘못일 거예요. 하지만 상관없어요. 어렵다는 건 분명한 사실이니까요. 그래서 겨우내 새 민방위대 대장을 위로와 구원의 인물처럼 손꼽아 기다렸지요. 그의 전임자는 끔찍한 사람이었어요. 매너도 좋지 않고 도덕적 평판은 더 나빴어요. 그것도 모자라서 금전적으로도 늘 어려워했고요. 우리는 그 사람이 있는 동안 내내 힘들었어요. 인슈테텐이 저보다 더 고생했지요. 4월 초에 크람파스(새 민방위대 대장의 이름이에요) 소령이 부임했다는 소식을 듣고 우리는 이제 우리의 사랑하는 케신에 나쁜 일은 없다는 듯 좋아하며 서로 얼싸안았답니다. 하지만 언뜻 비쳤듯이 소령이 왔어도 아무 일 없을 것 같아요. 크람파스는 결혼했고 열 살과 여덟 살짜리 아이가 있어요. 아내는 귀족은 아니고 크람파스보다 한 살 위니까 마흔다섯 살이지요. 그 자체로 나쁠 것은 없어요. 엄마 같은 여자 친구와 재미있게 지내지 못할 것도 없잖아요? 나는 서른 살이 다 된 트리펠리하고도 잘 지냈다고요. 하지만 크람파스 부인하고는 그럴 수 없을 것 같아요. 그 여자는 항상 뚱해 있어서 우울해 보일 정도예요. 우리 크루제 부인과 비슷해요. 그 여자를 보면 크루제 부인이 생각난다니까요. 다 질투심 때문이에요. 크람파스는 여자관계가 복잡하고 여자한테 인기가 있다는 소문이 있거든요. 나는 그런 것을 늘 우습게 생각했는데, 크람파스가 그런 일로 동료와 결투하지 않았더라면 이번에도 우습게 생각했을 거예요. 왼쪽 어깨 바로 아래가 박살이 나서 수술을 했는데도 바로 눈에 띈답니다(그런 수술을 절제술이라고 하는데 빌름스*가 집도 했대요). 인슈테텐이 그러는데 대단히 잘된 수술이라고 찬사를 받았대요. 그랬는데도 그래요. 크람파스 부부는 이 주 전에 우리집에 왔었어요. 정말 힘들었어요. 크람파스 부인이 남편의 일거수일투족을 어찌나 감시하는지 크람파스는 반쯤 당황하고 나는 완전히 당황해버렸거든요. 크람파스 소령이 자유분방하고 유쾌한 전혀 다른 사람이 될 수 있다는 것은 분명해요. 사흘 전에 혼자 인슈테텐을 만나러 왔는데 내 방에서 두 사람이 하는 이야기를 들었거든요. 나중에 저도 그와 이야기를 나누었어요. 아주 세련되고 완벽한 기사더라고요. 인슈테텐은 전쟁 때 그와 같은 여단에 있었다는데 파리 북쪽 그뢰벤 백작** 집에서 여러 번 만났대요. 엄마, 케신에서 새로운 생활

---

* 베를린의 유명한 외과의사.
** 프로이센·프랑스 전쟁 때 파리 점령에 참여한 프로이센의 육군 소장.

을 시작하게 하는 뭔가가 일어날지도 모르겠어요. 소령은 스웨덴령 포메른 출신이면서도 포메른 특유의 편견이 없답니다. 하지만 그의 아내는! 당연히 그 여자가 없으면 안 되겠지만 그 여자하고는 절대 잘 지낼 수 없을 것 같아요.

에피의 예상이 맞았다. 실제로 크람파스 부부와 더 가까워질 기회는 없었다. 보르케 가에서 만나고, 역에서 스쳐지나가고, 며칠 후 너도밤나무와 떡갈나무가 우거진 브라이틀링 호숫가의 '수다쟁이 남자'라는 숲으로 보트 놀이를 하러 갔을 때 만났지만 잠깐 인사를 나누는 정도였다. 6월 초에 해수욕장 개장이 선포되자 에피는 기뻤다. 손님은 6월 24일 성 요한 축일 전까지는 예외적으로 겨우 몇 명이 올 뿐 아직 없었지만 손님을 맞을 준비만 해도 벌써 기분전환이 되었다. 농장에 회전목마와 사격장이 설치되고, 선원들은 보트의 갈라진 틈을 메우고 칠을 다시 했다. 자그마한 집집마다 커튼을 새로 달고, 습기가 차서 마루 밑에 버섯이 자라는 방은 유황을 태워 버섯을 없애고 환기를 시켰다.

해수욕장 손님이 아니라 새로 태어날 아기 때문이었지만 에피의 집도 분주했다. 심지어 크루제 부인까지 할 만한 일을 거들려고 나섰다. 하지만 에피는 깜짝 놀라서 말했다.

"게르트, 크루제 부인이 아무것도 못 만지게 해요. 일이 제대로 될 리가 없어요. 안 그래도 불안하다고요."

인슈테텐은 그러겠다고 약속했다. 그는 크리스텔과 요한나가 시간이 많으니까 둘이서 할 수 있을 거라고 했다. 그리고 아내의 생각을 다른 쪽으로 돌리려고 아기를 맞을 준비에서 해수욕장 손님으로 화제를 바꾸었다. 맨 처음은 아니지만 처음 도착한 편에 속하는 손님이 하나 있는데 혹시 아느냐고 물었다.

"남자예요?"

"아니, 부인이오. 전에도 왔는데 늘 같은 집에서 묵는다오. 북적대는 걸 싫어해서 항상 이렇게 일찍 오지."

"뭐 나쁠 건 없네요. 어떤 사람이에요?"

"로데 부인이라고 해요. 우편물을 담당하는 하급관리의 미망인이지."

"이상하군요. 나는 그런 하급관리의 미망인은 가난할 거라고 생각했어요."

인슈테텐은 웃음을 터뜨렸다.

"그래요, 보통은 그렇지. 하지만 이 경우는 예외요. 아무튼 로데 부인은 미망인 연금 말고도 재산이 더 있어요. 언제나 산더미 같은 짐을 끌고 오는데 자기가 실제로 쓰는 것보다 훨씬 더 많이 갖고 오지. 별난 사람 같아. 변덕스러운데다 병이 있어 보이는데 특히 발이 약한 것 같더라고. 그래서 자기를 믿지 못하고 무슨 일이 생겼을 때 자기를 보호하거나 업을 수 있는 튼튼하고 나이 지긋한 하녀를 항상 곁에 두고 있소. 이번에는 새 하녀를 데리고 왔던데 역시 트리펠리처럼 땅딸막한 여자더군. 하지만 힘은 트리펠리보다 셀 거요."

"아, 나도 봤어요. 갈색 눈이 착하고 충직하고 믿음직스럽게 보이던데. 하지만 조금 멍청해 보였어요."

"맞았소. 그 사람이오."

두 사람이 그런 이야기를 나눈 때가 6월 중순이었다. 그때부터 매일 해수욕객들이 몰려왔다. 이맘때면 케신 사람들은 입항하는 증기선을 기다리러 부두로 산책을 나가는 것이 일과였다. 에피는 인슈테텐이 같이 갈 수 없어서 산책을 못 했지만 평소 인적이 드문 해변과 해변 호텔로 올라가는 길에 활기가 감도는 것을 보기만 해도 기분이 좋았다. 실제로 에피는 그 광경을 구경하려고 평소보다 오래 침실에 머물렀다. 침실 창문에서는 모든 것이 한눈에 보였기 때문이다. 그러면 요한나가 곁에 서 있다가 그녀가 알고 싶어하는 것을 거의 다 가르쳐주었다. 해수욕객들은 대부분 매년 찾아오는 단골손님들이어서 요한나는 그들의 이름은 물론 관련된 이야기까지 해줄 때도 있었다.

그 모든 것이 기분좋고 유쾌했다. 하지만 성 요한 축일에 색다른 일이 일어났다. 열시가 조금 못 되었을 때였는데 여느 때라면 증기선에서 갖가지 마차들이 쏟아져나와 집 앞을 지나갔을 터였다. 하지만 부부들과 아이들과 여행 가방들로 미어터지는 전세마차들이 아니라 웬검은 휘장을 친 마차가(두 대의 추모마차가 그 뒤를 따랐다) 시내 쪽에서 농장으로 가는 길을 따라 내려와 군수 사택 맞은편 집 앞에 멈춰섰다. 로데 부인이 사흘 전에 세상을 떠나서 친척들이 급히 연락을 받고 베를린에서 왔는데 서로 의논한 끝에 고인을 베를린으로 옮기지 않고 케신의 교회 묘지에 묻기로 결정했다는 것이다. 에피는 맞은편에서 벌어지는 묘하게 엄숙한 장면을 호기심을 갖고 창가에서 지켜보았다. 로데 부인의 두 조카와 그 아내들이 장례식에 참석하려고 베를린에서 왔는데 모두 마흔 살 남짓으로 질투가 날 만큼 혈색이 좋았다. 딱 맞는 정장을 입은 조카들은 그런대로 괜찮았다. 그들의 행동에서 엿보이는 사무적인 태도는 거슬리기보다는 상황에 어울렸다. 하지만 아내들은 달랐다! 그들은 케신 사람들에게 슬픔이란 이런 거라고 보여주려는 듯 바닥까지 오는 검은 비단 베일로 얼굴을 온통 가리고 있었다. 이제 관이 마차로 옮겨지고 조카 부부가 마차에 올랐다. 관 위에는 화환 몇 개와 함께 종려나무 잎사귀까지 놓여 있었다. 첫째 마차에는 조카 부부 한 쌍과 린데크비스트 목사가 탔다. 둘째 마차 뒤에는 고인이 묵었던 집의 여주인과 고인이 데려온 몸집이 좋은 하녀가 따랐다. 하녀는 몹시 흥분한 상태였는데 애도는 아닐지 몰라도 가식적으로 보이지는 않았다. 심하게 흐느껴 우는 집주인 과부는 계속 특별한 대가를 바라는 눈치가 빤히 보였다. 그녀는 여름 내내 빌려주기로 계약한 집을 다른 손님에게 다시 빌려줄 수 있게 되어서 다른 집주인들의 부러움을 한 몸에 받고 있으면서도 그랬다.

장례행렬이 움직이기 시작하자 에피는 마당 뒤쪽 정원으로 나왔다. 회양목 화단 사이에 서서, 사랑과 생명이 없는 건너편 광경의 인상을 떨쳐버리고 싶어서였다. 하지만 잘되지 않았다. 정원을 단조롭게 거니는 대신 더 먼 데까지 산책을 나가고 싶었다. 의사가 바깥에서 많이 움직이면 곧 있을 일에 좋다고 했기 때문에도 그랬다. 요한나가 옆에 있다가 어깨에 걸치는 숄과 모자와 우산 겸 양산을 가져왔다. 에피는 "안녕하세요" 하고 다정하게 인사하며 집을 나와 숲 쪽으로 걸었다. 넓게 포장된 가운데 도로 옆에 모래언덕과 해변 호텔로 가는 좁은 산책로가 나 있었다. 그 길에 벤치들이 놓여 있었는데 그녀는 벤치가 나올 때마다 앉아서 쉬었다. 걷는 것이 힘들기도 했지만 그사이 뜨거운 한낮이 다 되었기 때문이다. 그렇게 편안한 곳에 앉아 마차들이며 마차에서 내리는 예쁘게 단장한 부인들을 보니까 다시 기운이 났다. 그녀는 밝은 것을 보는 것이 산소처럼 꼭 필요했다. 숲을 지나자 고약한 구간이 나왔다. 그늘은 한 점도 없고 모래, 모래, 온통 모래뿐이었다. 다행히 모래 위에 두꺼운 널빤지가 놓여 있어서, 덥고 지치긴 했지만 기분좋게 해변 호텔에 도착했다. 안쪽 홀에는 식사하는 손님들이 있었지만 바깥에는 아무도 없고 조용했다. 바로 바라던 바였다. 에피는 셰리주 한 잔과 빌린의 미네랄워터를 시키고 밝은 햇빛에 반짝이는 바다를 바라보았다. 해변에는 잔잔한 파도가 치고 있었다.

"저쪽이 보른홀름이고 그 너머에는 비스비*가 있겠구나. 옛날에 얀케 선생님이 늘 열을 내며 비스비에 대한 놀라운 이야기를 해주셨지. 비스비가 뤼베크와 불렌베버**보다 중요했다니까. 비스비 너머에는 대학살***이 일어났던 스톡홀름이 있고, 그 뒤로는 큰 강들과 북해의 곶이 나오고, 한밤중에도 해가 떠 있을 거야."

문득 그 모든 것이 간절히 보고 싶었다. 하지만 곧 있을 일을 생각하고는 흠칫 놀랐다.

"그 일을 생각해야 할 때 경박하게 이런 생각이나 하고 멀리 떠나는 꿈이나 꾸다니, 죄가 될 거야. 어쩌면 벌을 받아서 아기도 나도 죽을지 몰라. 그럼 영구차와 마차 두 대가 건너편 집 앞이 아니라 우리 집 앞에 멈춰 서겠지…… 아니, 싫어, 나는 여기서 죽고 싶지 않아.

---

* 좋은 지리적 위치 때문에 중요한 한자 도시 가운데 하나였지만 훗날 뤼베크에 그 자리를 넘겨주었다.
** 뤼베크의 민주주의적인 개신교 시장. 한자 도시가 몰락하자 과거의 영광을 되찾으려고 노력했지만 적수인 브레멘의 가톨릭 대주교에 의해 체포되어 처형당했다.
*** 16세기 덴마크 왕 크리스티안이 스톡홀름에서 육백 명의 스웨덴인을 처형한 사건.

묻히고 싶지도 않고. 호엔크레멘으로 갈 거야. 린데크비스트 목사님도 좋지만 난 니마이어 목사님이 더 좋아. 나한테 세례를 주고 견진성사를 해주고 결혼식을 집전하셨으니까 나를 묻는 것도 해주셔야 해."

눈물 한 방울이 손등에 똑 떨어졌다. 그리고 그녀는 다시 웃었다.

"나는 아직 살아 있고 겨우 열일곱 살이지만, 니마이어 목사님은 쉰일곱 살이시잖아."

식당에서 달그락달그락 그릇 부딪치는 소리가 났다. 갑자기 의자 미는 소리가 들리는 것 같았다. 사람들이 식탁에서 일어나는 모양이었다. 에피는 아무도 만나고 싶지 않아서 황급히 자리에서 일어났다. 에움길로 해서 시내로 돌아가기로 하고 길을 따라 걷다보니까 모래언덕의 교회 묘지 옆을 지나가게 되었다. 마침 묘지 문이 열려 있어서 안으로 들어갔다. 꽃들이 활짝 피었고, 나비들이 무덤 위로 나풀나풀 날고, 높은 하늘에는 갈매기 몇 마리가 날고 있었다. 너무 조용하고 아름다워서 그녀는 처음 나오는 무덤들 옆에서 쉬고 싶었지만 햇볕이 점점 뜨거워지자 수양버들과 무덤가 물푸레나무 그늘이 있는 길 쪽으로 좀더 올라갔다. 그 길의 끝까지 갔더니 오른쪽으로 새로 쌓은 모래 더미가 보였다. 화환 네다섯 개가 놓여 있는 모래 더미 바로 옆 벤치에 한 여자가 앉아 있었다. 집주인 과부와 나란히 로데 부인의 관을 마지막으로 따라갔던 몸집 좋은 그 하녀였다. 에피는 그녀를 바로 알아보고 가슴이 뭉클했다. 나무들과 떨어져 있어서 햇볕이 뜨거운 벤치에 앉아 있는 하녀를 보자 착하고 충직한 여자라고 생각하지 않을 수 없었다. 장례식은 벌써 두 시간 전에 끝나 있었다. 에피는 말을 걸었다.

"볕이 따가운 곳을 고르셨네요. 너무 따가워요. 잘못하면 일사병에 걸리겠어요."

"그러면 제일 좋겠어요."

"왜 그런 말을 하세요?"

"그럼 세상을 떠날 수 있잖아요."

"아무리 불행해도, 또 좋아하는 사람이 죽었어도 그런 말을 하면 안 돼요. 로데 부인을 아주 좋아하셨나봐요?"

"제가요? 그 할머니를요? 맙소사."

"몹시 슬퍼하고 있잖아요. 이유가 있을 거예요."

"이유야 있지요, 마님."

"저를 아세요?"

"예. 군수님 마님이시잖아요. 할머니하고 항상 마님 이야기를 했답니다. 마지막에는 할머니가 숨을 쉴 수 없어서 못 했어요. 여기가 나빴거든요. 아마 물이 찼던 것 같아요. 하지만 말을 할 수 있을 때는 항상 말을 했지요. 진짜 베를린의……"

"좋은 분이셨어요?"

"아니요. 그렇게 말하면 거짓말이죠. 할머니는 저기 묻혔고, 죽은 사람을 두고 나쁜 말을 하면 안 될 거예요. 할머니가 겨우 안식을 찾은 지금 그런 말을 하면 더욱 안 되지요. 할머니는 아마 안식을 찾을 거예요! 하지만 정말 아무짝에도 쓸모없고 싸움꾼에다가 인색하고 제 생각은 털끝만큼도 안 해줬어요. 어제 베를린에서 온 친척들은…… 밤이 이슥하도록 서로 싸웠는데…… 예, 그들도 쓸모없는 사람들이에요. 정말 아무짝에도 쓸모가 없다니까요. 욕심 사납고 무정한 아주 나쁜 사람들이에요. 무뚝뚝하고 불친절하고 온갖 빈말을 늘어놓으며 월급을 주더라고요. 줄 수밖에 없으니까, 사분기 첫날까지 엿새밖에 남지 않았으니까 준 거예요. 안 그랬으면 한 푼도 못 받거나 절반이나 사분의 일밖에 못 받았을 거예요. 그 사람들이 자진해서 준 건 아무것도 없어요. 글쎄 베를린으로 돌아가라고 찢어진 오 마르크 짜리 지폐를 주더라고요. 그 돈으로는 사등 열차밖에 못 타고, 그것도 제 트렁크 위에 앉아 갈 수밖에 없다고요. 하지만 그러고 싶지가 않아요. 그냥 여기 앉아서 죽기를 기다리고 싶어요…… 아, 이제 저도 편안해지나 싶었고 할머니 곁에서 그냥 참고 살려고 했답니다. 그런데 또 헛일이 되었고 다시 여기저기 떠돌아다녀야 해요. 게다가 저는 가톨릭 신자랍니다. 아, 이제 지쳤어요. 할머니처럼 저기 누웠으면 제일 좋겠어요. 할머니가 저 대신 더 사시고…… 더 살고 싶어하셨거든요. 그런 트집쟁이들은 숨도 잘 못 쉬면서도 항상 살고 싶어하지요."

에피와 같이 왔던 롤로는 혀를 쑥 빼물고 헉헉대며 하녀 앞에 앉아 그녀를 물끄러미 쳐다보았다. 하녀가 말을 그치자 롤로는 한 걸음 앞으로 나와 그녀의 무릎에 머리를 올려놓았다. 그러자 하녀는 갑자기 사람이 확 달라졌다.

"세상에, 이런 일이. 나를 참아주고 다정하게 쳐다보고 머리를 무릎에 올려놓다니. 세상에, 이런 일은 정말 오랜만이네. 예쁜 강아지, 이름이 뭐지? 정말 잘생겼구나."

에피가 말했다.

"롤로예요."

"롤로. 이상한 이름이네요. 하지만 이름은 중요한 게 아니에요. 저도 이름이 이상하답니다. 그러니까 성이 아니라 이름이요. 우리 같은 사람들은 성이 없으니까요."

"이름이 어떻게 되는데요?"

"로스비타예요."

"흔한 이름이 아니네요. 그건······"

"예, 맞습니다, 마님. 가톨릭 이름이에요. 게다가 저는 가톨릭 신자랍니다. 고향은 아이히스펠트예요. 신앙 때문에 갈수록 힘들고 고단하네요. 가톨릭 신자를 쓰지 않으려는 사람들이 많거든요. 가톨릭 신자는 걸핏하면 성당에 간다고요. '늘 고해성사를 하면서도 진짜 중요한 말은 하지 않지.' 아, 이런 말을 얼마나 많이 들었는지 몰라요. 처음 기비헨슈타인에서 일했을 때도, 그다음 베를린에서도 들었어요. 하지만 저는 엉터리 신자라서 신앙을 완전히 버렸어요. 그래서 일이 안 풀리는 건지도 모르죠. 예, 사람은 모든 걸 신앙심을 가지고 착실하게 해야 하는 거예요."

에피는 그녀의 옆에 앉으며 물었다.

"로스비타, 앞으로 어떻게 할 계획이에요?"

"아, 마님, 무슨 계획이 있겠어요. 아무 계획도 없습니다. 진짜 여기 앉아 있다가 엎어져 죽고 싶어요. 그게 제일 좋을 것 같아요. 그럼 사람들은 제가 충직한 개처럼 할머니를 사랑해서 무덤 옆을 떠나지 않으려다 죽었다고 생각하겠지요. 하지만 아니에요. 그런 할머니를 위해 세상에 누가 죽겠어요. 그냥 살지 못해 죽으려는 거예요."

"하나 물어볼게요, 로스비타. 혹시 흔히 말하는 '아이를 좋아하는 사람'이에요? 어린아이를 돌본 적이 있어요?"

"그럼요. 제가 가장 자신 있고 잘하는 일이에요. 저 베를린 할머니 같은 사람은 정말 끔찍하지요. 하느님께서 저의 죄를 용서해주시길! 할머니는 이제 세상을 떠났고, 하느님의 옥좌 앞에서 저를 고발할 수 있으니까요. 예, 저기 묻힌 할머니 같은 사람을 모시려면 오만 가지 일을 다 해야 하고, 가슴이 답답하고 비위가 상하지요. 하지만 인형처럼 작고 사랑스러운 아기가 반짝이는 예쁜 눈으로 말끄러미 쳐다보면 가슴이 탁 트이는 느낌이 들지요. 할레에 있을 때는 염전 감독관 부인 댁에서 유모로 있었고, 기비헨슈타인에서는 쌍둥이를 우유를 먹여서 키웠답니다. 예, 마님, 할 수 있고말고요. 아기를 돌보는 일은 제 전문이랍니다."

"있잖아요, 로스비타, 당신은 착하고 신의가 있는 사람 같아요. 인상을 보면 바로 알 수 있어요. 조금 지나치게 솔직하지만 상관없어요. 그런 사람들이 진짜 좋은 사람일 때가 많으니까. 나는 당신을 바로 믿을 수 있었어요. 나하고 같이 가지 않을래요? 하느님이 당신을 보내주셨다는 느낌이 들었어요. 난 곧 아기를 낳을 텐데 하느님이 도와줄 사람까지 보내주시는 것 같아요. 아기가 태어나면 보살펴줄 사람이 필요해요. 어쩌면 우유를 먹여야 할지도 모르고. 그러지 않기를 바라지만 모르는 일이잖아요. 어떻게 할래요? 같이 갈래요? 내가 당신을 잘못 보진 않았을 거예요."

그러자 로스비타가 벌떡 일어나 에피의 손을 덥석 잡고는 격렬하게 입을 맞추었다.

"아, 역시 하늘에는 하느님이 계시고, 곤란이 극에 달하면 도와주는 사람이 바로 옆에 있네요. 마님, 잘하셨다는 것을 아시게 될 거예요. 저는 정직한 사람이고 괜찮은 증명서도 갖고 있답니다. 제 증명서를 보여드리면 아실 거예요. 마님을 본 첫날 '저런 분을 모실 수 있으면 얼마나 좋을까' 하고 생각했답니다. 그런데 진짜 모시게 되었네요. 오, 하느님, 성모님, 할머니를 여기 묻고, 친척들이 저를 혼자 두고 떠나버렸을 때 세상에 누가 이런 일이 있을 줄 알았겠어요."

"그래요, 로스비타, 예상하지 못한 일이 일어나기도 하지요. 가끔은 좋은 일도 그렇지요. 그럼 갈까요. 롤로가 벌써 조바심을 내고 계속 문 쪽으로 달려가네요."

로스비타는 바로 준비를 하다가 다시 무덤으로 가서 뭐라고 중얼거리고는 성호를 그었다. 두 사람은 그늘진 길을 내려와 문을 향해 걸어갔다.

울타리가 쳐진 저 건너편에서 하얀 돌이 오후의 햇빛에 반짝였다. 이제 에피는 더 편안한 마음으로 그쪽을 바라볼 수 있었다. 그들은 잠시 더 모래언덕 사이를 걷다가 우트파텔 풍차 앞을 지나 이윽고 숲을 벗어났다. 거기서 왼쪽으로 꺾어져 '밧줄 꼬는 길'이라는 비스듬한 가로수 길을 따라 집으로 왔다.

제14장

그들은 십오 분도 채 안 돼서 집에 도착했다. 서늘한 복도에 들어서자 로스비타는 넋이 나가 주위에 걸려 있는 온갖 이상한 물건들을 바라보았다. 에피는 더 구경하도록 두지 않았다.

"로스비타, 저기로 들어가요. 우리가 자는 방이에요. 나는 우선 건너편 사무실로 남편을 만나러 가야겠어요. 당신이 묵었던 작은 집 옆 큰 건물이 사무실인데 당신을 유모로 쓰고 싶다고 말할 거예요. 남편이 허락할 테지만 물어는 봐야 해요. 허락을 받으면 그이는 다른 데서 자라고 하고 당신은 나하고 침실에서 자야 할 거예요. 우리는 잘 지낼 수 있을 거예요."

인슈테텐은 사정을 듣더니 바로 흔쾌하게 말했다.

"잘했소, 에피. 고용인 증명서에 너무 나쁜 말이 없으면 착해 보이는 얼굴을 믿고 쓰기로 합시다. 다행히 인상이 틀리는 경우는 거의 없다오."

에피는 일이 쉽게 풀려서 기뻤다. 그래서 이렇게 말했다.

"이제 괜찮을 거예요. 이제 무섭지 않아요."

"무슨 말이오, 에피?"

"아이, 알면서…… 상상보다 나쁜 건 없어요. 가끔은 그 어떤 것보다 나쁘지요."

그동안 로스비타는 자질구레한 소지품을 가져오고, 작은 침실에 짐을 정리했다. 그리고 날이 저물자 일찍 잠자리에 들었고 얼마나 피곤하던지 바로 곯아떨어졌다.

얼마 전부터 에피는 다시 마음이 불안했다. 보름달이 뜰 때였기 때문이다. 에피는 다음날 아침 로스비타에게 잘 잤는지, 무슨 소리를 듣지 못했는지 물었다.

"무슨 소리요?"

"오, 아무것도 아니에요. 그냥 빗자루로 바닥을 쓰는 소리나 누가 마루에서 미끄럼을 타는 소리 같은 것 말이에요."

그러자 로스비타가 깔깔대고 웃었다. 그것이 젊은 여주인에게 좋은 인상을 주었다. 에피는 신교 교육을 받고 자라서 누가 그녀에게 가톨릭적인 데가 있다고 하면 깜짝 놀랄 것이다. 그럼에도 그녀는 가톨릭이 '위층' 일에 대해 우리를 더 잘 보호해줄 거라고 믿었다. 그런 믿음이 로스비타를 집에 데려오는 데도 큰 몫을 했다.

그들은 새 생활에 바로 적응했다. 에피는 마르크 지방 처녀들이 그렇듯 온갖 사소한 이야기를 듣는 것을 좋아했다. 고인이 된 우편물 담당 하급관리 부인과 그녀의 인색한 성격, 조카 부부들은 아무리 이야기해도 질리지 않는 소재였다. 그런 이야기가 나오면 요한나도 재미있게 들었다.

너무 심한 대목에서 에피가 깔깔대고 웃으면 요한나는 미소를 지으면서도 속으로는 마님이 그런 어리석은 이야기를 좋아하는 것을 의아하게 생각했다. 그런 느낌은 강한 우월감과 같이 나타났다. 그것은 결국 순위 다툼이 일어나는 것을 막아주었으니 좋은 일이었다. 요한나는 로스비타가 우스꽝스러운 사람에 불과하고 그녀를 시기하는 것은 마님의 친구인 롤로를 시기하는 것과 같다고 생각했기 때문이다.

그렇게 수다를 떨면서 기분좋게 일주일을 보냈다. 에피는 곧 있을 일을 전보다 덜 불안해했다. 또 그 일이 그렇게 금방 일어날 거라고 생각하지도 않았다. 하지만 아흐레째 되는 날 수다와 느긋한 즐거움은 그만 끝이 났다. 식구들이 분주히 뛰어다니고, 침착했던 인슈테텐 역시 평소와 달리 초조해했다. 7월 3일 아침 드디어 에피의 침대 옆에는 요람이 놓였다. 한네만 의사는 에피의 손을 맞잡으며 말했다.

"오늘은 쾨니히그레츠의 날*인데 딸이라서 섭섭하네요. 하지만 곧 아들을 낳을 겁니다. 프로이센은 전승일이 많으니까요."

로스비타도 비슷한 생각을 하는 것 같았지만 우선은 지금 일어난 일을 한없이 기뻐하며 다짜고짜 아기를 "꼬마 아니"라고 불렀다. 젊은 엄마는 그것을 어떤 징조로 받아들였다. 로스비타가 무슨 영감을 받

---

* 프로이센은 1866년 7월 3일 보헤미아의 쾨니히그레츠에서 오스트리아에게 승리를 거두었다.

아서 그런 이름을 생각해낸 것 같았다. 인슈테텐도 특별히 반대할 이유가 없었다. 그래서 아기는 세례도 받기 전에 벌써 꼬마 아니로 불렸다. 에피는 8월 중순에 호엔크레멘으로 갈 생각이어서 그때까지 세례를 미루고 싶었다. 하지만 그때 인슈테텐이 휴가를 낼 수 없었기 때문에 미룰 수가 없었다. 그래서 나폴레옹의 생일이지만 8월 15일을 세례일로 정했다(그 점에 이의를 제기하는 사람들도 있었다). 물론 세례식은 교회에서 했고, 군수 사택에 홀이 없어서 축하 잔치는 부둣가의 커다란 클럽 호텔에서 했다. 이웃의 귀족 가문을 모두 초대했고 모두 와서 축하해주었다. 린테크비스트 목사는 엄마와 아이를 위해 축배를 들며 멋진 연설을 해서 찬사를 받았다. 하지만 지도니 그라젠압은 옆에 앉은 귀족 출신의 엄격한 판사 시보(試補)에게 이렇게 말했다.

"세례식이나 장례식 연설은 그런대로 괜찮아요. 하지만 설교는 하느님 앞에서 또 사람들 앞에서 책임을 못 질 거예요. 저 목사는 얼치기예요. 미지근해서 내침을 받는 유의 인간이죠. 여기서 성경 구절*을 그대로 인용하고 싶지는 않네요."

바로 이어 노(老) 보르케가 인슈테텐을 위해 축배를 들며 연설했다.

"여러분, 우리는 지금 도처에 반란과 반항과 무질서가 난무하는 어려운 시대에 살고 있습니다. 하지만 인슈테텐 남작 같은 남자들이 있는 한, 덧붙여도 된다면, 여인들과 어머니들이 있는 한(여기서 그는 손을 우아하게 흔들며 에피에게 절을 했다) ……제가 자랑스럽게 친구라고 부르는 인슈테텐 남작 같은 남자들이 있는 한 우리는 괜찮을

---

* 요한묵시록 3장 16절 "그러나 너는 뜨겁지도 차지도 않고 미지근하기만 하니 나는 너를 입에서 뱉어버리겠다" 참조.

것이며, 우리의 유구한 프로이센은 보전될 것입니다. 그렇습니다, 여러분, 포메른과 브란덴부르크가 힘을 합치면 우리는 모든 것을 이겨내고 혁명, 독을 뿜는 이 용의 머리를 짓밟아버릴 수 있습니다. 흔들림 없이 충성을 다하여! 그럼 우리는 승리할 것입니다. 비록 맞서 싸웠지만 소중히 여겨야 하는 우리의 형제 가톨릭 교도가 '베드로의 반석'*을 갖고 있다면 우리는 '청동 반석'**을 갖고 있습니다. 인슈테텐 남작 만세!"

인슈테텐은 짤막하게 감사하다고 했다. 에피는 옆에 앉은 크람파스 소령에게 '베드로의 반석'은 로스비타에 대한 헌사 같은데 나중에 나이 든 가데부슈 법률고문에게 같은 생각인지 물어보겠다고 했다. 그러자 크람파스가 어이없게 그 말을 진지하게 받아들이고 그러지 말라고 충고하는 것이었다. 에피는 즐거워하며 한마디 했다.

"소령님이 마음을 좀더 잘 읽는 분인 줄 알았어요."

"아, 부인, 어떤 독심술도 열여덟 살이 안 된 아름다운 여인의 마음을 읽을 순 없답니다."

"완전히 망가지시네요, 소령님. 저를 할머니라고 불러도 좋지만 아직 열여덟이 안 됐다는 사실을 암시하시다니, 절대 용서할 수 없어요."

모두 식탁에서 일어서자 늦은 오후의 증기선이 케시네 강을 따라 내려와 호텔 맞은편 상륙용 잔교 앞에 멈춰 섰다. 에피는 크람파스와

---

* 마태복음 제16장 18절 "너는 베드로이다. 내가 이 반석 위에 내 교회를 세울 터인즉 죽음의 힘도 감히 그것을 누르지 못할 것이다" 참조.
** 동 프로이센의 지방 귀족들이 조세정책에 반대하여 들고일어나자 당시 프로이센의 프리드리히 빌헬름 1세는 "나는 주권을 청동 반석처럼 안정시킬 것이다"라고 말했다. 여기서는 비스마르크를 가리킨다.

기스휘블러와 함께 앉아 커피를 마시며 창문으로 그 광경을 바라보며 말했다.

"내일 아침 아홉시에 저 배를 타고 강을 따라 올라갈 거예요. 열두 시에 베를린에 도착하고, 호엔크레멘에는 저녁때 도착할 거예요. 로스비타가 아기를 안고 같이 갈 거예요. 아기가 울지 않았으면 좋겠어요. 아, 오늘 제 기분이 어떤지 아세요! 기스휘블러, 부모님이 계신 집을 다시 보는 기쁨을 아세요?"

"그럼요, 그 기분 저도 압니다, 부인. 다만 저는 아니 같은 아기를 데리고 가지 않았지요. 저는 아기가 없으니까요."

그러자 크람파스가 말했다.

"곧 갖게 될 겁니다. 건배합시다, 기스휘블러. 약사님은 여기서 유일하게 이성적인 분이세요."

"소령님, 코냑밖에 없네요."

"그럼 더 좋죠."

제15장

에피는 8월 중순에 호엔크레멘으로 떠나서 9월 말에 케신에 돌아왔다. 그녀는 고향에 있는 육 주 동안 이따금 케신이 그리웠다. 하지만 막상 계단 쪽에서만 빛이 흐릿하게 비치는 컴컴한 복도에 들어서자 갑자기 다시 불안해졌다. 그녀는 나직하게 중얼거렸다.

"저런 흐릿하고 노란빛은 호엔크레멘에는 없는데."

그랬다, 에피는 호엔크레멘에서 케신의 '마법에 걸린 집'이 그리운 적이 몇 번 있었다. 하지만 전체적으로 고향에서 행복하고 만족스럽게 지냈다. 아직도 연인 혹은 남편을 기다리는 홀다하고는 잘 지낼 수 없었지만 쌍둥이와는 그만큼 더 잘 지냈다. 쌍둥이와 공놀이나 크리켓을 할 때면 자기가 결혼했다는 사실조차 까맣게 잊어버렸다. 그런 적이 여러 번이었다. 그녀는 놀이를 하는 몇십 분 동안 정말 행복했다. 옛날처럼 그네를 타고 하늘 높이 올라가면서 '이제 떨어질 거야' 하는 달콤한 위험의 짜릿한 전율을 느낄 때가 역시 최고였다. 이윽고 그녀는 그네에서 뛰어내려 학교 앞 벤치까지 쌍둥이를 바래다주었다. 세 소녀가 벤치에 앉으면 얀케가 바로 나와서 옆에 앉곤 했다. 에피는 늙은 선생님에게 반은 한자 도시 같고, 반은 스칸디나비아 같은 도시, 하여튼 슈반티코나 호엔크레멘과는 많이 다른 케신의 생활에 대해 자세히 설명했다.

매일 그렇게 즐기며 보냈고 이따금 여름의 습지로 소풍을 나가기도 했다. 습지에는 대개 사냥 마차를 타고 나갔다. 하지만 에피에게는 거의 매일 아침마다 엄마와 수다를 떠는 것이 무엇보다 중요했다. 에피와 브리스트 부인이 바람이 잘 통하는 위층 거실에 앉아 있으면 로스비타는 아기를 흔들어주면서 튀링겐 사투리로 아무도, 아마 자신도 무슨 뜻인지 모를 온갖 자장가를 부르는 것이었다. 에피와 브리스트 부인은 열려 있는 창가에 앉아 이야기하며 공원을 내려다보거나 해시계를 보기도 하고, 거의 꼼짝 않고 연못 위에 멈춰 선 잠자리들이나 브리스트가 앉아서 신문을 읽고 있는 현관 계단 옆 타일 통로를 내려다보기도 했다. 브리스트는 신문을 넘길 때마다 코안경을 벗고는 아내와 딸을 올려다보며 인사했다. 그가 신문을 다 읽을 즈음이면 에피는 내려가 옆에 앉거나 정원과 공원을 함께 거닐었다. 그가 마지막으로 읽는 신문은 〈하벨란트 홍보신문〉일 때가 많았다. 어느 날 아버지와 딸은 자갈길을 걷다가 옆에 있는 작은 기념비에 다가갔다. 브리스트의 할아버지가 워털루 전투를 기억하기 위해 세운 기념비였다. 피라미드 모양이었는데 녹이 슬었고 앞면과 뒷면에는 블뤼허 장군과 웰

링턴 장군이 새겨져 있었다. 브리스트가 물었다.

"케신에서도 이렇게 산책하니? 인슈테텐하고 산책하면서 이런저런 이야기를 해?"

"아니요, 아빠. 이런 산책은 못 해요. 할 수가 없어요. 정원이라고 해야 집 뒤쪽에 있는 손바닥만 한 정원뿐이거든요. 회양목 몇 그루와 과일나무 서너 그루밖에 없으니까 사실 정원이라고 할 수도 없지요. 인슈테텐은 그런 데 취미가 없어요. 또 케신에 오래 있을 생각도 없는 것 같아요."

"하지만 애야, 너는 운동을 하고 신선한 공기를 마셔야 해. 그런 습관이 들었잖아."

"하고 있어요. 집 근처에 사람들이 농장이라고 부르는 작은 숲이 있거든요. 그리로 산책을 자주 가요. 롤로하고."

브리스트가 껄껄 웃었다.

"늘 롤로 이야기로구나. 사정을 모르면 네가 남편과 아기보다 롤로를 더 소중히 여기는 줄 알겠다."

"아, 아빠, 무슨 그런 끔찍한 말씀을. 롤로가 없으면 큰일 날 뻔했던 때가 있긴 했어요. 그때…… 아빠도 아시지만…… 그때 롤로가 나를 구해주었지요. 적어도 나는 그랬다고 생각해요. 그후 롤로는 좋은 친구가 되었고 전적으로 믿을 수 있게 되었어요. 하지만 롤로는 개에 불과해요. 당연히 사람이 먼저지요."

"음, 사람들은 항상 그렇게 말하지. 하지만 나는 아닌 것 같구나. 동물도 나름의 생각이 있거든. 어느 쪽이 옳은지는 아직 확실히 모르는 거야. 아비 말을 믿어, 에피, 이것 역시 간단한 문제가 아니란다. 어떤 사람이 물가나 살얼음 위에서 사고를 당했는데 롤로 같은 개가 옆에 있다고 하자. 그럼 개는 사고를 당한 사람을 물에서 끌어낼 때까지 쉬지 않는단다. 그 사람이 죽었으면 누가 올 때까지 옆에 앉아 컹컹 짖고 낑낑거리고, 끝내 아무도 안 오면 죽은 사람 곁에 있다가 결국 자기도 죽고 말지. 동물은 늘 그런단다. 반면 사람은! 하느님, 저의 죄를 용서하십시오. 나는 동물이 사람보다 낫다는 생각이 종종 든단다."

"하지만 아빠, 인슈테텐에게 아빠가 지금 한 이야기를 전하면……"

"아니, 하지 마라, 에피."

"물론 롤로는 나를 구하겠지만 인슈테텐도 나를 구해줄 거예요. 명예를 중요하게 생각하는 사람이거든요."

"그렇지."

"또 나를 사랑하고요."

"당연하지, 당연하고말고. 사랑은 주고받는 법이지. 그런 거란다. 다만 아비는 인슈테텐이 휴가를 내고 당장 달려오지 않는 게 이상하구나. 이렇게 젊은 아내를 둔 사람이라면……"

에피는 같은 생각을 하고 있었기에 얼굴을 붉혔다. 하지만 그렇다고 인정하고 싶지는 않았다.

"인슈테텐은 양심적인 사람이고, 또 좋은 평판을 얻고 싶나봐요. 미래에 대한 계획이 있으니까요. 케신은 잠시 거치는 정거장일 뿐이죠. 또 내가 달아나는 것도 아니잖아요. 나는 그이 것이라고요. 너무 다정하면…… 또 나이 차이도 있는데…… 그럼 사람들이 웃거든요."

"음, 그러겠지, 에피. 하지만 그런 것쯤은 감수해야지. 어쨌든 그 이야기는 그만해라. 엄마한테도 아무 말 말고. 어떤 일을 하고 어떤 일을 하지 않아야 하는지는 어려운 문제란다. 그것 역시 간단한 문제가 아니란다."

호엔크레멘에서 여러 번 그런 대화를 나누었지만 다행히 그 영향은 오래가지 않았다. 케신의 집에 처음 들어설 때 받은 우울한 인상도 금세 사라졌다. 인슈테텐은 세심한 관심을 보여주었고, 차 마시는 시간에는 도시의 갖가지 이야기와 연애 사건들을 신이 나서 자세히 들려주었다. 에피는 이야기를 나누고 트리펠리에 대한 일화를 더 들으려고 남편의 팔에 매달려 사무실까지 따라갔다. 트리펠리는 요즘 기스휘블러와 활발하게 편지를 주고받았다. 그것은 적자를 면한 적이 없는 그녀의 재정에 또 빨간불이 켜졌다는 뜻이었다. 그런 이야기를 하면서 에피는 마냥 즐거워져서 자기가 결혼한 젊은 부인이라는 것을 실감했고, 언제 돌아오라는 말 없이 로스비타를 하녀 방으로 보낸 것을 기뻐했다. 다음날 아침 에피가 말했다.

"날씨가 온화하고 좋아요. 농장 쪽 베란다를 아직 쓸 수 있으니까 오늘은 바깥에서 아침을 먹어요. 어차피 방에 일찍 들어갈 거잖아요. 더욱이 케신의 겨울은 진짜 한 달은 더 길다고요."

인슈테텐은 흔쾌히 그러자고 했다. 에피가 말하는 베란다는 그녀가 호엔크레멘으로 떠나기 삼사 주 전 여름에 만들었는데, 사실 차일이라고 부르는 게 옳았다. 그러니까 마루를 깐 커다란 연단으로, 앞쪽은 터놓고 위쪽에 커다란 차일을 치고, 왼쪽과 오른쪽에는 넓은 아마포 커튼을 쇠막대기에 고정시킨 다음 고리를 이용하여 이쪽저쪽으로 밀 수 있도록 해놓은 곳이었다. 베란다는 여름 내내 집 앞을 지나가는 해수욕객들의 감탄을 샀다. 에피는 흔들의자에 앉아 커피 쟁반을 남편 쪽으로 밀어주면서 말했다.

"게르트, 오늘은 상냥한 주인 역할을 해주세요. 나는 이 흔들의자가 너무 좋아서 일어나고 싶지가 않아요. 내가 돌아와서 좋다면 노력하세요. 그럼 나도 보답할게요."

그녀는 다마스쿠스산(産) 하얀 탁자보의 주름을 편 다음, 탁자에 손을 올려놓았다. 인슈테텐은 그녀의 손을 잡아 입을 맞췄다.

"나 없이 어떻게 지냈어요?"

"안 좋았소, 에피."

"그렇게 말하면서 우울한 표정을 짓지만 다 거짓말이에요."

"하지만 에피……"

"증명할 수 있어요. 아기가 조금이라도 보고 싶었다면, 내 이야기는 하지도 않을게요, 오랫동안 총각으로 지냈고 결혼이 급할 것도 없던 높으신 분께 나 같은 게 무슨 의미가 있겠어요……"

"그런데?"

"게르트, 조금이라도 보고 싶었다면 나를 육 주 동안이나 과부처럼 외롭게 팽개쳐둘 수는 없어요. 니마이어 목사님과 얀케 선생님과 슈반티코 사람들뿐이었다고요. 내가 무서운지 아니면 너무 늙었다고 생각하는지 라테노 경비병들은 코빼기도 안 보였단 말이에요."

"아, 에피, 어떻게 그런 말을. 당신이 요염한 여자라는 걸 아오?"

"그런 말을 하다니 다행이네요. 남자들은 그런 여자를 제일 좋아하지요. 점잔을 빼고 예의 바른 척해도 당신도 다른 남자와 똑같아요. 내가 잘 아는데, 게르트…… 당신은 본래……"

"뭔데?"

"말하지 않으려고 했는데. 난 당신을 잘 안다고요. 당신은 슈반티코에 계신 삼촌 말대로 다정한 사람이고, 사랑의 별자리에서 태어난 사람이에요. 벨링 삼촌 말이 맞아요. 다만 당신은 그런 걸 보여주고 싶지 않을 뿐이고, 보여주면 예의에 어긋나고 출세에 지장이 있다고 생각하는 것뿐이죠. 내 말이 맞지요?"

인슈테텐은 웃음을 터뜨렸다.

"아주 조금. 그런데 에피, 아주 달라 보이는구려. 아니가 태어나기 전에는 어린아이였는데. 갑자기……"

"뭔데요?"

"갑자기 사람이 달라졌어. 하지만 당신한테 어울리고 내 마음에도 들어. 에피, 그거 알아요?"

"뭘요?"

"당신은 유혹적인 데가 있어."

"오, 게르트, 그런 말을 하다니, 멋있어요. 이제야 마음이 풀리네요…… 반 잔만 더 줘요…… 내가 늘 그런 말을 듣고 싶었다는 걸 알아요? 우리는 유혹적이어야 해요. 안 그러면 우리는 아무것도 아니……"

"당신이 생각해낸 말이오?"

"나도 그런 말은 생각해낼 수 있어요. 하지만 니마이어 목사님한테……"

"니마이어 목사님한테! 오, 하느님, 그런 사람이 목사라니. 아니, 여기엔 그런 사람은 없소. 그런데 목사님이 왜 그런 말을 했지? 돈 후안 아니면 바람둥이나 할 말인데."

에피가 깔깔 웃었다.

"예, 누가 알겠어요. 그런데 저기 오는 사람이 크람파스 아니에요? 해변에서 오는데. 설마 수영을 하진 않았겠지요? 9월 27일인데……"

"그런 짓을 종종 한다오. 호기를 부리는 거지."

그사이 크람파스가 다가와서 인사를 하자 인슈테텐이 소리쳤다.

"안녕하시오. 더 가까이 오세요. 더 가까이."

크람파스가 가까이 다가왔다. 평상복 차림이었다. 그는 아직도 흔들의자에 앉아 흔들흔들하고 있는 에피의 손에 입을 맞췄다.

"대접이 형편없어서 미안해요, 소령님. 하지만 베란다는 집이 아니고, 아침 열시는 접대하는 시간은 아니지요. 지금은 격식을 무시하고, 괜찮으시다면 친밀함을 나누지요. 이리 앉으셔서 무슨 일인지 설명해보세요. 머리를 보니 수영을 하신 것 같으니까요. 그런데 머리숱이 좀 더 많으면 좋을 것 같네요."

크람파스가 고개를 끄덕였다. 그러자 인슈테텐이 농담 반 진담 반으로 한마디 했다.

"무책임하군요. 한 달 전 은행가 하이너스도르프가 당한 이야기를 들었을 텐데. 하이너스도르프도 바다와 높은 파도가 그의 재산 백만 마르크를 보고 경의를 표할 줄 알았지요. 하지만 신들이 서로 시기를 했어요. 바다의 신 넵튠은 다짜고짜 풍요의 신 플루토 아니 하이너스도르프를 덮쳤지요."

크람파스가 웃으며 대답했다.

"예, 백만 마르크! 인슈테텐, 저한테 그런 돈이 있다면 수영하지 않았을 겁니다. 아무리 날씨가 좋다고 해도 바닷물 온도가 겨우 9도니까요. 하지만 백만 마르크가 부족한 우리 같은 사람이 조금 호기를 부리는 건 너그럽게 봐주세요. 우리 같은 사람은 신들의 질투를 두려워하지 않고 그럴 수 있답니다. '교수형을 당할 사람은 물에 빠져 죽지 않는다'는 속담이 위로가 되지요."

에피가 한마디 했다.

"소령님, 그런 속된 말을 하시면 안 되지요. 경솔한 말이 화를 불러온다고 하고 싶을 정도인데요. 아무튼 믿는 사람이 많다고요…… 소령님이 한 말 말이에요…… 정도의 차이는 있지만 누구나 그런 죽음을 맞이할 수 있다고요. 하지만 소령님이…… 소령으로서……"

"……전통적인 죽음의 방식은 아니지요. 인정합니다, 부인. 전통적이지 않을 뿐 아니라 제 경우 그런 일이 일어날 가능성도 희박하지요. 그냥 인용한 것뿐입니다. 아니, 빈말이라는 것이 더 낫겠네요. 하지만 아까 바다가 저를 해칠 수 없다고 한 데는 진심이 담겨 있답니다. 저는 완벽한 군인의 죽음을, 희망사항이지만 명예롭기까지 한 군인의 죽음을 맞을 운명이거든요. 처음에는 그냥 집시의 예언에 불과했지만 저도 마음속으로 공감을 하고 있지요."

인슈테텐이 웃음을 터뜨렸다.

"터키의 술탄이나 중국의 용을 위해 일하지 않으면 힘들 것 같소, 크람파스. 그곳은 지금 전쟁중이니까. 하지만 여기는 역사가 삼십 년은 앞서 있지. 내 말을 믿어요. 지금 군인의 죽음을 맞으려는 사람은……"

"……먼저 비스마르크에게 전쟁을 일으켜달라고 부탁해야겠지요.

나도 압니다, 인슈테텐. 하지만 그런 건 당신한테는 별일도 아닐 텐데
요. 9월 말이니까 늦어도 십 주 후면 후작님이 바르친에 오실 텐데 그
분의 총애를 받고 있으니까, 당신이 비옹빌*의 옛 전우를 위해 전쟁을
좀 마련해줄 수 있을 거예요. 당신의 총부리 앞에 설 생각은 조금도
없으니까 세속적인 표현은 삼가지요. 후작님도 사람이니까 설득하면
될걸요."

두 사람이 그런 이야기를 하는 동안 에피는 빵조각을 굴린 다음 네
모나게 잘라 여러 가지 모양을 빚었다. 화제를 바꾸라고 그런 것이지
만 인슈테텐은 크람파스의 농담에 대응하려고 했다. 결국 에피는 직
설적으로 말했다.

"소령님, 왜 우리가 지금 소령님의 죽음의 방식을 놓고 토론해야
하는지 모르겠네요. 삶이 더 가까이 있고, 무엇보다 훨씬 더 진지한
일이잖아요."

크람파스가 고개를 끄덕였다.

"제 말에 수긍하시니까 좋네요. 여기서 어떻게 살아야 할까? 그것
이 지금의 문제, 그 어떤 것보다 중요한 문제라고요. 기스휘블러가 그
문제로 편지를 보냈어요. 무분별하고 뽐내는 점만 없다면 편지를 보
여드릴 수도 있는데…… 그 외에도 오만 가지 내용이 들어 있거든요.
인슈테텐은 읽을 필요 없어요. 그런 것에 대한 감각이 없으니까……
한마디 더 하면, 우리의 친구는 글씨가 깔끔하고 섬세할 뿐 아니라,
케신의 옛 광장이 아니라 고대 프랑스 궁전에서 자라신 분 같은 표현

---

* 프로이센은 1870년 8월 16일 비옹빌에서 프랑스군에게 승리를 거두었다.

을 쓰지요. 불구에 셔츠에는 하얀 프릴을 어느 누구보다 많이 달았지만 모두 아주 잘 어울리고요. 그런데 다림질하는 여자를 어디서 구했는지 모르겠어요. 아무튼 기스휘블러는 클럽의 밤에 대한 계획과, 행사를 주관하는 크람파스라는 분에 대해서 썼어요. 소령님, 저는 군인의 죽음이나 다른 죽음보다 그런 이야기가 마음에 든답니다.”

“저도 그렇습니다. 부인의 지원을 기대할 수 있다면 멋진 겨울이 될 텐데. 트리펠리가 오거든요.”

“트리펠리요? 그럼 저는 필요 없잖아요.”

“그렇지 않습니다, 부인. 트리펠리는 일요일에서 다음 일요일까지 일주일 내내 노래를 부를 수는 없습니다. 그건 트리펠리와 우리 모두에게 너무 과한 거예요. 변화는 인생의 매력입니다. 그건 진리예요. 물론 행복한 결혼은 이의를 제기하겠지만.”

“제 결혼을 제외하고 행복한 결혼이 더 있다면……”

에피는 인슈테텐에게 손을 내밀며 이렇게 말했다. 크람파스가 말을 계속했다.

“그러니까 변화입니다. 영광스럽게도 제가 부회장을 맡고 있는 클럽과 우리의 변화를 위해서는 유능한 인력이 필요합니다. 우리가 힘을 모으면 이 작은 둥지를 발칵 뒤집어놓을 수 있어요. 공연 작품은 벌써 골랐습니다. 〈평화 속의 전쟁〉 〈헤라클레스 씨〉, 빌브란트의 〈젊은 날의 사랑〉을 골랐는데 어쩌면 겐지헨의 〈오이프로지네〉를 할 수도 있습니다. 부인께서 오이프로지네를 연기하고 저는 늙은 괴테를 연기하는 거예요. 제가 시의 거장 역을 얼마나 슬프게 연기하는지, 아마 놀라실걸요. …… ‘슬프게 연기한다’는 말이 적당한 표현이라면 말이지요."

"잘하실 거예요. 연금술사와 비밀 편지를 주고받으며 소령님이 다른 것은 물론이고 가끔 시인이 된다는 사실도 알았어요. 처음엔 놀랐지만……"

"제가 시인처럼 보이지 않으니까 그랬겠지요."

"아니에요. 하지만 소령님이 9도의 물에서 수영하는 걸 보고 생각이 달라졌어요. ……9도의 동해는 카스탈리아 샘물*의 온도를 넘어서지요……"

"카스탈리아 샘물이 몇 도인지는 알려져 있지 않습니다."

"저는 알아요. 아무튼 아무도 제 말에 반박하지 못할걸요. 그만 일어날게요. 로스비타가 아니를 데리고 오네요."

에피는 얼른 자리에서 일어나 로스비타에게 다가가 아기를 받아 자랑스럽고 행복한 듯 높이 들어올렸다.

---

* 델포이 인근 파르나소스 산 남쪽 기슭에 있는 샘물. 쫓아오는 아폴론을 피해 님프 카스탈리아가 몸을 던진 이후 시적인 열정을 일깨운다고 전해진다.

<h1 style="text-align:center">제16장</h1>

10월에 들어서도 화창한 날씨가 계속되었다. 차일 같은 베란다는 계속 유용하게 쓰여서 적어도 오전 시간은 늘 그곳에서 보냈다. 그러면 열한시경에 소령이 나타나 먼저 부인에게 안부를 묻고는 주특기인 남의 험담을 잠시 한 다음, 인슈테텐과 말을 타고 나가기로 약속하는 것이었다. 두 사람은 내륙 쪽으로 케시네 강을 따라 브라이틀링 호수까지 올라가기도 했지만 방파제 쪽으로 나갈 때가 더 많았다. 남자들이 나가면 에피는 아기와 놀거나 기스휘블러가 변함없이 보내주는 신문과 잡지를 뒤적이거나 엄마한테 편지를 썼다. 혹은 이렇게 말하기도 했다.

"로스비타, 아니와 산책하러 가요."

그럼 로스비타가 유모차를 끌고 앞장서고 에피는 그 뒤를 따라갔다. 그리고 작은 숲속으로 수백 걸음 남짓 걸어가 떨어진 밤을 주워 아기에게 갖고 놀라고 주었다. 시내에는 거의 나가지 않았다. 크람파스 부인과 사귀려는 시도가 또 실패한 다음부터 이야기를 나눌 만한 사람이 아무도 없었기 때문이다. 크람파스 부인은 여전히 사람을 피하는 기색이었다.

그렇게 몇 주일이 지난 어느 날, 에피가 불쑥 말을 타고 싶다고 했다. 그녀는 승마를 하고 싶은데 단지 케신 사람들 입방아에 오르내릴까 두려워 소중한 것을 포기하는 것은 너무하다고 주장했다. 소령은 멋지다고 했지만 인슈테텐은 어울리지 않는 행동이라며 얌전한 말을 구할 수 없다는 점을 계속 강조했다. 그러나 크람파스가 말은 자신이 구하겠다고 장담하자 인슈테텐도 그만 양보할 수밖에 없었다. 과연 원하는 말을 구할 수 있었다. 말을 타고 '신사용 해수욕장'과 '숙녀용 해수욕장'의 구분이 없어진 해변을 달리면서 에피는 행복했다. 대개 롤로도 같이 갔다. 승마를 하다보면 해변에서 쉬거나 잠시 걷고 싶을 때가 있어서 각자 하인도 데려오기로 했다. 그래서 옛날에 트렙토에서 창기병으로 있었던 소령의 하인 크누트와 인슈테텐의 마부 크루제를 승마용 말을 돌보는 마부로 꾸몄다. 하지만 변신이 제대로 안 돼서 멋진 마부복을 입혔는데도 원래 직업이 은연중에 드러났다. 에피는 유감스럽게 생각했다.

10월 중순이 다 되었을 때 그들은 처음으로 장비를 완전히 갖추고 나왔다. 인슈테텐, 에피, 크람파스가 차례로 앞에서 달리고, 그 뒤를 크루제와 크누트가 따라가고, 롤로가 맨 뒤에서 달렸다. 롤로는 뒤에서 천천히 따라가는 것이 싫어졌는지 곧 맨 앞으로 뛰어나와 달렸다.

지금은 황량한 해변 호텔을 지나면서 바로 오른쪽으로 꺾어졌다. 파도가 부서져 거품이 이는 해변을 따라 이쪽 방파제까지 갔을 때 문득 말에서 내려 방파제 초입까지 산책하고 싶은 마음이 들었다. 에피가 제일 먼저 말에서 내렸다. 넓은 케시네 강이 돌로 된 방파제 사이를 지나 바다로 유유히 흘러가고 있었다. 여기저기 잔잔한 파도가 이는 바다가 펼쳐져 있었다. 햇빛을 받아 빛나는 드넓은 평원처럼 보였다.

에피는 이렇게 멀리 나온 적은 처음이었다. 작년 11월 케신에 처음 왔을 때는 이미 폭풍이 불었고, 여름이 되자 벌써 몸이 무거워 멀리 나갈 수 없었다. 에피는 그만 매료되고 말았다. 모든 것이 거대하고 멋지게 보였다. 그녀는 고향과는 다른 엄청난 규모에 속상해하며 습지와 바다를 비교하고, 나무토막이 떠밀려올 때마다 집어서 왼쪽의 바다나 오른쪽의 케시네 강으로 던졌다. 그때마다 롤로는 신이 나서 에피를 위해 나무토막을 물어 오려고 쏜살같이 달려갔다. 그러다 갑자기 롤로가 무언가에 정신이 팔려 겁을 먹은 듯 조심스레 기어가더니 앞에 보이는 무언가를 향해 펄쩍 뛰어올랐다. 물론 괜한 일이었다. 그 순간 초록색 해초로 뒤덮인 양지바른 바위에서 바다표범 한 마리가 다섯 보 남짓 떨어진 바다로 소리없이 미끄러져 들어갔다. 언뜻 바다표범의 머리가 보였지만 곧 그마저 물속으로 사라져버렸다.

모두 흥분했다. 크람파스는 바다표범 사냥을 상상하며 다음에는 총을 꼭 가져와야 한다고 주장했다.

"저 녀석들은 가죽이 꽤 두껍거든."

그러자 인슈테텐이 한마디 했다.

"안 돼요. 항만 경찰이 있어요."

크람파스가 웃음을 터뜨렸다.

"그런 말을 들으면 정말 기가 막힌다니까. 항만 경찰요! 우리의 관청 세 곳은 서로 눈 감아줄 수 있습니다. 그렇게 고지식하게 법을 지켜야 할까요? 합법적인 건 다 지루하다고요."

에피가 박수를 치자 인슈테텐이 말했다.

"크람파스, 역시 당신다운 말이야. 보다시피 에피는 찬성의 박수를 치고 있어요. 당연하지. 여자들은 무슨 일이 생기면 당장 경찰을 부르면서도 법에는 관심이 없지요."

"옛날부터 여성이 누리는 고유한 권리입니다. 우리가 그걸 바꿀 수는 없어요, 인슈테텐."

인슈테텐이 껄껄 웃으며 대꾸했다.

"바꿀 수 없지요. 또 바꿀 생각도 없어요. 되지도 않을 일에 말려들 생각은 없으니까. 하지만 크람파스, 규율의 깃발 아래 자라서 군기와 질서가 없으면 안 된다는 걸 잘 아는 당신 같은 사람이 그런 말을 하면 안 되지요. 농담이라도 안 돼요. 속 편하게, 나는 그런 것에는 신경 쓰지 않는다, 그런다고 당장 하늘이 무너지지 않는다, 하고 생각하는군요. 당장은 아니겠지요. 하지만 언젠가는 그런 일이 생길 거예요."

크람파스는 순간 당황했다. 인슈테텐이 무슨 의도가 있어서 그런 말을 한다는 생각이 들어서였다. 하지만 아니었다. 툭 하면 설교를 하는 인슈테텐이 도덕적인 설교를 좀 한 것뿐이었다. 인슈테텐은 곧 누그러져서 이렇게 덧붙였다.

"이 점에서 나는 기스휘블러를 칭찬하고 싶소. 그는 항상 기사이면서도 기본 원칙이 있거든."

그동안 자신감을 되찾은 크람파스는 평소의 어조로 대답했다.

"음, 기스휘블러요. 세계에서 최고로 좋은 사람이지요. 게다가 그가 가진 기본 원칙은 더 좋을 수도 있지요. 그런데 그게 어디서 나오지요? 왜 그럴까요? 바로 그가 '곱사등이'이기 때문입니다. 똑바로 자란 사람은 경박함을 좋아하지요. 경박함이 없다면 인생은 살 가치가 없어요."

"잘 들어요, 크람파스. 그러니까 그런 결과가 나오는 법이지."

인슈테텐이 크람파스의 약간 짧은 왼팔을 쳐다보며 한마디 했다.

에피는 두 사람의 대화를 거의 듣지 않았다. 그녀는 바다표범이 앉아 있던 바위로 다가갔고 롤로가 그녀 옆에 섰다. 에피와 롤로는 바위에서 눈을 돌려 '인어'가 다시 나타나기를 기다렸다.

10월 말에 선거운동이 시작되자 인슈테텐은 함께 승마를 할 수 없었다. 크람파스와 에피도 케신 사람들의 눈을 생각해서 그만두어야 했을 테지만 크누트와 크루제가 의장대 역할을 해주어서 11월까지 승마를 계속했다.

물론 날씨는 달라졌다. 북서풍이 계속 구름을 몰고 왔고, 바다가 무섭게 들끓었지만 아직 비가 오거나 춥지는 않았다. 잿빛 하늘과 파도가 아우성치는 해변을 말을 타고 달리는 것은 햇빛이 나고 바다가 잔잔할 때보다 오히려 좋았다. 앞에서 달리는 롤로는 이따금 물거품을 뒤집어썼고, 에피의 승마 모자의 베일이 바람에 펄럭였다. 그럴 때는 말을 하는 것이 거의 불가능했다. 하지만 바다에서 멀어져 모래언덕이나 더 뒤쪽의 소나무 숲으로 접어들면 주위가 조용해지고 모자의 베일도 잠잠해졌다. 길이 좁아서 나란히 바짝 붙어서 갈 수밖에 없는 데다가 그루터기와 나무뿌리가 많아서 천천히 가야 했다. 그때야말로 파도 소리 때문에 중단했던 이야기를 계속하기에 안성맞춤이었다. 이 야기꾼인 크람파스는 전쟁과 연대 이야기며 인슈테텐의 일화와 사소한 성격적 특징을 이야기해주었다. 그는 인슈테텐은 진지하고 말이 없어서 활발한 동료들과 어울린 적이 없으며 항상 사랑받기보다는 존경받는 쪽이라고 했다. 에피가 말했다.

"짐작이 돼요. 존경이 제일 중요하니까 다행이에요."

"당시에는 그랬지요. 하지만 그게 항상 옳은 건 아닙니다. 더욱이 그는 신비주의적인 경향이 있어서 반발을 사곤 했지요. 군인들은 대개 그런 데 관심이 없으니까요. 또 오해인지 모르지만, 인슈테텐이 자기는 믿지 않으면서 우리를 설득하려고 한다는 인상을 준 탓도 있지요."

"신비주의적 경향요? 소령님, 무슨 말이죠? 비밀 종교집회를 열거나 예언자처럼 굴었을 리는 없을 텐데. ……이름은 잊어버렸는데, 오페라*에 나오는 예언자 역도 안 했을걸요."

"그럼요, 그 정도는 아니었습니다. 그만하는 게 좋겠어요. 당사자가 없는 자리에서 잘못 해석될 수 있는 이야기는 하고 싶지 않습니다. 또 당사자 앞에서도 할 수 있는 이야기예요. 이런 일은 당사자가 그때그때 끼어들고 반박하거나 비웃지 않으면 의도했든 안 했든 이상하게 부풀려질 수 있거든요."

"잔인해요, 소령님. 궁금증만 불러일으켜놓고. 뭔가 있다면서 다시

---

* 독일 작곡가 자코모 마이어베어의 오페라 〈예언자〉를 가리킨다.

아무것도 아니라니요. 신비주의라고요! 그이가 영의 세계를 보는 능력이 있나요?"

"영의 세계를 본다고요! 그런 말은 아닙니다. 인슈테텐은 유령 이야기 하기를 좋아했어요. 하지만 우리가 그의 이야기에 흥분하고 심지어 불안해하면 돌연 남의 말을 잘 믿는 사람들을 그냥 놀려주려고 한 것뿐이라는 듯 구는 거예요. 그래서 한번은 제가 대놓고 말했어요. '바보 같은 소리 마요, 인슈테텐. 다 희극일 뿐이오. 나를 속일 순 없습니다. 당신은 우리를 갖고 놀고 있어요. 사실 당신도 우리처럼 믿지 않으면서도 흥미로운 사람처럼 보이고 싶은 거지요. 특이한 면이 출세에 도움이 된다고 생각하니까요. 사람들은 높은 자리에 평범한 인물을 앉히고 싶어하지 않으니까요. 당신은 그런 야심 때문에 특이한 것을 찾았고, 우연히 유령을 만나게 된 거예요'라고 말이에요."

에피가 잠자코 있자 크람파스는 마침내 부담이 되었다.

"아무 말씀도 안 하시네요, 부인."

"예."

"이유를 물어봐도 될까요? 혹시 제가 거슬리는 말이라도 했습니까? 아무리 아니라고 해도 이 자리에 없는 친구를 조금 헐뜯은 건 사실인데, 그게 기사답지 못하다고 생각하시는 거죠? 너무하시네요. 그가 있는 데서도 거리낌 없이 계속할 수 있는 이야기예요. 지금 하는 말을 한 마디도 빼지 않고 모두 할 수 있다고요."

"그렇겠지요."

에피는 침묵을 깨뜨리고 집에서 어떤 일이 있었고, 그때 인슈테텐이 얼마나 이상하게 행동했는지 털어놓았다.

"그이는 그렇다고도 아니라고도 하지 않았어요. 속마음을 도무지 모르겠더라고요."

크람파스가 껄껄 웃었다.

"옛날과 똑같군요. 리앙쿠르와 보베에 주둔할 때도 그랬어요. 당시 인슈테텐은 주교의 낡은 성에 머물렀는데, 관심이 있을 것 같아서 말씀드리면, 그 주교는 오를레앙의 처녀에게 화형을 선고한 보베의 주교 '코숑'과 공교롭게도 이름이 같았지요. 그때 그는 날마다, 그러니까 밤마다 이상한 일을 겪었습니다. 물론 반은 사실이 아니었을 거예요. 전혀 아니었을 수도 있고요. 인슈테텐은 여전히 그런 원칙에 따라 행동하는 것 같군요."

"좋아요, 좋아요. 하나 물어볼게요, 크람파스. 진지하게 묻는 거니까 진지하게 대답해주세요. 이 모든 일을 어떻게 생각하세요?"

"음……"

"피하지 마세요, 소령님. 저한테 아주 중요한 일이에요. 그이는 소령님 친구고, 저는 소령님 친구잖아요. 알고 싶어요. 이런 일들이 서로 무슨 관계가 있지요? 도대체 그이는 무슨 생각을 하는 걸까요?"

"부인, 하느님은 사람의 마음속을 들여다보시지만 민방위대 대장은 그럴 수 없습니다. 어떻게 제가 그런 어려운 심리 문제를 풀 수 있겠어요? 저는 단순한 사람입니다."

"아, 크람파스, 어리석은 말씀 그만하세요. 사람 보는 눈이 있다고 자랑할 만큼 나이가 많지는 않지만 견진성사나 세례를 받기 전이라면 모를까 소령님이 단순한 사람이라고 생각할 수는 없어요. 오히려 정반대로 위험하고……"

"명함에 퇴역 소령이라고 적힌 사십 먹은 남자가 들을 수 있는 최고의 찬사인데요. 인슈테텐이 그럴 때 무슨 생각을 하느냐……"

에피는 고개를 끄덕였다.

"꼭 말해야 한다면 하지요. 당장이라도 정부 부처 국장 같은 인물이 될 수 있는 군수 인슈테텐 남작과 같은 사람은 평범한 집, 그러니까 지금의 집과 같은 오두막에서 살 수 없다고 생각하는 겁니다. 장담하지만 그는 출세가도를 달리고 있으니까요. 죄송합니다, 부인, 하지만 사실 오두막이지요. 그래서 손을 대는 거예요. 유령의 집은 절대 평범한 게 아니니까…… 그게 한 가지 이유입니다."

"한 가지요? 맙소사, 또 있어요?"

"예."

"그럼 잘 들을게요. 가능하다면 좋은 말이라면 좋겠네요."

"자신 없는데요. 까다롭고 위험한 이야기라서. 특히 부인 앞에서는 더욱 그런데요."

"점점 궁금해지네요."

"그럼 좋습니다. 부인, 인슈테텐은 무슨 대가를 치르더라도, 필요하다면 유령을 끌어들여서라도 출세하려는 야망 외에 열정이 하나 더 있습니다. 바로 항상 남을 가르치려드는 열정이지요. 그는 타고난 교육자예요. 왼쪽에 바제도*, 오른쪽에 페스탈로치를 거느리고 슈네펜탈**이나 분츠라우***로 가는 게 더 어울렸을 사람이지요. 하지만 두

---

* 독일의 교육가.
** 1784년 크리스티안 고트헬프 잘츠만이 설립한 교육기관이 있는 곳.
*** 당시 헤른후트 파의 교육기관이 있었던 그나덴베르크가 분츠라우 인근에 있었다.

사람보다 종교적 색채가 더 짙지요."

"그이가 저도 교육하려 한다고요? 유령을 통해서요?"

"교육은 적당한 말이 아닐지 모르겠습니다. 하지만 간접적으로 교육한다고 할까요."

"무슨 말인지 모르겠어요."

"아내는 젊고 그는 바쁜 군수입니다. 마차를 타고 돌아다닐 때가 많은데 그럴 때면 집에는 아내만 남아 외롭고 쓸쓸하지요. 그런 집에서 유령은 칼을 든 케루빔 천사와 같은……"

에피는 그만 대화를 중단했다.

"아, 숲을 다 나왔네. 저기 우트파텔 풍차가 보이네요. 이제 교회 묘지만 지나가면 돼요."

잠시 후 그들은 교회 묘지와 울타리가 쳐진 곳 사이의 움푹 팬 길을 지나갔다. 에피는 중국인이 묻힌 바위와 소나무가 있는 쪽을 쳐다보았다.

제17장

집에 오니까 두시 종이 울렸다. 크람파스는 작별 인사를 하고 시내의 광장에 있는 자신의 집 앞에 내렸다. 에피는 옷을 갈아입고 자려고 했지만 잠이 오지 않았다. 피곤했지만 기분이 나빴기 때문이다. 인슈테텐이 평범하지 않은 집에서 살고 싶어서 유령을 만들어냈다는 것은 괜찮았다. 그는 대중과 자신을 구분하려는 성향이 있기 때문이다. 하지만 유령을 교육 수단으로 이용하다니, 정말 불쾌하고 모욕적이었다. '교육 수단'이란 말은 인슈테텐이 노리는 진짜 의도의 일부를 드러낼 뿐이었다. 분명했다. 크람파스는 훨씬 더 많은 것, 정확하게 계산해서 고안한 두려움의 장치 같은 것에 대해 말하려고 했다. 정말 따뜻한 마음은 조금도 없고 잔인하게까지 느껴졌다. 피가 거꾸로 솟는 것 같았다. 에피는 주먹을 꼭 쥔 채 계획을 세우려다 갑자기 웃음을 터뜨렸다.

"나는 정말 바보야! 크람파스가 옳다고 누가 그래! 남의 험담을 잘 해서 재미있지만 믿을 수 없는 사람이야. 인슈테텐의 발꿈치도 못 따라오는 단순한 재담꾼일 뿐이라고."

그때 인슈테텐이 평소보다 일찍 집에 돌아왔다. 에피는 발딱 일어나 복도로 나가 남편을 맞았는데 뭔가 잘못된 것을 바로잡아야 할 것 같은 기분이 들어서 더 상냥하게 굴었다. 하지만 크람파스의 말을 잊을 수가 없었다. 남편에게 다정하게 굴고 그의 말에 관심 있는 척 귀를 기울이면서도 이런 말이 계속 귓가에 울렸다.

"너를 규율에 묶어두려고 철저하게 계산해서 유령을 만들어낸 거야."

하지만 결국 그녀는 모두 다 잊어버리고 전처럼 편안하게 남편의 말을 들을 수 있었다.

11월 중순이 가까워지자 폭풍이라고 할 만큼 세찬 북서풍이 하루하고도 반나절 동안 방파제에 휘몰아쳤다. 점점 흐름이 막힌 케시네 강물이 부두를 넘어 도로까지 흘러넘쳤다. 하지만 바람이 잠잠해지면서 궂은 날도 끝나고 햇빛이 비치는 가을 날씨가 며칠 동안 이어졌다. 에피는 크람파스에게 말했다.

"이런 날씨가 얼마나 갈지 누가 알겠어요."

그래서 다음날 오전 다시 말을 타고 나가기로 했다. 하루 휴가를 얻은 인슈테텐도 같이 가기로 했다. 이번에도 우선 방파제까지 말을 타고 가고, 잠시 말에서 내려 해변을 산책한 다음 바람이 없는 모래언덕에서 아침을 먹기로 했다.

약속한 시간에 크람파스가 군수 사택에 도착했을 때 크루제는 이미 말을 준비해놓았다. 에피가 얼른 그 말에 올라타는데 인슈테텐이 지난밤 모르게니츠에서 또 화재가 발생해서 가봐야 한다며 미안하다고 했다. 삼 주 사이에 벌써 세번째 화재였다. 그는 이번 가을에 마지막일지도 모르는 나들이를 손꼽아 기다렸는데 못 가게 되었다며 속상해했다.

크람파스는 서운하다고 말했다. 그냥 무슨 말을 해야 했기 때문이겠지만 진심일 수도 있었다. 그는 기사인 양 사랑의 모험을 할 때는 무분별했지만 그만큼 좋은 동료이기도 했다. 물론 양쪽 모두 깊이는 없었다. 친구를 도와주고 오 분 후 그 친구를 배반하는 것은 크람파스의 명예 개념으로 보면 자연스러운 것이었다. 그는 돕는 것도 배반하는 것도 믿을 수 없을 만큼 편한 마음으로 했다.

그들은 평소처럼 농장을 지나 달렸다. 이번에도 롤로가 맨 앞에서 달리고 크람파스와 에피가 그 뒤에서, 크루제가 맨 뒤에서 따라갔다. 크누트는 없었다.

"크누트는 어디에 두고 오셨어요?"

"볼거리에 걸렸습니다."

크람파스의 대답에 에피가 웃음을 터뜨렸다.

"이상하네요. 그전에도 항상 볼거리에 걸린 얼굴이었는데요."

"맞습니다. 하지만 크누트의 얼굴을 보셔야 해요! 아니, 안 보는 게 좋겠네요. 볼거리는 전염되거든요. 보기만 해도 옮지요."

"말도 안 돼요."

"젊은 부인들은 믿지 않는 게 많지요."

"믿지 않는 편이 더 좋은데 믿을 때도 많지요."

"저를 두고 하시는 말씀입니까?"

"아니요."

"유감이군요."

"'유감이다.' 역시 소령님다우세요. 꼭 제가 사랑을 고백해도 아무렇지 않아 하실 것 같은데요."

"그렇게 멀리 나가진 않습니다. 하지만 그런 걸 바라지 않을 남자가 세상에 어디 있겠어요. 생각하고 소원하는 데는 세금이 안 드니까요."

"글쎄 정말 그럴까요. 그리고 생각과 소원에는 차이가 있어요. 생각은 보통 아직 가슴속에 있지만, 소원은 대부분 벌써 입술 위에 있지요."

"그런 비교는 하지 마세요."

"아, 크람파스, 당신은…… 당신은……"

"바보라고요."

"아니에요. 또 과장하시네요. 바보는 아니에요. 호엔크레멘 사람들은 이렇게들 말했어요. 물론 저도요. 세상에서 자기가 제일 잘난 줄 아는 사람은 열여덟 살 먹은 경기병 기수라고……"

"지금은요?"

"저는 지금은 이렇게 말해요. 세상에서 자기가 제일 잘난 줄 아는 사람은 마흔두 살의 민방위대 소령이라고."

"……친절하게도 두 살을 빼주셨네요. 보답하는 의미로 손에 키스를 해드리겠습니다."

"손에 키스를 한다. 역시 소령님다운 말이에요. 빈식이에요. 사 년
전 카를스바트에 갔을 때 빈의 남자들을 만났는데 글쎄 열네 살밖에
안 된 제 환심을 사려고 하더라고요. 그때 어떤 말을 들었던지!"

"분명 적절한 말은 아니었겠지요."

"그 말씀이 맞다면 지금 저한테 하는 달콤한 말은 상당히 무례한
것이 되지요…… 저기 부표가 헤엄치고 우쭐우쭐 춤추는 것 좀 보세
요. 작고 빨간 깃발이 안쪽으로 접혔네요. 여름에 몇 번 해변에 나왔
는데 빨간 깃발이 보이면 늘 혼잣말을 하곤 했어요. 저기 비네타*가
있겠구나. 분명 저기야. 저건 탑 꼭대기이고……"

"하이네의 시를 아시니까 그랬겠지요."

"어떤 시요?"

"비네타를 노래한 시요."

"아니요, 모르는데요. 저는 아는 게 별로 없어요. 애석하게도."

"그러면서 기스휘블러와 신문 읽는 모임을 갖고 계시죠! 그런데 하
이네는 그 시에 다른 제목을 붙였답니다. 「바다 유령」 아니면 그 비슷
한 제목이었던 것 같은데. 하지만 비네타를 생각하고 지은 시예요. 다
짜고짜 내용을 소개하는 것을 용서하세요. 하이네가 그곳을 지나갈
때 배의 갑판에 누워 아래를 보았답니다. 그런데 중세의 좁은 도로와
종종걸음으로 걷는 부인들이 보이더래요. 부인들이 작은 보닛을 쓰고
찬송가책을 손에 들고 교회로 가고 있는데 종이 뎅그렁뎅그렁 울렸지

---

* 오만한 주민들 때문에 바닷속에 가라앉았다고 전해지는 전설의 도시.

요. 종소리가 들리자 하이네는 비록 보닛에 끌려서이기는 하지만 불쑥 교회에 가고 싶더래요. 얼마나 간절하게 가고 싶은지 크게 소리를 지르면서 바닷속으로 몸을 던지려고 했지요. 그 순간 선장이 그의 다리를 잡고 소리쳤지요. '박사님, 귀신에 홀리셨어요?'"

"예쁜 시네요. 읽어보고 싶어요. 긴가요?"

"아니요, 짧습니다. 「그대는 다이아몬드와 진주를 가졌노라」나 「그대의 백합 같은 부드러운 손가락」 같은 시보다는 길지만……"

크람파스는 에피의 손을 살짝 만지고 말을 이었다.

"길든 짧든 묘사력과 생생한 표현이 정말 대단해요! 하이네는 제가 좋아하는 시인입니다. 그의 시는 모두 외울 수 있지요. 저 자신이 가끔 시를 짓는 죄를 저지르고 있지만 평소 시인에게는 별로 관심이 없습니다. 하지만 하이네는 달라요. 그의 시에서는 생생한 삶을 느낄 수 있어요. 무엇보다 가장 중요한 사랑을 이해하고 있지요. 더욱이 사랑을 그리면서도 한쪽으로 치우치지 않고……"

"무슨 말이죠?"

"그러니까 사랑만을 예찬하지 않는다고……"

"한쪽으로 치우쳤다고 해도 나쁘다고는 할 수 없을 것 같은데요. 그런데 또 무엇을 그린다는 거예요?"

"낭만적인 것도 노래하지요. 그게 사랑 바로 다음으로 중요하게 나타나는데 사랑과 같다는 사람들도 있지요. 제 생각은 다릅니다. 사람들이나 하이네 자신이 '낭만적'이라고 부르는 후기 시들에 계속 처형 장면이 나오거든요. 물론 사랑 때문에 처형될 때가 많지요. 하지만 대부분 더 조야한 다른 이유가 있어요. 저는 그 첫째 이유로 거친 정치

판을 꼽고 싶어요. 예를 들면 민요조의 설화시에서 카를 슈투아르트는 깊은 병이 들고, 비츨리푸츨리 이야기는 더 불행하지요……"

"누구요?"

"비츨리푸츨리요. 비츨리푸츨리는 멕시코의 신입니다. 멕시코 사람들이 스페인 사람 이삼십 명을 사로잡았는데 모두 비츨리푸츨리에게 제물로 바쳐야 했다는 내용이지요. 어쩔 수가 없었어요. 그것이 나라의 풍습이자 종교 의식이니까. 그래서 눈 깜짝할 사이에 배를 가르고 심장을 꺼내서……"

"아니요, 크람파스, 그만하세요. 야비하고 역겨워요. 더욱이 곧 아침을 먹을 텐데."

"저는 그런 데 영향을 받지 않습니다. 오직 메뉴에 영향을 받을 뿐이지요."

두 사람은 그런 이야기를 하며 일정대로 해변에서부터 모래언덕이 바람을 반은 막아주는 곳까지 왔다. 그곳에는 벤치가 있고, 기둥 두 개에 판자를 올려놓은 원시적인 식탁이 있었다. 크루제가 미리 와서 식탁에 빵과 차가운 고기와 붉은 포도주를 차려놓았다. 포도주 병 옆에는 해수욕장에서 팔거나 유리공장에서 기념으로 가져오는 잔같이 금테가 둘린 작고 예쁜 잔 두 개가 놓여 있었다.

두 사람은 말에서 내렸다. 크루제가 자신이 타고 온 말의 고삐를 소나무 그루터기에 매어놓고 에피와 크람파스의 말을 끌고 왔다갔다하는 동안 두 사람은 식탁에 앉았다. 모래언덕 사이의 좁은 틈으로 해변과 방파제가 보였다.

바다는 폭풍이 몰아칠 때부터 여전히 요동치고 있었다. 겨울 기운이 완연한 11월의 해가 바다 위에 흐릿한 빛을 비추고, 파도가 높이 쳤다. 이따금 바람이 불 때마다 물거품이 바로 앞까지 흩날려왔다. 주위에는 갯보리들이 있었다. 모래에서 자라는 밀짚국화의 밝은 노란색이 모래와 색깔이 비슷한데도 두드러져 보였다. 에피가 주인 역할을 맡았다.

"죄송해요, 소령님. 빵을 바구니 뚜껑에 드릴 수밖에 없네요……"

"바구니 뚜껑이 바구니는 아니지요……"*

"……이건 크루제의 생각이에요. 롤로, 너도 있구나. 너한테 줄 게 없는데. 롤로는 어떻게 할까요?"

"다 줍시다. 아무튼 저는 고마워서 주고 싶습니다. 왜냐하면, 보세요, 에피……"

에피가 쳐다보자 크람파스가 말을 이었다.

"……왜냐하면, 부인, 롤로 덕분에 비즐리푸즐리 이야기의 속편 혹은 짝이 되는 이야기가 생각났거든요. 다만 사랑 이야기라서 가슴이 훨씬 더 아리지요. 혹시 잔인한 페드로 왕 이야기 들어보셨어요?"

"음울한 이야기 같은데요."

"푸른 수염 왕** 같은 이야기입니다."

"좋아요. 그런 이야기는 항상 재미있지요. 문득 훌다 니마이어 생각이 나네요. 소령님도 그애 이름은 아시죠. 우리는 그애가 역사는 전혀 모르지만 헨리 8세의 여섯 아내에 대해서는 환히 꿰고 있다고 말하곤 했어요. 그 왕에게 맞는 표현인지는 모르겠지만, 영국의 푸른 수

---

* 독일어에서 '바구니를 주다'는 '남자의 구애를 거절하다'라는 뜻이다.
** 프랑스 동화에서 보지 말라는 방을 본 아내 여섯 명을 차례로 죽이는 인물.

염 왕 말이에요. 실제로 훌다는 여섯 명의 이름을 다 외우고 있었어요. 그애가 엘리자베스 1세의 어머니부터 이름을 죽 읊는 소리를 들으셔야 하는데. 마치 자기가 다음 차례라도 되는 듯 안절부절못하고…… 아무튼 돈 페드로 이야기를 해주세요……"

"그러지요. 돈 페드로의 궁전에는 가슴에 칼라트라바 십자훈장을 단 검은 피부의 멋진 스페인 기사가 있었습니다. 칼라트라바 십자훈장은 프로이센의 독수리훈장과 공로훈장을 합친 것 같은 것인데 이 이야기의 일부지요. 그들은 항상 그 훈장을 달고 다녀야 했어요. 당연히 여왕이 이 칼라트라바 기사를 남몰래 사랑했는데……"

"왜 당연해요?"

"스페인에서 있었던 이야기이니까요."

"아, 예."

"칼라트라바 기사한테는 멋진 개가 있었습니다. 아메리카를 발견하기 백 년 전이니까 아직은 존재하지 않지만 뉴펀들랜드 종이었지요. 롤로처럼 멋진 개였습니다……"

자기 이름이 나오자 롤로가 꼬리를 흔들며 컹컹 짖었다.

"그렇게 세월이 흘렀습니다. 왕비의 은밀한 사랑은 비밀로 남지 못했고, 그것은 왕이 감당하기에는 너무 벅찬 문제였지요. 왕은 멋진 칼라트라바 기사를 도저히 견딜 수가 없었어요. 그는 잔인할 뿐 아니라 샘바리였거든요. 왕과 저의 사랑스러운 청중 에피 부인에게 적절한 표현이 아니라면 그냥 질투가 많다고 하지요. 왕은 은밀한 사랑을 트집 잡아 칼라트라바 기사를 몰래 처형하기로 결심했습니다."

"제 생각엔 왕이 나쁜 것 같지 않아요."

"저는 잘 모르겠습니다, 부인. 어쨌든 더 들어보세요. 그래도 되는 일도 있지만 이건 지나쳤어요. 저는 왕이 너무 심했다고 생각해요. 왕은 기사의 전쟁 공로와 영웅적 행동을 치하하는 잔치를 여는 척했습니다. 기다란 잔칫상에 온 나라의 최고 귀족들이 모두 앉았습니다. 왕이 가운데에 앉았고, 그 맞은편이 잔치의 주인공 칼라트라바 기사의 자리였지요. 하지만 한참 기다려도 기사는 오지 않았고, 결국 주인공이 없는 채로 잔치를 시작할 수밖에 없었지요. 한 자리, 즉 왕의 맞은편 자리는 비어 있었지요."

"그래서요?"

"생각해보세요, 부인. 위선적인 페드로 왕이 여전히 나타나지 않는 '친애하는 손님'에 대한 유감을 표명하려고 자리에서 일어나려고 하는데 바깥 계단에서 하인들의 공포에 질린 비명이 들려왔어요. 사정을 채 알아보기도 전에 뭔가가 기다란 식탁을 따라 쏜살같이 달려오더니 의자 위로 뛰어올라가 빈 의자에 잘린 머리를 털썩 놓는 것이었습니다. 롤로가 맞은편에 앉은 왕을 머리통 너머로 노려보았어요. 충성스런 우리의 친구 롤로는 주인의 마지막 가는 길을 따라갔고, 망나니가 도끼를 내려치는 순간 떨어지는 머리를 덥석 물었던 거예요. 그리고 기다란 잔칫상으로 달려와 살인자를 고발한 거지요."

에피는 잠자코 있다가 이윽고 입을 열었다.

"크람파스, 나름대로 아주 아름다운 이야기예요. 아주 아름다우니까 용서해드리지요. 하지만 다른 이야기를 했더라면 더 나았고, 저도 더 좋아했을 거예요. 하이네 이야기도 좋아요. 하이네는 비즐리푸즐리와 돈 페드로와 당신의 롤로에 대한 시만 쓴 게 아니니까요. 당신의 롤로예요. 왜냐하면 우리 롤로는 그런 일은 안 했으니까요. 이리 와, 롤로! 불쌍한 것, 이제 널 볼 때마다 여왕이 남몰래 사랑한 칼라트라바 기사가 생각날 것 같구나…… 크루제를 불러 음식을 안장 자루에 다시 넣으라고 하세요. 집에 갈 때는 다른 이야기, 전혀 다른 이야기를 하셔야 해요."

크루제가 잔을 치우려고 하자 크람파스가 말렸다.

"크루제, 저 잔은 그냥 둬요. 내가 가져갈 테니까."

"분부대로 하겠습니다, 소령님."

에피는 고개를 설레설레 저으며 웃을 수밖에 없었다.

"크람파스, 무슨 생각을 하시는 거예요? 크루제는 둔해서 깊이 생각하는 사람이 아니고, 설사 생각한다고 해도 다행히 아무것도 몰라요. 그렇다고 소령님이 이 잔을 가질 권리는 없어요. 이건 요제핀 유리공장에서 나온 삼십 페니히짜리……"

"빈정대며 가격을 말씀하시니까 그 가치가 더욱 깊이 느껴지는데요."

"정말 어쩔 수 없는 분이네요. 소령님은 재담꾼 같은 데가 많아요. 아주 특이한 재담꾼요. 제가 제대로 이해했다면, 우스워서 말하기도 부끄러운데 툴레 왕*을 연기하려는 거죠."

크람파스는 장난꾸러기 같은 표정으로 고개를 끄덕였다.

"그렇다면 저는 상관없어요. 누구나 자신이 저지른 일에 책임을 져

---

* 괴테의 『파우스트』 1부에 나오는 발라드에서 북쪽 전설의 나라 툴레의 왕은 사랑하는 여인이 죽을 때 준 황금 잔을 평생 간직하다가 다른 재산은 모두 상속자에게 물려주지만 황금 잔은 바다에 던져버리고 숨을 거둔다.

야 하는 법이지요. 어떤 책임인지는 아실 거예요. 다만 제게 맡긴 배역이 마음에 들지 않는다는 말은 해야겠네요. 저는 소령님의 툴레 왕과 운율이 맞는 말*이 되고 싶은 생각은 없어요. 잔은 가지셔도 좋지만 저를 웃음거리로 만드는 결론을 도출하지는 마세요. 인슈테텐에게 이 이야기를 해야겠어요."

"하지 마세요, 부인."

"왜요?"

"인슈테텐은 그런 일을 원래의 의도대로 보는 사람이 아닙니다."

에피는 크람파스를 노려보다가 당황해서 바로 눈길을 떨어뜨렸다.

---

* '툴레'와 운이 맞는 '불레(Buhle, 연인)'를 가리킨다.

제18장

　에피는 자신이 불만스러웠다. 겨울에는 크람파스와 같이 말을 타고 나가지 않기로 하길 잘한 것 같았다. 그동안 했던 말과 언급되고 암시된 이야기를 생각해보면 뚜렷이 자책할 만한 행동을 한 것 같지는 않았다. 크람파스는 영리하고 세상사에 밝고 유머 있고 자유로운 사람이었다. 물론 좋은 의미에서도 자유로운 사람이었다. 그런 사람을 매 순간 엄격한 예의범절을 생각하며 뻣뻣하게 대하면 속 좁고 편협해 보일 것이다. 그랬다, 크람파스의 말에 반응했다고 자신을 비난할 수는 없었다. 하지만 위험에서 벗어난 느낌이 어렴풋하게 들면서 다 지난 일인 것 같아서 기뻤다. 가족끼리 더 자주 만나는 일은 생각도 할 수 없었기 때문이다. 크람파스의 가정 형편을 생각하면 만날 일은 없는 것이나 마찬가지였으며, 겨울에 이웃 귀족 가문들과 만날 테지만 그 자리에서 그를 만날 일은 많지 않고, 설사 만나더라도 잠깐일 터였다. 에피는 그런 생각을 하며 점점 안도했고, 소령과의 만남에서 얻는 것을 포기하기가 아주 힘들지는 않으리라는 결론을 내렸다. 더욱이 인슈테텐이 올해에는 바르친에 가는 일이 없을 거라고 했다. 후작은 프리드리히스루에도 영지가 있는데 그곳에 가는 것을 점점 좋아하는 것 같다는 것이다. 인슈테텐은 서운하지만 이제 가정에 충실할 수 있게 되어 좋다면서 에피만 괜찮다면 수첩에 남긴 기록을 보면서 이탈리아 여행을 다시 한 번 짚어보자고 했다. 다시 돌이켜보는 것이 사실 가장 중요하며 그럼으로써 모든 것을 영원히 자기 것으로 만들 수 있다는 것이다. 그렇게 다시 공부를 하면 건성으로 보고 지나가서 자신이 기억하고 있는 줄도 모르는 것까지 알게 되어 완전히 자기 것으로 만들 수 있다는 것이다. 인슈테텐은 그런 말을 한참 더 하고는 '장화 모양의 이탈리아 반도'를 남쪽 끝 팔레르모까지 알고 있는 기스휘블러에게 동참해달라고 부탁했다고 덧붙였다. 사진까지 돌릴 예정이었다. 에피는 시큰둥하게 그러자고 했다. '장화 모양의 이탈리아 반도' 없이 그냥 평범하게 대화하는 것이 더, 훨씬 더 좋았기 때문이다. 하지만 인슈테텐은 자신의 계획에 신이 나서 아무 눈치도 못 채고 말을 계속했다.

"기스휘블러뿐 아니라 로스비타와 아니도 있어야 해. 아, 멀리서 곤돌라 뱃사공의 노랫소리가 들리고, 로스비타가 우리와 세 걸음 떨어진 곳에서 허리를 숙여 아니를 보며 〈할버슈타트의 부코〉 같은 동요를 불러줄 때 베네치아의 대운하를 지나간다고 생각하면! 우리는 아름다운 겨울 저녁을 보낼 수 있을 거요. 그리고 당신은 옆에 앉아

나를 위해 커다란 겨울 모자를 뜨는 거야. 어떻게 생각하오, 에피?"

그런 저녁 모임은 계획에 그치지 않고 실제로 열렸다. 그러나 순진하고 악의 없는 기스휘블러가 애매하게 행동하는 것을 몹시 싫어하면서도 두 신사를 위해 일하고 있었다. 그러지 않았더라면 모임은 몇 주일 동안 이어졌으리라. 기스휘블러가 섬긴 두 신사는 바로 인슈테텐과 크람파스였다. 인슈테텐이 이탈리아의 저녁에 동참해달라고 부탁하자 기스휘블러는 에피를 생각해서라도 진심으로 기뻐하며 그러겠다고 했지만 이번에는 크람파스의 계획에 따르는 기쁨이 더 컸다. 크람파스는 크리스마스 전에 〈길에서 한 걸음 벗어나서〉*를 상연할 계획이었던 것이다. 기스휘블러는 세번째 이탈리아의 저녁을 앞두고 마침내 엘라 역을 맡을 에피와 그 이야기를 할 기회를 잡았다.

에피는 전기에 감전이라도 된 것 같았다. 파도바와 비첸차는 그 역할에 비하면 아무것도 아닌 것 같았다! 그녀는 지난 이야기를 다시 꺼내는 것을 싫어하고 새로운 것과 변화를 좋아했다. 그 순간 '조심해!' 하는 외침이 귓가에 울리는 것 같았지만 좋아서 두근거리는 가슴으로 물었다.

"소령님이 그런 계획을 세웠나요?"

"예. 부인, 소령님이 만장일치로 오락위원에 선출되신 것은 아시지요. 드디어 클럽에서 멋진 겨울을 기대할 수 있게 되었습니다. 그런 일에 딱 맞는 분이거든요."

"소령님도 연기하나요?"

"아니요, 안 하시겠답니다. 유감이에요. 뭐든지 다 잘하시고, 아르투어 폰 슈메트비츠 역을 멋지게 연기하실 수 있을 텐데. 그냥 연출만 맡으셨어요."

"더 나빠요."

"더 나빠요?"

기스휘블러가 에피의 말을 따라했다.

"오, 심각하게 생각하지는 마세요. 원래 그 반대라는 말이니까. 물론 소령님은 강압적인 데가 있어서 상대방의 의견은 묻지도 않고 물건을 억지로 뺏는 걸 좋아하지요. 아마 배우들은 자신이 원하는 대로가 아니라 소령님이 원하는 대로 연기해야 할 거예요."

그녀는 그렇게 말하며 점점 앞뒤가 안 맞는 말을 늘어놓기 시작했다.

〈길에서 한 걸음 벗어나서〉는 실제로 공연되었다. 크리스마스 전 일주일을 제외하면 연습할 시간이 이 주밖에 없어서 모두 전력을 다했다. 공연은 성공적이었고, 배우들 특히 에피는 박수를 많이 받았다. 크람파스는 정말 연출만 했는데 연습할 때 다른 배우들에게는 엄격하게 굴면서도 에피의 연기에는 거의 간섭을 하지 않았다. 기스휘블러를 통해 에피와 나눈 이야기를 들었거나 그녀가 자신을 피하는 눈치를 챈 것 같았다. 그러나 그는 영리하고 여자의 심리를 아는 사람이어서, 경험상 이미 잘 알고 있는 자연스러운 과정을 망치지 않았다.

클럽의 공연 날 사람들은 밤늦게 헤어졌다. 인슈테텐과 에피가 집에 돌아왔더니 벌써 자정이 넘었다. 요한나가 시중을 들려고 기다리고 있었다. 젊은 아내가 자랑스러운 인슈테텐은 요한나에게 마님이 얼마나 매력적이었고 연기를 잘했는지 설명했다. 그리고 크리스텔과 요한나, 불행을 예언하는 늙은 크루제 부인도 음악당에서 구경할 수 있었는데 왜 그 생각을 못 했는지 유감이라고 했다. 음악당에도 사람이 많았다는 것이다. 이윽고 요한나가 물러간 후 에피는 피곤해서 침대에 누웠다. 이야기를 더 하고 싶었던 인슈테텐은 의자를 당겨 아내 옆에 앉아 그녀의 손을 잡고 다정하게 바라보았다.

"에피, 멋진 저녁이었소. 작품이 좋아서 재미있었어. 믿을 수 없겠지만 작가는 대법원 판사라오. 게다가 쾨니히스베르크 출신이지. 하지만 가장 기뻤던 건 모든 관객의 마음을 어지럽게 만든 매력적인 나의 작은 아내였다오."

"아, 게르트, 그렇게 말하지 마요. 나는 벌써 충분히 우쭐해 있다고요."

"충분히 우쭐해 있다, 그럴 수 있지. 하지만 다른 사람들에 비하면 우쭐대는 것도 아니야. 그게 당신의 일곱 가지 미덕 중 하나야……"

"누구나 일곱 가지 미덕은 갖고 있어요."

"……잘못 말했소. 그 숫자를 제곱해도 좋소."

"여자 맘에 드는 말을 정말 잘하네요, 게르트. 당신이 어떤 사람인지 몰랐다면 무서웠을 정도예요. 무슨 꿍꿍이가 있는 건 아니죠?"

"양심에 걸리는 일이라도 있소? 혹시 뭔가 숨기는 게 있는 거요?"

"아, 게르트, 진짜 불안해요."

에피는 침대에서 일어나 앉아 인슈테텐을 빤히 쳐다보았다.

"요한나를 불러 차를 가져오라고 할까요? 당신은 자기 전에 차 마시는 걸 좋아하잖아요."

인슈테텐은 그녀의 손에 입을 맞추었다.

"아니, 에피. 자정이 넘으면 황제도 차를 달라고 할 수 없다오. 또 알다시피 나는 아랫사람들에게 필요 이상 일을 시키는 걸 좋아하지 않아요. 그냥 당신을 바라보고, 당신이 내 것임을 기뻐하면 그만이오. 사람은 자기 보물이 얼마나 소중한지 평소보다 강하게 느낄 때가 있다오. 당신이 불쌍한 크람파스 부인 같은 사람이면 어쩔 뻔했어. 끔찍한 여자요. 어느 누구한테도 친절하게 대하지 않더라고. 게다가 당신을 없애버리고 싶어하는 것 같던데."

"아이 참, 게르트, 또 멋대로 상상한다. 불쌍한 여자예요! 나는 아무 눈치도 못 챘어요."

"당신은 그런 것을 보는 눈이 없으니까. 불쌍한 크람파스는 당황해서 어쩔 줄 모르고 당신을 계속 피하면서 똑바로 쳐다보지도 않더라고. 정말 부자연스러웠소. 크람파스는 여자를 좋아하는데 특히 당신 같은 여자를 좋아하거든. 장담하지만 누구보다 나의 작은 아내가 그걸 잘 알걸. 그가 아침마다 베란다로 오거나, 해변에서 우리가 함께 말을 탈 때나 방파제에서 산책할 때, 이렇게 말해서 미안하지만, 서로 수다스럽게 재잘재잘 주고받은 말을 생각하면 분명 당신도 알 것 같은데. 그런데 그런 그가 오늘은 자신 없어 보이고 아내를 두려워하는 것 같더라고. 나는 그가 나쁘다고 할 수가 없어. 그의 아내는 우리 크루제 부인 같은 사람이오. 두 사람 가운데 하나를 고르라면 누구를 고를지 모르겠다니까."

"나는 알 것 같아요. 차이가 있어요. 불쌍한 소령 부인은 불행하고 크루제 부인은 섬뜩해요."

"당신은 불행한 여자 편이오?"

"그럼요."

"그건 취향의 문제요. 당신이 불행했던 적이 없다는 걸 알 수 있구려. 그런데 크람파스는 불쌍한 아내를 따돌리는 재주가 뛰어나다오. 항상 무슨 핑계를 대서 아내를 집에 두고 혼자 나타나지."

"오늘은 왔잖아요."

"음, 오늘은 왔지. 도리가 없었겠지. 크람파스와 상급 산림감독관 링의 집에 놀러 가기로 했어요. 휴일 세번째 날 기스휘블러와 목사하고 함께 가기로 했는데 그때 아내가 집에 남아야 하는 이유를 얼마나 교묘하게 꾸며대는지 당신도 봤어야 해."

"남자들만 가는 거예요?"

"천만에. 그럼 나도 안 간다고 했지. 당신도 가야지. 영지 쪽 부인들 말고도 숙녀 두세 명이 더 갈 거요."

"그럼 그 사람이 나쁜 거예요. 크람파스 말이에요. 그런 짓은 언제나 벌을 받지요."

"음, 언젠가는 받겠지. 하지만 우리의 친구는 앞일을 걱정하는 사람이 아니라오."

"당신은 그가 나쁜 사람이라고 생각해요?"

"아니, 나쁘진 않지. 오히려 그 반대라고 할 수 있지. 어쨌든 좋은 면이 있으니까. 하지만 반은 폴란드인이고, 도무지 믿을 수가 없는 사람이야. 아무것도 믿을 수 없지만 특히 여자 문제가 그렇지. 노름꾼 같은 성격이야. 도박판에서 노름을 하지는 않지만 인생에서 끊임없이 노름을 한다니까. 조심해야 할 사람이오."

"그런 말을 해주어서 고마워요. 다음에 크람파스를 만날 때는 조심할게요."

"그러구려. 하지만 너무 그러진 마요. 소용없으니까. 구김 없이 행동하는 것이 항상 가장 좋아요. 물론 최고로 좋은 것은 강한 성격과 굳건한 태도 그리고 이런 딱딱한 말을 해도 된다면, 순수한 영혼이지."

에피는 놀라서 남편을 한참 쳐다보다가 이윽고 입을 열었다.

"물론이죠. 하지만 이제 그만해요. 게다가 기분 나쁜 이야기만 하고 있잖아요. 위층에서 춤추는 소리가 나는 것 같아요. 왜 계속 다시 나는지 이상해요. 나는 당신이 다 농담으로 하는 말인 줄 알았어요."

"그렇다고는 안 하겠소, 에피. 아무튼 사람은 반듯하고 아무것도 두려워할 필요가 없어야 해요."

에피는 고개를 끄덕였지만 남편을 '교육자'라고 불렀던 크람파스의 말이 생각났다.

크리스마스이브는 작년과 비슷하게 보냈다. 호엔크레멘에서 선물과 편지가 왔고 기스휘블러는 헌시를 들고 직접 왔으며 다고베르트는 눈이 쌓인 풍경에 작은 새 한 마리가 전신주 위에 웅크리고 앉아 있는 그림카드를 보냈다. 아니를 위해서는 불을 밝힌 크리스마스트리를 만들었다. 아기는 트리를 향해 고사리 같은 손을 내밀었다. 인슈테텐은 아기하고 자주 놀아주었고 가정의 행복을 구김 없이 만끽하는 것 같았다. 로스비타는 다정하면서도 기분이 좋은 주인나리의 모습을 보고 놀라워했다. 에피 역시 많이 말하고 많이 웃었지만 진심에서 나온 것은 아니었다. 짓눌리는 기분이었지만 인슈테텐 때문인지 자신 때문인지 누구 탓인지 알 수가 없었다. 크람파스는 크리스마스 축하 인사를 보내지 않았다. 그녀는 그래서 좋으면서도 한편으로는 좋지 않았다. 크람파스의 숭배를 받으면 왠지 마음이 불안하면서도 그가 무관심하면 기분이 나빴다. 모든 것이 어긋나 있는 느낌이었다.

"몹시 불안해 보이는구려."

얼마 후 인슈테텐이 말했다.

"그래요. 온 세상 사람들이 다 나한테 잘해주는 것 같아요. 특히 당신이 그렇지요. 그런데 부담스러워요. 내가 자격이 없는 것 같아서."

"그런 일로 속 끓이지 마요, 에피. 결국 뭔가를 받으면 다 그만한 자격이 있으니까 받는 거라오."

에피는 예민하게 귀담아 들었다. 그녀는 양심의 가책 때문에 인슈테텐이 일부러 그렇게 모호하게 말한 것은 아닌지 혼자 물었다.

저녁 늦게 린데크비스트 목사가 크리스마스 축하 인사도 하고, 우바글라에 있는 상급 산림감독관 집으로 소풍을 가는 것에 대해 몇 가지 물어보려고 찾아왔다. 그 소풍은 당연히 썰매로 갈 터였다. 목사는 크람파스가 자기 썰매로 가자고 했다고 전했다. 그런데 소령은 물론, 다른 모든 일을 해왔듯 썰매 모는 일도 해야 하는 소령의 하인도 길을 모르는 것이 문제라고 했다. 따라서 다 같이 가는 것이 좋겠다면서 군수의 썰매가 앞장서고 크람파스의 썰매가 그 뒤를 따라가야 할 것이라고 했다. 어쩌면 기스휘블러의 썰매도 따라갈지 모른다고 했다. 평소에는 그렇게 신중한 알론초가 웬일인지 미람보한테 썰매를 맡기려고 하는데, 미람보는 주근깨 많은 트렙토 창기병보다 길을 더 모르는 것 같기 때문이라는 것이다. 인슈테텐은 목사가 당황하는 모습에 우쭐해져서 제안을 받아들이고는 두시에 광장으로 가서 일행을 지체 없이 인도하겠다고 말했다.

약속대로 인슈테텐은 정각 두시에 광장을 지나갔다. 크람파스는 썰매에 탄 채로 에피에게 먼저 인사하고는 인슈테텐의 썰매 뒤를 따라갔다. 린데크비스트 목사는 크람파스의 옆에 앉았다. 한네만 박사가 탄 기스휘블러의 썰매가 그 뒤를 따랐다. 기스휘블러는 담비 털로 깃을 댄 우아한 물소가죽 윗옷을 입었고, 한네만은 곰가죽 외투를 입고 있었다. 그 외투를 보면 한네만이 최소한 삼십 년은 의사로 일했음을 알 수 있었다. 한네만은 젊었을 때 북해의 포경선에서 외과의사로 일했기 때문이다. 앞에 앉은 미람보는 목사의 짐작대로 썰매를 모는 일이 서툴러서 약간 긴장하고 있었다.

이 분 후에 일행은 벌써 우트파텔 풍차를 지나갔다.

벤트족 사원이 있었다고 전해지는 우바글라와 케신 사이에는 폭은 천 걸음 남짓이지만 길이는 2.5킬로미터에 달하는 기다란 띠처럼 생긴 숲이 있었다. 숲의 기다란 쪽 오른편에는 바다가 있고, 왼편에는 잘 가꾼 비옥한 땅이 지평선까지 쭉 펼쳐졌다. 내륙 쪽으로 썰매 세 대가 달리고, 조금 앞에서 낡은 마차 몇 대가 달리고 있었다. 마차에는 상급 산림감독관 집에 초대받은 다른 손님들이 타고 있는 것 같았다. 바퀴가 높은 구식 마차는 파펜하겐에서 온 것이 분명했다. 당연했다. 귈덴클레는 인근에서 제일가는 연설가라는 평판이 자자했기 때문이다. 보르케보다, 심지어 그라젠압보다도 낫다는 그가 축하 행사에 빠질 수는 없었다.

썰매가 빠른데다, 앞서 달리는 귀족들의 마부들도 추월당하지 않으려고 애를 써서 벌써 세시에 상급 산림감독관 집에 도착했다. 당당하고 군인 같은 표정을 한 오십대 중반의 링이 대문 앞에서 손님들을 맞았다. 링은 브랑겔과 보닌이 지휘하는 첫번째 슐레스비히 출정*에 참여했고, 다네베르크 공격**에서 두각을 나타낸 인물이었다. 손님들은 모자와 외투를 벗고 안주인에게 인사한 다음, 과자를 피라미드 모양으로 솜씨 좋게 쌓아놓은 기다란 커피 탁자에 앉았다. 링의 부인은 성격이 매우 소심하고 부끄러움을 많이 타는 것 같았는데 안주인 역할을 하면서도 그런 점이 드러났다. 자신만만하고 자만심이 강한 링은 그런 아내가 몹시 못마땅한 모양이었지만 다행히 폭발하지는 않았다. 아버지를 꼭 닮은, 그림처럼 예쁜 열네 살, 열세 살짜리 두 딸이 아내가 못한 것을 대신 해주었기 때문이다. 특히 큰딸 코라는 인슈테텐과 크람파스에게 바로 애교를 떨었다. 두 사람이 그것에 대응하는 것을 보고 에피는 화가 났지만 금세 그런 행동을 부끄러워했다. 그녀는 옆자리의 지도니에게 말했다.

"이상해요. 열네 살 때 저도 저랬거든요."

에피는 지도니가 이의를 제기하거나 최소한 코라만큼은 아니라고 할 줄 알았다. 하지만 지도니의 대답은 이랬다.

"그랬을 것 같아요."

---

* 슐레스비히 홀스타인은 덴마크가 자국 영토로 병합하려고 하자 봉기했는데 프로이센은 영국과 러시아가 이의를 제기할 때까지 봉기를 지원했다. 프로이센의 육군 원수 브랑겔과 보닌 장군이 독일 군대를 이끌었다.
** 프로이센 군대는 슐레스비히 인근의 덴마크 요새 다네베르크를 공격했다.

에피는 당황했지만 무슨 말이든지 해야 할 것 같아서 말했다.

"아버지가 너무 오냐오냐하며 키우는 것 같아요."

지도니가 고개를 끄덕이며 대답했다.

"바로 그게 문제예요. 도대체가 규율이 없다니까요. 우리 시대의 특징이지요."

에피는 그만 입을 다물어버렸다.

모두 서둘러 커피를 마시고 삼십 분 정도 주변의 숲을 둘러보려고 일어났다. 먼저 동물들이 있는 사육장으로 갔다. 코라가 목책을 열고 들어가자 노루들이 우르르 소녀에게 몰려왔다. 동화처럼 아름다운 장면이었지만 생생한 그림을 보여주고 있음을 의식하고 있는 어린 코라는 순수해 보이지 않았다. 적어도 에피는 그렇게 생각했다. 그녀는 혼자 중얼거렸다.

"아니, 나는 저러지 않았어. 무서운 지도니가 암시했듯이 어쩌면 규율이 부족했을지 몰라. 부족한 건 더 있을 거야. 식구들이 너무 잘해주고, 너무 사랑해주었으니까. 하지만 자신 있게 말할 수 있는데 나는 저렇게 귀여운 척 꾸미지는 않았어. 그건 훌다나 하는 짓이었지. 그래서 올여름에 만났을 때도 그애가 마음에 안 들었다고."

숲에서 돌아오는데 눈이 내리기 시작했다. 크람파스가 다가와 여태 인사할 기회가 없었다면서 유감을 표명하고는 커다란 눈송이를 가리키며 말했다.

"저렇게 계속 오면 눈 속에 갇힐 것 같은데요."

에피가 대답했다.

"최악은 아니지요. 옛날부터 저는 눈 속에 갇히는 생각을 하면 보호와 도움의 따뜻한 손길을 상상하게 되거든요."

"처음 듣는데요, 부인."

"그래요."

에피는 웃음을 지으려고 노력하며 말을 계속했다.

"상상은 묘한 거예요. 직접 겪지 않아도, 어디서 듣거나 우연히 알게 된 사실만 갖고도 가능하니까요. 소령님은 책을 많이 읽으셨지만 이 시 한 편은 제가 먼저 읽은 것 같네요. 하이네의 「바다 유령」이나 「비츨리푸츨리」는 아니고요. 제목은 「하느님의 담」*이에요. 오래전 제가 어렸을 때 호엔크레멘의 목사님한테 배운 건데 지금도 외우고 있답니다."

크람파스가 되풀이했다.

"하느님의 담. 제목이 예쁜데요. 어떤 시죠?"

"소박한 이야기인데 아주 짧아요. 어딘가에서 전쟁이 일어나서 군대가 겨울에 출정하게 되었어요. 적군이 다가오는데 한 과부가 너무 무서운 거예요. 그래서 하느님께 '주위에 담을 쌓아' 자신을 보호해달라고 기도했답니다. 그러자 하느님은 과부의 집을 눈으로 덮어주셨고 적군은 그냥 지나갔지요."

크람파스는 당황해서 화제를 돌렸다.

모두 다시 링의 집으로 돌아왔을 때는 이미 날이 어두워져 있었다.

---

* 독일 낭만주의 작가 클레멘스 브렌타노의 시.

제19장

　일곱시가 지나자 모두 식탁에 앉았다. 사람들은 은색 공으로 뒤덮인 소나무 크리스마스트리에 다시 불이 켜지자 좋아했다. 링의 집에 처음 와보는 크람파스는 감탄사를 연발했다. 다마스쿠스산 문직물이며 포도주를 차게 보관하는 통이며 고급 은식기며 모두 상급 산림감독관의 평균적인 생활 수준을 훨씬 넘어섰다. 링의 부인이 소심하고 수줍음이 많긴 하지만 단치히의 부유한 곡물상의 딸이기 때문에 가능한 일이었다. 사방에 걸려 있는 그림들 역시 그것과 상관이 있었다. 곡물상과 그의 아내의 초상화, 마리엔부르크 성의 식당 그림, 단치히의 마리아 교회에 있는 유명한 멤링 제단화의 훌륭한 복사본 등이 걸려 있었다. 올리비아 성당 그림은 유화 한 점, 코르크나무에 새긴 그림 한 점, 이렇게 두 점이나 있었다. 찬장 위에는 늙은 네텔베크*의 초상화까지 걸려 있었다. 색깔이 바랜 그 초상화는 일 년 반 전 고인이 된 링의 선임자가 남긴 몇 가지 장식품 중 하나였다. 당시 통상적으로 경매가 열렸지만 아무도 노인의 초상화를 사지 않자 인슈테텐이 애국자를 홀대하는 것에 화가 나서 초상화를 사겠다고 나섰다. 그런데 링도 애국적인 생각을 한 덕분에 콜베르크를 수호한 노인은 상급 산림 감독관의 집에 남게 된 것이다.

네텔베크의 초상화는 부족한 점이 많았지만 그 외에는 이미 암시했듯이 화려할 만큼 풍요로웠다. 음식 역시 그에 걸맞게 푸짐했다. 정도의 차이는 있지만 모두들 기뻐했다. 지도니는 아니었다. 인슈테텐과 린데크비스트 사이에 앉은 지도니는 코라가 보이자 이렇게 말했다.

"꼴 보기 싫은 코라가 또 나왔네요. 인슈테텐, 저애가 포도주 잔을 내놓는 것 좀 보세요. 당장 웨이트리스를 해도 될 정도로 재주가 좋네요. 정말 못 참겠어. 게다가 당신 친구 크람파스의 눈길을 좀 보세요! 씨를 제대로 뿌린 것 같네요! 저기서 무엇이 나올까요?"

인슈테텐 역시 같은 생각이었지만 지도니의 어조가 모욕적일 만큼 신랄했기에 빈정대듯 대답했다.

"예, 아가씨, 무엇이 나올까요? 저도 모르겠는데요."

그러자 지도니는 몸을 돌려 왼쪽의 린데크비스트에게 물었다.

"목사님, 애교를 떠는 저 열네 살짜리 애가 목사님 수업을 듣고 있나요?"

"예, 아가씨."

"그럼 교육을 잘못했다는 말을 해도 용서해주세요. 물론 요즘 사정이 아주 어렵다는 건 잘 알아요. 하지만 저는 젊은 영혼을 보살펴야하는 사람에게 진정한 진지함이 부족하다는 것도 알고 있지요. 부모와 교육자의 책임이 제일 큰 거예요."

린데크비스트는 인슈테텐과 같은 어조로 지당한 말이다, 하지만 시대정신이 너무 강력하다, 하고 대답했다. 그러자 지도니가 말했다.

"시대정신이요! 저한테 그런 말은 들먹이지 마세요. 도저히 못 듣겠으니까. 그건 극도의 허약함의 표현이자 파산 선언일 뿐이에요. 단호하게 해볼 생각은 한 번도 하지 않고 불편한 것은 그냥 피해가는 거라고요. 의무는 불편한 것이니까요. 우리는 우리에게 맡겨진 재산을 언젠가 돌려주어야 한다는 사실을 너무 쉽게 잊어요. 적극 개입하세요, 목사님. 규율입니다. 육(肉)은 허약합니다. 물론이에요. 하지만……"

그때 영국식 로스트비프가 나왔다. 그러자 지도니는 린데크비스트가 빙긋 웃는 줄도 모르고 고기를 듬뿍 덜어 접시에 담았다. 목사가 웃는 줄 몰랐기에 그녀가 말을 거침없이 계속한 것 역시 놀라울 게 없었다.

"목사님이 여기서 보시는 이 모든 게 어쩔 수 없을 거예요. 전부 애초부터 비뚤어지고 잘못되어 있어요. 링, 링, 제가 잘못 아는 게 아니라면 스웨덴 아니면 그 부근에 그런 이름의 전설의 왕*이 있었지요. 보세요, 저자는 마치 그 왕가 사람처럼 행동하지 않나요? 하지만 내가 아는데 링의 어머니는 쾨슬린에서 다리미질하는 여자였다고요."

---

* 옛 아이슬란드 프리트요프자가의 왕 링(Hring)을 가리킨다.

"그렇다고 나쁠 건 없잖아요."

"나쁠 게 없다고요? 저도 그렇게 생각해요. 아무튼 더 나쁜 건 있지요. 교회의 충복이시니까 분명 사회질서를 인정하실 줄 압니다. 상급 산림감독관은 산림감독관보다 약간 더 높을 뿐이에요. 산림감독관은 저런 포도주 보관통이며 은식기 같은 건 없다고요. 다 신분에 어울리지 않고, 아이들을 코라처럼 키우고 있다고요."

매번 끔찍한 예언을 할 준비가 되어 있는 지도니가 영에 사로잡혀서 분노의 대접을 모두 쏟았더라면 오늘도 카산드라처럼 불길한 미래를 예언했으리라. 그때 다행히 김이 모락모락 나는 펀치주가 나왔다. 링의 크리스마스 모임은 항상 펀치주가 나오면서 끝이 났다. 몇 시간 전에 나온 커피 과자 피라미드보다 훨씬 정교하고 멋지게 쌓은 과자도 같이 나왔다. 그때까지 나서지 않고 있던 링이 돋보이는 엄숙한 태도로 앞으로 나와 커다랗고 화려한 잔에 술을 따르기 시작했다. 오늘은 참석하지 않았지만 항상 재치가 넘치는 파덴 부인은 멋진 아치 모양으로 술이 떨어지도록 따르는 링의 절묘한 기술을 '링의 폭포술'이라고 부른 적이 있었다. 링은 불그스름한 황금빛 술을 아치 모양으로 따르면서 한 방울도 흘리지 않았다. 오늘도 마찬가지였다. 모두 잔을 손에 들었다. 그동안 곱슬곱슬한 붉은 금발을 늘어뜨리고 크람파스 아저씨의 무릎에 앉아 있던 코라도 잔을 들었다. 이런 축하 행사의 관례대로 노(老) 귈덴클레가 상급 산림감독관을 위해 건배의 말을 하려고 자리에서 일어났다. 귈덴클레는 이렇게 시작했다. 세상에는 많은 링이 있다, 나이테도 있고 커튼 고리도 있고 결혼반지와 약혼반지도 있다, 이제 말해도 괜찮을 것 같은데, 약혼반지라면 다행히 머지않아이 집에 하나 나타나 작고 예쁜 아이의 링 손가락을 장식할 것이다, 여기서도 링 손가락은 두 가지 의미가 있다……

"파렴치해요."

지도니가 목사에게 속삭였다. 귈덴클레는 목청 높여 연설을 계속했다.

"그렇습니다, 여러분, 많은 반지가 있습니다. 심지어 우리 모두가 아는 '세 개의 반지'* 이야기도 있지요. 이 유대인 이야기는 자유주의적인 온갖 쓰레기들이 그렇듯 오직 혼란과 재앙만을 일으켰고 지금도 일으키고 있습니다. 하느님께서 이를 고쳐주시기를! 이제 여러분의 인내심과 관대함을 그만 이용하고 말을 마치겠습니다. 여러분, 저는 이 세 개의 반지에 반대하며 오히려 다른 한 링의 편을 들겠습니다. 그 링은 진짜 링다운 링입니다. 우리 옛 포메른의 케신이 가진 좋은 것, 하느님과 함께 왕과 조국을 책임지는 것, 그런 것이 아직 몇 가지 있습니다. (사람들이 환호성을 질렀다.) 그것을 전부 푸짐한 식탁에 모이게 한 링의 편을 들겠습니다. 저는 이 링을 지지합니다. 링, 만세!"

모두 한 목소리로 합창하고 링의 주위로 우르르 몰려들었다. 그동안 링은 '폭포술'을 맞은편의 크람파스에게 넘겨줄 수밖에 없었다. 그때 식탁 끝에 앉아 있던 가정교사가 벌떡 일어나더니 피아노로 달려가 프로이센 국가의 첫 소절을 쳤다. 그러자 모두 일어서서 엄숙하게 국가를 부르기 시작했다.

"나는 프로이센 사람이며…… 프로이센 사람이 되려네."

---

* 독일 계몽주의 작가 레싱의 희곡 『현자 나탄』에 나오는 그리스도교, 이슬람교, 유대교를 상징하는 반지의 비유를 말한다.

일절이 끝나자마자 나이 든 보르케가 인슈테텐에게 말했다.

"정말 아름다운 곡이에요. 다른 나라에는 이런 게 없을걸요."

인슈테텐은 그런 애국심을 대단하게 생각하지 않았기 때문에 이렇게 대답했다.

"그럼요. 다른 나라에는 다른 게 있을 테니까요."

국가를 끝까지 다 부르자 하인이 마차가 준비되었다고 알렸다. 그러자 말이 기다리게 하지 않으려고 모두들 서둘러 일어났다. '말에 대한' 이러한 배려는 케신에서도 그 어떤 일보다 우선했다. 복도에는 예쁘장한 하녀 두 명이 서 있었다. 링이 손님들이 모피 외투를 입는 것을 도와주라고 신경을 쓴 것이었다. 모두 기분이 좋았으며 들뜬 사람들도 있었다. 각자 타고 온 것에 신속하게 타는가 싶더니 느닷없이 기스휘블러의 썰매가 없다는 소리가 들렸다. 점잖은 기스휘블러는 불안해하거나 소란을 떨지 않았다. 마침내 누군가는 말을 해야 했기에 크람파스가 무슨 일인지 물어보았다. 하인이 대답했다.

"미람보는 썰매를 몰 수 없어요. 썰매에 말을 매려는데 왼쪽 말에 뺑 걷어채었거든요. 지금 마구간에 쓰러져 비명을 지르고 있습니다."

당연히 한네만 박사가 불려왔다. 박사는 나갔다가 오 분 후에 돌아와서는 진정한 외과의사답게 미람보는 남아 있어야 한다, 당분간 편안히 누워 냉찜질을 받는 수밖에 도리가 없다, 하지만 걱정할 것은 없다, 하고 침착하게 말했다. 모두 안심했지만 기스휘블러의 썰매를 모는 문제가 남아 있었다. 그때 인슈테텐이 미람보를 대신하여 박사와 약사 두 거성(巨星)을 무사히 집에 모셔드리겠다고 나섰다. 사람들은 젊은 아내와 떨어지는 희생을 감수하면서까지 도움을 주려는 군수는 역대 군수 가운데 가장 친절한 군수라며 웃고 농담하면서 제안을 받아들였다. 인슈테텐이 기스휘블러와 박사를 뒷자리에 태우고 다시 선두에서 달리고 크람파스와 린데크비스트가 그 뒤를 따랐다. 이어서 크루제가 에피가 탄 썰매를 출발시키려는데 지도니가 미소를 지으며 다가와 자리가 하나 비었으니까 같이 타고 가도 되느냐고 물었다.

"우리 마차는 공기가 너무 탁해서 그래요. 아버지가 그런 걸 좋아하시거든요. 또 부인과 이야기도 나누고 싶고요. 쿠바펜도르프까지만 태워주세요. 모르크니츠에서 길이 갈라지면 불편하지만 우리 마차로 다시 돌아갈게요. 아버지가 지금도 담배를 피우시네요."

에피는 전혀 달갑지 않았다. 그냥 혼자 타고 가고 싶었지만 도리가 없었다. 지도니가 썰매를 타고 두 숙녀가 자리에 앉자마자 크루제는 채찍을 휘둘렀다. 썰매는 바다가 한눈에 내려다보이는 마차 대는 곳에서 출발하여 가파른 모래언덕을 내려가 해변 도로 쪽으로 달렸다. 케신의 해변 호텔까지 1.5킬로미터 남짓 거의 일직선으로 가다가 오른쪽으로 꺾어져 농장을 지나 시내로 이어지는 도로였다. 눈은 몇 시간 전에 그쳤고 공기는 상쾌했다. 초승달의 흐릿한 빛이 어둠이 내리는 드넓은 바다를 비추었다. 크루제는 썰매를 물가에 바짝 붙여 몰다가 파도를 가르고 달리기도 했다. 에피는 으슬으슬 한기가 들어 외투를 단단히 여몄다. 그녀는 일부러 입을 꼭 다물었다. "마차의 공기가 탁하다"는 것은 핑계에 불과하고 지도니가 불쾌한 말을 하려고 옆에 탄 것을 너무나 잘 알았기 때문이다. 그런 일은 곧 일어났다. 숲에서 산책을 해서 그런지, 아니면 옆에 앉은 플레밍 부인의 권에 못 이겨 용감하게 펀치주를 마셔서 그런지 실제로 피곤하기도 했다. 에피는 잠이 든 것처럼 눈을 감고 머리를 점점 왼쪽으로 기울였다. 그러자 지도니가 말했다.

"몸을 그렇게 왼쪽으로 기울이지 마세요, 부인. 썰매가 돌에 부딪히면 튕겨나갈지도 몰라요. 안 그래도 안전벨트도 없고, 손잡이도 없는 것 같은데."

"저는 안전벨트가 싫어요. 지루한 것 같아서. 튕겨나가면 좋을 것 같아요. 바로 바닷물 속으로 떨어지면 좋겠어요. 찬물에서 수영을 해야겠지만 상관없어요…… 그런데 무슨 소리 안 들리세요?"

"아니요."

"음악 소리 같은 거 안 들리세요?"

"오르간 소리요?"

"아니요, 오르간 소리가 아니에요. 그럼 파도 소리라고 생각했겠지요. 다른 소리, 한없이 섬세하고, 사람의 목소리 같은……"

지도니는 드디어 끼어들 순간이 왔음을 깨달았다.

"착각이에요. 신경이 약하신가봐요. 목소리가 들린다고 하시고. 하느님께서 부인이 올바른 소리도 듣게 해주시길."

"제가 들은 소리는…… 그래요, 바보 같다는 건 저도 알아요. 인어의 노래를 들었다고 상상한 것 같아요. ……어머, 저게 뭐죠? 하늘 저 높이까지 빛이 번쩍여요. 아마 북극광일 거예요."

"맞아요. 그런데 기적이라도 보신 것처럼 구시네요. 기적은 아니죠. 만약 그런 거라면 자연을 숭배하지 않도록 조심해야 해요. 세계에서 최고로 허세가 심한 우리의 친구 상급 산림감독관한테 북극광 이야기를 듣지 않아서 다행이에요. 장담하지만 자기 잔치를 더욱 빛내주려고 하늘이 은혜를 베풀었다고 생각할 테니까요. 바보라니까요. 퀼덴클레는 그를 칭송하지 말았어야 해요. 링은 교회 일에도 나서서 얼마 전에는 제단 덮개를 기부했답니다. 코라가 같이 수를 놓았겠지요. 전부 이런 순수하지 않은 사람들 탓이에요. 세속적인 사람들이 항상 맨 먼저 드러나고, 진지하게 영혼의 구원을 생각하는 사람들하고 한 묶음으로 계산된다니까요."

"사람의 마음을 들여다보는 것은 어렵지요."

"예. 그렇죠. 하지만 아주 쉬운 사람도 많답니다."

그러면서 지도니는 에피를 무례할 만큼 빤히 쳐다보았다.

에피는 아무 말도 하지 않고 고개를 얼른 돌려버렸다.

"아주 쉬운 사람도 많답니다."

목적을 이룬 지도니는 조용히 미소 지으며 같은 말을 되풀이하고는 말을 계속했다.

"우리 상급 산림감독관 역시 그런 쉬운 수수께끼에 속하지요. 저는 아이들을 그렇게 키우는 링이 못마땅하지만 한 가지 좋은 점은, 그는 모든 게 분명하다는 거예요. 그도 그렇지만 딸들도 그래요. 코라는 미국에 가서 백만장자나 감리교 목사가 될 거예요. 뭐가 되든 그애는 끝장난 거예요. 저는 그런 열네 살짜리 여자애는 처음 보는데……"

그때 갑자기 썰매가 멈춰 섰다. 두 사람은 무슨 일인지 보려고 주위를 둘러보았다. 오른쪽으로 삼십 보 남짓 떨어진 곳에 썰매 두 대가 서 있었다. 오른쪽으로 더 먼 쪽이 인슈테텐이 모는 썰매였고, 가까운 쪽이 크람파스의 썰매였다.

"무슨 일이에요?"

에피가 묻자 크루제가 몸을 반쯤 돌리고 대답했다.

"앞에 도랑이 있습니다, 마님."

"도랑요? 그게 뭐예요? 아무것도 안 보이는데."

크루제는 묻는 것이 대답하는 것보다 쉽다고 말하고 싶은 듯 고개를 가로저었다. 그럴 만도 했다. 도랑이 무엇인지 세 마디로는 설명할 수 없었기 때문이다. 크루제는 당황했지만 바로 지도니가 나서서 도와주었다. 이곳을 잘 아는 그녀는 당연히 도랑도 알고 있었다.

"부인, 상황이 좋지 않네요. 하지만 저한테는 별일도 아니에요. 저는 편안하게 지나갈 수 있지요. 우리 마차를 타면 되니까. 우리 마차는 바퀴가 높은데다가 말들도 도랑을 만난 적이 많으니까요. 썰매라면 사정이 다르지요. 아마 도랑에 가라앉아버릴 거예요. 부인은 좋든 싫든 돌아서 가야겠네요."

"가라앉는다고요! 이럴 수가, 난 아직도 모르겠어요. 도랑이란 모두 다 죽는 심연 같은 건가요? 여기에 그런 게 있는 줄은 몰랐는데."

"그런 게 있답니다. 물론 작은 거예요. 도랑이란 오른쪽 고텐 호수에서 내려와 모래언덕을 지나는 실개천이에요. 여름에는 물이 바짝 말라서 편안하게 그 위를 지나가니까 도랑인 줄도 모르지요."

"겨울에는요?"

"겨울에는 달라요. 늘 그렇지는 않지만 자주 그래요. 그럴 때는 소용돌이가 생긴답니다."

"세상에, 이게 다 무슨 말이람!"

"……그럼 소용돌이가 생기는데 바람이 육지 쪽으로 불 때 가장 심하지요. 바람이 바닷물을 실개천으로 몰아넣는데 눈에는 보이지 않아요. 그게 가장 나쁘고 위험해요. 그러니까 모든 일이 땅 밑에서 일어나요. 바닷물이 해변의 모래 깊숙이 스며드는 거예요. 그런 곳을 지나가려고 하면 그냥 모래가 아니니까 늪이나 수렁처럼 쑥 빠져버리죠."

"저도 알아요. 그 점은 우리 습지와 비슷하네요."

에피는 생기 있게 말했다. 극도로 불안하면서도 갑자기 슬프고도 기쁜 묘한 기분이 들었다.

그러고 있는데 크람파스가 썰매에서 내려 인슈테텐과 어떻게 할지 의논하려고 바깥쪽에 서 있는 기스휘블러의 마차로 왔다. 크람파스는 크누트가 모험 삼아 그냥 지나가보자고 한다고 했다. 하지만 크누트는 멍청하고 아무것도 모르니까 여기 출신 사람들이 결정해야 한다고 했다. 인슈테텐도 '모험'을 해보자고 했다. 크람파스는 의외의 대답에 깜짝 놀랐다. 인슈테텐은 한번 시도해봐야 한다고 했다. 같은 일이 매번 되풀이되는 것을 알고 있다, 여기 사람들은 미신을 믿어서 별것도 아닌데 미리 겁부터 낸다, 사정을 모르는 크누트는 못 하겠지만 크루제는 속력을 내면 지나갈 수도 있다, 그러니까 그동안 크람파스는 썰매가 뒤집히는 만약의 경우를 대비해 숙녀들의 마차에 타라고 했다. 뒤에 작은 좌석이 있다는 것이다. 물론 마차가 뒤집히는 것은 최악의 경우라고 했다.

크람파스는 인슈테텐의 말을 전하려고 두 숙녀 앞에 나타나 웃으면서 임무를 마쳤다. 그리고 명령대로 나무토막에 수건을 덮은 것에 불과한 좁은 뒷좌석에 앉은 다음 크루제에게 소리쳤다.

"자, 크루제, 출발해요."

크루제는 말들을 백 보쯤 뒤로 물러나게 했다가 무사히 도랑을 건

너기를 바라며 전속력으로 몰았다. 하지만 도랑에 발을 들여놓는 순간 말들은 벌써 발목까지 모래 속에 빠졌다. 썰매는 한참 애를 쓴 끝에 겨우 빠져나올 수 있었다.

"아무래도 안 되겠네."

크람파스의 말에 크루제도 고개를 끄덕였다.

그러는 참에 마차들이 가까이 다가왔다. 그라젠압의 마차가 선두였다. 지도니는 에피에게 짤막하게 고맙다고 하고는 기다란 터키 파이프 담배를 피우고 있는 아버지 맞은편 뒷좌석에 앉았다. 마차는 거뜬히 도랑을 지나갔다. 말들이 모래 속에 깊이 빠졌지만 바퀴가 높아서 위험을 간단하게 넘기고 삼십 초도 안 돼서 도랑을 지나갔다. 다른 마차들이 그 뒤를 따랐다. 에피는 조금 질투심을 느끼며 멀어지는 마차들을 바라보았다. 하지만 오래 그러지는 않았다. 그동안 썰매를 타고 온 사람들도 간단하게 대책을 세웠기 때문이다. 인슈테텐이 억지로 더 밀어붙이지 않고 돌아가자는 보다 평화적인 방법을 선택하기로 결심한 것이다. 바로 지도니가 처음에 내놓은 방법이었다. 잠시 그대로 있다가 모래언덕을 지나 더 위쪽에 있는 나무다리까지 따라오라는 인슈테텐의 단호한 지시가 오른쪽에서 들렸다. 크누트와 크루제 두 마부는 그렇게 하기로 합의했다. 지도니가 마차에서 내릴 때 도와주려고 따라 내렸던 크람파스가 다시 에피에게 와서 말했다.

"혼자 가시게 둘 수 없습니다, 부인."

에피는 잠시 망설이다가 얼른 옆자리로 옮겨 앉았다. 크람파스는 그녀의 왼쪽에 앉았다. 오해할 수도 있는 일이었지만, 여자의 심리를 잘 아는 크람파스는 의기양양해 할 일은 아님을 알았다. 에피는 그런 상황에서 할 수 있는 유일하게 올바른 행동을 한 것뿐이었다. 그녀는 제안을 거절할 수 없었던 것이다. 에피가 탄 썰매가 다른 두 썰매 뒤를 따라 바람처럼 달렸다. 개울 바로 가까이에서 한참 달리는데 건너편 물가에 시커먼 숲이 보였다. 에피는 그쪽을 보며 언젠가 오후에 와본 적 있는 육지 쪽 숲의 바깥쪽 가장자리 길을 따라 달리겠구나 하고 생각했다. 그런데 그사이 인슈테텐이 계획을 바꾼 듯했다. 썰매가 나무다리를 지나는 순간 바깥쪽 길이 아니라 빽빽한 숲을 가로지르는 좁은 길로 접어든 것이었다. 에피는 소스라치게 놀랐다. 지금까지는 주변에 공기와 빛이 있었는데 모두 사라지고 머리 위로 시커먼 나무 꼭대기가 둥그런 아치를 이루고 있었다. 그녀는 갑자기 사정없이 몸이 떨려서 버티려고 꼭 깍지를 꼈다. 온갖 생각이 폭풍이 휘몰아치듯 한꺼번에 떠올랐다. 「하느님의 담」에 나오는 과부의 모습도 생각났다. 그녀는 그 과부처럼 자신의 주위에도 담장을 쳐달라고 하느님한테 기도했다. 두세 번 소리내어 기도를 올렸지만 문득 그 기도가 죽은 말이라는 생각이 들었다. 무섭기도 했고 마법에 걸린 것도 같았다. 그 마법에서 빠져나오고 싶지도 않았다.

"에피."

귓가에 나지막한 속삭임이 들렸다. 그의 목소리는 떨리고 있었다. 크람파스는 에피의 손을 잡고 깍지를 낀 손가락을 풀고는 뜨거운 키스를 퍼부었다. 그녀는 기절할 것 같았다.

눈을 뜨자 어느새 숲을 빠져나와 있었다. 앞쪽에서 달리는 썰매의 종소리가 가까이에서 들렸다. 종소리는 점점 또렷해졌고, 썰매는 우트파텔의 풍차 바로 앞 모래언덕에서 멀어져 시내로 접어들었다. 오른쪽으로 소복하게 쌓인 눈을 이고 있는 작은 집들이 보였다.

에피가 주위를 둘러보는데 어느새 썰매가 집 앞에 멈춰 섰다.

제20장

인슈테텐은 에피를 썰매에서 내려주면서 날카롭게 기색을 살폈지만 단둘이 썰매를 타고 온 이야기는 하지 않았다. 다음날 아침 그는 일찍 일어났는데 여전히 남아 있는 찜찜한 기분을 떨쳐버리려고 애썼다. 그리고 에피가 아침을 먹으러 오자 물었다.

"잘 잤소?"

"예."

"잘했네. 하지만 나는 그러지 못했다오. 당신이 썰매를 타고 가다가 도랑에 빠지는 꿈을 꾸었거든. 크람파스가 당신을 구하려고 애를 쓰더라고. '구하려고' 했다고 할 수밖에 없지. 하지만 그는 당신하고 같이 가라앉아버렸어요."

"말을 이상하게 하네요, 게르트. 말에 가시가 있어요. 왜 그러는지 짐작이 돼요.”

“놀랍구려.”

“당신은 크람파스가 우리를 도와준 게 못마땅한 거예요.”

“우리요?”

“예, 우리요. 지도니하고 나 말이에요. 소령이 당신 명령으로 왔다는 사실을 잊어버렸나봐요. 그가 처음에 내 맞은편 딱할 만큼 좁은 나무토막에 앉으려고 했을 때 쫓아버려야 했다는 거예요? 아니면 그라젠압 가의 마차가 오고 썰매가 갑자기 달려야 했을 때 그래야 했어요? 그럼 내 꼴이 우스워지잖아요. 당신은 그런 걸 예민할 만큼 싫어하잖아요. 생각해봐요, 우리는 당신이 동의해서 말을 타고 나간 적이 많은데 썰매는 같이 타면 안 된다고요? 우리집에서는 고결한 사람을 믿지 않는 건 잘못이라고 해요.”

“고결한 사람?”

인슈테텐이 말에 힘을 주어 물었다.

“아니에요? 당신이 기사라고 했잖아요. 완벽한 기사라고.”

인슈테텐은 한결 부드럽지만 비웃음이 묻어나는 목소리로 말했다.

“그래, 기사지, 완벽한 기사. 사실이오. 하지만 고결한 사람이라니! 에피, 고결한 사람은 다르다오. 그에게서 고결한 점을 보았소? 나는 아니오.”

에피는 잠자코 앞만 바라보았다.

“당신도 내 생각과 같은 모양이구려. 또 당신 말대로 내 탓이오. 잘못이라고는 안 하겠소. 이 상황에는 맞지 않으니까. 그러니까 내 탓이고, 앞으로 내 힘으로 막을 수 있다면 이런 일은 다시는 없을 거요. 하지만 충고해도 된다면, 당신도 조심해요. 크람파스는 무분별하고, 젊은 여인들에 대해 나름의 생각이 있어요. 나는 옛날부터 그를 알고 있다오."

"충고를 기억해두지요. 그런데 크람파스를 잘못 본 것 같네요."

"잘못 보지 않았소."

"그럼 저를 잘못 본 거예요."

에피는 억지로 이렇게 말하고 남편의 눈을 똑바로 쳐다보려 애썼다.

"당신도 잘못 보지 않았소, 에피. 당신은 작고 매력적인 여인이지만 굳건함이 특기는 아니오."

인슈테텐은 그만 가려고 자리에서 일어났다. 문까지 갔는데 프리드리히가 기스휘블러의 쪽지를 가지고 들어왔다. 당연히 마님에게 보내는 쪽지였다. 에피는 쪽지를 받아들며 말했다.

"기스휘블러와 주고받는 비밀 편지예요. 나의 엄격한 주인나리의 질투심을 유발하는 새로운 소재로군요. 아닌가요?"

"아니요, 꼭 그렇진 않소, 에피. 바보 같지만 나는 크람파스와 기스휘블러 사이에 차이를 둔다오. 그들은 말하자면 캐럿이 달라요. 캐럿은 순금의 가치를 가늠하는 단위이지만 경우에 따라 사람의 가치도 가늠하지. 말이 나왔으니까 말인데 요즘 아무도 프릴 달린 셔츠를 입지 않지만 나는 기스휘블러의 하얀 프릴 셔츠가 크람파스의 길고 불그레한 금빛 수염보다 훨씬 좋소. 여성들의 취향도 그런지는 모르겠지만."

"우리를 실제보다 약하게 보는군요."

"그 말을 들으니까 아주 조금 위안이 되는구려. 하지만 그만합시다. 쪽지나 읽어요."

에피는 쪽지를 읽었다.

　부인의 안부를 여쭈어도 될까요? 도랑을 무사히 빠져나오신 건
알지만 숲을 지날 때도 위험했으니까요. 한네만 박사님이 방금 우
바글라에서 돌아오셨는데 미람보는 걱정하지 말라고 하셨어요. 어
제 우리에게 말했던 것보다 사태가 심각하다고 생각했지만 오늘은
아니랍니다. 멋진 소풍이었습니다. 사흘 후면 송년 축제입니다. 작
년과 같은 축제는 열 수 없지만 당연히 무도회는 있습니다. 부인께
서 오신다면 춤의 세계와 무엇보다 부인에게 무한한 존경을 바치는
알론초 G.는 한없이 행복할 것입니다.

에피가 웃으며 물었다.

"자, 뭐라고 할래요?"

"예나 지금이나 딱 한마디뿐이오. 나는 당신이 크람파스보다 기스
휘블러와 있는 것이 더 좋소."

"그건 당신이 크람파스는 너무 심각하게, 기스휘블러는 너무 가볍
게 생각하기 때문일 거예요."

인슈테텐은 장난스레 손가락으로 위협하는 시늉을 했다.

사흘 후 송년 축제가 열렸다. 에피는 크리스마스 선물로 받은 아름
다운 무도회 드레스를 입었지만 춤을 추지는 않고 연주석 바로 옆 안
락의자의 나이 든 부인들 옆에 앉아 있었다. 인슈테텐이 주로 교유하

228

는 귀족들은 얼마 전 클럽 간부들과 사소한 언쟁을 벌인 탓에 아무도 오지 않았다. 주로 나이 든 귈덴클레 쪽에서 또다시 클럽 간부들의 '파괴적인 경향'을 트집 잡았던 것이다. 클럽 회원은 아니지만 초대를 받고 기쁜 마음으로 온 귀족 집안도 서넛 있었다. 그들은 케시네 강 건너에 영지가 있어서 얼음이 언 강을 건너왔다. 아주 먼 데서 온 사람들도 있었다. 에피는 지방의회 의원 부인인 파덴 노부인과, 파덴 부인보다 나이가 조금 적은 티체비츠 부인 사이에 앉았다.

파덴 부인은 모든 면에서 특이한 사람이었다. 광대뼈가 툭 튀어나와서 이교도 벤트족처럼 보였지만 자연이 준 그런 외모를 기독교적이고 게르만적인 엄격한 신앙으로 조정하려고 했다. 엄격하기로 말하면 그녀는 지도니 폰 그라젠압조차 자유사상가라고 할 정도였지만 옛날부터 축복처럼 대물림되는 파덴 유머를 구사했다. 아마 그녀가 가문의 라데가스트 혈통과 스반토비트 혈통*을 모두 가지고 있기 때문인 것 같았다. 파덴 유머는 파덴 가와 관련을 맺은 모든 사람, 정치와 교회의 반대파까지 진심으로 즐겁게 해주었다. 그런 파덴 부인이 물었다.

"새댁, 어떻게 지내요?"

"잘 지냅니다, 부인. 훌륭한 사람과 결혼했거든요."

"알고 있어요. 한데 그것이 늘 도움이 되지는 않지. 우리 어른도 훌륭한 사람이었다오. 그래 이곳이 어때요? 유혹은 없던가요?"

에피는 깜짝 놀랐지만 감동을 받았다. 노부인의 거침없고 자연스러

---

* 벤트족이 섬기는 중요한 두 신.

운 말투는 기운을 북돋워주는 데가 있었다. 믿음이 깊은 부인이라서 더 위로를 받았다.

"아, 부인……"

"곧 유혹이 올 거야. 난 잘 알고 있다오. 늘 똑같지. 시대가 달라져도 변하지 않아요. 어쩌면 그래서 좋은지도 모르지. 중요한 건 싸우는 것이니까. 새댁, 우리는 항상 본능과 싸워야 해요. 본능에 지고 괴로워 소리를 지를 지경이 되면 선한 천사들이 환호를 하는 거예요!"

"아, 부인. 정말 힘들 때가 많아요."

"당연히 힘들지. 하지만 힘들수록 더 좋은 거야. 그러면 기뻐해야 하는 거라오. 육(肉)의 문제는 남아 있지. 나는 손자 손녀들을 보면서 그것을 날마다 확인한다오. 새댁, 신앙 안에서 스스로 무릎 꿇는 것, 그것이 중요한 거야. 그게 진리지. 하느님의 사람인 우리 마르틴 루터가 우리에게 그걸 가르쳐주었다오. 혹시 루터의 식탁 연설 알아요?"

"아니요, 부인."

"새댁한테 그 연설을 보내주리다."

그때 크람파스가 에피에게 다가와 안부를 물었다. 에피는 얼굴이 새빨개졌다. 그녀가 뭐라고 대답하기 전에 크람파스가 말했다.

"부인, 이분들께 저를 소개시켜주시겠습니까?"

에피는 크람파스를 소개했다. 크람파스는 부인들에 관해 이미 잘 알고 있어서 가벼운 이야기를 꺼내며 예전에 들어본 적 있는 파덴 가와 티체비츠 가 사람들의 이름을 모두 언급했다. 그는 케시네 강 건너편에 사는 분들을 찾아뵙고 아내를 소개하지 못한 것을 사과하면서 물이 사람을 갈라놓는 묘한 힘이 있다고 했다. 그것은 영국과 프랑스

사이의 해협과 같다고⋯⋯

"뭐라고요?"

티체비츠 부인이 물었다. 하지만 크람파스는 결론이 나지 않을 설명을 하는 것은 부적절하다고 생각해서 이렇게 말을 이었다.

"이십 명의 독일인이 프랑스로 간다면, 영국에는 한 명도 안 갑니다. 물이 그렇게 만드는 겁니다. 다시 말하지만, 물은 사람을 갈라놓는 힘이 있습니다."

예민한 파덴 부인이 크람파스의 말에서 빈정대는 기미를 감지하고는 물을 옹호하려고 했지만 크람파스는 점점 달변을 구사하여 부인들이 아름다운 슈토엔틴 양에게 주목하도록 만들었다. 그는 슈토엔틴 양이 "명실상부한 무도회의 여왕"이라고 하면서도 에피를 감탄하는 눈길로 훑어보았다. 그러고는 서둘러 세 부인에게 절을 하고 물러갔다. 파덴 부인이 말했다.

"멋진 남자야. 새댁네와 서로 왔다갔다하오?"

"가볍게요."

파덴 부인이 같은 말을 되풀이했다.

"정말 멋진 남자야. 한데 조금 지나치게 자신만만해 보여. 오만은 화를 부르는 법인데⋯⋯ 저길 보구려, 정말 그레테 슈토엔틴에게 갔구려. 하지만 나이가 너무 많아. 적어도 사십대 중반은 된 것 같은데."

"마흔넷일 거예요."

"이런, 이런, 새댁은 저 사람을 잘 아는가보구려."

새해가 밝으면서 때맞춰 흥분할 일이 생겼다. 12월 31일 밤부터 세

찬 북동풍이 불더니 며칠 사이에 폭풍으로 발전했다. 1월 3일 오후에 선더랜드에서 온 영국 배가 부두로 들어오지 못하고 방파제 백 보 앞에서 난파했다는 소식이 들렸다. 배에는 일곱 명이 탄 것으로 확인되었는데 수로 안내인들이 바다에 나갔지만 아무리 애를 써도 방파제를 넘어갈 수 없는데다 파도가 높아서 해안에 보트를 띄울 수도 없다는 것이다. 슬픈 소식이었다. 하지만 그 소식을 가져온 요한나는 위로도 마련해놓았다. 요한나는 에슈리히 영사가 구조 장비와 밧줄 발사기를 들고 가고 있는데 틀림없이 성공할 거라고 했다. 1875년에도 똑같은 일이 있었는데 성공했으며 이번에는 그때만큼 거리도 멀지 않다는 것이다. 그때는 푸들 강아지도 구출했다고 했다. 강아지가 좋아하며 빨간 혀로 선장 부인과 아니만 한 예쁜 아기를 계속 핥는 모습은 진짜 감동적이었다고 했다. 그 말을 듣자마자 에피는 선언했다.

"게르트, 나도 나가야겠어요. 꼭 보고 싶어요."

두 사람은 너무 늦지 않으려고 바로 출발해서 딱 맞게 도착했다. 농장에서 해변에 도착하는 순간 첫 밧줄이 발사되었다. 밧줄이 먹구름 아래로 날아가 배를 지나쳐 아래로 떨어지는 것이 똑똑히 보였다. 갑판 위의 사람들이 힘을 모아 작은 밧줄로 굵은 밧줄과 바구니를 끌어올렸다. 얼마 후 바구니가 빙글빙글 원을 그리면서 되돌아오더니 방수 모자를 쓴 예쁘장하고 호리호리한 선원 하나를 무사히 땅에 내려놓았다. 선원은 호기심 어린 질문 공세를 받았다. 그사이 바구니는 다시 배로 돌아가 두번째 선원을 데려오고, 그다음에는 세번째 선원을 데려오고, 그런 식으로 계속 왔다갔다했다. 결국 모든 선원이 구조되었다. 삼십 분 후 에피는 남편과 집으로 돌아오는데 모래언덕에 몸을 던지고 엉엉 울고 싶은 심정이었다. 마음속에 다시 아름다운 감정이 둥지를 튼 것이 이루 말할 수 없이 행복했다.

그것은 1월 3일에 있었던 일이었다. 5일에 또 흥분할 일이 생겼다. 물론 종류가 전혀 다른 일이었다. 인슈테텐이 시청에서 나오다가 시 참사회 의원이자 시의회 의원이기도 한 기스휘블러를 만났다고 했다. 그래서 이야기를 나누다가 국방부가 군대 주둔과 관련하여 케신 관청의 의사를 물어온 것을 알게 되었다는 것이다. 국방부는 마구간과 막사를 지어주면 기병대 두 연대를 케신에 주둔시키겠다고 했다.

"에피, 어떻게 생각하오?"

인슈테텐이 물었지만 에피는 넋이 나간 느낌이었다. 어린 시절의 순진무구한 행복이 눈에 선하게 떠오르며 붉은 경기병들이 낙원과 순수함을 지키는 수호자처럼 여겨졌다. 호엔크레멘의 군대도 붉은 경기병이었기 때문이다. 그녀가 여전히 말이 없자 인슈테텐이 말했다.

"아무 말도 안 하는구려, 에피."

"이상해요, 게르트. 너무 좋으니까 말이 안 나와요. 진짜 그렇게 될까요? 경기병들이 정말 올까요?"

"한참 걸릴 거요. 기스휘블러는 도시의 아버지들, 그러니까 동료들이 자격이 없다는 말까지 한다오. 영광으로 생각하고 기뻐하거나, 영광이 아니라면 적어도 이득을 볼 수 있다고 기뻐하는 게 아니라 계속 '만약에' '하지만' 하면서 트집을 잡고 새 건물을 짓는 데 인색하게 군다는 거요. 글쎄 과자점 주인 미헬젠은 군대가 주둔하면 풍기가 문란해질 거라면서 딸 가진 사람은 조심하고 창문에 창살을 달아야 한다고까지 했다지."

"믿을 수 없군요. 나는 우리 경기병처럼 예의 바른 사람들을 본 적이 없어요. 정말이에요, 게르트. 당신도 잘 알잖아요. 그런데 미헬젠은 온갖 것에 다 창살을 달려고 하는군요. 그 사람에게 딸이 있어요?"

"그럼, 셋이나 되지. 하지만 아무도 개네한테 달려들지 않을걸."

에피는 오랜만에 배꼽을 잡고 웃었다. 하지만 오래가지 않았다. 인슈테텐이 가고 혼자 아기의 요람 옆에 앉아 있는데 눈물이 베개에 똑 떨어졌다. 자신이 포로 같고 다시는 빠져나갈 수 없을 것 같다는 생각이 다시 밀려왔다.

에피는 괴로웠고 그런 생각에서 벗어나려고 애썼다. 그녀는 강렬한 감정을 느낄 수는 있었지만 강한 성격은 아니었다. 지속성이 부족해서 갑자기 기분이 좋아졌다가도 그런 기분이 금방 사라지는 것이었다. 그래서 오늘은 바꿀 도리가 없어서, 내일은 바꾸고 싶지 않아서 계속 그렇게 지냈다. 금지된 것, 비밀스러운 것이 막강한 힘을 발휘했다.

천성적으로 거리낌 없고 솔직했던 에피는 점점 은밀한 희극에 적응이 되었다. 그리고 가끔 그것이 얼마나 쉬워졌는지 깨닫고는 화들짝 놀라는 것이었다. 하지만 모든 사실을 분명하게 보고 미화하지 않는 점은 그대로였다. 어느 늦은 밤 그녀는 침실의 거울 앞에 섰다. 빛과 그림자가 어른거리고 바깥에서 롤로가 컹컹 짖는데 순간 어깨 너머로 누가 보고 있는 느낌이 들었다. 그녀는 바로 정신을 차리고 중얼거렸다.

"나는 그게 뭔지 알아. 그 남자는 아니었어."

그녀는 손가락으로 위층 유령의 방을 가리켰다.

"다른 것이었어…… 내 양심…… 에피, 너는 끝났어."

어쩔 수가 없었다. 공은 이미 구르고 있었고, 어느 날 일어난 일이 다른 날에도 영향을 미쳤다. 1월 중순에 시골 귀족들이 인슈테텐 부부를 집으로 초대했다. 인슈테텐과 주로 교유하는 네 집안이 각각 일주일 간격을 두고 인슈테텐 부부를 초대하기로 한 것이었다. 보르케가 시작하여 플레밍과 그라젠압이 그다음이고, 귈덴클레가 마무리를 짓는 순서로 초대했다. 네 귀족의 초대장은 같은 날 도착했다. 질서가 잡혀 있고 심사숙고했으며 서로 정답게 결속되어 있다는 인상을 주고 싶은 것 같았다.

"난 안 갈래요, 게르트. 몇 주 전부터 요양중이니까 이해해줘요."

에피의 말에 인슈테텐은 웃음을 터뜨렸다.

"요양. 나보고 요양 때문이라는 말을 믿으라고. 핑계겠지. 사실은 가고 싶지 않은 거요."

"아니에요. 당신이 생각하는 것보다 정직한 이유라고요. 당신이 의사의 충고를 들으라고 했잖아요. 그래서 그렇게 했고, 이제 의사의 말에 따라야 해요. 훌륭한 의사 선생님이 내가 빈혈이 있다는 거예요. 이상하지요. 내가 아침마다 철분이 든 물을 마시는 걸 당신도 알잖아요. 더욱이 보르케가 내놓는 저녁식사를 생각해봐요. 머리고기 소시지랑 뱀장어 수육을 내놓을 텐데 어쩌면 난 죽을지도 몰라요. 설마 당신의 에피를 그렇게 만들고 싶진 않겠지요. 물론 나도 가끔은……"

"그만해요, 에피……"

"……좋아요. 딱 하나 좋은 방법은 당신이 귀족들 집에 갈 때마다 내가 한 구간을 바래다주는 거예요. 풍차까지는 반드시 바래다줄게요. 교회 묘지나 숲 모퉁이의 모르크니츠 교차로까지 갈 수도 있고요. 나는 거기서 마차에서 내려 천천히 걸어서 집으로 돌아올게요. 모래 언덕은 언제 봐도 아름답더라고요."

인슈테텐은 좋다고 했다. 사흘 후 마차가 출발할 때 에피는 숲 모퉁이까지 같이 타고 갔다.

"여기서 세워주세요, 게르트. 당신은 왼쪽으로 가고 나는 오른쪽으로 해변까지 갔다가 농장을 지나서 집으로 돌아갈게요. 조금 멀긴 하지만 아주 멀지는 않아요. 한네만 박사님은 매일 운동이 전부라고, 운동과 신선한 공기가 전부라고 하세요. 옳은 말씀인 것 같아요. 영지 분들께 안부 전해주시고요. 하지만 지도니한테는 아무 말 안 해도 좋아요."

에피는 매주 숲 모퉁이까지 남편을 바래다주었고, 그사이에도 의사의 지시를 엄격하게 따랐다. 그녀는 의사가 지시한 산책을 하루도 거르지 않았다. 산책은 주로 인슈테텐이 신문을 열심히 읽기 시작하는 오후에 했다. 날씨는 화창했고 공기는 부드럽고 상쾌했으며 하늘에는 구름이 끼어 있었다. 그녀는 보통 혼자 가면서 로스비타에게 이렇게 말했다.

"로스비타, 국도를 따라 내려가다가 오른쪽으로 회전목마가 있는 광장까지 갈 거예요. 거기서 기다릴 테니까 데리러 와요. 같이 자작나무 가로수 길이나 밧줄 꼬는 곳을 지나 집으로 오자고요. 아니가 자면 와요. 안 자면 요한나를 보내고. 차라리 다 그만두든가. 필요 없거든요. 어차피 길을 다 아니까."

그런 약속을 한 첫날 두 사람은 실제로 만났다. 에피는 장작을 두는 기다란 창고 앞 벤치에 앉아 나지막한 목조건물을 내려다보았다. 들보를 까맣게 칠한 노란 목조건물은 소시민들이 맥주를 마시거나 카드놀이를 하는 음식점이었다. 날이 아직 어둡지 않은데도 창문이 환했다. 희미한 불빛이 하얀 눈과 주위의 나무들을 비추었다.

"봐요, 로스비타, 정말 아름답지요."

며칠 동안 그렇게 했다. 그러나 로스비타가 회전목마와 목조건물 있는 데 오면 아무도 없을 때가 대부분이었다. 결국 로스비타가 혼자 집에 돌아와 현관에 들어서면 에피가 나오며 말하는 것이었다.

"어디 있었어요, 로스비타. 나는 한참 전에 왔는데."

그렇게 몇 주일이 지났다. 경기병 건은 시민들의 반대에 부딪혀 무산된 것이나 다름없었다. 하지만 논의는 끝나지 않았고 최근에는 그 문제가 군대 총사령부로 넘어가게 되어 크람파스는 슈테틴으로 오라는 명령을 받았다. 그 문제에 대한 그의 의견을 들어보려는 것이었다. 크람파스는 슈테틴에 도착한 이튿날 인슈테텐에게 편지를 보냈다.

인사도 안 하고 슬쩍 달아나서 미안합니다, 인슈테텐. 모든 일이 갑자기 결정돼서 그랬습니다. 나는 일을 되도록 오래 끌면서 찬찬히 생각해보려고 합니다. 바깥에 나오면 좋으니까요. 사랑스런 후원자이신 부인께 안부 전해주세요.

인슈테텐이 편지를 읽어주자 에피는 잠자코 있다가 말했다.

"잘됐네요."

"무슨 뜻이오?"

"그가 떠나서요. 늘 똑같은 말만 하거든요. 돌아오면 적어도 당분간은 새로운 화제가 생기겠지요."

인슈테텐은 아내를 날카롭게 살펴보았지만 별다른 점을 찾을 수 없었다. 그제야 의심이 가라앉았다. 잠시 후 그가 말했다.

"나도 떠나야 하오. 베를린으로. 어쩌면 크람파스처럼 새로운 소식을 들고 올지도 모르겠소. 사랑하는 나의 에피는 늘 새로운 이야기를 듣고 싶어하지. 우리의 훌륭한 케신이 지루한 거야. 일주일 정도 있을 거요. 하루 더 있을 수도 있고. 불안해하지는 마요…… 그건 다시 나타나지 않을 테니까…… 무슨 말인지 알지, 위층…… 하지만 나타나도 롤로와 로스비타가 있지 않소."

에피는 서글픈 미소를 지었다. 인슈테텐이 유령과 그녀의 두려움을 가지고 희극을 연출한다는 말을 크람파스가 처음 해주었던 날이 생각났다. 위대한 교육자! 하지만 인슈테텐이 옳았던 것이 아닐까? 희극이 타당한 것이 아니었을까? 좋은 생각과 나쁜 생각들이 얽히며 마음이 어수선했다.

사흘째 되는 날 인슈테텐이 떠났다.

그는 베를린에서 무엇을 하려는지에 대해 아무 말도 하지 않았다.

제21장

인슈테텐이 떠나고 나흘째 되는 날 크람파스가 슈테틴에서 돌아왔다. 크람파스는 두 개 연대의 케신 주둔 계획을 상부에서 최종적으로 포기했다는 소식을 가져왔다. 기병대, 특히 블뤼허 기병대의 주둔을 신청한 소도시가 많아서 그런 제안을 받으면 대부분 망설이지 않고 환영한다고 했다. 크람파스가 그런 소식을 전하자 시의회는 곤혹스러워했지만, 기스휘블러는 속물적인 동료들에게 한 방 먹였다고 의기양양해했다. 그 소식이 공표되자 시민들은 속상해했으며, 딸이 있는 몇몇 영사들까지도 잠시나마 못마땅해했다. 하지만 대체로 그 일을 곧 잊어버렸다. 케신 사람들, 적어도 유지들은 인슈테텐이 베를린에서 도모하는 일 같은 지엽적인 문제에 더 관심이 많아서인 것 같았다. 유지들은 좋아하는 군수를 잃고 싶지 않았지만 기스휘블러가 꾸며냈거나 적어도 부추기고 퍼뜨린 터무니없는 소문들이 떠돌았다. 인슈테텐이 외교사절들을 이끌고 모로코에 간다는 소문도 있었다. 상수시와 새 궁전 그림이 그려진 꽃병 같은 의례적인 선물뿐 아니라 얼음 만드는 기계도 갖고 간다는 것이었다. 제빙기는 모로코의 날씨를 생각하면 그럴듯해서 모두 믿었다.

에피도 그 소문을 들었다. 얼마 전만 해도 그런 이야기를 들으면 재미있어했을 테지만 지난해 말부터 마음이 복잡해서 그런지 마음껏 웃을 수가 없었다. 결혼한 후에도 간직했던 표정 역시 완전히 변해서 마음을 흔들면서도 장난기 서린 천진난만함이 사라져버렸다. 크람파스가 슈테틴에 있는 동안 그녀는 해변과 농장으로 산책하러 나가지 않았다. 하지만 그가 돌아오자 다시 시작했다. 날씨가 나빠도 절대 거르지 않았다. 전처럼 로스비타가 새끼 꼬는 곳이나 교회 묘지 근처로 마중 나오기로 약속했지만 못 만나는 경우가 더 많았다. 에피가 말했다.

"로스비타, 그렇게 날 못 찾다니 언제 한마디 해야 할까봐. 하지만 상관없어요. 이제 무섭지 않거든. 교회 묘지도 무섭지 않아요. 숲에서 사람을 만난 적도 없는데 뭐."

에피는 인슈테텐이 베를린에서 돌아오기 하루 전에 그렇게 말했다. 로스비타는 개의치 않고 문에 열심히 화환을 걸었다. 상어도 가문비나무 가지로 장식했는데 평소보다도 더 이상하게 보였다.

"잘했어요, 로스비타. 내일 그이가 초록색 장식을 보면 좋아할 거예요. 그런데 오늘도 가야 하나? 한네만 박사님은 산책을 꼭 해야 한다면서 내가 이 일을 진지하게 생각하지 않는다고 계속 말해요. 신경을 제대로 쓴다면 안색이 그렇게 나쁠 수는 없다고. 하지만 오늘은 가고 싶지 않아. 비도 부슬부슬 오고 하늘도 잿빛이고.”

“비옷을 갖고 올게요.”

“그래요! 오늘은 따라오지 마요. 어차피 못 만날 테니까.”

에피는 웃으면서 말을 이었다.

“정말 못 찾는 것 같아, 로스비타. 또 쓸데없이 감기라도 걸리면 어떡해. 그러니까 오지 마요.”

그래서 로스비타는 집에 남았다. 그녀는 아니가 잠이 들자 이야기를 하려고 크루제 부인에게 건너갔다.

“크루제 부인, 중국인 이야기를 해주겠다고 했지요. 어제는 요한나가 중간에 끼어들어서 못 했잖아요. 요한나는 늘 고상한 척해서 그런 이야기는 좋아하지 않지요. 나는 뭔가 있었다고 생각해요. 중국인과 톰젠의 손녀인지 조카딸인지 하는 여자하고 말이에요.”

크루제 부인이 고개를 끄덕였다.

“아마 불행한 사랑이었을 거예요(크루제 부인이 또 고개를 끄덕였다). 행복한 사랑이었을지도 모르고. 중국인은 그냥 모든 게 갑자기 끝나는 게 견딜 수 없었던 거예요. 중국인도 사람이고 모든 것이 우리하고 똑같을 테니까요.”

“모든 것이요.”

크루제 부인이 단호하게 말하고 보충 설명을 하려는데 크루제가 들어왔다.

“여보, 가죽에 바르는 왁스를 갖다줘요. 내일 주인나리가 오시니까 마구(馬具)를 윤이 나도록 닦아야겠어. 나리는 다 보시거든. 아무 말씀 안 하셔도 보셨다는 걸 알 수 있다니까.”

로스비타가 말했다.

"내가 갖다줄게요. 부인이 나한테 할 이야기가 있거든요. 곧 끝나니까 내가 갖다줄게요."

몇 분 후 로스비타는 왁스를 들고 마당으로 나가 크루제가 정원 울타리에 걸어놓은 마구 옆에 섰다. 크루제가 왁스가 든 병을 받으면서 말했다.

"맙소사, 별 소용이 없겠어. 비가 계속 부슬부슬 와서 윤을 내도 없어지겠어요. 그래도 나는 모든 일에는 질서가 있어야 한다고 생각해요."

"그래야죠. 크루제, 한눈에 알겠는데 이건 진짜 왁스예요. 진짜 왁스는 오래 끈적이지 않고 금방 마를 거예요. 그러니까 내일 안개가 끼든 비가 내리든 상관없어요. 그런데 중국인 말인데, 정말 이상한 이야기 같아요."

크루제가 껄껄 웃었다.

"허튼소리요, 로스비타. 우리 마누라는 봐야 할 건 보지 않고 그런 이야기만 하고 있지요. 깨끗한 셔츠를 입으려고 하면 단추가 한 개 없는 거요. 여기 살면서부터 내내 그런다니까. 머릿속에 온통 그런 이야기만 들어 있는데다가 검은 닭까지 있어요. 그놈의 검은 닭은 알을 낳은 적이 없어요. 도대체 무슨 수로 알을 낳겠어요? 바깥에 나가지도 않고. 그냥 꼬끼오 울기만 해서는 그런 일이 생길 리가 없지요. 어느 닭이 그러겠소."

"이봐요, 크루제, 부인한테 이를 거예요. 점잖은 사람인 줄 알았는데 꼬끼오 같은 소리나 하다니. 역시 남자들은 생각보다 나쁘다니까.

정말이지 여기 이 붓을 들어 까만 콧수염을 그려줘야 할까봐."

"로스비타, 당신이 그려준다면 가만히 있으리다."

평소 점잔을 떠는 크루제가 점점 놀리는 말투로 넘어가려는 순간 마님이 보였다. 에피는 오늘은 농장의 다른 쪽에서 나타나 정원 울타리를 지나갔다.

"안녕, 로스비타. 몹시 즐거워 보이네요. 아니는 뭘 해요?"

에피가 묻자 로스비타는 얼굴이 벌게져서 대답했다.

"자고 있습니다, 마님."

로스비타는 이야기를 얼른 중단하고 마님이 옷을 갈아입는 것을 도와주려고 집으로 돌아왔다. 요한나가 없을지도 몰랐기 때문이다. 집에서 할 일도 별로 없고, 프리드리히와 크리스텔은 너무 지루하고 아는 것이 없다며 요한나는 요즘 저쪽 '사무실'에 갈 때가 많았다.

아니는 아직 자고 있었다. 에피는 요람을 들여다본 다음 비옷과 모자를 벗겨달라고 하고는 침실의 조그만 소파에 앉았다. 그리고 젖은 머리를 천천히 뒤로 쓸어넘기면서 로스비타가 갖다놓은 나지막한 의자에 발을 올려놓고 오래 산책한 후의 편안함을 만끽하면서 말했다.

"로스비타, 주의를 줘야겠는데, 크루제는 결혼한 사람이에요."

"알고 있습니다, 마님."

"그래, 다 안다면서도 모르는 체하는 거지요. 그래서는 아무 일도 안 되는 거예요."

"아무 일도 없을 거예요, 마님……"

"크루제 부인이 아프다고 생각하면 오산이에요. 아픈 사람이 제일 오래 살거든. 게다가 검은 닭이 있어요. 검은 닭은 모르는 게 없고 다

떠벌리니까 조심해요. 나는 그 닭을 보면 왠지 소름이 끼치더라고. 검은 닭은 분명 위층 일과 상관이 있을 거야.”

“아, 그건 아닐걸요. 하지만 무서운 건 사실이에요. 아내 일이라면 늘 반대부터 하는 크루제도 내 생각을 돌릴 수는 없다고요.”

“크루제가 뭐라고 했는데?”

“그냥 쥐들이 내는 소리래요.”

“쥐도 나쁜 건 똑같아. 나는 쥐는 딱 질색이니까. 그런데 당신이 크루제와 실없는 이야기를 주고받으며 친한 척하는 걸 똑똑히 봤어요. 수염을 그려주려고까지 했던 것 같은데. 그것만 해도 벌써 지나친 거야. 그러고는 거기 앉아 있지요. 당신은 아직 예쁘고 매력 있어요. 조심해요. 그 말밖에 못 하겠네요. 그런데 처음에 그 일이 있었을 때 어땠어요? 말해줄 수 있어요?”

“그럼요, 할 수 있고말고요. 끔찍했어요. 끔찍했으니까 크루제 일은 걱정 안 하셔도 됩니다. 저처럼 그런 일을 당한 사람은 그만 질려서 조심을 하거든요. 저는 지금도 가끔 그때 꿈을 꾸는데 그런 다음날이면 온몸에 힘이 하나도 없어요. 그런 견딜 수 없는 두려움은······”

에피는 똑바로 앉아 머리를 팔에 기댔다.

“말해봐요. 어땠어요? 고향에서도 들었지만 당신들은 늘 똑같은 이야기······”

“예, 처음은 다 똑같을 거예요. 저만 특별한 일을 겪었다고는 생각하지 않아요. 절대 아니지요. 하지만 그 사람들이 저를 쥐 잡듯 다그치는 바람에 불쑥 ‘예, 그랬습니다’ 하고 말해버렸는데 정말 끔찍했답니다. 엄마는 그냥 넘어갔지만, 마을의 대장장이였던 아버지는 무척 엄격하셨어요. 그 말을 듣더니 펄펄 뛰며 불에서 막 꺼낸 쇠막대기를 들고 죽이려고 달려들더라고요. 그래서 비명을 지르며 다락방으로 뛰어올라가 숨었지요. 다락방에 누워 부들부들 떨고 있는데 그 사람들이 내려오라고 하더라고요. 그제야 내려왔지요. 하나 있는 여동생은 늘 저한테 손가락질하면서 '피!' 했어요. 그리고 아기가 나오려고 하는데 집에서 낳을 수가 없어서 헛간으로 갔어요. 다른 사람들이 반죽음이 된 저를 발견해서 집으로 데려가 침대에 눕혔지요. 사흘째 되는 날 그 사람들이 아기를 빼앗아갔어요. 나중에 아기가 어디 있느냐고 물었더니 잘 있다고 하더라고요. 아, 마님, 성모님께서 마님은 그런 비참한 일을 당하지 않도록 도와주시길!"

에피는 화들짝 놀라서 눈을 동그랗게 뜨고 로스비타를 쳐다보았다. 화가 났다기보다는 놀라움이 더 컸다.

"무슨 말이에요! 나는 결혼한 사람이에요. 그런 말을 하면 안 되죠. 무례하고 말도 안 돼."

"아, 마님……"

"그보다 어떻게 됐는지 말해봐요. 그 사람들이 아기를 뺏어갔다고. 거기까지 했는데……"

"며칠 후 에르푸르트에서 어떤 사람이 와서 이장님한테 여기 유모로 일할 사람이 없느냐고 물었답니다. 이장님은 '예' 하고 대답했지요. 하느님께서 이장님한테 복을 내려주시길! 낯선 신사는 저를 당장 데려갔고 그때부터 사정이 좀 나아졌어요. 로데 부인 집에서도 그런대로 참을 만했고, 마지막으로 마님한테 온 거예요. 그게 제일 좋았어요. 최고로."

로스비타는 소파로 와서 에피의 손에 입을 맞추었다.

"로스비타, 그렇게 늘 손에 입을 맞추지 마요. 싫어. 크루제 일은 조심해요. 당신은 여느 때는 착하고 분별 있는 사람이지만…… 결혼한 남자하고는…… 절대 좋을 수가 없어요."

"아, 마님, 하느님과 성자들은 우리를 놀라울 만큼 잘 인도하시지요. 우리가 겪는 불행에는 좋은 점도 있답니다. 그래도 나아지지 않는 사람은 어쩔 수가 없지요…… 저는 본래 남자들과 잘 지낼 수 있는데……"

"그것 봐요, 로스비타. 그것 보라고."

"하지만 그런 일이 또 일어난다면, 크루제하고 말이에요, 그럼 끝난 거예요. 당장 물에 빠져 죽는 수밖에 없지요. 너무 끔찍했거든요. 전부 다요. 불쌍한 핏덩이는 어떻게 됐을까요? 아직 살아 있을 리가 없어요. 그 사람들이 죽었겠죠. 다 제 잘못이에요."

로스비타는 쓰러지듯 주저앉더니 아니의 요람을 흔들며 〈할버슈타트의 부코〉를 계속 불렀다. 에피가 말했다.

"그만. 그만 불러요. 머리가 아프니까. 신문을 좀 갖다줘요. 혹시 기스휘블러가 잡지를 보내주지 않았어요?"

"보내주셨습니다. 패션 신문이 맨 위에 있었어요. 요한나가 사무실에 가기 전에 함께 훑어보았어요. 요한나는 왜 자기는 그런 것을 가질 수 없느냐고 늘 화를 낸답니다. 패션 신문을 갖고 올까요?"

"그래, 갖다줘요. 램프도 가져오고."

로스비타가 나가자 에피는 혼자 중얼거렸다.

"세상에 도움이 되지 않는 건 없어. 토시를 하고 얼굴을 반쯤 가리는 베일을 쓴 예쁜 부인들, 유행을 따라가느라 급급한 부인들이 나오지. 하지만 그런 신문이 생각을 돌리는 데는 최고야."

다음날 오전 인슈테텐이 두번째 기차로 출발하니 저녁 전에는 못 간다고 전보를 보냈다. 그날 에피는 하루 종일 불안했다. 다행히 오후에는 기스휘블러가 와서 한 시간을 그럭저럭 보낼 수 있었다. 드디어 일곱시에 인슈테텐의 마차가 도착하자 그녀는 나가서 그를 맞이했다. 인슈테텐은 평소와 달리 흥분한 상태라서 아내의 다정한 태도에 섞인 당황한 기색을 눈치채지 못했다. 안쪽 복도에 램프와 촛불이 빛나고, 프리드리히가 장롱들 사이의 탁자에 차려놓은 차 도구들이 반짝였다.

"우리가 여기 처음 왔을 때 같구려. 생각나요, 에피?"

인슈테텐의 말에 에피는 고개를 끄덕였다.

"다만 가문비나무 가지로 장식한 상어가 더 차분해 보일 뿐이야. 롤로도 얌전해져서 어깨에 발을 올려놓지 않고. 롤로, 왜 그래?"

롤로는 꼬리를 흔들며 주인을 스쳐지나갔다.

"저 녀석이 불만이 있는 모양인데. 나 때문인지 다른 사람 때문인지 모르겠지만 뭔가 불만인 거야. 그래, 나 때문이라고 하지. 어쨌든 그만 들어갑시다."

인슈테텐이 자기 방으로 들어가 소파에 앉으면서 에피에게 옆에 앉으라고 했다.

"베를린에서는 아주 좋았어. 기대 이상으로. 그러면서도 늘 집이 그리웠다오. 당신은 좋아 보이는데! 안색이 조금 창백해지고 달라 보이지만 잘 어울려."

에피는 얼굴을 붉혔다.

"저런, 얼굴까지 빨개지다니. 응석받이 아이 같은 데가 있었는데 갑자기 여인이 된 것 같아."

"기분좋은데요, 게르트. 하지만 그냥 하는 말인 줄 알고 있어요."

"아니, 아니요. 그 말이 좋다면 장부에 적어놓아도 좋아요……"

"안 그래도 그러려고 했어요."

"자, 알아맞혀보구려. 누가 당신한테 안부를 전했을까?"

"그거야 어렵지 않지요, 게르트. 우리 여자들은 알아맞히기 선수거든요(그녀는 웃으며 남편에게 손을 내밀었다). 당신이 돌아왔으니까 나도 그런 여자들에 끼여도 되겠죠. 우리는 당신들처럼 둔하지 않다고요."

"누군데?"

"당연히 다고베르트 오빠지요. 아주머니들을 빼면 베를린에서 내가 아는 사람은 오빠뿐이잖아요. 당신이 아주머니들을 찾아갔을 리도 없고, 또 아주머니들은 샘이 많아서 안부를 전할 리가 없다고요. 나이든 아주머니들은 하나같이 다 샘이 많은 것 같아요, 안 그래요?"

"그래, 에피, 정말 그래요. 그렇게 말하니까 다시 옛날의 나의 에피 같구려. 당신이 옛날에 어린아이처럼 보였다는 걸 알아야 해. 옛날 에피도 내 마음에 들었다오. 지금의 마님과 똑같이."

"그래요? 하지만 둘 중 하나를 골라야 한다면……"

"그런 어려운 문제에는 휘말리지 않겠소. 프리드리히가 차를 내오는구려. 아, 얼마나 그리웠는지! 당신 사촌 오빠한테도 그렇게 말했지. 레스토랑 드레셀에서 샴페인을 마시며 당신을 위해 건배할 때…… 당신, 분명 귀가 간지러웠을 텐데…… 그때 다고베르트가 뭐라고 했는지 아오?"

"분명 어리석은 말을 했겠지요. 오빠는 그 분야의 대가거든요."

"내 평생 그런 배은망덕한 말은 처음 듣소. 다고베르트가 이렇게 말했어요. '에피를 위해 건배합시다. 예쁜 내 사촌 여동생…… 인슈테텐, 아세요? 저는 결투를 해서 당신을 쏘아 죽이고 싶은 심정이에요. 에피는 천사거든요. 그런데 당신이 그 천사를 빼앗은 거라고요.' 얼마나 진지하고 비통하게 보이는지 진심 같더라고."

"아, 오빠의 그런 기분은 잘 알아요. 몇 잔째 마셨을 때였어요?"

"글쎄, 기억이 안 나는데. 아마 그때도 몰랐을걸. 아무튼 그가 진지했다는 건 분명해. 그럴 만해. 당신, 오빠와 같이 살 수 있었을 것 같지 않소?"

"살 수 있다고요? 아니요, 게르트. 오히려 절대 같이 살 수 없다고 해야겠는데요."

"왜 아니지? 정말 사랑스럽고 상냥하고 아주 똑똑한 사람이잖아."

"그렇긴 하죠……"

"그런데……"

"허튼 데가 있잖아요. 여자들은 그런 성격을 좋아하지 않아요. 당신은 나를 어린아이라고 생각하지요. 처음보다 많이 나아졌는데도 여전히. 우리 여자들이 반은 어린아이라고 해도 그런 성격은 좋아하지 않아요. 허튼 성격은 우리의 이상형이 아니에요. 남자는 남자다워야 한다고요."

"그렇게 말해주니까 좋구려. 이런, 그럼 정신 바짝 차려야겠는데.

내가 정신을 바짝 차린 듯 보이는 곳, 적어도 앞으로 바짝 차려야 할 곳에서 바로 온 게 다행인데…… 말해보구려, 정부청사를 어떻게 생각하오?"

"청사요? 음, 두 가지로 생각할 수 있지요. 우선 사람들이 떠올라요. 국가를 다스리는 똑똑하고 높은 신사들요. 혹은 그냥 건물을 의미할 수도 있지요. 피렌체의 스트로치 궁전이나 피티 궁전, 예가 적절하지 않다면 궁전 같은 다른 건물 말이에요. 보세요, 내가 이탈리아 여행을 그냥 한 게 아니죠?"

"그런 궁전에서 살기로 결심할 수 있소? 내 말은, 청사 말이오."

"맙소사, 게르트, 그들이 당신을 장관으로 만들어준 건 아니죠? 기스휘블러가 그런 말을 했어요. 후작은 뭐든지 할 수 있다고. 세상에, 그분이 결국 해내셨군요. 나는 이제 겨우 열여덟 살인데."

인슈테텐이 웃음을 터뜨렸다.

"아니요, 에피, 장관은 아니오. 우린 아직 그렇게 멀리 가진 못했소. 하지만 나의 모든 재능을 발휘한다면 불가능한 일도 아니지."

"그러니까 아직은 아니라고, 아직은 장관이 아니란 말이죠?"

"그래요. 사실대로 말하면, 우리는 청사에서 살지도 않을 거야. 하지만 나는 지금 사무실에 가듯 매일 청사에 나가서 장관님께 보고를 하고, 장관님이 지방관청으로 시찰을 가면 같이 가게 될 거요. 당신은 고위 관리 부인이 되고 베를린에서 사는 거지. 아마 반년 후에는 모래 언덕과 농장과 기스휘블러밖에 없는 케신에서 살았던 기억이 가물가물할걸."

에피는 아무 말도 하지 않았다. 그녀는 눈이 점점 동그래지고 입가가 신경질적으로 움찔하면서 가냘픈 몸을 바르르 떨었다. 갑자기 그녀가 소파에서 미끄러져 인슈테텐 앞에 무릎을 꿇더니 무릎을 붙잡고 기도하듯 말했다.

"하느님, 감사합니다!"

인슈테텐의 안색이 확 변했다. 무슨 일이지? 몇 주 전부터 언뜻언뜻 뭔가 있다는 느낌이 들었다. 그는 그런 느낌을 또 받았다. 그의 눈이 그런 것을 뚜렷이 말해주었다. 에피는 소스라치게 놀랐다. 잘못을 고백하는 것과 별반 다르지 않은 아름다운 감정에 휩쓸려서 그만 해서는 안 되는 말까지 해버린 것이다. 만회해야 했다. 무슨 대가를 치르더라도 반드시 해결책을 찾아야 했다.

"일어나요, 에피. 무슨 일이오?"

에피는 얼른 일어났다. 하지만 소파에 앉지 않고 등받이가 높은 의자를 가져왔다. 기대지 않으면 몸을 가눌 수 없을 것 같았다. 인슈테텐이 다시 물었다.

"무슨 일이오? 나는 당신이 행복한 나날을 보내고 있는 줄 알았소. 그런데 이곳의 모든 것이 끔찍했다는 듯 '하느님, 감사합니다'라고 소리치다니. 내가 그렇게 끔찍했던 거요? 아니면 다른 것이오? 말해봐요."

에피는 죽을힘을 다해 떨리는 목소리를 억누르며 말했다.

"아직도 그런 걸 묻다니, 게르트. 행복한 나날이라고요! 그래요, 분명 행복한 나날이었지만 그렇지 못한 날도 있었어요. 여기서 불안하지 않은 적이 없었어요. 한 번도. 이 주 전에도 그 창백한 얼굴이 어깨 너머로 쳐다보았다고요. 당신이 없는 동안 밤에 또 나타났어요. 얼굴은 아니었지만 발을 질질 끌면서 지나가더라고요. 롤로가 또 컹컹 짖고, 로스비타도 그 소리를 듣고 내 침대로 와서 옆에 앉았어요. 우린 동틀 무렵에야 겨우 다시 잠이 들었단 말이에요. 이 집은 유령의 집이고 나도 유령 이야기를 믿을 수밖에 없었어요. 왜냐하면 당신은 교육자니까요. 게르트, 당신은 그런 사람이에요. 그건 아무래도 좋지만 나는 이 집에서 지난 일 년도 넘게 사는 내내 무서웠어요. 여기를 떠나면 유령도 나한테서 떨어질 거예요. 다시 자유로워지는 거라고요."

인슈테텐은 한 순간도 눈을 떼지 않고 그녀의 말을 들었다. 무슨 말이지? "당신은 교육자예요?" 그전의 말은 또 뭐고. "나는 유령 이야기를 믿을 수밖에 없었어요." 대체 다 무슨 말이지? 어디서 나온 말일까? 다시 어렴풋한 의심이 꿈틀거리면서 단단히 둥지를 틀려고 했다. 하지만 그는 모든 징후가 틀릴 수 있으며, 질투심에 사로잡힌 사람은 눈이 백 개가 달렸다고 해도 맹목적으로 믿을 때보다 잘못을 저지를 가능성이 많다는 것을 모를 만큼 어리지 않았다. 진짜 에피 말대로일 수도 있었다. 그렇다면 "하느님, 감사합니다!"라고 외치지 말란 법도 없었다.

인슈테텐은 머릿속으로 모든 가능성을 재빨리 계산하면서 겨우 의심을 다스릴 수 있었다. 그는 탁자 너머로 아내에게 손을 내밀었다.

"용서해줘요, 에피. 하지만 정말 깜짝 놀랐소. 내 잘못일 거요. 늘 너무 내 생각만 했소. 우리 남자들은 다 이기주의자라오. 하지만 이제 달라질 거야. 베를린은 한 가지 좋은 점이 있지. 유령의 집이 없거든. 그런 것이 대도시 한가운데 어디서 나오겠소? 이제 그만 아니를 보러 갑시다. 로스비타가 나를 무정한 아빠라고 비난할 것 같구려."

에피는 점점 마음이 차분해졌다. 자신이 초래한 위기에서 무사히 벗어났다는 느낌이 들면서 활기와 좋은 태도를 되찾았다.

제22장

다음날 아침 두 사람은 함께 늦은 아침을 먹었다. 인슈테텐은 불쾌함과 더 추악한 감정을 극복했고, 에피는 해방감을 만끽하면서 기분 좋은 척하는 능력과 예전처럼 구김살 없는 태도를 거의 회복했다. 몸은 아직 케신에 있었지만 마음은 벌써 멀리 떠나 있었다. 인슈테텐이 말했다.

"에피, 생각해봤는데 이 집이 싫다는 당신 말이 전적으로 부당하지는 않더라고. 톰젠 선장한테는 충분히 좋은 집이었을지 모르지만 응석받이 젊은 부인한테는 아니었을 거야. 모든 게 구식이고 공간도 충분하지 않고. 베를린에 가면 더 좋은 집에서 살 거요. 홀도 여기 홀과 다를 테고, 복도와 계단에는 높고 화려한 유리창도 있을걸. 유리창에는 왕관과 왕홀까지 든 빌헬름 황제나 교회와 관련된 인물이 그려져 있을 거요. 이를테면 엘리자베스 성녀나 성모 마리아 같은 인물 말이오. 우리, 성모 마리아라고 합시다. 이건 로스비타의 영향이오."

에피가 깔깔 웃었다.

"그럴 거예요. 그런데 누가 집을 구하지요? 사촌 오빠더러 집을 구해달라고 할 순 없어요. 아주머니들한테도 못 해요! 그분들은 이상한 집도 다 좋다고 하실 테니까."

"음, 집을 구해야지. 그런 일은 아무도 대신 해줄 수 없지. 당신이 직접 해야 할 것 같은데."

"언제가 좋을까요?"

"3월 중순."

"오, 너무 늦어요, 게르트. 그때는 괜찮은 집이 다 나가버릴 거예요. 좋은 집은 우리를 기다려주지 않는다고요!"

"하긴. 하지만 어제 돌아왔는데 당신한테 '내일 떠나요'라고 할 순 없소. 그건 나한테 어울리지도 맞지도 않아요. 나는 당신 곁에 돌아와서 좋다고."

에피는 점점 당황했다. 그것을 숨기려고 커피 잔을 일부러 딸각딸각 요란하게 소리내어 만지작거리며 말했다.

"그럼요, 그럼요. 그럴 수는 없지요. 오늘도 내일도 안 되죠. 하지만 바로 가야 해요. 집을 구하면 얼른 돌아올게요. 로스비타와 아니도 같이 가야 해요. 당신도 가면 제일 좋지요. 하지만 그럴 수가 없잖아요. 오래 헤어져 있을 것 같지는 않아요. 나는 벌써 어느 지역에서 얻어야 하는지 알거든요……"

"어딘데?"

"그건 비밀이에요. 나도 비밀을 하나 갖고 있어야겠어요. 나중에 당신을 놀래줄 거예요."

그때 프리드리히가 우편물을 가지고 들어왔다. 대부분 업무 관련 서류와 신문 들이었다. 인슈테텐이 말했다.

"아, 당신 편지도 한 통 있군. 잘못 보지 않았다면, 장모님 글씬데."

에피는 편지를 받아들었다.

"맞아요, 엄마가 보냈어요. 그런데 프리자크 소인이 아니에요. 보세요, 분명히 베를린이라고요."

인슈테텐이 웃으며 대답했다.

"물론이오. 마치 기적이라도 본 것 같구려. 장모님이 베를린에 가셨다가 호텔에서 사랑하는 딸에게 편지를 쓰셨겠지."

"예, 그런 걸 거예요. 걱정이 되니까 홀다 니마이어의 말도 위로가 안 되네요. 홀다는 항상 뭔가를 바랄 때보다 걱정할 때가 더 좋다고 했거든요. 어떻게 생각해요?"

"목사님 딸이 할 말은 아닌 것 같은데. 어서 편지나 읽어봐요. 여기 봉투 뜯는 칼이 있소."

에피는 봉투를 뜯고 편지를 읽었다.

사랑하는 에피에게

슈바이거한테 진찰을 받으려고 이십사 시간 전부터 여기 베를린에 있단다. 그런데 슈바이거가 나를 보더니 축하한다고 하더라. 놀라서 무슨 말이냐고 했더니 빌러스도르프 국장이 방금 왔었는데 인슈테텐이 청사 근무를 명령받았다고 하더라고. 그런 소식을 제삼자한테 들어야 하다니, 조금 화가 나지만 자랑스럽고 기쁘니까 용서해주마. 나는 인슈테텐이 뭔가 될 줄 알았단다. 그가 라테노에 있을 때 벌써 알았어. 너한테도 잘된 일이야. 집도 구하고 가구도 새로 사야 할 텐데. 에피, 엄마의 조언이 필요하면 시간이 되는 대로 빨리 이리로 오렴. 나는 여기서 일주일 동안 치료를 받을 텐데 치료가 잘 듣지 않으면 좀더 오래 있을지도 몰라. 슈바이거는 확실한 말을 하지 않는구나. 지금 샤도 가(街)에 있는 개인 집에 묵고 있는데 옆방들이 비었단다. 내 눈병 이야기는 나중에 만나서 하기로 하자. 지금은 너희 부부의 미래에 대한 생각으로 머리가 꽉 차 있구나. 아빠가 무척 기뻐하실 거야. 그런 것에 늘 무관심한 척하지만 사실은 나보다 더 집착하시거든. 인슈테텐에게 안부 전하고 아니에게 뽀뽀를 보낸다. 혹시 아니를 데려올지도 모르겠구나.

너를 항상 진심으로 사랑하는

엄마 루이제 폰 B.

에피는 편지를 내려놓고 아무 말도 하지 않았다. 어떻게 할지 이미 마음을 굳혔지만 먼저 말할 생각은 없었다. 인슈테텐이 말을 꺼내면 머뭇거리며 그러겠다고 해야 하는 것이다. 과연 인슈테텐이 덫에 걸렸다.

"에피, 아무 말도 안 하는구려."

"아, 게르트, 모든 일에는 양면이 있어요. 한편으로는 엄마를 만날 수 있으니까, 그것도 며칠 후에 만날 수 있으니까 행복해요. 하지만 좋지 않은 점도 많아요."

"뭔데?"

"알다시피 엄마는 단호하고 의지가 강하잖아요. 아빠한테도 모든 일을 당신 뜻대로 할 수 있었다고요. 나는 내 취향에 맞는 집과 내 마음에 드는 가구를 고르고 싶어요."

인슈테텐이 웃음을 터뜨렸다.

"그게 다요?"

"그것으로 충분할 수도 있겠지요. 하지만 다가 아니에요."

에피는 생각을 가다듬고 인슈테텐을 빤히 쳐다보며 말했다.

"게르트, 나는 당신과 바로 헤어지고 싶지 않다고요."

"이런 장난꾸러기 같으니, 내 약점을 아니까 그렇게 말하지. 하지만 우리는 모두 기분좋은 말을 들으면 우쭐대는 성향이 있으니 당신 말을 믿기로 하지. 믿을 뿐 아니라 체념하는 영웅 역할을 하겠소. 그래야겠다면 또 당신 마음에 책임을 질 수 있다면 바로 떠나구려."

"그렇게 말하면 어떡해요, 게르트. '내 마음에 책임을 지라'니 무슨 말이에요. 나한테 반은 강제로 상냥한 여자 역할을 떠맡기는 거잖아요. 그럼 나는 순전히 아양을 떨기 위해 '아, 게르트, 그럼 안 갈래요'라거나 그 비슷한 말을 해야 한다고요."

인슈테텐은 손가락으로 위협하는 시늉을 했다.

"에피, 당신은 내가 감당하기에는 너무 예리해. 늘 어린아이라고 생각했는데 이제 보니까 다른 사람들과 다르지 않은데. 이제 그만둡시다. 혹은 장인어른이 늘 말씀하시듯 '그건 간단한 문제가 아니오.' 차라리 언제 갈 건지 말해봐요."

"오늘이 화요일이니까 금요일 점심에 배로 떠날게요. 저녁에는 베를린에 도착할 거예요."

"그렇게 해요. 언제 돌아올 건데?"

"월요일 저녁이요. 사흘 동안 있는 거예요."

"무리야. 너무 빨라. 사흘 안에는 도저히 일을 마칠 수 없어요. 장모님도 당신을 그렇게 금방 보내지 않으실걸."

"그럼 잘 생각해서 할게요."

"좋아요."

그러고 나서 인슈테텐은 사무실에 가려고 일어섰다.

출발하는 날까지 며칠이 훌쩍 지나갔다. 로스비타는 무척 좋아했다.

"아, 마님, 케신은 뭐…… 하지만 베를린은 아니에요. 노선 마차만 해도 그래요. 종이 울리면 왼쪽으로 가야 할지 오른쪽으로 가야 할지 도무지 갈피를 잡을 수 없는데다가 이제 치였구나 싶었던 적도 여러 번이라니까요. 여기는 그렇지 않지요. 하루에 여섯 사람도 못 볼 때가 많다고요. 모래언덕과 저 바깥 바다뿐이죠. 바다는 늘 철썩철썩하지만 그뿐이라고요."

"맞아요, 로스비타. 바다는 늘 철썩철썩하지만 제대로 된 생활은 없지. 오만 가지 멍청한 생각이나 떠오르고. 하지만 내 말에 반박은 못 하겠지. 크루제 일은 옳은 일이 아니야."

"아, 마님……"

"더 캐묻지 않을게요. 인정할 리도 없고. 그런데 짐을 너무 조금 싸지는 마요. 당신 짐은 다 갖고 가도 좋아요. 아니 짐도요."

"돌아오실 거잖아요."

"나는요. 나리가 그러길 바라니까. 하지만 당신과 아니는 엄마 곁에 남을 수도 있어요. 엄마가 아니의 응석을 너무 받아주지 않도록 주의해요. 나한테는 가끔 엄격하셨지만 손녀는……"

"아니 아가씨는 깨물어주고 싶을 만큼 예쁘잖아요. 누구나 귀여워할 수밖에 없어요."

에피와 로스비타는 떠나기 하루 전 목요일에 그런 이야기를 나누었다. 인슈테텐은 시골에 갔는데 저녁에나 돌아올 터였다. 에피는 오후에 시내로 나가 광장의 약국에 들렀다. 그리고 나이 든 조수에게 살볼라틸레*를 달라고 했다.

"어떤 사람하고 여행하게 될지 모르니까요."

조수는 에피와 잡담을 나누는 사이였는데 기스휘블러처럼 그녀를 숭배했다. 에피는 살볼라틸레 병을 집어넣으며 물었다.

"박사님은 집에 계세요?"

"그럼요, 부인. 옆방에서 신문을 읽고 계십니다."

"방해가 되진 않을까요?"

"오, 천만에요."

그녀는 안으로 들어갔다. 천장이 높은 작은 방에는 갖가지 플라스크와 시험관 들이 놓인 진열장이 빙 둘러서 있었고, 한쪽 벽에는 처방전이 든 장이 놓여 있었는데 알파벳 순서로 정리된 서랍에는 쇠고리가 달려 있었다. 기스휘블러는 반가우면서도 당황한 기색으로 그녀를

---

* Sal volatile. 기절했을 때 정신을 차리게 해주는 향염(香鹽).

맞이했다.

"세상에 이런 영광이. 시험관뿐인 이런 곳에 오시다니. 잠깐 앉으시겠습니까?"

"그럼요, 기스휘블러. 하지만 정말 잠깐만 있다 갈게요. 작별 인사를 하러 왔어요."

"부인, 다시 오시잖아요. 사나흘 후면 오신다고 들었는데……"

"예, 돌아올 거예요. 늦어도 일주일 후엔 오기로 약속까지 했지요. 하지만 못 올 수도 있어요. 수많은 가능성이 있다는 말을 꼭 해야겠어요…… 제가 아직 너무 젊다는 말을 하시려는 것 같은데…… 젊은 사람들도 죽을 수 있답니다. 그러지 않더라도 딴 일이 생길지도 모르고. 그래서 차라리 영원히 헤어지는 것처럼 작별 인사를 하고 싶어요."

"부인……"

"영원히 헤어지는 것처럼. 여러 가지로 감사했어요, 기스휘블러. 저는 여기서 약사님이 제일 좋았어요. 약사님이 가장 좋은 분이시니까 당연하지요. 백 살이 돼도 약사님을 잊지 못할 거예요. 전 여기서 가끔 외롭고 슬펐답니다. 약사님이 생각하시는 것보다 많이. 그런 기분을 제대로 다스리지는 못했지만 첫날부터 약사님을 보면 항상 마음이 편해지고 좋아졌어요."

"부인……"

"그래서 감사를 드리러 왔어요. 방금 살볼라틸레를 샀어요. 창문 하나 마음대로 못 열게 하는 이상한 사람하고 같은 객차로 갈 때가 종종 있잖아요. 혹시 눈물이 나면 약사님을 생각할게요. 정말 머리까지 올라오니까요. 제 말은, 살볼라틸레 말이에요. 안녕히 계세요. 약사님 친구 트리펠리에게도 안부 전해주시고요. 지난 몇 주일 동안 트리펠리와 코츄코프 후작 생각을 자주 했어요. 아무리 생각해도 특이한 관계더라고요. 하지만 익숙해질 거예요…… 소식 주세요. 아니, 제가 편지 드릴게요."

에피는 그렇게 말하고 갔다. 기스휘블러는 광장까지 바래다주었는데 넋이 나가 있어서 에피의 수수께끼 같은 말을 그냥 흘려들었다.

에피는 집으로 돌아와서 요한나에게 말했다.

"침실로 램프를 갖다줘요, 요한나. 차도 한 잔 갖다주고. 추워서 나리가 올 때까지 기다릴 수가 없네요."

요한나가 램프와 차를 가져왔다. 에피는 벌써 편지지를 앞에 놓고 펜을 들고 책상에 앉아 있었다.

"요한나, 차는 책상 위에 놓아요."

요한나가 나가자 에피는 방문을 잠그고 잠깐 거울을 들여다보고는 다시 앉아서 쪽지를 썼다.

내일 배로 떠나는데 작별 인사로 몇 줄 씁니다. 인슈테텐은 며칠 후 돌아오길 바라지만 저는 안 올 거예요…… 오지 않는 이유는 아시겠지요…… 이 땅을 아예 보지 않았더라면 좋았을 거예요. 비난하는 게 아니에요. 절대 그렇게는 생각하지 마세요. 다 제 잘못이에요. 당신의 가정을 생각하면…… 당신의 행동은 용서받을 수 있지만 제 행동은 아니에요. 저는 아주 큰 죄를 지었지만 어쩌면 빠져나올 수 있을지도 모르겠어요. 우리가 전근을 가게 된 것이 제가 아직

하느님의 은혜를 입을 수 있다는 징표 같아요. 지난 일은 잊어버리세요. 저를 잊어주세요.

당신의 에피

그녀는 편지를 다시 훑어보았다. 무엇보다 '당신'이라는 존칭이 낯설었다. 하지만 관계가 완전히 끝났음을 표현하려면 어쩔 수 없었다. 그녀는 쪽지를 봉투에 넣고는 교회 묘지와 숲 모퉁이 사이에 있는 집으로 갔다. 반쯤 무너진 굴뚝에서 옅은 연기가 피어오르고 있었다. 그녀는 그 집에 쪽지를 남겨놓고 왔다.

집에 왔더니 인슈테텐이 돌아와 있었다. 에피는 남편 곁에 앉아 기스휘블러와 살볼라틸레 이야기를 했다. 그러자 인슈테텐이 웃으며 말했다.

"에피, 라틴어는 어디서 배웠소?"

에피가 타고 갈 가벼운 범선은 열두시에 출발할 예정이었다. 증기선은 여름에만 운행했다. 에피와 인슈테텐은 로스비타와 아니와 함께 출발 십오 분 전에 배에 올랐다.

며칠간 떠나는 소풍에 필요한 것치고는 짐이 너무 많았다. 인슈테텐은 선장과 이야기를 나누었다. 에피는 연한 회색 여행 모자에 비옷을 입고 후갑판 키 근처에 서서 부두와 그곳에 죽 늘어선 예쁜 집들을 바라보았다. 상륙용 잔교 맞은편으로 삼 층짜리 높은 호펜자크 호텔이 보였다. 호텔의 합각머리 지붕에는 십자가와 왕관이 그려진 노란 깃발이 바람이 없고 안개가 옅게 낀 조용한 하늘에 축 늘어져 있었다. 그녀는 잠시 깃발을 올려다보다가 다시 눈길을 돌려 아래를 내려다보았다. 마지막으로 부둣가에 둘러선 호기심 어린 사람들을 바라보는 순간 부우 하고 뱃고동이 울렸다. 묘한 기분이었다. 배가 천천히 움직이자 그녀는 상륙용 잔교를 다시 살펴보았다. 크람파스가 맨 앞줄에 서 있는 것이 보였다. 그녀는 깜짝 놀랐지만 기쁘기도 했다. 크람파스는 태도가 완전히 달라졌다. 그는 마음의 동요가 뚜렷한 기색으로 진지하게 인사했다. 그녀도 애원하는 눈빛으로 역시 진지하지만 다정하게 인사하고는 로스비타와 아니가 있는 선실로 황급히 내려갔다. 그리고 배가 강에서 브라이틀링의 넓은 만에 들어설 때까지 공기가 탁한 선실에 있다가, 경치가 멋있으니까 올라오라는 인슈테텐의 말에 갑판으로 올라갔다. 거울 같은 수면 위에 잿빛 구름이 걸려 있고, 흐릿한 해가 구름 사이로 가끔 얼굴을 내밀었다. 일 년 삼 개월 전 지붕 없는 마차를 타고 브라이틀링 강변을 따라 달렸던 때가 생각났다. 짧은 기간이었지만 쓸쓸하고 외로웠던 적이 많았다. 그리고 그 모든 일이 일어난 것이다!

그렇게 물길을 따라 올라가 두시에 기차역, 아니 기차역 바로 가까이까지 갔다. 곧 음식점 '비스마르크 후작에게'를 지나갔다. 골호브스키가 대문 앞에 서 있다가 군수 부부를 강둑 계단까지 배웅해주었다. 위에서 아직 기차가 도착했다는 말이 없어서 에피와 인슈테텐은 철길 위를 거닐었다. 대화는 베를린의 집 이야기를 맴돌았다. 두 사람은 어느 구역에 집을 얻을지 합의를 보았다. 티어가르텐과 동물원 사이에서 구하기로 했다.

"나는 피리새와 앵무새의 노래를 들어야겠소."

인슈테텐의 말에 에피는 그러자고 했다.

그때 경적을 울리며 기차가 들어왔다. 역장이 친절하게 맞아주었다. 에피는 객실 하나를 혼자 쓸 수 있었다.

에피와 인슈테텐은 다시 악수를 하고 손수건을 흔들었고, 기차가 움직이기 시작했다.

제23장

프리드리히 가의 기차역은 혼잡했지만 에피는 객차에서 벌써 엄마를 알아보았다. 다고베르트가 엄마 옆에 서 있었다. 재회의 기쁨은 컸고, 짐을 찾으려면 기다려야 했지만 못 참을 정도는 아니었다. 오 분 남짓 후 그들이 탄 합승마차는 말이 끄는 전찻길 옆 도로테아 가로 꺾어져 샤도 가로 접어들었다. 바로 가까운 모퉁이에 '여관'이 있었다.

드디어 여관에 도착했다. 에피는 기대했던 것처럼 브리스트 부인의 옆방은 아니었지만 같은 복도에 있는 방을 두 개 얻었다. 그녀는 물건을 제자리에 정리하고 아니를 침대에 누이고 엄마 방으로 건너갔다. 그 방은 작은 응접실이었는데 따뜻하다고 할 만큼 푹한 날씨 때문인지 벽난로에는 불이 약하게 타오르고 있었다. 둥근 탁자에 초록색 갓을 씌운 램프와 봉투 세 개가 놓여 있고, 옆 탁자에는 차 도구가 놓여 있었다.

"예쁜 방이네요, 엄마."

에피는 소파 맞은편에 앉으며 바로 차를 준비했다.

"차를 내오는 아가씨의 역을 다시 해도 될까요?"

"그럼, 에피. 다고베르트와 네 것만 준비하렴. 서운하지만 난 마실 수 없단다."

"알아요, 눈 때문이죠. 말해보세요, 눈이 어떤데요? 덜컹거리는 마차에서는 인슈테텐 이야기와 우리의 출세 이야기만 했잖아요. 너무 많이 했어요. 계속 그럴 수는 없어요. 엄마 눈이 나한테는 더 중요하단 말이에요. 다행히 눈이 달라 보이지는 않네요. 옛날처럼 나를 다정하게 바라보고 있잖아요."

에피는 쪼르르 달려가 엄마의 손에 입을 맞추었다.

"에피, 덤비는 성격은 여전하구나."

"아니에요, 엄마. 똑같지 않아요. 그러고 싶었지만 사람은 결혼하면 달라지나봐요."

그 말에 다고베르트가 웃음을 터뜨렸다.

"사촌, 별로 달라진 것 같지 않은데. 더 예뻐졌을 뿐이야. 덤비는 성격은 그대로인 것 같아."

"다고베르트 말이 맞다."

브리스트 부인이 거들었지만 에피는 귓등으로 들었다.

"다고베르트, 오빠는 다 좋지만 사람 보는 눈은 없는 것 같아. 이상하다니까. 오빠 같은 장교들은 사람 보는 눈이 없거든. 젊은 장교들은 분명히 없어. 제 자신이나 신병들만 쳐다보지. 기병대 장교들은 거기다가 하나 더, 말을 쳐다볼 뿐이야. 정말 아무것도 모른다니까.”

“그런 지혜를 다 어디서 얻었어? 아는 장교가 없잖아. 케신은 기병대 주둔을 포기했다던데. 신문에서 읽었는데 정말 세계사에 기록될 일이라니까. 혹시 옛날 이야기를 하려는 거야? 호엔크레멘에 라테노 연대가 왔을 때 너는 아직 어린아이였다고.”

“아이들 눈이 제일 정확하다고 대꾸할 수도 있지만 그러고 싶지 않아. 다 허튼소리야. 나는 엄마 눈이 어떤지 알고 싶을 뿐이야.”

브리스트 부인은 뇌까지 충혈이 번졌다는 안과의사의 말을 전했다. 그래서 눈이 어른어른한데 식이요법으로 다스려야 한다는 것이다. 그녀는 맥주와 커피와 차를 모두 끊고 가끔 부분적으로 피를 빼내면 곧 좋아질 거라고 했다.

“의사 선생님은 이 주라고 했단다. 하지만 의사들의 허풍을 잘 아는데 이 주면 육 주라는 뜻이지 뭐. 그러니까 인슈테텐이 와서 너희 부부가 새 집으로 이사할 때까지 베를린에 있을 수 있는 거야. 솔직히 말해서 그 점이 가장 좋다. 치료가 길어질 것 같지만 그런 생각을 하며 미리 나 자신을 위로하고 있단다. 예쁜 집이나 찾아보렴. 나는 란트그라펜 가나 카이트 가가 좋을 것 같은데. 거기는 우아하면서도 집세가 너무 비싸지 않거든. 앞으로 절약해서 살아야 할 테니까 말이야. 인슈테텐의 지위는 명예롭지만 돈을 많이 버는 자리는 아니란다. 아빠도 우는소리를 하고 있고. 곡물 가격이 떨어지고 있거든. 아빠는 보호관세가 없다면 동냥자루를 메고 호엔크레멘을 떠나야 할 판이라고 매일 말씀하신단다. 너도 알다시피 과장을 잘하시잖아. 다고베르트, 어서 차를 마시고 가능하면 재미있는 이야기를 해주렴. 병 이야기는 언제나 지루하잖아. 아무리 친절한 사람이라도 누가 자기 병 이야기를 주욱 늘어놓으면 다른 도리가 없어서 그냥 듣는 법이지. 에피도 『플리겐데 블레터』나 『클라데라다츄』에 나오는 이야기가 듣고 싶을 거야. 『클라데라다츄』도 예전만 못하다고 하지만."

"여전히 괜찮습니다. 슈트루델비츠와 푸르델비츠*가 아직 나오니까 잘될 수밖에요."

다고베르트의 대답에 에피도 한마디 했다.

"나는 카를헨 미스니크와 비프헨 폰 베르나우가 제일 좋더라."

"그래, 최고지. 그런데 사촌, 미안하지만 비프헨**은 『클라데라다츄』에 나오지 않아. 비프헨은 지금 할 일이 없지. 전쟁이 없으니까. 유감이야. 우리도 한 번은 주목을 받고 싶고, 아무 일도 일어나지 않는 이런 끔찍한 공허함을 떨쳐버리고 싶거든."

다고베르트는 단춧구멍에서 어깨까지 손으로 쓰윽 쓸면서 대답했다. 에피가 말했다.

"저런, 허영심일 뿐이야. 이야기나 해줘. 요새 무슨 이야기가 실렸어?"

"응, 아주 독특한 이야기가 있지. 누구나 좋아할 이야기는 아니야. 성서 유머거든."

"성서 유머? 뭐지? ……성서와 유머는 서로 어울리지 않는 것 같은데."

---

* 풍자 주간지 『클라데라다츄』에 등장하는 인물들.
** 풍자 유머지 『베를린의 말벌』에 나오는 인물. 러시아·터키 전쟁에 대한 재미있는 보고로 많은 이들에게 웃음을 선사했다.

"그래서 누구나 좋아할 이야기가 아니라는 거야. 하지만 그러든 말든 지금은 한창 주가를 올리고 있지. 비스마르크가 좋아하는 푸른 도요새 알처럼 유행이라니까."

"너무 이상하지 않으면 시험 삼아 하나 해줘. 할 수 있지?"

"할 수 있고말고. 게다가 네가 잘 알아맞힐 것 같은데. 지금 유행하는 건 단순한 성서 구절과, 여격과 목적격을 늘 혼동하는 브랑겔 장군의 말투를 섞은 것이라서 아주 미묘하거든. 이런 유머는 다 질문 형식인데 이 경우는 아주 간단해. '세계 최초의 마부는 누굴까요?' 자, 알아맞혀봐."

"태양 마차를 모는 아폴론이겠지."

"아주 좋아. 역시 대단해, 에피. 난 그 생각은 못 했을걸. 하지만 틀렸어."

"그럼 누군데?"

"최초의 마부는 '시련'이야. 왜냐하면 욥기에 '나한테 시련은 일어나지 않으리라(Leid soll mir nicht widerfahren)'고 나오거든. 마지막 단어 '일어나다(widerfahren)'를 두 단어로 만들고 'e'를 넣어봐."*

에피는 고개를 저으며 문제와 힌트를 되뇌어보았지만 아무리 생각해도 답을 찾을 수 없었다. 그녀는 그런 데는 유달리 감각이 없었다. 그래서 다고베르트는 계속 발음이 같다고 말하고는 '일어나다(wider-

---

* 독일어에서 'widerfahren'은 '누구에게 어떤 일이 일어나다'라는 뜻인데 이를 두 단어로 만들고 'e'를 넣으면 '다시 태우다(wieder fahren)'라는 의미가 된다. 따라서 수수께끼는 'Leid soll mir nicht wieder fahren'이 되는데, 여기서 브랑겔 장군처럼 여격과 목적격을 혼동하면 'Leid soll mich nicht wieder fahren'이 된다. 즉 '시련은 나를 다시 태우고 갈 수 없다'가 된다.

fahren)'와 '다시 태우다(wieder fahren)'의 차이를 암시해야 하는 괴로운 상황이 되고 말았다. 마침내 그녀가 답을 찾았다.

"아, 이제 알겠다. 오래 걸려서 미안해. 하지만 너무 멍청한 유머야."

그러자 다고베르트는 의기소침해져서 맞장구를 쳤다.

"그래, 멍청하지."

"멍청하고 그럴듯하지도 않아서 베를린이 싫어질 것 같아. 이제 케신을 떠나 겨우 사람들 사이에서 사는가 싶었는데 처음 듣는 말이 성서 유머라니. 엄마도 잠자코 계시잖아. 그것만 봐도 알 수 있다고. 하지만 만회할 길을 터줄게……"

"그래줘, 사촌."

"……만회할 길을 터주고, 오빠한테 처음 들은 말을 길조로 생각할게. '나한테 시련은 일어나지 않으리라.' 오빠, 이상하지? 빈약한 유머지만 그래도 고마워."

다고베르트는 궁지를 벗어나자마자 사촌 여동생이 위엄을 부리는 태도를 두고 빈정대려고 했지만 에피가 싫어하는 기색을 보이자 그만두었다.

열시가 지나자 다고베르트는 분부를 받들러 내일 또 오겠다며 돌아갔다. 에피도 바로 자기 방으로 돌아갔다.

다음날 날씨는 화창했고 엄마와 딸은 일찌감치 나와 안과부터 갔다. 에피는 대기실에서 앨범을 보면서 기다렸다. 그러고 나서 두 사람은 그 주변에서 집을 찾으려고 티어가르텐 방향으로 걸어 '동물원' 근처까지 갔다. 처음부터 카이트 가를 생각하고 있었는데 실제로 거기서 마땅한 집을 발견했다. 다만 새 집이어서 아직 축축하고 공사가 덜 끝난 것이 마음에 걸렸다. 브리스트 부인이 말했다.

"안 되겠다, 에피. 건강 때문에라도 벌써 말리고 싶구나. 또 추밀고문관 나리가 습기 찬 집에 살면 되겠니."

에피는 집이 마음에 들었지만 서둘러 일을 처리할 필요가 없어서 엄마의 걱정이 일리가 있다고 더 맞장구를 쳤다. '시간이 모든 것을 해결해준다.' 그녀는 그렇게 생각했고 모든 일을 가능한 한 뒤로 미루고 싶었다. 그래서 이렇게 말했다.

"하지만 엄마, 이 집을 점찍어놓아요. 위치도 좋고 무엇보다 내가 원하는 집이에요."

엄마와 딸은 시내로 돌아와 추천받은 레스토랑에서 밥을 먹고 저녁에는 오페라를 구경하러 갔다. 의사는 브리스트 부인이 오페라를 보기보다 노래를 많이 듣는다면 가도 좋다고 허락했다.

다음날도 비슷하게 보냈다. 엄마와 딸은 오랜만에 다시 만나 마음껏 수다를 떨 수 있어서 진심으로 기뻤다. 이야기를 나누고 남의 말을 듣는 것뿐 아니라 기분이 좋을 때면 험담도 잘하는 에피는 옛날처럼 들뜬 모습을 자주 보였다. 브리스트 부인은 남편에게 보내는 편지에서 '아이'가 다시 명랑해지고 잘 웃는 걸 보니까 정말 좋다고 썼다. 그녀는 자신도 에피도 이 년 남짓 전 혼수를 준비하던 아름다운 시절이 다시 돌아온 느낌이라고 했다. 다고베르트도 그대로라고 했다. 사실이었다. 다만 그는 예전처럼 자주 오지 않았고 "왜 그러냐" 하고 물으면 짐짓 심각한 척 말하는 것이었다.

"사촌, 넌 나한테 너무 위험해."

그럴 때마다 엄마와 딸은 폭소를 터뜨렸다. 에피가 말했다.

"오빠, 오빠는 아직 아주 젊지만 숙녀에게 그런 식으로 구애할 나이는 지난 것 같아."

그렇게 거의 이 주가 지났다. 인슈테텐은 날이 갈수록 단호하게 어서 오라고 편지로 성화를 하고 예민해져서는 장모까지 원망하고 나왔다. 에피는 더 미룰 수 없고 진짜 집을 얻어야 할 상황이 되었음을 깨달았다. 어떻게 하지? 베를린으로 이사 오려면 아직도 삼 주나 남았지만 인슈테텐은 어서 오라고 성화였다. 방법은 하나뿐이었다. 다시 희극을 연기하고 아픈 척할 수밖에 없었다.

여러 가지 이유로 쉽지 않겠지만 그 방법뿐이었다. 그렇게 마음을 먹자 어떤 역을 연기해야 할지 세세한 부분까지 분명해졌다.

"엄마, 알다시피 내가 안 온다고 인슈테텐은 뿔이 났어요. 우리가 양보해서 오늘은 그만 집을 얻는 게 좋겠어요. 나는 내일 떠날게요. 아, 엄마하고 헤어지기 정말 싫은데."

브리스트 부인도 찬성했다.

"어떤 집을 얻으려고?"

"당연히 처음 봤던 집이죠. 처음부터 카이트 가의 그 집이 마음에 들었다고요. 엄마도 그렇잖아요. 아직 축축하겠지만 곧 여름이니까 조금 위로가 돼요. 또 집이 너무 습해서 살짝 류머티즘에 걸리면 호엔크레멘이 있잖아요."

"애야, 말이 씨가 된단다. 류머티즘은 어떻게 걸린지도 모르게 걸리기도 한다고."

에피는 엄마가 딱 때맞춰 그런 말을 한 것 같았다. 그녀는 그날 오전에 당장 집을 계약하고 인슈테텐에게 내일 가겠다고 엽서를 보냈다. 바로 가방을 싸고 떠날 준비를 마쳤다. 하지만 다음날 아침 그녀는 브리스트 부인을 침대로 불러 말했다.

"엄마, 떠날 수 없어요. 쑤시고 당기고 등이 온통 아파요. 류머티즘인가봐요. 이렇게 아플 줄은 몰랐어요."

"그것 보렴, 내가 뭐라고 했어. 말이 씨가 된다고 했잖아. 어제 방정맞게 그런 말을 하더니 오늘 걸렸잖아. 슈바이거를 만나면 어떻게 해야 좋을지 물어봐야겠다."

"아니요, 슈바이거는 안 돼요. 안과 전문의잖아요. 안 돼요. 전공이 아닌 일로 자문을 구하면 기분 나쁘게 생각할 수 있다고요. 기다려보는 게 좋겠어요. 그냥 지나갈 수도 있잖아요. 하루 종일 차랑 소다수만 마시고 땀을 내면 나을지도 몰라요."

브리스트 부인은 그러자고 했지만 잘 먹어야 한다고 주장했다. 옛날에는 병이 나면 아무것도 먹지 않는 것이 유행이었지만 그것은 잘못된 처방이며 그러다가 몸만 약해진다는 것이다. 그녀는 이 문제와 관련해서는 많이 먹으라는 새로운 학설 편이라고 했다.

그 말에 에피는 마음이 놓였다. 그녀는 인슈테텐에게 짜증스럽지만 여행을 잠시 가로막을 뿐인 '예기치 않은 귀찮은 일'이 생겼다고 전보를 보냈다. 그리고 로스비타에게 말했다.

"로스비타, 책을 좀 빌려다줘요. 어렵지 않을 거예요. 내가 빌리려는 책은 아주 옛날 책들이니까."

"예, 마님. 바로 옆에 도서관이 있어요. 어떤 책을 빌려 올까요?"

"고를 수 있게 책 제목을 전부 적어줄게요. 빌리려는 책이 없을 때도 있거든."

로스비타가 연필과 종이를 가져오자 에피는 책 제목을 적었다. 월터 스콧의 『아이반호』『쿠엔틴 더워드』, 쿠퍼의 『스파이』, 디킨스의 『데이비드 코퍼필드』, 빌리발트 알렉시스의 『브레도 씨의 바지』 등이었다.

로스비타는 쪽지를 읽어보고는 다른 방으로 가서 『브레도 씨의 바지』라는 제목을 잘라버렸다. 쪽지를 원래대로 건네주면 건네주는 자신은 물론 그 책을 빌려 오라고 시킨 마님 때문에 낯이 뜨거울 것 같아서였다.

그날은 별일 없이 그냥 지나갔다. 다음날 아침에도 상태는 나아지지 않았다. 사흘째 아침에도 마찬가지였다.

"에피, 이대로 두면 안 되겠다. 그렇게 쑤시면 저절로 낫지 않아. 의사들이 제일 경고하는 경우란다. 맞는 말이지. 제때 치료하지 않으면 병을 키우는 거야."

브리스트 부인의 말에 에피는 한숨을 쉬었다.

"예, 엄마. 하지만 누굴 부르지요? 젊은 의사는 싫어요. 왠지 모르지만 쑥스러워요."

브리스트 부인이 맞장구를 쳤다.

"젊은 의사는 항상 좀 거북해. 안 그러면 더 나쁘지. 나를 치료했던 나이 많은 분을 데려올 테니까 안심하렴. 헤커 기숙학교를 다닐 때니까 벌써 이십 년이 넘었구나. 그때 이미 오십이 가까웠던 분인데 곱슬곱슬한 은발이 무척 멋있었단다. 여자들에게 인기가 많았지만 절대

선을 넘지 않았지. 그 선을 넘는 의사는 망하는 거야. 그럴 수밖에 없지. 우리 여자들, 적어도 상류층 여자들은 기반이 든든하거든."

"그렇게 생각하세요? 그런 좋은 얘기를 들으면 나는 늘 기분이 좋더라고요. 가끔 좋지 않은 얘기를 듣기도 하거든요. 심각한 경우도 자주 있나봐요. 그런데 나이 많은 추밀고문관님은 성함이 뭐예요? 나는 그분이 꼭 추밀고문관일 것 같아요."

"추밀고문관 룸쉬텔이란다."

에피가 깔깔대고 웃었다.

"룸쉬텔이요! '마구 흔들다'라는 뜻이잖아요. 꼼짝 못하는 사람을 치료하는 의사가."

"에피, 엉뚱한 말을 하네. 많이 아프진 않은가보다."

"예, 지금은 안 아파요. 계속 아팠다 안 아팠다 해요."

다음날 아침 추밀고문관 룸쉬텔이 왔다. 브리스트 부인이 그를 맞이했다. 룸쉬텔은 에피를 보자마자 이렇게 말했다.

"엄마를 꼭 닮았군요."

브리스트 부인은 그런 비교는 가당치도 않다며 이십 년도 넘는 세월은 긴 세월이라고 했다. 하지만 룸쉬텔은 주장을 굽히지 않고 만난 사람을 다 기억하지는 못하지만 깊은 인상을 준 사람은 영원히 기억한다고 단언했다.

"자, 인슈테텐 부인, 어디가 불편하세요? 어떻게 도와드릴까요?"

"아, 고문관님, 어떻다고 해야 할지 당황스러워요. 계속 바뀌거든요. 지금은 말끔히 나은 것 같아요. 처음에는 류머티즘인 줄 알았는데 신경통인가봐요. 등을 따라 쭉 통증이 있는데 아플 때면 허리를 펼 수가 없어요. 아빠가 신경통이 있으세요. 옛날에 고생하시는 걸 봤어요. 아빠한테 물려받은 것 같아요."

"그럴지도 모릅니다."

룸쉬텔은 환자의 맥을 짚어보고 가볍지만 날카롭게 진찰하며 다시 말했다.

"그럴지도 모릅니다, 부인."

하지만 혼잣말로 이렇게 중얼거렸다.

"꾀병이야. 연기가 능숙한데. 영락없는 이브의 딸이야."

룸쉬텔은 그런 내색을 전혀 하지 않고 한껏 진지하게 말했다.

"편히 쉬고 몸을 따뜻하게 하는 것이 최고입니다. 그다음은 약이 해줄 겁니다. 전혀 해롭지 않습니다."

룸쉬텔은 일어나 쓴 아몬드 수 15그램, 오렌지꽃 시럽 60그램을 처방해주었다.

"부인, 이걸 두 시간마다 찻숟가락으로 반 숟가락씩 드세요. 신경이 진정될 거예요. 또 정신적으로 무리하지 마시라고 권하고 싶습니다. 방문도 하지 말고 독서도 하지 마세요."

그가 에피 옆에 있는 책을 가리키자 에피가 대답했다.

"스콧이에요."

"오, 그거라면 괜찮습니다. 기행문이 가장 좋지요. 내일 다시 들르겠습니다."

에피는 놀랄 만큼 처신을 잘했고 해야 할 역할을 잘 소화했다. 하지만 브리스트 부인이 룸쉬텔을 배웅하러 나가고 혼자 남자 에피는 얼굴을 붉혔다. 의사가 자신의 희극에 희극으로 대응했음을 알았기 때문이다. 룸쉬텔은 세상사에 밝아서 모든 것을 잘 보면서도 다 보려고 하지 않는 신사였다. 그런 것도 존중해야 할 때가 있음을 알기 때문일 것이다. 세상에 존중해야 할 희극이 있다면 지금 에피가 연기하는 그런 희극이 아닐까?

브리스트 부인은 바로 돌아왔다. 모녀는 입을 모아 칠십 살이 다되지만 아직도 젊고 점잖은 노신사를 칭찬했다. 브리스트 부인이 말했다.

"당장 로스비타를 약국에 보내렴…… 그런데 바깥에서 선생님이 약을 세 시간마다 먹으라더라. 옛날에도 그랬단다. 약을 너무 자주 많이 먹으라고 하지 않았지만 힘이 났지. 바로 효험이 있었어."

룸쉬텔은 이튿날에도 왔지만 그다음부터는 사흘마다 왔다. 에피가 난처해하는 것을 눈치챘기 때문이다. 그 모습에 룸쉬텔은 그녀에게 호감을 느꼈고 세번째 왕진을 왔을 때 '부인이 저렇게 행동할 수밖에 없는 사정이 있다'는 판단을 굳혔다. 그는 그런 일에 민감하게 반응할 나이는 벌써 한참 지나 있었다.

네번째 왕진을 왔을 때 에피는 책을 들고 흔들의자에 앉아 있었다. 옆에는 아니가 있었다.

"오, 부인! 반갑네요. 약이 아니라 화창한 날씨 덕분일 겁니다. 밝고 상쾌한 3월 날씨에는 병도 그만 떨어져나가지요. 축하드립니다. 어머님은?"

"카이트 가에 가셨어요, 고문관님. 거기다 집을 빌렸거든요. 며칠후면 남편이 오는데 집이 좀 정리되면 고문관님께 소개해드리고 싶어요. 앞으로도 저를 봐주셨으면 해서요."

룸쉬텔은 허리를 숙여 절을 했다. 에피가 말을 이었다.

"그런데 새로 지은 건물이라서 걱정이 돼요. 고문관님, 벽이 축축해서……"

"걱정 마세요, 부인. 사나흘 불을 세게 지피고 문과 창문을 다 활짝 열어놓으면 괜찮습니다. 제가 책임지지요. 그리고 부인의 신경통은 심각하지 않아요. 어쨌든 조심하신 덕분에 옛 친분을 되살리고 새로운 분을 사귀게 되어서 기쁘네요."

룸쉬텔은 다시 절을 하고는 아니의 눈을 다정하게 들여다본 다음 브리스트 부인에게 인사를 전해달라고 했다. 의사가 나가자 에피는 바로 책상에 앉아 편지를 썼다.

사랑하는 인슈테텐!

방금 룸쉬텔이 다녀갔는데 이제 치료를 그만 받아도 된대요. 그러니까 내일쯤 여행할 수 있어요. 하지만 오늘이 벌써 24일이고, 당신은 28일에 올 거잖아요. 안 그래도 몸이 썩 좋지는 않아요. 그래서 여행을 아예 그만두면 어떨까 싶은데. 이삿짐이 오고 있고, 내가 가도 어차피 우리는 외지인처럼 호펜자크의 호텔에서 지내야 할 거예요. 비용도 생각해야 해요. 그러잖아도 돈 쓸 곳이 쌓였다고요. 룸쉬텔을 주치의로 두려면 보수를 지불해야 하고요. 그는 아주 사랑스러운 노신사랍니다. 최고의 의사로 꼽히지는 않아요. 룸쉬텔을 싫어하고 시기하는 사람들은 '부인 전문의'라고 부르지요. 하지만 그런 말에는 칭찬하는 의미도 담겨 있어요. 누구나 다 우리와 교유

할 수 있는 건 아니니까요. 케신 분들에게 인사도 안 하고 온 것은 별문제가 안 될 것 같아요. 기스휘블러는 직접 만났고요. 소령 부인은 나한테 언제나 무례할 만큼 적대적인 태도를 보였으니까 목사님, 한네만 선생님, 크람파스가 남네요. 크람파스에게 인사 전해주세요. 시골의 귀족 분들에게는 엽서를 보낼게요. 당신 편지를 보니 귈덴클레 집안 사람들은 이탈리아에 있으니까(거기서 뭘 하려는지 모르겠네요) 세 집만 남네요. 나를 힘껏 변명해주세요. 당신은 법도를 잘 아니까 적절한 말을 할 수 있을 거예요. 송년 축제 날 밤에 마음에 들었던 파덴 부인한테는 그냥 와서 서운하다는 편지를 쓸지도 모르겠어요. 이 모든 일에 동의하는지 전보로 알려주세요.

언제나 변함없는
당신의 에피

그러면 답장을 더 빨리 받을 수 있기라도 하듯 에피는 편지를 들고 직접 우체국으로 갔다. 다음날 오전 고대하던 인슈테텐의 전보가 왔다. "모든 것에 동의함." 에피는 만세를 부르고 싶은 심정이었다. 그녀는 서둘러 길을 따라 내려가 가장 가까운 마차 정거장으로 갔다. 그리고 마차를 잡아 "카이트 가 1c 요"라고 말했다. 마차는 린덴 가를 지나 티어가르텐 가를 나는 듯 달려 내려가 새 집 앞에 멈춰 섰다.

어제 도착한 이삿짐이 어지럽게 널려 있었지만 상관없었다. 에피는 벽돌로 된 넓은 발코니로 나갔다. 저 앞에 티어가르텐의 운하 다리가 보였다. 티어가르텐의 나무들은 벌써 온통 초록빛을 띠었고, 그 위로 펼쳐진 맑고 푸른 하늘에는 해가 활짝 웃고 있었다.

흥분한 나머지 몸이 바르르 떨렸다. 그녀는 숨을 깊게 들이마시고
는 다시 문턱으로 돌아와 하늘을 보며 두 손을 모았다.

"이제 하느님과 함께 새 생활을 하는 거야! 달라져야 한다고."

제24장

인슈테텐은 사흘 후 밤 아홉시에 베를린에 도착했다. 에피와 브리스트 부인과 다고베르트가 역으로 마중을 나갔다. 모두 반갑게 맞았지만 에피는 특히 더 따뜻하게 남편을 맞이했다. 마차가 카이트 가의 새 집 앞에 멈춰 섰을 때 그들은 이미 이런저런 이야기를 나눈 뒤였다. 인슈테텐이 현관에 들어서면서 말했다.

"아, 좋은 집을 구했구려, 에피. 상어도 악어도 없는데 유령도 없으면 좋겠군."

"그럼요, 게르트. 유령은 이미 지나갔어요. 새로운 시대가 밝았고, 이제는 무섭지 않아요. 난 앞으로 전보다 좋아질 거예요. 당신 뜻도 더 잘 따르고요."

에피는 양탄자가 깔린 계단을 통해 삼층으로 올라가면서 그렇게 속삭였다. 다고베르트는 브리스트 부인을 모시고 갔다.

집은 아직 이것저것 부족했지만 그런대로 살 만한 인상을 주었다. 인슈테텐이 기뻐하면서 말했다.

"에피, 당신은 작은 천재요."

에피는 칭찬을 사양하고 브리스트 부인을 가리키며 다 엄마 덕분이라고 했다. 엄마가 단호하게 "그건 여기 놓아야 해" 하고 주장하면 늘 그 말이 맞았으며 덕분에 시간을 낭비하지 않고 모두 기분좋게 일을 마쳤다는 것이다. 마지막에 로스비타가 주인나리에게 인사하러 나와서 "아니 아가씨는 오늘 나올 수 없다고 전해달라십니다"라고 했다. 로스비타는 그런 유머를 생각해낸 것을 자랑스럽게 여겼으며 소기의 목적을 달성했다.

저녁 식탁에서 인슈테텐은 포도주를 따라 "행복한 날들을 위해" 모두와 건배를 했다. 그리고 에피의 손을 잡고 말했다.

"에피, 어디가 아팠는지 말해봐요."

"아, 그 이야기는 하지 마요. 말할 가치도 없어요. 조금 아팠지만 우리 계획이 어긋나서 진짜 성가셨어요. 하지만 그뿐이고, 이제는 다 나았어요. 룸쉬텔은 능력을 입증하셨지요. 편지에 썼던 것 같은데 아주 점잖고 사랑스러운 노신사예요. 학문적으로 뛰어나지는 않지만 엄마는 그래서 오히려 좋다고 하세요. 모든 점이 그렇듯 이번에도 엄마 말이 맞을 거예요. 우리의 훌륭한 한네만 선생님도 빛나는 인물은 아니었지만 진단은 항상 정확했잖아요. 그런데 기스휘블러는 어떻게 지내요? 다른 사람들은요?"

"음, 다른 사람들이라니, 누구를 말하는 걸까? 아, 크람파스가 안부 전해달라고……”

“아, 친절하시네요!”

“목사님도 비슷한 인사를 전해달라고 했지만 시골의 귀족들은 상당히 냉정하고 당신이 인사도 안 하고 가버렸다고 나한테도 책임을 물으려는 눈치였어요. 우리의 친구 지도니는 아주 뾰족하게 나오기까지 했지. 다만 선량한 파덴 부인은 당신이 전한 인사와 사랑의 고백에 진심으로 기뻐했다오. 그저께 직접 건너가 찾아뵈었는데 당신이 매력적인 부인이라며 잘 보호해야 한다고 하시더라고. 그래서 당신은 벌써 나를 남편이라기보다 교육자로 생각한다고 했지. 그러자 파덴 부인은 나직한 목소리로 딴생각을 하는 듯 ‘눈처럼 하얀 어린 양이야’라고 하시더니 말을 뚝 끊으셨다오.”

다고베르트가 웃음을 터뜨렸다.

“‘눈처럼 하얀 어린 양……’ 들었지, 에피.”

그는 계속 놀리려고 했지만 에피의 안색이 변하는 것을 보고 그만두었다.

지난 일에 대해 잠시 더 이야기를 나누다가 에피는 케신 식구들 가운데 요한나만 베를린으로 오려고 한다는 사실을 알게 되었다. 요한나는 아직 케신에 있지만 이삼 일 후 나머지 이삿짐을 가지고 온다는 것이다. 인슈테텐은 요한나가 그런 결정을 내려주어서 기쁘다고 했다. 언제나 가장 쓸 만한데다, 다소 지나칠지 모르지만 대도시적인 세련미를 갖추고 있기 때문이라는 것이다. 크리스텔과 프리드리히는 너무 늙었다고 했으며 크루제하고는 아예 의논도 못 했다고 했다.

“마부가 다 뭐요? 말과 마차의 시대는 지나갔고, 우리는 베를린에서 그런 사치를 누릴 수 없어요. 심지어 검은 닭이 있을 만한 곳도 마련할 수 없지 않소. 내가 이 집을 너무 얕보았나?"

인슈테텐은 그렇게 이야기를 끝냈다.

에피는 고개를 저었다. 잠시 이야기가 끊긴 사이 브리스트 부인이 곧 열한시가 되는데 갈 길이 멀다며 일어섰다. 마차 정거장이 코앞이니까 바래다줄 필요는 없다고 했다. 물론 다고베르트는 그 제안을 받아들이지 않았다. 그들은 다음날 오전에 다시 만나기로 약속하고 헤어졌다.

다음날은 여름 날씨처럼 따뜻했다. 에피는 일찍 일어나 열어놓은 발코니 문 쪽으로 커피 탁자를 밀어놓게 했다. 이윽고 인슈테텐이 나오자 같이 발코니로 나갔다. 에피가 말했다.

"어때요? 티어가르텐의 피리새와 동물원의 앵무새 노래를 듣고 싶다고 했지요. 두 새가 당신을 위해 노래를 불러줄지는 모르겠지만 가능성은 있어요. 들려요? 저쪽에서 나요. 저쪽에 작은 공원이 있거든요. 티어가르텐은 아니지만 비슷하지요."

인슈테텐은 좋아하며 에피가 그 모든 것을 마법으로 불러내기라도 한 듯 고마워했다. 두 사람이 자리에 앉자 아니가 나왔다. 인슈테텐은 로스비타가 아기의 달라진 점을 찾아보라고 하자 결국 찾아냈다. 그들은 케신 사람들과 베를린에서 방문해야 할 사람들에 대해 한참 더 이야기했다. 마지막에는 여름휴가 여행 이야기까지 나왔지만 모임에 늦지 않으려면 중단할 수밖에 없었다.

그들은 약속대로 붉은 성 맞은편에 있는 레스토랑 헬름스에서 만나서 상점들을 여기저기 둘러본 다음 레스토랑 힐러에서 식사하고 늦지 않게 집에 돌아왔다. 즐거운 가족 모임이었다. 인슈테텐은 다시 대도시 생활을 누릴 수 있게 된 것을 진심으로 좋아했다. 그리고 다음날인 4월 1일에는 비스마르크의 생일을 축하하기 위해 수상 관저로 가서 방명록에 이름을 적고는 청사로 신고하러 갔다. 만나서 축하 인사를 하는 것은 일부러 하지 않았다. 업무적으로나 사교적으로 어수선했지만 상사는 친절하게 맞아주면서 인슈테텐의 능력을 알고 있으며 앞으로 잘 지내리라 믿는다고 했다.

집에서도 일이 다 잘 풀렸다. 브리스트 부인은 처음 예상처럼 육 주 남짓 치료를 받고 호엔크레멘으로 돌아갔다. 에피는 몹시 섭섭했지만 브리스트 부인이 떠나는 날 요한나가 베를린에 도착해서 조금 위안이 되었다. 어쨌든 좋은 일이었다. 에피는 금발의 예쁜 요한나가 헌신적이고 한없이 착한 로스비타만큼 가깝게 느껴지지는 않았다. 그러나 요한나는 인슈테텐과 젊은 안주인 모두에게 인정을 받았다. 싹싹하고 쓸모가 많고 남자들을 대하는 태도가 분명한데다 자신감 있고 신중했기 때문이다. 어떤 케신 사람에 따르면, 그녀의 혈통이 파제발크 주둔 수비대에서 근무하다가 오래전 은퇴한 큰 인물로 거슬러 올라간다고 했다. 그래서 사람들은 그녀의 고결한 신념과 아름다운 금발, 전체적으로 풍기는 독특한 분위기를 혈통으로 설명하려고 했다. 요한나는 식구들이 자신이 온 것을 기뻐하자 함께 기뻐하며 예전처럼 하녀와 몸종으로 에피의 시중을 들라는 제안을 받아들였다. 지난 일 년 동안 크리스텔에게 요리를 많이 배운 로스비타는 부엌일을 맡기로 했다. 아니를 보살피고 돌보는 일은 에피의 몫이 되었다. 하지만 젊은 부인들을 잘 아는 로스비타는 깔깔대고 웃었다.

인슈테텐은 일과 가정에 파묻혀 지냈다. 그는 케신에 있을 때보다 행복했다. 에피가 예전보다 구김 없고 명랑해졌기 때문이다. 에피는 더 자유롭다고 느꼈기에 그렇게 행동할 수 있었다. 지난 일이 아직도 가끔 그녀의 생활을 기웃거렸지만 불안하지는 않았다. 또 불안하더라도 옛날처럼 자주 그러지 않아서 잠시 스쳐지나갈 뿐이었다. 아직도 마음속에 남아 바르르 떨고 있는 기억으로 인해 에피의 태도는 독특한 매력을 띠게 되었다. 그녀의 모든 행동에는 애수와 용서를 비는 간절함이 담겨 있었다. 그것을 더 분명하게 보여줄 수 있었다면 행복했으리라. 물론 절대 그럴 수는 없었다.

4월 초순에 인사하러 다닐 때는 베를린의 사교 활동이 아직 끝나지는 않았지만 막바지에 접어들어 사교 활동이라는 것을 제대로 할 수 없었다. 5월 말이 되어 사교 모임이 완전히 없어져버리자 그들은 오히려 더 행복했다. 인슈테텐이 점심시간에 청사에서 나와 티어가르텐에서 만나기도 하고, 오후에 샤를로텐부르크 성의 정원을 산책하기도 했다. 에피는 성과 온실의 나무들 사이 긴 공간을 거닐면서 죽 늘어선 로마 황제들을 여러 번 들여다본 끝에 네로와 티투스가 묘하게 닮은 점을 찾아내고, 솔방울을 줍고, 남편과 팔짱을 끼고 슈프레 강가에 혼자 떨어져 있는 '벨베데르' 정자까지 걸었다. 에피가 말했다.

"저기서도 유령이 나온 적이 있대요."

"아니요, 그냥 영혼이 나타난 것뿐이오."*

____

* 벨베데르에서는 황제를 위한 심령술 모임이 열렸다.

"그게 그거잖아요."

"음, 때로는 그렇지. 하지만 차이가 있어요. 영혼의 등장은 항상 연출된 거요. 어제 당신 사촌 오빠한테 들었는데 적어도 여기 '벨베데르'에서는 그랬다지. 하지만 유령은 절대 만들 수 없어요. 유령은 자연적인 거라오."

"그럼 당신은 유령을 믿어요?"

"물론 믿지. 그런 게 존재하거든. 하지만 케신에 있던 건 완전히 믿지는 않지. 혹시 요한나가 중국인을 보여주었소?"

"어떤 중국인이요?"

"우리 중국인이지. 요한나는 우리 옛 집을 떠나면서 중국인을 위층 의자 등받이에서 떼어내 지갑에 넣었다오. 얼마 전 요한나에게 돈을 바꾸어주다가 보았어. 요한나가 당황하며 그랬다고 하더라고."

"아, 게르트, 그런 이야기를 왜 해요. 하지 말지. 우리집에 또 그런 게 생겼잖아요."

"요한나에게 그림을 태우라고 하구려."

"아니, 그것도 싫어요. 소용도 없을 테고. 로스비타한테 부탁할 거예요……"

"뭘? 아, 알겠다, 뭘 하려는지 짐작이 가네. 성자 그림을 사서 지갑에 넣고 다니라고 할 거지. 그런 거지?"

에피는 고개를 끄덕였다.

"마음대로 해요. 하지만 아무한테도 말하지 마요."

결국 에피는 차라리 그냥 내버려두겠다고 했다. 두 사람은 많은 이야기를 나누었다. 특히 여름에 떠날 여행 이야기를 점점 많이 하면서 다시 그로서슈테른까지 마차를 타고 와서 코르조 가로수 길과 넓은 프리드리히 빌헬름 가를 지나 걸어서 집으로 돌아왔다.

원래는 7월 말에 휴가를 얻어 마침 그해 오버아머가우의 연극*이 상연되는 바이에른 산악 지방으로 여행을 떠날 계획이었다. 하지만 인슈테텐이 전부터 알고 지금도 가깝게 지내는 동료 빌러스도르프 추밀고문관이 갑자기 병이 나서 떠날 수가 없었다. 인슈테텐은 남아서 빌러스도르프의 일을 대신 해야 했다. 8월 중순이 되어 비로소 할 일을 모두 마치고 여행을 떠날 수 있었지만 오버아머가우에 가기엔 이미 늦어서 뤼겐으로 가기로 했다. 인슈테텐이 말했다.

"먼저 슈트랄준트로 가야 하오. 당신이 아는 실**과 당신이 모르는 셀레와 관계가 있는 곳이거든. 셀레는 산소를 발견한 사람인데 그런 것까지 알 필요는 없지. 슈트랄준트에서 베르겐으로 갔다가 루가르트로 가야 해. 빌러스도르프가 거기 가면 섬 전체를 내려다볼 수 있다고 했거든. 그다음에는 큰 야스문트 보덴 만과 작은 야스문트 보덴 만 사이를 지나 자스니츠 해수욕장까지 가야 하오. 뤼겐에 가는 건 곧 자스니츠에 가는 걸 의미하거든. 빌러스도르프의 말을 다시 빌리면, 빈츠도 괜찮지만 해변에 자갈과 조개껍데기가 많다더라고. 하지만 우린 해수욕을 하려는 거잖소."

에피는 인슈테텐의 계획에 다 동의했으며 무엇보다 한 달간 식구들

이 떨어져 지내는 데 동의했다. 인슈테텐은 로스비타가 아니를 데리고 호엔크레멘으로 가고, 요한나는 파제발크에서 제재소를 운영하는 이복동생한테 가야 한다고 했다. 그렇게 모두 묵을 곳을 마련해주었다. 다음주 초에 모두 떠나서 그날 저녁 에피와 인슈테텐은 자스니츠에 도착했다. 인슈테텐은 '파렌하이트 호텔'이라고 적힌 위쪽 간판을 보고 "요금은 레오메르로 계산하면 좋겠군"이라고 했다.* 두 사람은 밤중에 해안가 절벽으로 산책을 나갔는데 기분이 좋았다. 앞으로 튀어나온 바위 위에서 달빛이 춤추는 고요한 만을 바라보며 에피는 황홀해했다.

"아, 게르트, 여긴 카프리예요. 소렌토라고요. 우리, 여기 더 있어요. 하지만 호텔은 안 돼요. 웨이터들이 너무 고상해서 소다수 한 병을 시키기도 어려우니까……"

"그래, 꼭 외교사절 수행원들 같더라고. 아마 개인 집을 빌릴 수 있을 거요."

"나도 그 생각을 했는데. 내일 바로 찾아보기로 해요."

다음날 아침도 전날 밤처럼 날씨가 화창해서 밖에서 아침을 먹었다. 인슈테텐은 편지를 몇 통 받았는데 모두 얼른 처리해야 해서 에피가 남는 시간에 숙소를 구하기로 했다. 그녀는 울타리가 쳐진 풀밭을 지나고 옹기종기 모여 있는 집들과 귀리밭을 지나 드디어 바다로 가는 협곡 길로 접어들었다. 협곡 같은 길과 해변이 만나는 곳에 여관이

---

* 독일 물리학자 파렌하이트가 발명한 수은 온도계와 프랑스의 레오메르가 발명한 알코올 온도계의 다른 눈금을 암시하고 있다. 파렌하이트에 따르면 물이 끓는점은 212도이고, 레오메르에 따르면 물이 어는점은 80도이다.

하나 있었다. 아름드리 너도밤나무 그늘 아래에 있는 여관은 파렌하이트 호텔만큼 고급은 아니고 그냥 소박한 음식점이었다. 시간이 일러서 그런지 사람이 한 명도 없었다. 에피는 전망이 좋은 자리를 골라 앉아 셰리주를 주문했다. 한 모금 마시는데 주인이 오더니 호기심 반 상냥함 반으로 말을 걸어왔다.

"남편도 저도 여기가 무척 마음에 들어요. 만이 내려다보이는 전망이 정말 아름다워요. 하지만 숙소 때문에 걱정이랍니다."

에피의 말에 주인이 대답했다.

"예, 부인, 어려울 거예요……"

"철이 지났는데……"

"그래도요. 장담하지만 아무튼 여기 자스니츠에는 없을 겁니다. 해변 쪽으로 더 가면 가까이에 마을이 나옵니다. 여기서 반짝이는 지붕들이 보일 거예요. 거기라면 혹시 있을지 모르겠네요."

"마을 이름이 뭐죠?"

"크람파스입니다."

에피는 잘못 들은 줄 알았다. 그녀는 힘겹게 "크람파스" 하고 되풀이하고는 더 물었다.

"그런 이름은 처음 듣는데…… 근처에 다른 마을은 없나요?"

"예, 부인. 근처에는 없습니다. 하지만 북쪽으로 더 올라가면 마을들이 나옵니다. 슈투벤카머 바로 옆에 있는 여관에 가면 정보를 얻을 수 있을 거예요. 집을 세놓으려는 사람들이 그 여관에 주소를 놓고 가거든요."

혼자서 그런 대화를 하는 것이 천만다행이었다. 그녀는 남편에게 그 이야기를 바로 전했지만 자스니츠 옆 마을의 이름은 말하지 않았다. 인슈테텐이 말했다.

"근처에 집이 없다면 호텔을 나갈 때 마차를 잡아타고 당장 슈투벤카머로 가는 게 최고요. 인동덩굴이 뒤덮인 목가적인 집을 찾을 수 있을 거야. 없다고 해도 어쨌든 호텔은 있을 테니까. 호텔은 다 비슷비슷하지."

에피는 그러자고 했다. 그들은 정오 무렵에 벌써 슈투벤카머 옆에 있는 여관에 도착했다. 인슈테텐이 가벼운 식사를 주문하고 말했다.

"식사는 삼십 분 후에 하겠습니다. 먼저 산책을 좀 하고 헤르타 호수를 구경하려고요. 안내인이 있나요?"

그렇다는 대답이었다. 곧이어 고대 헤르타* 제전이 열리던 때 최소한 조수로 일했을 것 같아 보이는, 거드럭거리는 근엄한 중년 남자가 다가왔다.

헤르타 호수는 바로 근처에 있었다. 아름드리나무들에 둘러싸인 호수 가장자리에 갈대가 무성하고, 검고 잔잔한 수면에는 개연꽃이 무수히 피어 있었다.

"진짜 헤르타 제전이 열린 곳 같네요."

에피의 말에 안내인이 대답했다.

"예, 부인…… 그것을 증명하는 돌들이 지금도 있습니다."

"어떤 돌요?"

"사람을 제물로 바치는 데 썼던 돌들이지요."

---

* 동해와 북해 지방의 게르만 종족이 섬겼던 대지와 풍요의 여신.

세 사람은 그런 이야기를 하며 자갈과 점토로 된 깎아지른 암벽 쪽
으로 걸어갔다. 구멍이 난 암벽에는 매끈하게 손질된 돌 몇 개가 비스
듬히 서 있었는데 모두 위쪽이 얕게 파였고 아래로 이어지는 홈이 몇
개 나 있었다.

"저 홈은 왜 있는 거예요?"

"피가 더 잘 흘러내리게 하는 거지요, 부인."

"가요."

에피는 남편의 팔을 잡고 당장 여관으로 돌아왔다. 바다가 멀리까
지 보이는 자리에 주문했던 식사가 차려져 있었다. 햇볕 아래 만(灣)
이 길게 펼쳐졌고, 그 위를 돛단배 몇 척이 미끄러져 가고, 옆쪽 절벽
주변에는 갈매기들이 서로 뒤를 쫓고 있었다. 아름다운 풍경이었다.
에피도 그렇게 생각했지만 반짝이는 수면 저 너머 남쪽으로 눈길을
돌리자 밝게 빛나는 지붕들이 보였다. 아침에 그 이름을 듣고 깜짝 놀
랐던 마을이었다.

인슈테텐은 아내의 마음속에 무슨 일이 일어나는지 짐작도 할 수
없었다. 의욕과 기쁨이 모두 사라졌다는 것은 분명했다.

"에피, 즐거워 보이지 않는구려. 헤르타 호수를 잊을 수 없나보지.
그 돌들은 더욱 그렇고."

에피는 고개를 끄덕였다.

"맞아요. 솔직히 그렇게 슬픈 건 처음 봐요. 이제 숙소는 그만 찾아
요. 더는 여기 못 있겠어요."

"어제는 나폴리 만이고 세상에서 가장 아름다운 곳이라며."

"예, 어제는."

"오늘은? 오늘은 소렌토는 흔적도 없소?"

"있어요. 하지만 임종을 앞둔 소렌토의 흔적뿐이에요."

인슈테텐은 아내에게 손을 내밀면서 말했다.

"좋아요, 에피. 뤼겐 문제로 당신을 괴롭히고 싶은 생각은 없으니까 그만둡시다. 그럽시다. 슈투벤카머나 자스니츠나 저 아래 마을에 집착할 필요는 없지. 어디로 갈까?"

"여기서 하루 더 있다가 증기선을 기다리는 게 좋겠어요. 내가 잘못 아는 게 아니라면, 내일 슈테틴에서 오는 증기선이 코펜하겐으로 가거든요. 코펜하겐에서는 즐거울 거예요. 지금 내가 즐거운 게 얼마나 그리운지 말도 못 해요. 여기 있으면 평생 웃을 수 없을 것 같아요. 한 번도 웃어본 적이 없는 기분이라고요. 내가 얼마나 웃는 걸 좋아하는지 잘 알잖아요."

인슈테텐은 진심으로 공감해주었다. 많은 부분에서 옳다고 생각했기에 더욱 그랬다. 실제로 무척 아름다운 곳이었지만 모든 것이 우울했다.

그들은 슈테틴 배를 기다렸다가 사흘째 되는 날 새벽 코펜하겐에 도착해서 콩겐스뉘토르 광장 근처에 방을 얻었다. 그리고 두 시간 후에 벌써 토르발센 박물관에 있었다. 에피가 말했다.

"그래요, 게르트, 좋아요. 여기 오길 잘한 것 같아요."

그들은 바로 식사하러 갔는데 호텔에서 점심 정식을 먹다가 맞은편에 앉은 유틀란트에서 온 가족과 사귀게 되었다. 딸 토라 폰 펜츠는 어찌나 예쁜지 한눈에 인슈테텐과 에피의 눈길을 끌었다. 에피는 토라의 커다란 푸른 눈과 밝은 금발을 넋을 잃고 바라보았다. 한 시간

반 후 그만 자리에서 일어나는데 펜츠 가족이 유감스럽게도 그날 코펜하겐을 떠나야 한다며 다음에 림피오르 해협에서 1킬로미터 떨어진 오르후스 성에서 인슈테텐 부부를 만나고 싶다고 했다. 인슈테텐은 초대를 바로 수락했다. 호텔에서는 그렇게 보냈지만 좋은 일은 그게 다가 아니었다. 에피는 달력에 빨간 표시를 해서 그날을 기억해야 한다고 단언했다. 그날 저녁 행복의 잔을 채우기 위해 티볼리 극장에서 아를르캥과 콜롱빈*이 나오는 이탈리아 무언극을 구경했다. 에피는 등장인물들의 익살에 취해 밤늦게 호텔에 돌아오자 이렇게 말했다.

"게르트, 이제 서서히 원래의 나로 돌아오는 느낌이에요. 예쁜 토라는 말할 필요도 없고, 오늘 아침의 토르발센과 저녁의 콜롱빈을 생각하면……"

"……분명 콜롱빈이 토르발센보다 좋았겠지……"

"솔직히 그래요. 난 그런 게 좋아요. 우리의 훌륭한 케신은 내게는 불행이었어요. 모든 게 신경에 거슬렸어요. 뤼겐도 비슷해요. 우리, 코펜하겐에 며칠 더 머물러요. 물론 프레데릭스보르와 헬싱외르로 소풍을 가고, 유틀란트에도 건너가야 해요. 예쁜 토라를 또 만날 수 있다니 정말 기뻐요. 내가 남자라면 그애와 사랑에 빠질걸요."

인슈테텐이 웃음을 터뜨렸다.

"내가 어떻게 나올지 아직 모르나본데."

"괜찮아요. 그럼 경쟁이 벌어지겠죠. 나도 힘이 있다는 걸 알게 될

---

* 이탈리아 희극에 나오는 두 어릿광대 아레키노와 콜롬비나의 프랑스식 이름.

걸요."

"굳이 말 안 해도 잘 알고 있소."

그래서 여행 일정을 그렇게 잡기로 했다. 그들은 유틀란트에서 림
피오르 해협으로 올라가 오르후스 성까지 가서 사흘 동안 펜츠 가족
집에서 지냈다. 그리고 여러 곳을 돌아보고, 비보르와 플렌스부르크
와 킬에 잠시 혹은 오래 머물다가 함부르크를 거쳐 고향으로 돌아왔
다(그들은 함부르크가 아주 마음에 들었다). 하지만 곧장 베를린의
카이트 가로 가지 않고 호엔크레멘으로 갔다. 긴 여행을 하고 난 후
푹 쉬고 싶었기 때문이다. 휴가가 얼마 남지 않은 인슈테텐은 겨우 며
칠 있을 수 있었지만 에피는 일주일을 더 있다가 결혼기념일인 10월
3일에 돌아가기로 했다.

아니는 시골의 좋은 공기 속에서 부쩍 컸다. 로스비타는 아니가 작
은 부츠를 신고 엄마에게 달려가도록 시켰는데 대성공을 거두었다.
자상한 할아버지 브리스트는 아니를 너무 예뻐해도 안 되지만 너무
엄하게 대하는 건 더 좋지 않다고 주의를 주었다. 그는 모든 면에서
옛날 그대로였다. 그의 사랑은 오직 에피에게 쏠려 있었다. 온통 에피
생각뿐이었으며 아내와 둘이 있을 때도 그랬다.

"에피를 어떻게 생각하오?"

"늘 그렇듯이 사랑스럽고 착해요. 저렇게 사랑스런 딸이 있다니 하
느님께 한없이 감사하다니까요. 에피는 매사에 감사하고 우리집에 오
면 늘 좋아해요."

"그렇지. 하지만 그런 미덕이 좀 지나쳐. 꼭 아직도 여기가 집이라

고 생각하는 것 같다고. 남편도 있고 아이도 있잖아. 남편은 보석 같은 사람이고 아이는 천사라고. 그런데 아직도 호엔크레멘이 제일 소중하고, 우리에 비해 남편과 아이를 대단치 않게 생각하는 것 같다니까. 그래서 조금 불안해. 인슈테텐에게도 부당한 일이지. 한데 실제로도 그럴까?"

"브리스트, 무슨 말이에요?"

"그러니까 내가 생각하는 거 말이오. 당신도 알지 않소. 그애가 행복할까? 아니면 뭔가 가로막고 있는 걸까? 난 처음부터 그애가 인슈테텐을 사랑한다기보다 높이 평가한다는 느낌을 받았다오. 내가 보기엔 좋지 않아. 사랑도 항상 오래가는 건 아니지만 높은 평가는 절대 그렇지 않거든. 여자들은 누구를 높이 평가해야 하면 화를 내는 법이라오. 처음에 화를 냈다가 싫증을 내고 결국 비웃지."

"직접 겪은 일이에요?"

"그런 말은 아니오. 나는 높은 평가를 받을 만한 사람이 못 되니까. 서로 그만 트집 잡기로 합시다, 루이제. 그래 어떤 것 같소?"

"브리스트, 당신은 계속 그 문제로 돌아오는군요. 우리 그 문제라면 수없이 여러 번 이야기했잖아요. 그런데도 하나부터 열까지 다 알고 싶어서 내가 그애의 저 깊은 마음속까지 꿰뚫어보기라도 하는 듯 순진하게 묻고 있네요. 젊은 부인, 특히 당신 딸을 어떻게 생각하는 거예요? 모든 게 그렇게 단순한 줄 알아요? 아니면 내가 신탁을 전하는 여자라도 된다고 생각하는 거예요? 그런데 그 여자 이름이 생각나지 않네. 아니면 에피가 마음을 털어놓거나 적어도 털어놓은 것처럼 보이면 내가 바로 진실을 명료하게 파악할 수 있다고 생각해요? 마음을 털어놓는다는 게 뭐죠? 진짜 속마음은 말하지 않는 거예요. 그앤 자신의 비밀에 나를 끌어들이지 않으려 조심하고 있어요. 게다가 누구를 닮아서 그런지 모르겠는데…… 아주 교활한 아이라고요. 너무 사랑스러워서 그런 교활함이 더 위험한 거죠."

"사랑스럽다는 걸…… 당신도 인정한다는 말이군. 착하기도 하고?"

"착해요. 마음이 따뜻하다고요. 그 외에는 나도 잘 모르겠어요. 내가 보기엔, 하느님을 착한 남자로 생각하고 하느님이 자기한테 너무 엄하게 굴지 않을 거라고 스스로 위로하는 성향이 있어요."

"그런 것 같소?"

"예, 그런 것 같아요. 하지만 많이 나아진 것 같아요. 그애 성격은 그대로지만 베를린으로 이사하고 나서 환경이 훨씬 좋아졌어요. 부부도 서로 점점 적응하고 있고. 그애가 그런 말을 했어요. 나 역시 그것을 확인하고 눈으로 보았다는 게 더 중요하죠."

"무슨 말을 했는데?"

"이렇게 말했어요. '엄마, 이제 좋아졌어요. 인슈테텐은 흔치 않은 훌륭한 남자지만 나는 가까이 다가갈 수가 없었어요. 왠지 낯선 데가 있어서. 애정을 표현할 때도 낯설었어요. 사실 그럴 때 제일 낯설었어요. 그래서 그이가 그러는 게 무서울 때가 있었어요'라고."

"알아, 알아요."

"무슨 말이에요, 브리스트? 내가 무서웠다는 거예요, 당신이 그랬다는 거예요? 두 경우 다 우스운……"

"에피 이야기를 하는 중이잖소."

"그러니까 그런 낯선 느낌이 없어져서 행복하다고 했어요. 케신은 자기에게 맞는 곳이 아니었대요. 유령의 집도 그렇고, 사람들도 너무 독실하거나 너무 천박했다고요. 베를린으로 오니까 비로소 제자리를 찾은 느낌이래요. 인슈테텐은 자기보다 나이가 좀 너무 많고 너무 훌륭하지만 최고의 남편이고, 고비를 넘겼다고 했어요. 그애가 그렇게 말했는데 그 말이 좀 걸리더라고요."

"왜? 너무 신식도 아닌데. 그러니까 고비를 넘겼다는 그 표현 말이오. 그런데……"

"뒤에 뭔가가 있어요. 그앤 그걸 암시하려던 거예요."

"그런 것 같소?"

"브리스트, 당신은 늘 그애가 도랑물도 흐려놓을 수 없는 애인 줄 알지만 잘못 아는 거예요. 그애는 물에 기꺼이 휩쓸린답니다. 파도가 좋으면 그애도 좋지요. 하지만 싸우고 저항하는 일은 못 하는 애예요."

그때 로스비타가 아니를 데리고 와서 대화가 중단되었다.

브리스트 부부는 인슈테텐이 베를린으로 떠난 날 그런 이야기를 나누었다. 에피는 적어도 일주일은 더 머무를 예정이었다. 인슈테텐은 잘 알고 있었다. 에피에게는 부드러운 분위기에서 꿈을 꾸게 해주고, 다정한 말을 들려주고, 그녀가 얼마나 사랑스러운지 확인해주는 것이 가장 좋다는 것을. 사실이었다. 그녀는 그런 것이 가장 좋았고, 이번에도 감사한 마음으로 그런 행복을 만끽했다. 하지만 재미있는 일은 없었다. 결혼하고 나니까 적어도 젊은 사람들에게는 에피의 매력이 사라졌는지 놀러오는 사람이 거의 없었다. 목사관과 학교 역시 몇 년 전과 달라졌다. 특히 학교는 텅 빈 것 같았다. 그해 봄 쌍둥이가 겐틴 근처에 사는 교사들과 결혼했기 때문이다. 〈하벨란트 신문〉에 그들의 성대한 합동결혼식 기사가 실렸다. 훌다는 유산을 물려주기로 한 늙은 아주머니를 보살피려고 프리자크에 갔다. 흔히 그렇듯 아주머니는 니마이어 가 사람들의 예상보다 훨씬 오래 살 것으로 밝혀졌지만 훌다는 항상 만족한다는 편지를 보냈다. 정말 만족해서가 아니라(오히려 그 반대였다) 자기처럼 뛰어난 사람이 잘 지내지 못한다는 의심을 사기 싫었기 때문이다. 마음 약한 아버지 니마이어는 그런 편지를 자랑스럽고 기쁜 표정으로 보여주었고, 딸들에게 빠져 사는 얀케도 두 딸이 같은 날, 그것도 크리스마스이브에 출산을 한다고 말했다. 에피는 깔깔 웃으며 미래의 할아버지에게 두 손자의 대부가 되길 바란다고 했다. 그러고는 바로 가족 이야기에서 코펜하겐과 헬싱외르, 림피오르, 오르후스 성으로 화제를 돌렸다. 토라 폰 펜츠 이야기도 빼놓지 않았다. 푸른 눈에 밝은 금발, 꼭 끼는 빨간 조끼를 입고 다니는 토라는 '전형적인 스칸디나비아 사람'이라고밖에 할 수 없었다고. 그러면 얀케는 흐뭇한 얼굴로 말하는 것이었다.

"그래, 그들은 그렇다니까. 순수하게 게르만적이고, 독일인보다 더 독일적이라고."

에피는 결혼기념일인 10월 3일에는 베를린으로 돌아갈 생각이었다. 떠나기 전날 저녁 그녀는 짐을 싸고 여행 준비를 해야 한다는 핑계를 대고 방으로 일찍 들어왔다. 사실은 혼자 있고 싶었기 때문이었다. 그녀는 이야기하는 걸 좋아했지만 조용함이 그리울 때도 있었다.

지금 쓰고 있는 위층 방들은 정원 쪽으로 나 있었다. 로스비타와 아니가 자고 있는 작은 방의 문은 지켜만 두었다. 에피는 자신이 쓰고 있는 큰 방을 왔다갔다 거닐었다. 아래쪽 창문이 열려서 바람이 불 때마다 작고 하얀 커튼이 커다랗게 부풀어올랐다가 의자 등받이 위로 천천히 떨어졌다가 다시 가벼이 날아올랐다. 아직 어둡지 않아서 소파 위에 걸린 기다란 금빛 액자의 그림 아래 적힌 글씨가 똑똑히 보였다. '뒤펠 공격, 제5보루'라고 적힌 그림 옆에 '리파 고지의 빌헬름 황제와 비스마르크 백작'이라고 적힌 그림이 있었다. 그녀는 미소를 지으며 고개를 저었다.

"다음에 오면 다른 그림을 걸자고 해야지. 저런 전쟁 그림은 싫어."

그녀는 창문을 한쪽만 닫고 창가에 앉았다. 모든 것이 다 좋았다. 교회탑 옆에 뜬 달이 풀밭과 해시계와 헬리오트로프 위에 빛을 뿌렸다. 모든 것이 은빛으로 반짝였다. 컴컴하고 기다란 그림자의 띠 옆에 하얗고 기다란 빛의 띠가 드리워졌다. 표백하려고 널어놓은 아마포처럼 하얬다. 가을이 잎을 노랗게 물들인 커다란 대황 덤불이 저 멀리 보였다. 문득 그날이 생각났다. 겨우 이 년이 조금 지난 그날, 그녀는 여기서 훌다와 쌍둥이와 놀고 있었다. 손님이 오고, 벤치 옆 작은 돌계단을 올라가고, 한 시간 후에 그녀는 신부가 되었다.

그녀는 일어나 작은 방 문으로 가서 가만히 귀를 기울여보았다. 로스비타와 아니는 자고 있었다.

자고 있는 아기를 바라보는데 문득 케신의 일들이 생각났다. 합각머리 지붕을 얹은 군수 사택과 농장이 바라보이는 베란다가 있고, 그녀는 흔들의자에 앉아 있었다. 그때 크람파스가 다가와서 인사를 하고, 로스비타가 아기를 데리고 와서 아기를 받아 하늘 높이 들어올리며 입을 맞추었다.

"그날이 첫날이었어. 그때부터 시작된 거야."

그녀는 생각에 잠겨 작은 방을 나와 다시 열린 창가에 앉아 고요한 밤을 내다보았다.

"도저히 떨쳐버릴 수가 없어. 가장 나쁘고, 나 자신도 혼란스러운 것은……"

그때 건너편 탑시계의 종이 울리기 시작했다. 그녀는 종소리를 세어보았다.

"열…… 내일 이 시간에는 베를린에 있겠구나. 우리는 결혼기념일 이야기를 하고 그이는 내 마음에 드는 친절한 말을 하겠지. 어쩌면 다정한 말도 하고. 난 거기 앉아 마음의 죄를 안고 그 말을 듣겠지."

그녀는 턱을 괴고 앞을 바라보며 잠자코 있다가 되풀이했다.

"마음의 죄를 안고. 그래, 나는 죄를 지었어. 그 때문에 이렇게 마음이 무거운 걸까? 아니야. 바로 그래서 나 자신에게 놀라는 거야. 마음이 무거운 건 다른 것 때문이야. 그 일이 언젠가는 밝혀질 거라는 불안, 죽을 듯한 불안, 영원한 두려움, 그거라고. 또 불안 말고도…… 부끄러운 마음도 있지. 나 자신이 부끄러워. 하지만 진심으로 후회하지도 않고, 진심으로 부끄럽지도 않아. 다만 계속 속이고 거짓말하는 게 부끄러울 뿐이야. 내가 거짓말을 못 하는 성격이고, 또 거짓말할 필요도 없는 것을 늘 자랑스럽게 생각했는데. 거짓말은 너무 비열한 것인데 이제 영원히 크고 작은 거짓말을 늘어놓아야 하는 거야. 그이와 온 세상 앞에서. 룸쉬텔은 눈치를 채고 어깨를 으쓱했지. 나를 어떻게 생각하는지는 모르지만 아무튼 좋게 보지는 않을 거야. 그래, 나는 불안해서, 나의 거짓 연극이 부끄러워서 괴로워. 하지만 내가 지은 죄가 부끄럽지는 않아. 아니, 진심으로 부끄럽지 않고 또 많이 부끄럽지 않다고 할까. 그래서 죽을 것 같아. 세상 여자들이 다 그렇다면 정말 끔찍할 거야. 여자들이 그렇지 않기를 바라지만 만약 진짜로 모든 여자들이 그렇지 않다면 내 영혼이 뭔가 특별히 잘못되었고 올바른 감정이 부족하다는 뜻이 되지. 니마이어 목사님은 내가 아직 반은 어린아이였던 좋은 시절에 올바른 감정이 중요하다고 하셨는데. 올바른 감정만 있으면 가장 나쁜 일은 절대 일어나지 않는다고. 하지만 그게 없으면 영원한 위험에 처해 악마라 불리는 것이 우리를 확실하게 지배한다고. 세상에, 지금 내가 그런 걸까?"

그녀는 팔에 얼굴을 묻고 흐느껴 울었다.

다시 몸을 일으키자 마음이 많이 가라앉았다. 그녀는 다시 정원을 내다보았다. 조용했다. 빗소리 같은 나직하고 섬세한 소리가 플라타너스나무에서 들려왔다.

그렇게 잠시 시간이 흘렀다. 마을의 길 쪽에서 늙은 야경꾼 쿨리케가 시간을 알리는 고함이 들렸다. 이윽고 그마저 그치자 멀리서 덜컹덜컹 기차 지나가는 소리가 들렸다. 1킬로미터 떨어진 곳에서 호엔크레멘을 지나가는 기차 소리가 점점 가까이 오다가 다시 약해지면서 이윽고 스러져버렸다. 달빛만이 잔디밭을 비추는데 가랑비가 내리는지 플라타너스나무에서 여전히 나직한 빗소리가 수런거릴 뿐이었다. 하지만 그것은 나무를 스치는 바람 소리였다.

제25장

다음날 저녁 에피는 베를린으로 돌아왔다. 인슈테텐이 롤로를 데리고 역으로 마중을 나왔다. 롤로는 두 사람이 이야기를 나누며 마차를 타고 티어가르텐을 지나갈 때 옆에서 달렸다.

"당신이 약속을 안 지킬 줄 알았소."

"게르트, 나는 약속을 꼭 지켜요. 그게 제일 중요하잖아요."

"그런 말 마요. 항상 약속을 지키기는 어려운 일이오. 때로는 못 지킬 때도 있다고. 지난 일을 생각해봐요. 당신이 집을 구하러 다닐 때 케신에서 목이 빠져라 기다렸지만 오지 않은 사람이 누구였지? 바로 에피, 당신이었어."

"그건 다른 얘기예요."

에피는 "아팠잖아요"라고 말하고 싶지 않아서 그렇게 말했지만 인슈테텐은 직장과 사회적 위치에 관한 일로 머리가 꽉 차 있어서 그냥 흘려들었다.

"에피, 우리의 베를린 생활은 이제 시작되는 거요. 4월에 처음 왔을 때는 시즌이 끝나갈 무렵이라 인사 방문도 겨우 했고, 유일하게 가깝게 지내는 빌러스도르프는 유감스럽게도 총각이오. 6월부터는 모든 게 완전히 중단되었고, 블라인드를 쳐놓은 걸 보면 백 걸음 앞에서도 '모두 떠났다'는 걸 알 수 있었지. 진짜 그랬건 아니건 그게 그거지…… 그럼 뭐가 남지? 다고베르트와 이야기를 나누거나 힐러에서 밥을 먹는 것뿐인데 그건 진짜 베를린 생활이라고 할 수 없소. 이제 달라져야 하오. 흥미로운 인물을 집으로 초대해 모임을 여는 활발한 고문관들의 이름을 내가 모두 적어놓았다오. 우리도 그렇게 모임을 엽시다. 겨울이 되면 온 청사에 소문이 돌 거요. '여기서 가장 사랑스러운 부인은 인슈테텐 부인입니다'라고."

"아, 게르트, 당신같지 않아요. 구애하는 남자처럼 말하잖아요."

"오늘은 결혼기념일이오. 참작해줘야지."

군수 시절에 조용한 생활을 했으니까 자신과 무엇보다 에피를 위해서 사회적으로 더 활기찬 생활을 해야 한다는 인슈테텐의 생각은 진심이었다. 아직 시기가 일러서 모임이 처음에는 소규모로 가끔 열렸을 뿐이다. 그래서 지난 여섯 달처럼 가정생활이 가장 좋았다. 빌러스도르프와 다고베르트가 자주 놀러 왔는데, 그럴 때면 위층에 사는 젊은 기치키 부부를 부르곤 했다. 기치키는 지방법원 판사였고, 똑똑하고 영리한 아내는 슈메타우 양이었다. 가끔 음악을 연주하고 휘스트

카드놀이도 잠시 해보았지만 결국 다 그만두었다. 잡담을 하는 것이
더 좋았기 때문이다. 기치키 부부는 얼마 전까지 오버슐레지엔의 소
도시에서 살았고, 빌러스도르프도 몇 해 전이지만 포젠 지방의 시골
마을들에 있었다. 그래서 빌러스도르프는 포젠의 유명한 풍자시를 열
정적으로 인용하기를 좋아했다.

슈림은
나쁘고,
로가젠은
미치게 만들고,
잠터, 저주받은 자를 찾는 이
저주받을지니.*

그러면 에피가 제일 재미있어했고, 이를 계기로 소도시 이야기가
쏟아져나왔다. 케신과 기스휘블러, 트리펠리, 상급 산림감독관 링, 지
도니 그라젠압도 화제에 올랐는데 인슈테텐은 기분이 좋을 때면 이야
기를 쉽게 끊지 못했다.

"예, 우리의 훌륭한 케신이지요! 인정하지만 케신에는 인물이 많답
니다. 크람파스, 크람파스 소령이 그 첫째인데 불가해하다고 해야 할
지 당연하다고 해야 할지 모르겠지만 우리 집사람은 반은 바르바로

* 슈림, 로가젠, 잠터는 포젠의 도시들이다. 슈림(Schrimm)과 '슐림(schlimm, 나쁘다)',
로가젠(Rogasen)과 '라젠(rasen, 미치다)', 잠터(Samter)와 '페어담터(Verdammter, 저
주받은 자)'가 각각 발음이 비슷한 것을 이용하여 재미있게 꾸민 시.

사*인 이 미남에게 강한 호감을 느꼈지요……"

빌러스도르프가 끼어들었다.

"당연하다고 해야지요. 클럽 회장에, 희극을 연기하고, 연인 혹은 플레이보이였으니까요. 게다가 테너 가수도 했을걸요."

인슈테텐은 모두 맞는 이야기라고 했다. 에피도 웃으면서 관심을 보이려고 했지만 몹시 힘이 들었다. 손님들이 돌아가고 인슈테텐이 산더미 같은 서류를 처리하려고 방으로 들어가자 그녀는 옛 생각 때문에 또 괴로웠다. 꼭 그림자가 뒤를 따라다니는 느낌이었다.

그런 불안은 여전했지만 갈수록 횟수도 적어지고 강도도 약해졌다. 그녀의 생활을 생각하면 놀랄 일도 아니었다. 인슈테텐은 물론 관계가 먼 사람들도 그녀를 애정으로 대해주었으며, 특히 아직 젊은 장관 부인은 다정한 우정을 보여주었다. 그런 모든 일이 지난날의 근심과 불안을 덜어주었다. 베를린 생활 이 년째에 시골에 갔을 때는 황후가 자선 시설을 새로 지으면서 영광스럽게도 '추밀고문관 부인'을 재단 위원회에 넣어주고, 궁정 무도회에서는 노 빌헬름 황제가 익히 들었던 젊고 아름다운 부인에게 따뜻한 말을 해주었다. 그후로 불안은 점차 사라졌다. 그 일은 실제로 일어났지만 마치 다른 별에서 일어난 일인 듯 아득히 먼 옛날 일처럼 여겨졌다. 그리고 마침내 안개처럼 흩어지고 꿈이 되어버렸다.

브리스트 부부는 호엔크레멘에서 가끔 놀러 와서 딸네 부부의 행복을 기뻐했다. 아니도 무럭무럭 자랐다. 브리스트는 아니를 보고 "할머

---

* 독일 황제 프리드리히 1세는 붉은 수염 때문에 이탈리아어로 '붉은 수염'을 뜻하는 '바르바로사'로 불렸다.

니처럼 예쁘다"고 했다. 다만 맑은 하늘에 그늘을 드리우는 한 점 구름이 있다면 꼬마 아니로 가문이 끝날 것처럼 보이는 것이었다. 그러니까 인슈테텐 가문이 끊어질 수도 있는 것이다. 인슈테텐은 성이 같은 사촌도 없었다. 브리스트는 브리스트 가문밖에 생각하지 않아서 다른 가문의 존속은 가볍게 여기고 가끔 농담까지 했다.

"인슈테텐, 이대로 가면 아니는 은행가하고 결혼할 것 같네. 되도록이면 기독교 신자라면 좋겠어. 아직도 그런 은행가가 있다면 말일세. 그럼 폐하께서도 유서 깊은 인슈테텐 남작 가문을 생각하셔서 아니가 낳은 대 은행가의 자녀들을 '폰 인슈테텐'의 이름으로 고타의 족보에 실어주실 거야. 프로이센 역사에 영원히 남게 하실 수도 있지만, 족보 쪽이 더 중요하지."

그럴 때마다 인슈테텐은 조금 당황했고 브리스트 부인은 어깨를 으쓱했지만 에피는 재미있어했다. 그녀는 귀족의 긍지를 갖고 있었지만 개인으로서의 자신에 대해 관심이 많았기 때문이다. 우아하고 세상사에 밝고 무엇보다 대부호인 은행가 사위를 마다할 이유가 없었다.

에피 자신은 젊고 매력적인 여성들이 그렇듯 후사 문제를 가볍게 생각했다. 에피는 베를린에서 벌써 칠 년째 살고 있었다. 긴 시간이 흐른 후 브리스트 부인은 산부인과 분야에서 명성이 없지 않은 룸쉬텔에게 그 문제를 상의했다. 룸쉬텔은 슈발바흐 온천을 추천했다. 하지만 에피가 지난겨울부터 다시 목과 코의 염증으로 고생하고 폐 진찰도 여러 번 받았기 때문에 결론적으로 이렇게 말했다.

"부인, 먼저 슈발바흐에 삼 주일 계시고, 엠스에서도 그만큼 요양하세요. 엠스에는 고문관님이 같이 가셔도 좋습니다. 요컨대 삼 주일

308

을 떨어져 지내는 셈이죠. 더 좋은 처방은 없습니다, 인슈테텐."

그렇게 하기로 했다. 에피는 츠비커 추밀고문관 부인과 같이 가기로 했다. 브리스트는 "츠비커 부인을 보호하기 위해"라고 했는데 일리가 없지도 않았다. 츠비커 부인은 마흔 살이 넘었지만 에피보다도 더 보호가 필요한 사람이었기 때문이다. 인슈테텐은 이번에도 대리 업무가 많아서 슈발바흐는 물론 엠스에도 가기 힘들 것 같다고 한탄했다. 성 요한 축일인 6월 24일에 떠나기로 했다. 로스비타가 짐을 싸고 속옷 목록을 작성하는 것을 도와주었다. 에피는 케신과 크람파스, 중국인과 톰젠 선장의 조카딸 등 지난 이야기를 숨김없이 다 할 수 있는 단 한 사람인 로스비타를 여전히 좋아했다.

"로스비타, 가톨릭 신자잖아요. 고해성사하러 안 가요?"

"안 가요."

"왜 안 가는데?"

"전에는 갔어요. 하지만 사실은 말하지 않았지요."

"잘못한 거예요. 그럼 도움이 되지 않잖아요."

"아, 마님. 우리 마을에서는 다 그랬답니다. 고해성사를 하는 사람도 킥킥 웃기만 했다니까요."

"그럼 영혼의 짐을 내려놓을 수 있다면 행복할 거라는 생각은 한 적이 없어요?"

"없습니다, 마님. 그야 두려운 적은 있었지요. 아버지가 벌겋게 달군 쇠막대기를 들고 달려들 때는 정말 무서웠어요. 하지만 그뿐이었어요."

"하느님이 두렵지는 않아요?"

"아주 두렵지는 않아요, 마님. 저처럼 아버지가 무서웠던 사람은 하느님이 그렇게 무섭지 않답니다. 그냥 하느님은 선한 분이니까 불쌍한 저를 도와주실 거라고 늘 생각하지요."

에피는 빙긋 웃고 그만 이야기를 중단했다. 불쌍한 로스비타가 그런 말을 하는 것이 당연한 것 같았다.

"로스비타, 돌아오면 그 이야기를 다시 한 번 진지하게 해요. 그건 사실 큰 죄였다고요."

"아기요, 아기가 굶어 죽은 것 말이에요? 예, 마님, 큰 죄였지요. 하지만 제가 그런 게 아니라 다른 사람들이 그런 거예요…… 또 아주 오랜 옛날 일이고요."

제26장

에피가 집을 떠난 지도 벌써 오 주째로 접어들었다. 그녀는 엠스에
도착한 다음부터 부쩍 행복하고 들뜬 편지를 보냈다. 엠스에서는 사
람들, 그러니까 슈발바흐에서는 어쩌다 한 번 볼 수 있었던 남자들 사
이에서 지낸다고 했다. 여행 동료인 츠비커 추밀고문관 부인은 그런
부수적 요인이 치료에 도움이 되는지 문제 삼고는 아니라고 단언했지
만 표정은 오히려 그 반대였다고 했다. 츠비커 부인은 매력적이며 자
유분방하고 과거가 있는 것 같지만 무척 재미있고 많은, 정말 많은 것
을 배울 수 있는 부인이라고도 했다. 스물다섯 살이나 되었지만 츠비
커 부인을 알게 된 지금처럼 자신이 아직 어린아이임을 절감한 적이
없다는 것이다. 츠비커 부인은 책을 많이 읽는데 외국문학도 읽는다
고 했다. 이를테면 얼마 전에는 에밀 졸라의 『나나』 이야기가 나와서

진짜 그렇게 끔찍하냐고 물었더니 "아, 남작 부인, 끔찍하다니 무슨 말이죠? 전혀 다른 점도 있답니다"라고 대답하더라는 것이다. 에피는 이렇게 편지를 끝냈다.

츠비커 부인은 그 '다른 점'을 나한테 가르쳐주려는 것 같았어요. 하지만 당신이 우리 시대의 부도덕은 바로 그런 것 때문이라고 생각하는 걸 잘 아니까 거절했어요. 아마 당신이 옳을 거예요. 하지만 거절하기가 쉽지는 않더라고요. 게다가 엠스는 지금 가마솥이랍니다. 우리는 더위에 시달리고 있어요.

인슈테텐은 그 마지막 편지를 읽으며 재미있어하면서도 조금 언짢았다. 츠비커 부인은 좌파 쪽에 끌리는 경향이 있는 에피에게 좋은 영향을 미칠 사람이 아니었기 때문이다. 답장을 하며 그런 의미의 말을 쓰지는 않았다. 아내의 기분을 상하게 하고 싶지 않아서였지만 말해도 아무 소용 없다는 것이 더 큰 이유였다. 그는 아내가 돌아오는 날을 손꼽아 기다리면서 '늘 똑같은' 근무시간뿐 아니라 청사의 모든 고문관이 휴가를 떠났거나 떠나려고 하는 지금 두 배가 된 근무시간을 한탄했다.

그랬다, 인슈테텐은 일과 고독에서 벗어나고 싶었다. 바깥 부엌에서도 역시 비슷한 생각을 하고 있었다. 아니는 학교가 끝나면 주로 부엌에서 시간을 보냈다. 그럴 만도 한 것이 로스비타와 요한나가 작은 아가씨를 똑같이 사랑하고, 옛날처럼 여전히 사이좋게 지냈기 때문이었다. 두 하녀의 우정은 이 집의 여러 친구가 즐겨 입에 올리는 화제였다. 언젠가 기치키 지방법원 판사가 빌러스도르프에게 말했다.

"'내 주위에 뚱뚱한 사람들을 두어라.'[*] 나는 옛 교훈을 다시 확인하게 됩니다. 시저는 사람을 볼 줄 아는 사람이었어요. 편안함과 사교성 같은 건 본래 앵봉푸앵(embonpoint)[**]에만 있다는 걸 알고 있었지요."

실제로 두 하녀에게 그런 말을 할 수 있었다. 다만 이 경우 불가피한 외국어가 로스비타에게는 엄청난 미화를 뜻하지만 요한나에게는 딱 맞는 표현이라는 것이 달랐다. 요한나는 뚱뚱하다고는 할 수 없고 그냥 포동포동했으며, 그녀에게 아주 잘 어울리는 승리에 찬 독특한 표정으로 가슴 위쪽을 똑바로 순진하게 쳐다보았다. 그녀는 침착하고 품위가 있었고, 훌륭한 집안에서 일하는 하녀라는 자부심이 있었다. 아직도 농촌 여자 티를 완전히 벗지 못한 로스비타에게는 강한 우월감을 갖고 있어서 이따금 로스비타가 더 총애를 받아도 빙그레 웃으며 바라볼 뿐이었다. 그런 총애라면 그건 단지 마님의 사소하고 사랑스러운 별난 행동에 불과하며 '벌겋게 달군 쇠막대기를 든 아버지' 이야기를 한없이 늘어놓는 늙고 착한 로스비타에게 용납해줄 수 있었다. '처신을 잘하면 그런 일은 당하지 않아.' 요한나는 그렇게 생각했지만 표현은 하지 않았다. 그것은 평화로운 공존이었다. 무엇보다 두 하녀가 암묵적인 합의에 따라 아니를 대하는 태도와 교육 문제와 관련하여 역할을 분담한 것이 평화와 화합에 큰 몫을 했다. 로스비타는 동화나 이야기를 들려주는 시적인 분야를 맡고 요한나는 품위의 분야

---

[*] 셰익스피어의 『줄리어스 시저』 1막 2장에 나오는 대사.
[**] 통통한 상태를 뜻하는 프랑스어.

를 맡았다. 그러한 역할을 서로 절대 침범하지 않아서 관할권 다툼은 거의 일어나지 않았다. 아니가 고상한 아가씨를 중요시하는 경향이 강한 덕분에 요한나는 둘도 없는 훌륭한 교사가 될 수 있었다.

다시 한 번 말하면, 두 하녀는 아니에게 똑같이 중요했다. 하지만 집에 돌아오는 에피를 맞을 준비를 할 때 로스비타는 경쟁자를 다시 한 걸음 앞질렀다. 환영 행사를 전적으로 도맡았기 때문이다. 환영 행사는 크게 두 부분으로 이루어졌다. 먼저 화환을 증정하고 마지막에 시를 낭송할 예정이었다. 화환을 무슨 모양으로 하느냐의 문제는 환영을 뜻하는 '환'과 에피 이름의 약자인 'E.v.I.' 사이에서 한동안 망설였지만 결국 별 어려움 없이 해결되었다('환' 자를 물망초로 꾸미자는 쪽이 표를 더 많이 받았다). 하지만 시 문제는 그만큼 더 어려웠다. 로스비타가 재판정에서 돌아오는 기치키 판사를 둘째 계단에서 붙잡고 '시'를 지어달라고 부탁하는 용기가 없었더라면 아예 해결하지 못했을 수도 있었다. 친절한 기치키는 그 자리에서 지어주겠다고 약속했으며, 그날 오후 늦게 요리사를 통해 고대하던 시를 보내주었다. 그 시는 다음과 같았다.

엄마, 우리는 오래 기다렸어요.
몇 주 몇 날 몇 시간을.
이제 다 같이 현관과 발코니에서 인사해요.
화환도 만들었어요.
아빠는 기쁘게 웃어요.
아내와 엄마가 없는 날이

드디어 끝났으니까요.

로스비타도 웃고 요한나도 웃어요.

아니는 팔짝팔짝 뛰면서 소리치지요.

환영해요, 환영해요.

말할 것도 없이 바로 그날 저녁 시를 암송하면서 시의 아름다운 점과 아름답지 못한 점을 검토해보았다. 요한나는 아내와 어머니를 강조하는 것이 처음엔 괜찮았지만 왠지 거부감이 든다면서 자기라면 '아내이자 엄마로서' 상처를 받을 것 같다고 했다. 그러자 불안해진 아니는 내일 담임 선생님에게 시를 보여주겠다고 약속했다. 다음날 아니는 '아내와 엄마'는 괜찮지만 그만큼 '로스비타와 요한나'가 거슬린다는 논평을 가지고 돌아왔다. 그러자 로스비타는 선생님은 바보다, 아마 너무 많이 배워서 그런 것 같다고 잘라 말했다.

하녀들과 아니는 수요일에 그런 이야기를 하면서 시의 부족한 점에 대한 갈등을 해결했다. 그리고 에피가 다음 주말쯤 돌아올 거라고 짐작하면서 그것을 확인해주는 편지를 기다렸다. 다음날 아침 인슈테텐은 청사에 나갔다. 정오 무렵 학교가 끝난 아니는 가방을 메고 운하에서 카이트 가 쪽으로 걸어오다가 집 앞에서 로스비타를 만났다.

"누가 먼저 계단을 올라가는지 내기해."

아니가 느닷없이 말했다. 로스비타는 달리기 시합 같은 건 할 생각이 없었지만 아니가 냅다 계단을 먼저 뛰어올라갔다. 그런데 다 올라가서 그만 비틀하면서 운수 사납게도 계단 옆에서 신발의 흙을 터는 쇠 매트에 넘어지고 말았다. 아니의 이마에서 피가 줄줄 흘렀다. 로스비타는 헉헉거리며 겨우 뒤쫓아 올라와 초인종 줄을 잡아당겼고, 요한나가 약간 겁을 집어먹은 아이를 방으로 옮겼다. 그들은 어떻게 해야 할지 의논했다.

"의사 선생님을 부르러 보내요…… 주인나리를 부르러 보내요…… 지금쯤 수위네 아이 레네도 학교에서 돌아왔을 거예요."

하지만 모두 너무 오래 걸릴 것 같아서 그만두었다. 얼른 무슨 조치를 취해야 했다. 그들은 아이를 소파에 누이고 찬물로 찜질을 하기 시작했다. 효과가 있어서 안심하고 있는데 로스비타가 불쑥 말했다.

"붕대를 감아줍시다. 마님이 지난겨울 얼음판에서 발을 삐끗했을 때 잘라놓은 긴 붕대가 어디 있을 텐데……"

그러자 요한나가 맞장구를 쳤다.

"그래요. 그럽시다. 그런데 붕대가 어디 있을까? ……맞아요, 재봉탁자 안에 있을 거예요. 잠겨 있겠지만 장난감 같은 자물쇠예요. 로스비타, 끌을 가져와요. 뚜껑을 부수자고요."

그들은 한참 애를 쓴 끝에 결국 뚜껑을 부수고 위에서 아래까지 서랍을 뒤졌다. 붕대는 보이지 않았다.

"분명히 보았다고."

로스비타는 이렇게 말하고 화를 내며 계속 찾았다. 바느질 도구며 바늘꽂이며 무명실과 비단실이 감긴 실패며 말린 제비꽃 다발이며 카드며 쪽지며 편지 묶음이 로스비타의 손이 닿는 대로 넓은 창틀 위로 휙휙 날아갔다. 편지 묶음은 셋째 서랍 맨 밑에서 나왔는데 빨간 비단실로 묶여 있었다. 붕대는 여전히 보이지 않았다.

그때 인슈테텐이 들어왔다. 로스비타는 화들짝 놀라 아니 옆에 서서 말했다.

"아, 아무것도 아니에요, 나리. 아니가 매트에 넘어졌습니다. …… 아, 마님이 뭐라고 하실까. 마님이 안 계셔서 천만다행이에요."

인슈테텐은 임시로 댄 헝겊을 떼어내고 상처를 살펴보았다. 살이 깊이 찢겼지만 심각한 것 같지는 않았다.

"나쁘지는 않군. 하지만 로스비타, 룸쉬텔이 올 수 있는지 알아봐야겠어요. 레네가 갈 수 있을 겁니다. 지금 시간이 있을 테니까. 그런데 재봉 탁자는 어떻게 된 거요?"

로스비타가 붕대를 찾고 있었다고 말했다. 하지만 그만 찾고 차라리 새 천을 잘라야겠다고 했다. 인슈테텐은 그러라고 하고는 하녀들이 나가자 아이 옆에 앉았다.

"아니, 넌 너무 야단스러워. 네 엄마를 닮은 거야. 항상 회오리바람 같지. 그래서는 되는 일이 없단다. 기껏해야 이런 일만 생기는 거야."

인슈테텐은 상처를 가리키며 말하고는 아니에게 입을 맞추었다.

"울지는 않았구나. 씩씩한데. 그러니까 야단스럽게 군 것을 용서해주마…… 의사 선생님이 한 시간 후면 오실 거야. 선생님이 하라는 대로 해야 한다. 붕대를 감아주시면 잡아당기거나 누르지 마. 그러지 않으면 금방 나을 거야. 엄마가 오실 때쯤이면 다 낫거나 거의 나을 걸. 어쨌든 시간이 일주일이나 있어서 다행이다. 아까 엄마 편지를 받았단다. 다음 주말에 오신대. 너한테 안부 전해달라면서 보고 싶다고 하더라."

"편지를 읽어주세요, 아빠."

“그러자꾸나.”

편지를 채 읽기도 전에 요한나가 식사가 준비되었다고 알렸다. 아니는 다쳤지만 일어났다. 아버지와 딸은 식탁에 같이 앉았다.

제27장

인슈테텐과 아니는 잠시 아무 말도 하지 않고 마주 앉아 있었다. 끝내 침묵이 괴로워진 인슈테텐은 여자 교장 선생님은 어떤지, 어떤 선생님이 제일 좋은지 몇 가지를 물어보았다. 아니는 아빠가 관심이 별로 없는 것 같아서 마지못해 대답했다. 두번째 음식이 나왔을 때 요한나가 아니에게 뭐가 또 나올 거라고 소곤거리자 비로소 분위기가 호전되었다. 착한 로스비타가 운수 나쁜 그날 사랑하는 아이가 당한 불행에 책임을 느끼고 비장의 카드로 사과 오믈렛을 만들었던 것이다.

오믈렛을 보자 아니는 말이 조금 많아졌고 인슈테텐 역시 기분이 나아졌다. 그때 초인종 소리가 들리면서 룸쉬텔 추밀고문관이 들어왔다. 우연히 들른 것이었다. 룸쉬텔은 사람이 자신을 부르러 간 것도 모르고 그냥 들렀다고 했다. 그리고 상처 위에 헝겊을 댄 것은 잘한 일이라고 칭찬했다.

"초산납액을 가져오라고 하세요. 아니는 내일 집에서 쉬라고 하고요. 절대 안정해야 합니다."

그는 에피는 어떤지, 엠스에서 소식이 왔는지 묻고는 내일 다시 와서 보겠다고 했다.

이윽고 식사가 끝나고 모두 일어나 붕대를 찾느라 법석을 떨었던 옆방으로 갔다. 아니를 다시 소파에 눕히고 요한나가 그 옆에 앉았다. 인슈테텐은 창틀에 아직도 어지럽게 널려 있는 물건들을 재봉 탁자에 다시 정리해 넣기 시작했다. 그는 이따금 물건들을 어디에 넣어야 좋을지 몰라서 물었다.

"요한나, 편지는 어디에 있었지요?"

"맨 아래 여기 이 서랍입니다."

그렇게 묻고 대답하면서 인슈테텐은 빨간 실로 묶인 작은 편지 묶음을 아까보다 더 주의 깊게 살펴보았다. 편지라기보다는 오히려 쪽지들을 모아놓은 것 같았다. 그는 카드놀이 할 때처럼 엄지와 검지로 묶음의 옆을 살짝 밀어보았다. 그러자 몇 줄, 아니 몇 낱말이 얼핏 눈에 들어왔다. 확실하지는 않았지만 필체가 어딘지 낯이 익었다. 확인해야 하지 않을까?

"요한나, 커피를 좀 갖다줘요. 아니도 반 잔 마실 거예요. 의사가 마시지 말라는 말은 안 했으니까. 금지하지 않았으면 해도 된다는 얘기예요."

인슈테텐은 그렇게 말하면서 빨간 실을 풀고는 요한나가 나가 있는 사이에 서둘러 묶음을 손가락으로 밀어 내용을 훑어보았다. 두세 통에만 수신인이 적혀 있었다. "인슈테텐 군수 부인에게." 소령의 글씨였다. 소령과 에피가 편지를 주고받은 일은 모르고 있었다. 머릿속이 빙글빙글 돌기 시작했다. 그는 편지 묶음을 호주머니에 넣고 자기 방으로 들어갔다. 몇 분 후 요한나가 커피를 가져왔다는 표시로 조용히 문을 두드렸다. 인슈테텐은 대답은 했지만 문을 열지 않았다. 아무 소리도 나지 않았다. 십오 분이 지나자 비로소 양탄자 위를 왔다갔다 거니는 소리가 들렸다. 요한나가 아니에게 말했다.

"아빠가 왜 저러실까요? 의사 선생님이 아무것도 아니라고 했는데요."

방을 거니는 소리는 도무지 끝날 것 같지 않았다. 마침내 인슈테텐이 옆방에 다시 나타났다.

"요한나, 아니를 잘 돌보고 소파에 가만히 누워 있도록 신경 좀 써줘요. 나는 한두 시간 어디 좀 다녀와야겠어요."

그는 아이를 주의 깊게 살펴본 다음 나갔다.

"아빠 얼굴 봤어, 요한나?"

"예, 아니 아가씨. 화가 많이 나신 것 같아요. 얼굴이 아주 창백하세요. 그런 모습은 처음 봐요."

몇 시간이 흘렀다. 인슈테텐은 해가 서산으로 넘어가고 붉은 노을이 건너편 지붕 위에 아직 남아 있을 때 돌아왔다. 그는 아니의 손을 잡고 어떤지 묻고는 요한나에게 램프를 방으로 갖다달라고 했다. 요한나가 램프를 가져왔다. 램프의 초록색 갓에는 사진들이 타원형의 반투명한 종이 위에 죽 붙어 있었다. 모두 아내의 사진들이었다. 케신에서 비헤르트의 〈길에서 한 걸음 벗어나서〉 공연 때 공연한 사람들을 찍은 사진들이었다. 그는 갓을 왼쪽에서 오른쪽으로 천천히 돌리면서 사진을 하나하나 자세히 살펴보았다. 하지만 곧 그만두고 방이 후덥지근한 것 같아서 발코니 문을 연 다음 편지 묶음을 다시 손에 들었다. 처음 대강 훑어보면서 몇 통을 골라 맨 위에 올려놓았던 것 같았다. 그는 그 편지들을 나직하게 소리내어 다시 읽어보았다.

오늘 오후에도 풍차 옆 모래언덕으로 와요. 늙은 아더만 집이라면 조용히 이야기할 수 있을 겁니다. 외딴집이니까요. 너무 불안해하지 마요. 우리도 권리가 있습니다. 그렇게 스스로 강력하게 말하면 두려움이 사라질 거예요. 우연히 통용되는 모든 것이 계속 통용된다면 인생은 살 가치가 없을 겁니다. 가장 좋은 것은 그런 모든 것을 넘어선 저편에 있는 거예요. 그걸 즐기는 법을 배우세요.

……떠나자고, 도망가자고 썼지요. 불가능합니다. 나는 아내를 버리고 떠날 수 없습니다. 더욱이 가난 속에. 그럴 수는 없어요. 우리는 이 일을 가볍게 생각해야 합니다. 안 그러면 우리는 가련해지고 그만 끝나는 거예요. 경박함이 우리가 가진 최고의 가치입니다. 모든 것은 운명입니다. 그럴 수밖에 없었던 거예요. 상황이 달랐고 우리가 아예 만나지 않았더라면 좋겠어요?

그리고 세번째 편지가 있었다.

……오늘 늘 만나던 곳으로 다시 와요. 당신이 없는 여기서 나는 어떻게 하루하루를 보낼까요! 이 삭막한 둥지에서. 미칠 것 같지만 당신 말대로 그것은 구원입니다. 우리는 결국 우리에게 이별을 명령하신 손을 축복해야 합니다.

인슈테텐이 편지들을 다시 옆으로 치우는데 바깥에서 초인종 소리가 들렸다. 곧바로 요한나가 전했다.

"빌러스도르프 고문관님이십니다."

빌러스도르프는 방으로 들어오면서 첫눈에 무슨 일이 일어났음을 눈치챘다. 인슈테텐이 말했다.

"오늘 당장 와달라고 해서 미안해요, 빌러스도르프. 저는 이런 저녁 시간에 아무도, 특히 격무에 시달리는 청사고문관은 더욱 괴롭히고 싶지 않아요. 하지만 어쩔 수가 없었어요. 편히 앉으세요. 여기 담배가 있습니다."

빌러스도르프는 자리에 앉았다. 인슈테텐은 다시 왔다갔다하기 시작했다. 그는 불안으로 속이 타서 계속 그러고 싶었지만 그럴 수 없음을 깨달았다. 그는 담배를 집어들고 빌러스도르프의 맞은편에 앉아 마음을 가라앉히려고 애를 쓰며 겨우 입을 열었다.

"두 가지 이유로 오시라고 했습니다. 첫째는 결투 신청을 전해주고, 둘째는 나중에 결투에서 입회인이 되어달라는 거예요. 하나는 유쾌하지 않은 일이고, 또 다른 하나는 더 유쾌하지 않은 일이지요. 대답을 듣고 싶습니다."

"인슈테텐, 아시다시피 저는 당신의 뜻대로 할 거예요. 하지만 사정을 듣기 전에 미안하지만 순진한 질문을 하나 할게요. 꼭 그래야 합니까? 우리는 이미 그럴 나이는 지났어요. 당신이 권총을 들고, 저는 그것에 동조할 나이가 아니라고요. 부탁을 거절한다고 오해하지 마세요. 어떻게 제가 당신의 부탁을 거절할 수 있겠어요. 우선 말해보세요. 무슨 일입니까?"

"아내의 정부(情夫)에 관한 일입니다. 그는 제 친구였거나 친구라고 할 수 있는 자지요."

빌러스도르프가 그를 빤히 쳐다보았다.

"인슈테텐, 있을 수 없는 일이에요."

"있을 수 있을 뿐 아니라 확실한 사실입니다. 읽어보세요."

빌러스도르프는 얼른 편지들을 훑어보았다.

"부인이 받은 겁니까?"

"예. 오늘 재봉 탁자에서 발견했어요."

"누가 썼는데요?"

"크람파스 소령입니다."

"아직 케신에 계실 때 일이로군요."

인슈테텐이 고개를 끄덕였다.

"육 년이나 육 년 반 전 일이군요."

"예."

빌러스도르프가 잠자코 있자 잠시 후 인슈테텐이 말했다.

"빌러스도르프, 육칠 년이라는 세월이 깊은 인상을 주었나보군요. 시효이론이란 것이 있지요. 물론입니다. 하지만 이 경우에도 그 이론을 적용해야 하는지는 모르겠어요."

"저도 모르겠네요. 솔직히 말해 여기서 그 문제가 핵심 같습니다."

인슈테텐이 눈을 크게 뜨고 빌러스도르프를 바라보았다.

"진심이세요?"

"진심입니다. 재치 있는 말장난이나 변증법적인 궤변으로 접근할 수 있는 문제가 아니에요."

"어떻게 생각하시는지 궁금해요. 입장을 솔직하게 말씀해주세요."

"인슈테텐, 당신은 지금 끔찍한 상황이고 당신 인생의 행복은 사라졌습니다. 하지만 정부를 쏘아 죽이면 행복은 두 배로 사라지는 거예요. 괴로움을 당한 아픔에 괴롭힘을 준 아픔까지 더해지니까요. 그것이 문제입니다. 꼭 해야 합니까? 그자나 당신, 둘 중 하나가 세상에서 없어져야 할 정도로 상처를 받았고 모욕과 분노를 느끼세요? 그래요?"

"모르겠어요."

"아셔야 합니다."

인슈테텐은 벌떡 일어나 창가로 걸어가 유리창을 신경질적으로 톡톡 두드렸다. 이윽고 몸을 홱 돌려 빌러스도르프에게 다가갔다.

"아니요, 그렇지 않습니다."

"그럼 어떤데요?"

"이렇습니다. 저는 이루 말할 수 없이 불행해요. 마음에 상처를 입었고 비열하게 기만당했지요. 하지만 증오나 복수를 하고 싶은 갈망은 없어요. 왜 그런지 자문해보면 먼저 세월이 떠오르더라고요. 사람들은 늘 용서받지 못할 죄를 들먹이지만 하느님 앞에서 그런 죄는 없습니다. 사람들 앞에서도 마찬가지지요. 예전 같으면 시간이 순수하게 시간으로서 그런 영향을 미칠 수 있다고는 꿈에도 생각하지 못했을 거예요. 둘째 이유는 제가 아내를 사랑한다는 거예요. 그래요, 말하기도 이상하지만 저는 여전히 아내를 사랑합니다. 끔찍한 일이 일어났다고 생각하면서도 그녀의 사랑스러움과 독특하고 명랑한 매력에 사로잡혀서 마음 저 한구석에서는 제 의지에 거슬러 용서하자는 쪽으로 기울고 있지요."

빌러스도르프가 고개를 끄덕였다.

"이해할 수 있어요, 인슈테텐. 저라도 그럴 겁니다. 입장이 그렇고 '아내를 너무 사랑하니까 다 용서할 수 있다'고 하신다면, 또 옛날 일이라서 마치 다른 별에서 일어난 일 같다는 이유까지 덧붙인다면, 그렇다면, 인슈테텐, 우리가 왜 이런 이야기를 하는 거죠?"

"그럼에도 불구하고 해야 하기 때문입니다. 여러 가지로 깊이 생각해보았어요. 사람은 개인일 뿐 아니라 전체의 일원이기도 합니다. 언제나 이 전체를 생각해야 해요. 우리는 전적으로 이 전체에 종속되어 있어요. 혼자 산다면 그냥 지나갈 수도 있습니다. 그럼 저는 제 짐을 져야 하지요. 진정한 행복은 사라지겠지만 '진정한 행복' 없이 사는 사람도 많을 겁니다. 그래야 한다면 저도 그렇게 살아야지요. 또 그렇게 살지 못할 것도 없습니다. 사람은 꼭 행복할 필요는 없으니까요. 행복을 요구할 권리는 더더욱 없으며, 행복을 빼앗아간 자를 반드시 제거할 필요도 없습니다. 세상을 등지고 살려고 하면 그자가 세상을 활보하게 둘 수도 있지요. 하지만 사람들과 모여 살면서 어떤 것이 생겼습니다. 그것이 존재하고, 우리는 그 조항에 따라 다른 사람들과 우리 자신을 판단하는 데 익숙해졌지요. 그것을 위반하면 안 됩니다. 그러면 사회는 우리를 경멸하고 결국 우리도 자신을 경멸하고, 그래서 끝내는 못 견디고 머리에 총을 쏠 겁니다. 누구나 자신에게 백번은 말했을 법한 말을 강의해서 미안합니다. 하지만 세상에 누가 새로운 이야기를 할 수 있겠어요! 다시 한 번 말하지만, 증오나 그 비슷한 감정도 없고 행복을 빼앗겼다고 손에 피를 묻히고 싶은 마음도 없습니다. 하지만 굳이 듣기를 원하신다면, 우리에게 전권을 휘두르는 사회의 그 어떤 것은 매력과 사랑과 시효에게 묻지 않습니다. 선택의 여지가 없어요. 저는 해야 합니다."

"저는 모르겠어요, 인슈테텐……"

인슈테텐은 빙긋 웃었다.

"스스로 결정하셔야 해요, 빌러스도르프. 지금 열시입니다. 여섯 시간 전이라면 이 일은 아직 제 손 안에 있고, 아직 이렇게도 저렇게도 할 수 있었어요. 인정합니다. 그때는 아직 해결책이 있었지요. 이제는 없어요. 전 지금 막다른 골목에 다다랐어요. 굳이 말하면 제 탓이죠. 자신을 더 다스리고 감시하고, 모든 일을 가슴속에 묻고 혼자 싸워야 했어요. 하지만 너무 갑작스럽고 충격적이라서 마음을 좀더 능숙하게 다스리지 못했다는 자책은 못 하겠어요. 저는 당신을 찾아갔고 쪽지를 썼지요. 그럼으로써 이 일은 제 손을 떠났습니다. 그 순간부터 제 불행과, 더 중요하게는 제 명예의 오점에 대해 반은 아는 사람이 생긴 거예요. 그리고 이제 우리가 여기서 몇 마디를 나눈 지금, 완전히 아는 사람이 생긴 거지요. 제 일을 아는 사람이 있기 때문에 저는 이제 물러설 수 없습니다."

빌러스도르프가 같은 말을 되풀이했다.

"저는 모르겠어요. 고리타분한 말을 하고 싶진 않지만 더 좋은 말이 생각나지 않네요. 인슈테텐, 모든 걸 무덤까지 갖고 가겠습니다."

"예, 빌러스도르프, 늘 그렇게 말하지요. 하지만 세상에 비밀이란 없습니다. 설사 약속을 지켜서 아무한테도 말하지 않는다 해도 당신은 알고 있습니다. 아까 제 말에 동감을 표시하고 '당신을 모두 이해할 수 있다'고까지 하셨지만 그렇다고 제가 당신 앞에서 떳떳한 건 아니지요. 저는 이 순간부터 당신의 동정의 대상이고 영원히 그럴 거예요. 그것만 해도 아주 기분좋은 일은 아니지요. 당신이 원하든 원하지 않든 상관없이 앞으로 당신이 있을 때 제가 아내와 나누는 말은 모두 당신의 감독을 받게 될 거예요. 아내가 정절에 대한 이야기를 하거나 여자들이 흔히 그러듯 다른 여자들을 비판하면 저는 눈을 어디에 두어야 할지 모를 겁니다. 더욱이 제가 대수롭지 않은 모욕을 당하고는 '악의는 없었겠지' 혹은 그 비슷한 말로 좋게 말하면, 당신의 얼굴에는 미소가 떠오르거나 적어도 움찔하면서 속으로 말할 거예요. '착한 사람이야. 모욕의 내용을 화학적으로 분석하는 데 열을 올리지만 정작 질식하는 데 질소가 얼마나 필요한지는 절대 모른다니까. 한 번도 어떤 일로 숨이 막혀본 적이 없다고.' ……빌러스도르프, 제 말이 맞나요, 틀리나요?"

그러자 빌러스도르프가 벌떡 일어났다.

"당신이 옳다는 게 무섭다는 생각이 들지만 당신이 옳습니다. 이제 '꼭 해야 합니까?'라고 물어 당신을 괴롭히지 않겠습니다. 세상은 일단 이런 모습이고, 일은 우리가 아니라 다른 사람들이 원하는 대로 돌아갑니다. 호들갑을 떨며 '신의 심판' 운운하는 사람들이 많지만 다

허튼소리예요. 그런 이야기는 그만합시다. 거꾸로 우리의 명예 숭배는 우상 숭배지만, 우상이 인정받는 한 우리는 그것을 따라야 합니다."

인슈테텐이 고개를 끄덕였다.

두 사람은 십오 분 동안 더 의논을 했다. 빌러스도르프는 바로 그날 저녁에 떠나기로 했다. 열두시에 떠나는 밤기차가 있었다. 그들은 헤어지면서 짧게 말했다.

"케신에서 만납시다."

제28장

약속대로 인슈테텐은 다음날 저녁 케신으로 떠났다. 전날 빌러스도르프가 타고 간 기차를 탔는데 다섯시 조금 지나서 역에 도착했다. 케신으로 가려면 거기서 왼쪽으로 가야 했다. 여름이면 늘 그렇듯 오늘도 기차가 도착하자 바로 증기선이 들어왔다. 인슈테텐이 철둑 계단을 거의 다 내려왔는데 부우 하고 첫 뱃고동 소리가 들렸다. 선착장까지는 채 삼 분이 걸리지 않았다. 그는 그곳으로 걸어가 선장에게 인사했다. 선장은 조금 당황한 눈치였는데 분명 어제 사건의 전말을 들은 것 같았다. 인슈테텐이 키 옆자리에 앉자마자 배가 상륙용 잔교에서 출발하여 멀어져 갔다. 아침햇살이 밝은 화창한 날씨였다. 승객은 얼마 없었다. 신혼여행에서 돌아와 지붕 없는 마차를 타고 에피와 케시네 강변을 달리던 생각이 났다. 그때는 음울한 11월 날씨였지만 마음은 봄날 같았다. 지금은 거꾸로 바깥은 햇빛이 찬란했지만 마음은 11월 같았다. 그는 이 길을 자주, 정말 자주 다녔다. 평화로운 들판, 그가 지나가면 귀를 쫑긋하는 목장의 가축들, 일하는 사람들, 비옥한 밭, 모두 다 좋았다. 하지만 지금은 구름이 몰려와 환하게 웃는 파란 하늘을 살짝 흐려놓자 오히려 기뻤다. 증기선은 강을 따라 내려가 브라이틀링의 아름다운 수면 위를 지나갔다. 곧 케신의 교회탑이 보이고, 바로 이어 배와 보트 들 뒤로 부두와 죽 늘어선 집들이 보였다. 이윽고 증기선이 목적지에 도착했다. 인슈테텐은 선장에게 인사를 하고 배에서 더 편하게 내리도록 바짝 당겨놓은 나무다리 쪽으로 걸어갔다. 빌러스도르프는 이미 와 있었다. 두 사람은 말없이 인사를 나누고 둑을 비스듬히 가로질러 호펜자크 호텔로 가서 차일 아래 자리를 잡고 앉았다. 빌러스도르프는 바로 사무적인 이야기를 하고 싶지 않아서 이렇게 말했다.

"어제 새벽에 여기서 잤습니다. 케신이 작은 둥지라는 걸 생각하면 이런 좋은 호텔이 있는 게 정말 놀라워요. 제 친구 급사장은 3개 국어를 구사하는 것 같더라고요. 확실해요. 머리 모양과 조끼의 재단을 보면 4개 국어라고 할 수도 있지요…… 장, 커피와 코냑을 갖다줘요."

인슈테텐은 빌러스도르프가 왜 그런 말투로 말하는지 십분 납득했지만 불안을 감출 수 없었다. 그가 자기도 모르게 시계를 들여다보자 빌러스도르프가 말했다.

"시간은 충분합니다. 한 시간 반쯤 남았어요. 마차를 여덟시 십오분에 오라고 했는데 십 분도 안 걸릴 겁니다."

"장소는?"

"크람파스는 처음에 교회 묘지 바로 뒤 숲 모퉁이에서 하자고 했습니다. 그러다 말을 끊더니 '아니요, 거기가 아니에요'라고 하더군요. 그래서 모래언덕 사이에서 하기로 했습니다. 해변 바로 옆인데 앞쪽 모래언덕에 틈이 있어서 바다가 보이는 곳이지요."

인슈테텐이 픽 웃었다.

"아름다운 곳을 고른 것 같군요. 크람파스는 그런 것에 유별난 취향이 있었지요. 어떻게 행동하던가요?"

"놀라웠습니다."

"오만하던가요? 경박했어요?"

"둘 다 아니었습니다. 인슈테텐, 솔직히 말해서 충격을 받았어요. 당신 이름을 말하자 얼굴이 하얗게 질리면서 침착하려고 애를 쓰는데 입 한 귀퉁이가 바르르 떨리더라고요. 하지만 아주 잠깐 그러고는 바로 평정을 찾았어요. 그때부터는 비애에 찬 체념뿐이었습니다. 이 일에서 무사히 빠져나올 수 없다고 생각하는 것 같았는데 그러고 싶은 마음도 없어 보였어요. 제가 제대로 본 건지는 모르겠지만, 그는 즐겁게 살면서도 인생에 관심이 없어 보였어요. 모든 것에 동참하면서도 그게 별것 아님을 아는 것 같았습니다."

"그의 입회인은 누구죠? 아니, 이렇게 묻는 게 낫겠네. 누구를 데려온대요?"

"평정을 되찾고 나서 크람파스가 제일 걱정했던 문제예요. 그는 인근의 귀족 두세 명을 들었지만 너무 연로하고 너무 믿음이 깊다면서 바로 그만두고는 트렙토에 있는 친구 부덴브로크에게 전보를 치겠다고 했어요. 연락을 받고 부덴브로크가 왔는데 절도가 있으면서도 어린아이 같은 좋은 사람이더라고요. 부덴브로크는 마음을 가라앉히지 못하고 흥분해서 왔다갔다했지만 사정을 다 말하자 우리와 똑같은 말을 했습니다. '당신이 옳습니다. 할 수밖에 없습니다!'라고."

주문한 커피가 왔다. 두 사람은 담배를 집어들었다. 빌러스도르프는 화제를 다시 상관없는 일로 돌렸다.

"케신 사람이 하나도 인사하러 오지 않는 게 이상하네요. 여기서 사랑을 많이 받으신 걸로 아는데. 심지어 당신 친구인 기스휘블러까지……"

인슈테텐이 픽 웃었다.

"여기 해안가 사람들을 잘못 보신 겁니다. 그들은 반은 속물이고 반은 교활한 사람들이라서 제 취향에 맞지는 않지만 한 가지 미덕이 있지요. 바로 모두 예의가 바르다는 거예요. 제 오랜 친구 기스휘블러는 더욱 그렇지요. 그 사람들은 사건을 당연히 알고 있지만 알기 때문에 호기심 많은 사람처럼 굴지 않으려고 조심하는 겁니다."

그때 지붕을 뒤로 젖힌 마차가 왼쪽에서 달려오는 것이 보였다. 마차는 약속 시간보다 일러서 그런지 천천히 오고 있었다.

"우리 마차인가요?"

빌러스도르프가 대답했다.

"그런가봅니다."

곧이어 마차가 호텔 앞에 멈춰 섰다. 두 사람은 자리에서 일어났다. 빌러스도르프가 마부에게 말했다.

"방파제로 갑시다."

방파제는 반대쪽 해변, 그러니까 왼쪽이 아니라 오른쪽에 있었다.

다른 쪽으로 가자고 한 것은 혹시 있을 수 있는 돌발사태를 미연에 방지하기 위해서였다. 하지만 더 바깥 오른쪽으로 가든 왼쪽으로 가든 어차피 농장을 지나갈 수밖에 없었고, 어쩔 수 없이 인슈테텐이 옛날에 살던 집을 지나가게 되었다. 집은 예전보다 더 조용하게 서 있었다. 일층은 돌보지 않은 흔적이 역력했다. 그러니 이층은 어떠하랴! 인슈테텐은 불쑥 섬뜩한 느낌이 들었다. 옛날에 에피가 그랬을 때는 그런 느낌을 없애주려고 하거나 비웃었는데. 그는 마차가 그 집을 지나가자 기뻤다.

"저기서 살았습니다."

인슈테텐의 말에 빌러스도르프가 대답했다.

"이상한 집이네요. 어딘지 황량하고 쓸쓸해 보여요."

"그럴 거예요. 시내에서 유령의 집으로 알려진 집이었지요. 오늘 저 집을 보니까 그 말이 틀린 말도 아닌 것 같네요."

"무슨 일이 있었습니까?"

"아, 어리석은 이야기예요. 늙은 선장과 손녀인가 조카딸이 있었는데 어느 화창한 날 그 여자가 갑자기 온데간데없이 사라졌답니다. 그리고 중국인이 있었는데 그 여자의 연인이었던 것 같아요. 복도에는 끈에 매달린 작은 상어와 악어가 항상 흔들대고 있었지요. 놀라운 이야기지만 지금은 하고 싶지 않네요. 머릿속이 다른 일로 복잡해서."

"일이 깔끔하게 끝날 수 있다는 걸 잊으셨나봐요."

"그러면 안 되죠. 빌러스도르프, 아까 크람파스 이야기를 할 때는 다르게 말하신 것 같은데요."

마차는 곧 농장을 지나갔다. 마부가 바로 마차를 오른쪽으로 몰아

방파제로 가려고 하자 인슈테텐이 말했다.

"왼쪽으로 가세요. 방파제는 나중에 가지요."

마부는 마차를 왼쪽으로 돌려 넓은 차도로 들어섰다. 남성용 해수욕장 뒤에서 곧장 숲으로 이어지는 차도였다. 숲에서 삼백 보쯤 떨어진 곳에 이르자 빌러스도르프가 마차를 세웠다. 두 사람은 사각거리는 모래를 밟으며 넓은 차도를 따라 내려갔다. 차도는 이 지점에서 나란히 늘어선 모래언덕 세 개를 수직으로 가로지르고 있었다. 차도 옆에는 갯보리들이 무성하고, 그 주위에 엉겅퀴와 피처럼 빨간 패랭이꽃이 몇 송이 피어 있었다. 인슈테텐은 허리를 굽혀 패랭이꽃을 한 송이 꺾어 단춧구멍에 꽂았다.

"엉겅퀴는 나중에."

오 분을 그렇게 걸었다. 앞의 두 모래언덕 사이에 난 깊은 골짜기에 이르자 왼쪽으로 크람파스와 부덴브로크와 선량한 한네만 의사가 보였다. 한네만은 모자를 벗어 들고 있어서 하얀 머리카락이 바람에 휘날렸다.

인슈테텐과 빌러스도르프가 모래 골짜기를 올라가자 부덴브로크가 그들을 향해 걸어왔다. 그들은 인사를 나누었고 입회인들은 옆으로 가서 사무적인 이야기를 짧게 나누었다. 두 사람이 동시에 앞으로 걸어나와 열 걸음째에 총을 쏘기로 했다. 부덴브로크가 자기 자리로 돌아갔다. 일은 빠르게 진행되었고 두 발의 총알이 발사되었다. 크람파스가 쓰러졌다.

인슈테텐은 몇 걸음 뒤로 물러나 눈을 돌려 장면을 보지 않았다. 빌러스도르프가 부덴브로크 쪽으로 걸어갔다. 두 입회인은 의사의 말을 기다렸다. 의사가 어깨를 으쓱했다.

그때 크람파스가 할 말이 있는 듯 손짓을 했다. 빌러스도르프가 허리를 굽혀 죽어가는 사람이 겨우 뱉는 몇 마디에 고개를 끄덕이더니 인슈테텐 쪽으로 걸어왔다.

"크람파스가 할 이야기가 있답니다. 인슈테텐, 들어줘야 해요. 생명이 삼 분도 안 남았어요."

"당신이 원한 건……"

그것이 크람파스의 마지막 말이었다. 그의 얼굴에는 고통스럽지만 다정한 빛이 어려 있었다.

제29장

인슈테텐은 바로 그날 저녁에 베를린으로 돌아왔다. 모래언덕에 세워두었던 마차를 타고 케신 시내를 통과하지 않고 바로 기차역으로 갔다. 관청에 신고하는 일은 입회인들에게 맡겼다. 베를린으로 오는 기차에서(그는 객실에 혼자 있었다) 모든 일을 다시 한 번 돌이켜보았다. 이틀 전과 같은 생각이었지만 지금은 순서가 뒤집혀 있었다. 정당성과 의무에 대한 확신에서 시작하여 의구심으로 끝이 났다.

"죄라는 것이 존재한다면 그것은 시간과 장소에 얽매이지 않으며 오늘 있다가 내일 효력이 사라지는 것일 수 없어. 죄를 지었으면 속죄를 해야 한다는 것은 의미가 있어. 소멸시효란 어중간하고 허약하며 적어도 무미건조한 거야."

그는 그렇게 생각하며 다시 기운을 차리고, 일어나야 할 일이 일어났을 뿐이라고 거듭 생각했다. 그러나 그 생각이 확고해지는 순간 생각이 다시 뒤집히는 것이었다.

"시효는 반드시 있어야 해. 시효는 유일하게 이성적인 거야. 그게 무미건조한지 아닌지는 중요하지 않아. 이성적인 것은 대부분 무미건조하니까. 나는 지금 마흔다섯 살이야. 편지를 이십오 년 후에 발견했다면 내 나이가 일흔이라고. 그럼 빌러스도르프는 '인슈테텐, 바보처럼 굴지 마세요'라고 했을걸. 빌러스도르프가 그러지 않으면 부덴브로크가 그랬을 테고, 부덴브로크도 그러지 않으면 내가 그랬겠지. 이제 분명히 알겠어. 어떤 일을 극단으로 밀고 나가면 도가 지나치고 웃음거리가 되는 거야. 그건 틀림없는 사실이야. 하지만 시효는 언제 소멸되는 것일까? 어디가 경계선일까? 십 년이 아직 결투가 필요하고 결투하는 것이 명예를 지키는 거라면 십일 년, 아니 십 년 반이 지나면 허튼짓이 된단 말인가. 경계선, 경계선. 어디가 경계선일까? 경계선이 있었던가? 경계선을 이미 넘었을까? 그의 마지막 눈초리를 생각하면. 체념하여 불행 속에서도 미소 짓던 그 눈은 말하고 있었어. '인슈테텐, 융통성 없이 원칙을 고수했군요…… 나한테, 또 당신 자신한테 그러지 않을 수도 있었는데'라고. 그가 옳았는지도 몰라. 내 마음속에 그런 말이 울리는 것 같아. 차라리 죽이고 싶도록 증오하고 복수심에 불탔더라면…… 복수는 아름다운 것은 아니지만 인간적인 것이고, 자연스러운 인간의 권리지. 하지만 이 모든 짓은 관념과 개념을 위한 거였어. 작위적인 사건이고 반은 희극이었다고. 이제 나는 이 희극을 계속하고 에피를 내쫓고 파멸시켜야 해. 그리고 나도 같이 파멸하는 거지…… 차라리 편지를 불태워버리고 세상은 편지가 존재한다는 사실도 영원히 몰라야 했어. 아무것도 모르고 에피가 오면 '여기가 당신 자리요'라고 말하고는 마음속으로 그녀와 헤어져야 했다고. 세상 앞에서 그러지 말고. 아무것도 아닌 인생이 얼마나 많으며 아무것도 아닌 결혼 또한 얼마나 많은가…… 그럼 행복은 사라졌겠지만 말 없이 비난하고 묻는 눈초리를 보는 일은 없었을 거야."

인슈테텐은 열시 직전에 집에 도착했다. 계단을 올라가 초인종을 당기자 요한나가 문을 열어주었다.

"아니는 어때요?"

"괜찮습니다, 나리. 아직 안 자는데…… 나리가……"

"아니요, 아닙니다. 공연히 흥분만 시킬 거예요. 내일 아침에 보는 게 낫겠어요. 차를 좀 갖다줘요, 요한나. 누가 왔었습니까?"

"의사 선생님이 오셨을 뿐입니다."

혼자가 되자 인슈테텐은 늘 그랬듯 방 안을 왔다갔다 거닐었다.

"벌써 다 알고 있을 거야. 로스비타는 멍청하지만 요한나는 영리한 여자야. 정확한 사실을 모르면 이리저리 맞춰보고, 결국 다 알게 된다고. 모든 게 징조가 되고, 모두 그 자리에 있었던 것처럼 쑥덕대는 거야. 정말 이상하다니까."

요한나가 차를 가져왔다. 인슈테텐은 차를 마셨다. 그는 긴장한 탓인지 죽도록 피곤했고 바로 잠이 들었다.

인슈테텐은 제시간에 일어났다. 그는 아니에게 가서 몇 마디를 하고는 착한 환자라고 칭찬해주었다. 그리고 청사로 가서 장관에게 사건을 보고했다. 장관은 매우 호의적이었다.

"인슈테텐, 우리는 살면서 온갖 일을 겪습니다. 거기서 무사히 빠져나온 사람은 행복한 거예요. 당신은 그런 일을 겪은 겁니다."

장관은 이번 사건이 아무 문제가 없다고 판단하고 인슈테텐에게 뒤처리를 맡겼다.

인슈테텐은 오후 늦게 집에 돌아왔다. 빌러스도르프의 편지가 와 있었다.

오늘 새벽에 도착했습니다. 여러 가지 일이 있었어요. 가슴 아픈 일과 감동적인 일이 있었는데 기스휘블러가 으뜸이었지요. 그처럼 사랑스러운 곱사등이는 정말 처음 보았습니다. 그는 당신 이야기는 많이 안 했지만 부인은, 부인은! 도무지 마음을 가라앉히지 못하더니 결국 울음을 터뜨리더라고요. 그런 일이 있다니. 기스휘블러 같은 사람이 더 있으면 얼마나 좋을까 싶더라고요. 하지만 그렇지 않은 사람들이 더 많더군요. 그리고 소령 집에서는…… 끔찍했습니다. 그 이야기는 하지 않을게요. 조심해야 한다는 것을 다시 한 번 배웠습니다. 내일 뵙겠습니다.

당신의 W.

인슈테텐은 편지를 읽고 충격을 받았다. 그는 앉아서 편지를 몇 통 쓰고는 종을 울려 요한나를 불렀다.

"요한나, 이 편지들을 우체통에 넣어줘요."

그는 편지를 받아들고 가려는 요한나를 불러 세우고 말했다.

"……요한나, 하나 더 있는데, 이제 마님은 돌아오지 않아요. 왜 안 오는지는 다른 사람들한테 들을 겁니다. 아니는 몰라야 해요. 적어도 지금은 안 됩니다. 불쌍한 것! 이제 엄마가 없다는 사실을 차차 가르쳐주도록 해요. 나는 못 하겠으니까. 똑똑하게 잘해야 합니다. 로스비타가 일을 망치지 않도록 주의해요."

요한나는 마비된 듯 잠시 그대로 서 있었다. 하지만 곧 인슈테텐에게 걸어와 그의 손에 입을 맞추었다.

요한나는 다시 바깥 부엌으로 돌아왔다. 자부심과 우월감으로 가슴이 터질 것 같았고 행복하기까지 했다. 나리가 모든 이야기를 털어놓았을 뿐 아니라 마지막에 "로스비타가 일을 망치지 않도록 주의해요"라고 덧붙였다. 그것이 제일 중요했다. 그녀 역시 마음씨가 착했고 마님을 동정하는 마음이 없지 않았지만 주인나리와 친하다는 승리감이 그 모든 것을 넘어섰다.

평소라면 그 승리를 과시하기가 쉬웠을 테지만 오늘은 상황이 별로 좋지 않았다. 경쟁자가 주인의 신임을 받는 사람이 아닌데도 내막을 더 잘 알고 있었기 때문이다. 그러니까 요한나가 주인의 신임을 받던 거의 그 무렵에 아래층 수위가 로스비타를 작은 방으로 불러 신문 한 장을 읽으라고 내밀었던 것이다.

"로스비타, 당신이 읽을 만한 거예요. 나중에 다시 갖다줘요. 〈프렘덴블라트〉*뿐이지만 레네가 〈클라이네 주르날〉**을 사러 갔어요. 거

---

* 1862년에 창간된 베를린 신문.
** 1879년에 창간된 베를린 일간지로 주로 궁정과 사회적 스캔들을 다루었다.

기엔 좀더 자세하게 나와 있을 거예요. 그 사람들은 항상 다 알고 있거든요. 이봐요, 로스비타, 세상에 그런 일이 있을 줄 누가 알았겠어요."

로스비타는 평소 호기심이 별로 많지 않았지만 그런 말을 듣고는 서둘러 뒷계단을 올라왔다. 막 신문을 다 읽었는데 요한나가 들어왔다.

요한나는 인슈테텐이 준 편지들을 탁자에 놓고 주소를 훑어보았다. 아니, 적어도 훑어보는 척했다. 누구한테 보내는 편지인지 이미 알고 있었기 때문이다. 그녀는 평온함을 가장하며 말했다.

"한 통은 호엔크레멘으로 가는 거야."

"그렇겠지."

요한나가 깜짝 놀랐다.

"나리는 여느 때 호엔크레멘으로 편지를 쓴 적이 없어요."

"그래요, 여느 때는. 하지만 지금은…… 생각해봐요, 방금 아래층 수위가 이걸 줬어요."

요한나는 신문을 받아들고 굵은 펜으로 밑줄을 그은 부분을 나직한 목소리로 읽었다.

편집 마감 직전 입수한 정통한 소식에 따르면, 어제 새벽 힌터포메른의 케신 해수욕장에서 참사관 v. I.(카이트 가)와 크람파스 소령 사이에 결투가 벌어졌다. 크람파스 소령이 쓰러졌다. 소령과 아직 젊은 아름다운 참사관 부인 사이에 관계가 있었다고 한다.

"이런 신문들은 별별 이야기를 다 쓴다니까."

새 소식을 알릴 기회를 빼앗긴 요한나가 기분이 상해서 말했다. 그러자 로스비타가 맞장구를 쳤다.

"그래요. 이제 사람들이 그걸 읽고 사랑하는 불쌍한 마님을 욕할 거예요. 불쌍한 소령. 이제 그 사람은 죽었어요."

"로스비타, 도대체 무슨 생각을 하는 거예요? 그 사람이 죽지 않아야 한단 말이에요? 차라리 우리 나리가 죽어야 한다고요?"

"아니요, 요한나, 나리도 살고 모두 다 살아야 한다고요. 나는 사람을 쏘아 죽이는 게 싫어요. 총소리도 못 듣겠어요. 생각해봐요, 요한나, 한참 전 일이잖아요. 처음부터 그 편지들이 이상하게 보이더라고요. 빨간 끈도 그렇고, 서너 겹으로 동여맨데다가 매듭을 지었는데 리본이 없더라고요. 편지들은 벌써 누렇게 바래 있었어요. 그렇게 오래된 일이라고요. 우리가 여기서 산 지 벌써 육 년이 넘었어요. 어떻게 그렇게 오래된 일 때문에⋯⋯"

"아, 로스비타, 다 이해하는 것처럼 말하네요. 자세히 보면 당신 탓이에요. 편지 때문에 벌어진 일이니까. 왜 끌을 가져와 재봉 탁자를 부쉈어요? 그런 일은 하면 안 되잖아요. 다른 사람이 잠근 자물쇠를 부수어 여는 게 아니라고요."

"요한나, 나를 비난하다니 정말 너무 못됐네. 당신 잘못이잖아요, 당신이 바보처럼 부엌으로 뛰어들어와 재봉 탁자를 부숴야 한다고, 그 안에 붕대가 있을 거라고 했잖아요. 그걸 당신도 알걸. 그래서 끌을 가져왔는데 내 잘못이라니. 아니요, 말하자면⋯⋯"

그러자 요한나가 한 걸음 뒤로 물러섰다.

"그 말은 취소할게요, 로스비타. 하지만 나한테 불쌍한 소령 이야기는 하지 마요. 불쌍한 소령이라니, 무슨 말이에요! 불쌍한 소령은 아무짝에도 쓸모없는 사람이었어요. 붉은 금빛 콧수염을 손가락으로 비비 꼬는 사람은 쓸모 있을 때가 한 번도 없고 언제나 해만 끼치죠. 늘 높은 분 집에서 일하다보면…… 그런데 당신은 그걸 몰라요, 로스비타, 그게 부족한데…… 그럼 무엇이 격에 맞고 어울리는지, 명예란 무엇인지, 또 이런 일이 일어나면 다른 도리가 없고 사람들이 결투라고 부르는 걸 해야 하고, 하나가 총에 맞아 쓰러져야 한다는 걸 알게 된다고요."

"아, 그쯤은 나도 알아요. 나를 늘 바보로 만들려고 하지만 난 그렇게 바보는 아니에요. 하지만 그렇게 오래된 일이라면……"

"로스비타, 계속 '그렇게 오래된 일'이라고 하는 걸 보면 정말 하나도 이해 못 하고 있다는 걸 알 수 있어요. 당신은 계속 아버지가 벌건 쇠막대기를 들고 당신에게 달려든 이야기를 하죠. 얼마나 많이 들었던지 벌건 다리미 달굼쇠를 끼울 때마다 당신 아버지가 죽은 아이 때문에 당신에게 달려드는 모습이 생각난다고요. 로스비타, 당신은 계속 그 이야기만 하잖아요. 아니 아가씨한테는 아직 하지 않았지만 견진성사를 받으면 분명 해주겠지요. 어쩌면 견진성사를 받은 그날 할지도 모르지. 나는 당신이 그런 일을 겪은 게 화가 나요. 당신 아버지는 시골 마을 대장장이에 불과하고 말발굽에 편자를 박거나 마차 바퀴를 끼우는 일이나 했을 텐데, 그런 당신이 우리 나리한테 단지 오래된 일이니까 다 그냥 조용히 참고 넘어가라고요. 오래되었다는 게 뭔데요? 육 년은 오래전이 아니에요. 마님은, 마님은 이제 돌아오지 않아요. 나리가 그렇게 말씀하셨어요. 마님은 이제 겨우 스물여섯이에요. 8월이 마님 생일이지요. 그런데 당신은 '오래된 일'이라고 하는군요. 마님이 서른여섯이라면, 분명히 말하지만, 서른여섯이라면 진짜 정신을 바짝 차려야 한다고요. 나리가 아무 행동도 하지 않으셨다면 높으신 분들이 나리를 '잘랐을' 거예요. 하지만 당신은 그런 말은 모를걸요, 로스비타. 당신은 그런 건 하나도 모르니까."

"그래요, 나는 그런 건 하나도 모르고 알고 싶지도 않아요. 하지만 요한나, 당신이 나리를 사랑한다는 사실은 알지요."

요한나가 발작적인 웃음을 터뜨렸다.

"그래, 웃어요. 오래전부터 알고 있었어. 당신은 그런 게 있지. 나리가 눈치를 못 채서서 다행이야…… 불쌍한 여자야, 불쌍한 여자라니까."

요한나는 그만 화해할 필요성을 느꼈다.

"그만해요, 로스비타. 또 불같이 화를 내는군요. 시골 사람들은 다 그렇더라고요."

"그럴지도 모르죠."

요한나는 그만 이야기를 끝냈다.

"이제 편지를 부치러 가야겠어요. 수위가 다른 신문을 구했는지 볼게요. 레네한테 신문을 사오라고 했다죠? 그 신문에 더 자세한 내용이 나왔을 거예요. 이 신문은 내용이 없는 거나 마찬가지예요."

제30장

에피와 츠비커 고문관 부인이 엠스에 온 지도 거의 삼 주가 다 되어 갔다. 두 사람은 작고 예쁜 빌라 일층에 묵었고, 두 방 사이의 응접실을 함께 사용했다. 정원 쪽으로 난 응접실에는 고급 자단 목재로 만든 그랜드피아노가 있었다. 에피는 그 피아노로 가끔 소나타를 치고 츠비커 부인은 왈츠를 쳤다. 음악을 모르는 츠비커 부인은 근본적으로 바그너의 〈탄호이저〉보다 니만*에 열광하는 데 만족했다.

화창한 아침이었다. 작은 정원에서는 새들이 노래하고 이른 시간이었는데도 '술집'이 있는 옆 건물에서 당구 치는 소리가 들려왔다. 두 사람은 응접실이 아니라 앞뜰에서 아침을 먹었다. 앞뜰에는 자갈이

---

* 바그너 해석으로 유명한 독일의 테너 가수.

깔렸고 몇 피트 높이의 담장이 쳐져 있었는데 계단 세 개를 내려가면 정원이었다. 머리 위쪽 차일은 상쾌한 공기를 마음껏 즐기라고 걷어 놓았다. 두 사람은 부지런히 손을 놀려 일하며 가끔 몇 마디를 주고받 았다.

"이상해요. 벌써 나흘째 편지가 안 와요. 그이는 지금까지 매일 편지를 보냈는데. 아니가 아픈 걸까? 아니면 그이가 아픈 걸까요?"

에피의 말에 츠비커 부인이 빙긋 웃으며 대답했다.

"부인, 그가 건강하다는 소식이 올 거예요. 아주 건강하다고."

에피는 그런 말을 하는 츠비커 부인의 어조가 거슬렸다. 그래서 무슨 대답을 하려는데 하녀가 식탁을 치우려고 응접실에서 앞뜰로 나왔다. 본 인근 출신으로, 젊었을 때부터 인생의 다양한 현상을 본의 대학생과 경기병에 비추어 판단하곤 하는 하녀였다. 이름은 아프라였다. 에피가 물었다.

"아프라, 아홉시가 됐을 텐데 우편배달부가 안 왔어요?"

"예, 아직 안 왔습니다, 마님."

"왜 그러지?"

"그야 당연히 배달부 때문이지요. 지겐 출신인데 도무지 결단력이 없다니까요. 그래서 제가 '정말 칠칠치 못하다'고 해주었지요. 하고 다니는 머리를 보면 정말 가르마가 뭔지도 모르나봐요."

에피가 한마디 했다.

"아프라, 또 엄격하게 구는군요. 생각해봐요, 이렇게 한창 더운 날씨에 날이면 날마다 편지를 배달하는데……"

"옳은 말씀이세요, 마님. 하지만 일을 똑 부러지게 하는 배달부도 있답니다. 문제가 있어도 다 해결책이 있다고요."

아프라는 그렇게 말하면서 쟁반을 다섯 손가락 끝에 올려놓고 정원을 지나는 지름길로 주방에 가려고 계단을 내려갔다. 츠비커 부인이 말했다.

"귀여운 아이예요. 활발하고 민첩하고. 자연스러운 우아함이 있다고 하고 싶을 정도야. 남작 부인, 아프라를 보면…… 그런데 정말 놀라운 이름이에요. 아프라라는 성녀도 있을걸요. 하지만 우리 아프라는 그쪽 출신은 아닐 거예요……"

"고문관 부인, 또 옆길로 빠지시네요. 이번에는 아프라라는 옆길로 빠져서 무슨 이야기를 하려고 했는지 잊으신 것 같아요……"

"아니에요, 잊지 않았어요. 적어도 실마리는 다시 찾았어요. 아프라를 보면 부인의 당당한 하녀가 생각난다고 하려고 했어요……"

"예, 맞아요. 닮은 데가 있지요. 하지만 우리 베를린 하녀가 훨씬 더 예뻐요. 특히 머리칼이 훨씬 더 아름답고 숱도 많지요. 저는 우리 요한나처럼 아름다운 밝은 금발을 본 적이 없어요. 비슷한 사람은 보았지만 그렇게 숱이 많은 머리는……"

츠비커 부인이 피식 웃었다.

"젊은 부인이 하녀의 밝은 금발 이야기를 열을 내며 하는 경우는 드물지요. 더욱이 숱이 많다는 이야기까지! 감동적이에요. 하녀를 고르는 건 늘 곤혹스러운 일이니까요. 하녀는 예뻐야지요. 대문을 여는 데 복도가 컴컴해서 다행일 만큼 피부가 울퉁불퉁하고 입술은 시커멓고 키만 멀대같이 큰 하녀가 나타나면 방문객들 특히 남자들은 기분이 상하니까요. 하지만 집을 대표하는 얼굴과 이른바 첫인상에 너무 신경을 써서 예쁜 하녀에게 하얀 장식용 앞치마까지 입히면 한시도 마음이 편하지 않은 거예요. 그래서 자만심이나 자신감이 너무 지나친 사람이 아니라면 시정이 필요하지 않을까 자문하게 되지요. 츠비커는 '시정'이란 말을 즐겨 써서 저를 지루하게 만들곤 했답니다. 하지만 추밀고문관들은 모두 즐겨 쓰는 표현이 있지요."

츠비커 부인의 말을 들으며 에피는 마음이 착잡했다. 츠비커 부인이 조금만 달랐더라도 재미있는 이야기였으리라. 다른 때라면 그냥 웃어넘겼을 테지만 츠비커 부인이 그런 이야기를 하니 기분이 좋지 않았다.

"추밀고문관 이야기는 맞는 말씀이에요. 인슈테텐도 그런 습관이 있거든요. 제가 빤히 쳐다보면 그이는 항상 껄껄 웃고는 공문서식 표현을 사용한 것을 사과한답니다. 남편 분께서는 공직에 더 오래 계셨고 연세도 더 많으셨을 테니까……"

"조금 더 많았지요."

츠비커 부인이 뾰족하게 대답했다. 에피가 말했다.

"요컨대 저는 부인이 말하는 두려움이 뭔지 모르겠어요. 사람들이 훌륭한 풍속이라고 부르는 것이 여전히 힘을 발휘하는데……"

"그렇게 생각하세요?"

"……저는 부인이 그런 걱정과 두려움을 직접 겪었다고는 생각할 수 없어요. 이렇게 솔직하게 말해서 죄송하지만 부인은 남자들이 '매력'이라고 부르는 게 있으니까요. 성격이 밝고 자극을 주고 사람의 마음을 사로잡는 데가 있으세요. 그런 좋은 점이 있으니까 경솔하게 들릴지 모르겠지만 묻고 싶어요. 혹시 몸소 경험하신 가슴 아픈 일 때문에 그런 말씀을 하시는 건가요?"

"가슴 아픈 일요? 아, 부인, 가슴 아픈 일이라니, 너무 거창한 말이에요. 실제로 많은 일을 겪었다고 해도 그렇지요. 가슴 아프다는 건 지나쳐요, 너무 지나치다고요. 또 사람은 결국 대처할 방법이 있고 맞서 싸울 힘이 있답니다. 그런 일을 너무 비극적으로 생각하지 마세요."

"부인이 뭘 암시하시려는지 모르겠어요. 제가 죄가 뭔지 모른다는 말은 아니에요. 저도 그런 것은 알고 있어요. 하지만 사람이 그런 온 갖 나쁜 생각에 빠져드는 것과 그런 일이 반쯤 혹은 완전히 습관이 되는 건 달라요. 더욱이 자기 집에서……"

"그런 말이 아니에요. 그렇게 직설적으로 말할 생각도 없고. 솔직히 그 분야는 절대 믿지 않지만 말이에요. 지금 꼭 말해야 한다면, 옛날에 믿지 않았다고 해야겠네요. 다 지난 일이니까요. 하지만 집안 말고도 바깥도 있지요. 피크닉이라고 들어보셨어요?"

"그럼요. 인슈테텐이 그런 데 좀더 취미가 있으면 좋겠는데……"

"생각해보세요, 부인. 츠비커는 자트빙켈*에서 살다시피 했답니다. 저는 지금도 그 이름만 들으면 가슴이 철렁한다니까요. 우리의 사랑스럽고 오래된 베를린의 교외 유원지들이란! 그런 모든 것에도 불구하고 저는 베를린을 사랑하니까요. 하지만 문제가 되는 유원지들은 벌써 이름이 불안과 걱정의 세계를 담고 있다고요. 웃으시는군요. 말해보세요, 성문에서 천 걸음도 안 되는 곳에―샤를로텐부르크 성과

---

* 하벨 강변 테겔 인근에 있는 베를린 유원지.

베를린은 별로 멀지도 않으니까요—피헬스베르크, 피헬스도르프, 피헬스베르더가 모여 있는 대도시라면 그 도시와 도시의 도덕에 무슨 기대를 할 수 있겠어요. '피헬'*이 세 번이나 나오는 건 너무하잖아요. 온 세상을 다 뒤져도 그런 곳은 또 없을걸요."

에피가 고개를 끄덕이자 츠비커 부인이 말을 이었다.

"모든 일은 하벨 강변의 푸른 숲속에서 일어나지요. 모두 서쪽에 있어요. 그래도 그곳엔 문화와 수준 높은 교양이 있지요. 하지만 부인, 다른 쪽으로 슈프레 강을 따라 올라가보세요. 트렙토와 슈트랄라우 이야기가 아니에요. 거기는 별것 없고 무해한 곳이지요. 하지만 특별한 지도를 손에 넣어 들여다보면 키케부슈, 불하이데** 같은 이상한 이름 외에도…… 츠비커가 그 이름을 발음하는 걸 들으셔야 하는데…… 잔인한 이름을 만나실 거예요. 차마 부인의 귀를 더럽힐까봐 이름은 말하지 않을게요. 당연히 그런 곳이 가장 사랑받지요. 저는 피크닉을 증오해요. 일반 시민들은 피크닉을 '나는 프로이센 사람이다'라는 자부심을 느끼며 다인승 전세마차를 타고 가는 소풍이라고 생각하지만 사실은 여기에 사회 혁명의 씨앗이 잠복해 있답니다. 여기서 '사회 혁명'이란 당연히 도덕 혁명을 뜻하지요. 다른 모든 게 이미 진부해져버렸어요. 츠비커는 세상을 떠나기 얼마 전에 저한테 이렇게 말했답니다. '나를 믿어요, 조피, 크로노스는 자식들을 잡아먹는다오.' 단점도 있고 약점도 있지만 츠비커는 철학자였고 역사의 발전을 감지하는 타고난 감각이 있었지요…… 그건 인정해야겠더라고요. 인

---

* 독일어 '피헬른(picheln)'은 '술을 많이 마시다'라는 뜻이다.
** '키케부슈'와 '불하이데'는 각각 '엿보는 숲' '정부(情婦)의 들판'이라는 뜻이다.

슈테텐 부인, 평소 그렇게 공손하신 분이 건성으로 듣고 계시네요. 당연하지요. 저기 배달부의 모습이 보이니까 벌써 마음이 그쪽으로 날아가 편지에 담긴 사랑의 말을 미리 읽고 계시는 거죠…… 뵈제라거, 무슨 소식을 갖고 왔어요?"

그동안 배달부는 가까이 다가와 우편물을 탁자 위에 꺼내놓았다. 몇 가지 신문과 미용실 광고 두 장 그리고 마지막으로 브리스트 가문의 인슈테텐 남작 부인에게 온 두툼한 등기우편 한 통이었다.

에피가 서명을 하자 배달부는 돌아갔다. 츠비커 부인은 미용실 광고를 훑어보더니 머리 감겨주는 가격을 할인해준다는 문구에 웃음을 터뜨렸다.

에피는 귀담아 듣지 않고 편지를 손가락 사이에 끼우고 빙빙 돌렸다. 이상하게 편지를 뜯어보기가 겁났다. 등기우편에 커다란 소인이 두 개나 찍힌데다가 두툼했다. 무슨 의미일까? 소인은 '호엔크레멘'으로 찍혔는데 주소는 엄마 글씨였다. 인슈테텐은 벌써 닷새째 한 줄도 쓰지 않았다.

에피는 자개 손잡이가 달린 자수용 가위로 편지의 긴 쪽을 천천히 잘랐다. 깜짝 놀랄 일이 또 기다리고 있었다. 과연 엄마가 촘촘히 쓴 편지였는데 봉투에 넓은 종이로 싼 지폐가 들어 있는 것이었다. 종이에는 아빠가 동봉한 액수를 빨간 글씨로 써놓았다. 그녀는 돈을 다시 봉투에 넣고는 흔들의자에 등을 기대고 편지를 읽기 시작했다. 얼마 읽지 않았는데 편지가 그녀의 손에서 떨어졌다. 얼굴에서 핏기가 가셨다. 그녀는 허리를 굽혀 편지를 다시 집어들었다.

"무슨 일이에요, 부인? 나쁜 소식이에요?"

츠비커 부인이 묻자 에피는 고개를 끄덕였지만 대답은 하지 않고 물을 한 잔 달라고 부탁했다. 그녀는 물을 마시고 말했다.

"곧 괜찮아질 거예요, 고문관 부인. 잠시 방에 가 있을게요. ……아 프라를 보내주시면 감사하겠습니다."

에피는 일어나 응접실로 돌아갔다. 드디어 기댈 곳이 있고 피아노를 따라 더듬거리며 걸을 수 있어서 기뻤다. 그렇게 오른쪽에 있는 자기 방까지 왔다. 그녀는 더듬더듬 겨우 문을 찾아서 열고 벽 맞은편의 침대에 이르자 그만 정신을 잃고 쓰러졌다.

제31장

몇 분이 흘렀다. 에피는 기운을 차리고 창가의 의자에 앉아 조용한 거리를 내다보았다. 차라리 거리가 시끄럽고 싸우는 사람들이라도 있으면 좋으련만 포도에는 햇빛만 가득했고 나무와 울타리 그림자가 드문드문 드리워졌을 뿐이었다. 이 세상에 혼자뿐이라는 느낌이 엄청난 무게로 엄습해왔다. 한 시간 전만 해도 그녀는 자신을 아는 모든 사람의 사랑을 받는 행복한 부인이었지만 지금은 쫓겨난 것이다. 편지의 앞부분만 읽었지만 그녀는 이미 자신의 처지를 분명히 알 수 있었다. 어디로 가지? 해답을 찾을 수 없었지만 일단 이 모든 사건을 단지 '흥미로운 사건'으로 생각할 츠비커 부인한테서 도망치고 싶었다. 설사 츠비커 부인이 동정을 느낀다고 하더라도 분명 그 동정은 호기심의 양에는 미치지 못할 터였다.

"어디로 가지?"

앞쪽 책상 위에 편지가 있었지만 더 읽을 용기가 나지 않았다. 마침내 그녀는 혼자 말했다.

"뭘 더 두려워해? 내가 전에 나 자신에게 말한 이야기밖에 뭐가 더 있겠어? 이 사건의 장본인은 이미 죽었고 집으로 돌아갈 수도 없어. 몇 주 후면 이혼이 발표되고 아이는 아빠가 맡겠지. 당연해. 나는 죄가 있고, 죄가 있는 여자는 아이를 키울 수 없으니까. 또 무슨 수로 키우겠어? 나 자신도 근근이 살아가야 할 텐데. 엄마가 내 생활을 어떻게 생각하는지 봐야지."

그녀는 편지를 다시 집어들고 끝까지 읽었다.

……사랑하는 에피, 이제 네가 어떻게 해야 할지 생각해보자. 이제 너는 혼자 살아가야 할 거야. 물질적인 측면이라면 우리의 도움을 기대해도 좋다. 베를린에서 사는 게 제일 좋겠지. 대도시에서는 그런 일이 흔하니까. 너는 베를린에서 자유로운 공기와 밝은 태양을 등진 채 살아가는 사람들의 하나가 되어야겠지. 외로운 생활일 거야. 그렇게 살고 싶지 않으면 네 세계보다 낮은 세계로 내려가야 해. 네가 살았던 세계는 이제 너를 받아들이지 않을 거야. 그리고 우리한테나 너한테나(우리가 너를 잘못 알고 있는 것이 아니라면 너한테도) 가장 슬픈 건 우리도 널 받아줄 수 없다는 거야. 우리는 네게 호엔크레멘의 조용한 장소를 제공할 수 없고, 우리집에 은신처를 마련해줄 수 없단다. 그러면 우리집을 온 세상으로부터 고립시켜야 하는데 우리는 그러고 싶지가 않구나. 우리가 세상에 너무

집착하거나 '사회'라는 것과의 결별을 도저히 견딜 수 없기 때문이
아니란다. 아니, 그것 때문이 아니란다. 이런 말을 안 할 수가 없구
나. 우리의 입장을 분명히 밝히고 네 행동이 잘못이라고, 사랑하는
단 하나뿐인 우리 아이의 행동이 잘못이라고 온 세상에 천명하고
싶기 때문이란다……

더 읽을 수가 없었다. 눈에 눈물이 고였다. 그녀는 눈물을 참으려고
애썼지만 결국 울음을 터뜨리고 말았다. 그러자 마음이 가벼워졌다.

삼십 분 후 똑똑 문 두드리는 소리가 났다. "들어오세요"라고 하자
츠비커 부인이 들어왔다.
"들어가도 될까요?"
"그럼요, 고문관 부인. 기운이 없어서 여기 누워서 쉬고 있었어요.
좀 앉으시겠어요?"
에피는 가벼운 담요를 덮고 두 손을 모은 채 소파에 누워 있었다.
츠비커 부인은 꽃병이 놓인 탁자를 사이에 두고 맞은편에 앉았다. 에
피는 당황한 기색을 조금도 보이지 않았고 자세도 고치지 않았으며
두 손도 모은 채 그대로 있었다. 갑자기 츠비커 부인이 무슨 생각을
하는지 관심도 없고 그냥 떠나고 싶은 마음만 확 밀려왔다.
"슬픈 소식인가봐요, 고문관 부인……"
에피가 대답했다.
"슬픈 것 이상이지요. 아무튼 우리의 공동생활을 갑자기 중단해야
할 만큼 슬픈 소식이에요. 저는 오늘 떠나야 해요."

"주제넘게 보이고 싶진 않지만, 혹시 아니한테 무슨 일이 있나요?"

"아니에요, 아니 때문이 아니에요. 베를린에서 온 편지가 아니라 엄마 편지였어요. 엄마가 제 걱정을 많이 하셔서 걱정을 덜어드려야 해요. 그럴 수 없다면, 적어도 엄마 곁에 있어야 할 것 같아요."

"엠스의 마지막 날들을 당신과 함께하지 못해서 섭섭하지만 어쩔 수 없지요. 혹시 제가 뭐라도 좀 도와드릴까요?"

에피가 대답을 하려는데 아프라가 들어와서 늦은 아침식사를 하러 모두 모였다고 전했다. 아프라는 손님들이 모두 아주 흥분했다고 했다. 황제가 삼 주 예정으로 엠스에 오는데 마지막에는 대대적인 군대 기동훈련이 열리고 본의 경기병들도 온다는 것이다.

츠비커 부인은 그때까지 엠스에 머무를 가치가 있는지 당장 머릿속 으로 계산하고는 그렇다고 결론을 내렸다. 부인은 에피가 같이 식사할 수 없는 것을 사과하러 갔다. 에피는 바로 가려는 아프라를 붙잡았다.

"아프라, 시간이 있으면 십오 분쯤 짐 싸는 걸 도와줘요. 오늘 일곱 시 기차로 떠나려고요."

"오늘요? 아, 부인, 안타깝네요. 이제부터 재미있어질 텐데요."

에피는 피식 웃었다.

아직도 듣고 싶은 이야기가 많은 츠비커 부인은 바래다줄 필요가 없다는 '남작 부인'의 말에 겨우 동의했다. 에피는 역에서는 마음이 어수선하고 좌석과 짐에만 신경을 쓰니까 좋아하는 사람들하고는 작 별 인사를 미리 하는 것이 좋다고 했다. 츠비커 부인은 맞장구를 쳤지 만 핑계라는 것을 감지할 수 있었다. 그녀는 세상물정에 밝았고 진실과 거짓을 바로 구분할 줄 아는 여자였다.

아프라가 역까지 바래다주었다. 아프라는 에피한테 다음 해 여름에 꼭 다시 오겠다는 약속을 받아냈다. 엠스에 한 번 온 사람은 반드시 다시 온다는 것이다. 엠스는 본 다음으로 아름다운 곳이라고도 했다.

그동안 츠비커 부인은 편지를 쓰려고 자리에 앉았다. 응접실에 있는 흔들거리는 로코코풍 책상이 아니라, 열 시간쯤 전 에피와 아침을 먹었던 바깥 베란다 탁자 앞이었다.

츠비커 부인은 친하게 지내는 베를린의 한 부인에게 편지가 도움이 되리라는 생각에 즐거웠다. 지금 라이헨할에 머물고 있는 그 부인과는 오래전부터 죽이 잘 맞았다. 특히 남성 전체에 대해 강한 회의를 품고 있다는 점에서 의기투합했다. 그들은 남자들은 하나같이 마땅한 수준보다 한참 뒤떨어져 있으며, 그건 이른바 '결단력 있는' 남자들이 제일 심하다고 생각했다.

"당황해서 눈을 어디 두어야 할지 모르는 남자들이 좀 알아보고 나면 가장 좋은 남자들로 드러나지. 본래 돈 후안들은 언제나 실망만 안겨준다고. 그 원인은 무엇일까."

두 사람은 그런 지혜의 문장을 서로 주고받았다. 츠비커 부인은 벌써 두 장째 썼는데 '에피'라는 퍽 만족스러운 주제에 대해 다음과 같이 썼다.

한마디로 아주 호감이 가는 타입이야. 공손하고 솔직하고 귀족의 오만은 조금도 없어. 혹은 오만을 숨기는 기술이 대단한 건지도 모르지. 재미있는 이야기에는 언제나 바짝 흥미를 보이곤 해. 두말할 필요도 없이 그 점을 최대한 이용했단다. 다시 말하지만 젊고 매력적인 부인이야. 나이는 스물다섯 살 아니면 그보다 조금 많을 거야. 하지만 나는 평화로운 겉모습은 절대 믿지 않았어. 분명 뒤에 뭔가 있다는 걸 알고 있었다고. 지금 이 순간도 마찬가지야. 어쩌면 지금 가장 그렇다고 할 수 있지. 오늘 편지 사건이 있었거든. 분명 뒤에 뭔가가 있어. 거의 확실해. 그런 일을 잘못 본 적은 한 번도 없거든. 그 여자는 요새 베를린에서 인기 있는 설교가들에 대해 이야기하길 좋아하고 설교가들의 믿음의 정도를 평가하지. 또 이따금 그 그레트헨*의 눈길, 나쁜 짓은 하나도 못할 것 같은 눈길을 보인다고. 그런 모든 걸 보면 확실해…… 그런데 저기 우리의 아프라가 오네. 전에 얘기한 것 같은데 예쁜 아이란다. 아프라가 탁자에 신문 한 부를 놓고 가네. 여주인이 나한테 갖다주라고 했대. 파란색으로 표시한 곳이 있네. 미안해, 우선 먼저 읽고……

추신: 신문은 흥미로웠고 부른 듯이 때맞춰 왔어. 파란색으로 표시된 부분을 오려서 같이 보낼게. 내 직감이 틀리지 않았다는 걸 알 수 있을 거야. 그런데 크람파스라는 남자는 누굴까? 정말 믿을 수가 없다니까. 쪽지며 편지를 쓴데다 그걸 보관하고 있었다니! 그것도 상대방 것까지! 난로와 벽난로는 도대체 왜 있대? 적어도 결투라는 터무니없는 짓이 존재하는 한 그러면 안 되지. 어쩌면 다음 세대는 편지 쓰는 열정을 자유롭게 누릴 수 있을지도 몰라. 그때는 그

---

* 괴테의 『파우스트』 제1부에서 파우스트와 사랑에 빠지는 순진한 처녀.

열정이 위험하지 않을 테니까. 우리는 아직도 멀었어. 나는 이 젊은
남작 부인이 무척 불쌍하다고 생각해. 허영심일지 모르지만 내가
이 일을 잘못 본 게 아니라는 사실에 위로를 느낄 뿐이야. 아주 평
범한 경우는 아니었어. 서투른 진단가라면 감쪽같이 속아 넘어갔
을걸.

한결같은 너의 조피

제32장

삼 년이 흘렀다. 에피는 그동안 거의 내내 아스칸 광장과 할레 성문 사이 쾨니히그레처 가에 있는 작은 집에서 살았다. 방은 앞방과 뒷방 두 개였고 하녀 방이 딸린 부엌이 뒷방 뒤쪽에 있었다. 평범하지만 운치 있는 예쁜 집이었다. 보면 누구나 기분이 좋아지는 집이었는데 누구보다 노 룸쉬텔 추밀고문관이 그 집을 가장 좋아하는 것 같았다. 룸쉬텔은 가끔 들렀다. 그는 불쌍한 젊은 부인이 오래전에 연출한 류머티즘과 알레르기 희극뿐 아니라 그 이후의 모든 일을 한참 전에 용서했다. 물론 그에게 용서가 필요했다면 말이다. 그는 다른 사실도 알고 있었기 때문이다. 그는 지금 여든 살이 가까웠지만 얼마 전부터 병치레가 잦은 에피가 왕진을 와달라고 편지를 보내면 벌써 다음날 아침에 당장 와서는 높은 데까지 오라고 해서 미안하다는 말도 들으려고 하지 않았다.

"미안해하실 필요 없습니다, 부인. 첫째, 이건 제 일이고, 둘째는 계단 세 개를 아직도 올라갈 수 있다는 사실이 행복하고 자랑스러우니까요. 부인을 귀찮게 하는 건 아닐까 하는 걱정만 아니라면 그냥 부인을 만나 여기 뒤쪽 창가에 몇 분 동안 앉아 있기 위해서라도 더 자주 올 거예요. 저는 결국 자연을 사랑하고 경치에 열광하는 사람이 아니라 의사로서 오는 거니까요. 그런데 부인은 아름다운 전망의 가치를 인정하지 않는 것 같군요."

"오, 아니에요. 아닙니다."

룸쉬텔은 에피의 말에 개의치 않고 말을 이었다.

"부인, 이쪽으로 오세요. 잠깐만. 아니면 제가 부인을 창가로 모시고 오게 해주세요. 오늘도 날씨가 화창하네요. 철길을 보세요. 세 대, 아니 네 대나 돼요. 기차가 끊임없이 오고 가네요. ……기차가 나무들 사이로 사라지고. 장관입니다. 하얀 연기 사이로 비치는 햇빛은 또 어떻고요! 바로 그 뒤에 마태 교회 묘지만 없다면 이상적일 텐데."

"저는 교회 묘지를 보는 게 좋아요."

"예, 부인은 그렇게 말하실 수 있지요. 하지만 우리는 아니에요! 우리는 여기 누워 있는 사람들 수가 더 적을 수는 없을까 어쩔 수 없이 묻게 되지요. 그런데 부인, 부인을 나무라는 것은 아니지만 엠스에 관심이 없어서 유감이에요. 엠스는 부인이 앓는 호흡기 계통의 질환에는 기적을……"

에피는 아무 대답도 하지 않았다.

"엠스는 기적을 가져올 겁니다. 늘 그러시니까 새삼스럽지도 않지만 원하지 않으시면 여기 샘물을 드세요. 삼 분만 걸으면 알브레히트 황태자 정원이에요. 음악이나 멋지게 차려입은 여인들이나 제대로 된 분수 산책 같은 갖가지 오락은 없지만 중요한 건 샘물이니까요.”

에피는 그러겠다고 약속했다. 룸쉬텔은 모자와 지팡이를 들었지만 다시 창가로 갔다.

“크로이츠베르크 언덕을 계단식으로 꾸민다는 이야기를 들었어요. 하느님께서 시 당국을 축복하시길! 저 뒤쪽 황량한 곳이 더 푸르러지면…… 정말 멋진 집이에요. 부럽습니다…… 그런데 부인, 옛날부터 말하려고 했는데 저한테 늘 예쁜 편지를 쓰시잖아요. 누가 그런 편지를 받고 좋아하지 않겠어요? 하지만 매번 너무 수고를 하셔서…… 그냥 간단하게 로스비타를 보내세요.”

에피는 고맙다고 했고 룸쉬텔은 갔다.

룸쉬텔은 “그냥 간단하게 로스비타를 보내세요”라고 했다. 로스비타가 에피와 같이 산다는 말인가? 카이트 가가 아니라 쾨니히그레처 가에 있다고? 그랬다. 로스비타는 벌써 오래전, 에피가 쾨니히그레처 가에 살면서부터 함께 살았다. 로스비타는 에피가 이사하기 사흘 전에 나타났다. 그날은 두 사람에게 뜻깊은 날이었으니 그날을 여기서 되돌아볼 필요가 있으리라.

호엔크레멘의 부모한테서 받아주지 않겠다는 편지를 받고 저녁 기차로 엠스에서 베를린으로 돌아왔을 때 에피는 바로 집을 구하지 않고 시험 삼아 하숙집에 들어갔다. 하숙집은 그런대로 괜찮았다. 사감 격인 두 부인은 교양도 있고 사려도 깊은데다가 오래전부터 호기심

따위는 버린 사람들이었다. 다양한 사람이 모여 사는 곳이라서 개인의 비밀을 파고들자면 너무 번거로웠으리라. 그것은 영업에 방해가 될 뿐이었다. 츠비커 부인의 심문하는 눈초리를 아직도 기억하는 에피는 사감들의 신중한 태도가 마음에 들었다. 하지만 이 주가 지나자 하숙집의 분위기가 육체적으로나 도덕적으로 자신에게 맞지 않음을 깨달았다. 식사는 대부분 일곱 명이 함께 했다. 에피와 사감 한 명 외에(다른 사감은 바깥에서 경제적인 일을 담당했다) 대학에 다니는 영국 여자 두 명, 작센에서 온 귀족 출신 부인, 무슨 목적으로 여기 왔는지 아무도 모르는 갈리치아 출신의 예쁜 유대인 여자, 포메른의 폴친 출신으로 화가를 지망하는 여자가 있었다. 화가 지망생은 지휘자의 딸이었다. 그것은 서로 잘 어울리는 구성이 아니었고 서로 잘난 척하는 모습은 정말 꼴불견이었다. 잘난 척하기로 말하면 묘하게도 영국 여대생들이 절대적으로 선두를 차지하지 못하고 벌써 유명한 화가가 된 듯 한껏 부풀어 있는 폴친 여자와 끊임없이 승리의 영예를 다투는 것이었다. 하지만 순수하게 육체적인 외적 요인이 더해지지 않았더라면, 수동적이었던 에피는 하숙집의 그런 정신적인 압박을 견딜 수 있었을 것이다. 외적 요인은 바로 공기였다. 공기의 성분이 어땠는지는 알 수 없지만 민감한 에피는 숨을 제대로 쉴 수 없었다. 그래서 다른 집을 구할 수밖에 없었고 비교적 가까운 곳에서 집을 구했다. 그 집이 바로 앞에서 말한 쾨니히그레처 가의 집이었다. 에피는 10월 초에 이사하기로 하고 필요한 것을 준비하고는 9월의 마지막 며칠은 어서 하숙집에서 나갈 날만 손꼽아 기다리며 보냈다.

그러던 어느 날 식당에서 방으로 돌아온 지 십오 분쯤 되었을 때였

다. 해초로 속을 채운 커다란 꽃무늬 모직 소파에 누워 쉬려는데 누가
조용히 문을 두드렸다.

"들어오세요."

병색이 깃든 삼십대 중반의 하녀가 들어왔다. 하숙집 복도에서 살
다시피 하느라 그곳의 탁한 공기를 주름마다 묻히고 다니는 하녀였다.

"실례합니다만 누가 부인을 뵙고 싶어합니다."

"누군데요?"

"어떤 여자 분이에요."

"이름을 말하던가요?"

"예. 로스비타라고 하던데요."

그 이름을 듣는 순간 에피는 졸음이 저만큼 달아났다. 그녀는 튕기
듯 일어나 복도로 달려나가 로스비타의 손을 잡고 방으로 들어왔다.

"로스비타. 당신이군요. 반가워요! 무슨 소식이 있어요? 당연히 좋
은 소식이겠지. 착한 옛 친구는 좋은 소식만 가져오니까. 아, 이렇게
행복할 수가. 입을 맞춰주고 싶을 정도야. 아직도 이런 기쁨을 누릴
수 있을 줄은 꿈에도 몰랐어요. 나의 착한 옛 친구, 어떻게 지내요?
중국인 유령이 나타나던 때가 생각나죠? 행복한 시절이었어요. 하지
만 나는 그때 인생의 고달픔을 몰랐기에 불행하다고 생각했지요. 그
후로 고달픔을 알게 되었지. 아, 유령은 그렇게 나쁜 게 아니에요! 이
리 와요, 착한 로스비타, 내 곁에 앉아 말해줘요…… 아, 얼마나 그리
웠는지 몰라요. 아니는 뭘 해요?"

로스비타는 채 대답을 못 하고 이 이상한 방을 둘러보았다. 금빛 테
두리가 빙 둘러쳐진 잿빛 벽은 때가 탄 것처럼 보였다. 이윽고 로스비

타는 정신을 차리고 나리가 글라츠에서 돌아왔으며 노 황제가 "그런 경우엔 육 주로 충분하다"라고 했다고 전했다. 그녀는 아직 보살핌이 필요한 아니 아가씨 때문에 나리가 돌아올 날만 기다렸다고 했다. 요한나는 참한 사람이지만 너무 예쁘고 자기한테만 정신이 팔려서 도무지 무슨 생각을 하는지 모르겠다는 것이다. 이제 나리가 와서 요한나를 감독하고 모든 일이 제대로 돌아가는지 볼 테니까 옷을 차려입고 마님이 어떻게 지내는지 보려고 왔다는 것이다……

"잘했어요, 로스비타……"

……로스비타는 마님한테 부족한 것은 없는지, 아직도 자기가 필요한지 보고, 그렇다면 당장 여기 머물러 일을 도우면서 마님이 다시 잘 지내도록 보살필 생각이라고 했다.

에피는 소파 모퉁이에 등을 기대고 눈을 감았다. 그러다 갑자기 몸을 똑바로 일으키고 말했다.

"그래요, 로스비타, 그건 그냥 생각일 뿐이에요. 간단한 문제가 아니에요. 알아둘 게 있는데, 나는 여기 하숙집에서 계속 살지 않을 거예요. 저쪽에 집을 얻었고 가구도 마련했어요. 사흘 후에 이사할 거예요. 당신하고 같이 가서 '아니야, 로스비타, 거기가 아니에요. 장롱은 저기 놓고 거울은 거기 놓아야 해요'라고 할 수 있다면 정말 좋을 거예요. 힘든 일을 하다가 지치면 이렇게 말할 거예요. '로스비타, 건너가서 슈파텐 맥주를 한 병 사와요. 일을 하면 한 잔 하고 싶으니까. 가능하면 '합스부르크 궁전' 호텔 레스토랑에서 맛있는 것도 좀 사와요. 그릇은 나중에 당신이 갖다주면 되잖아요.' 그래요, 로스비타, 그런 생각을 하면 마음이 가벼워져요. 그래도 물어볼 수밖에 없어. 모든 걸 깊이 생각해봤어요? 당신이 애지중지하는 아니는 제쳐놓고라도. 그 애는 당신 아이나 마찬가지지만 보살펴줄 사람이 있고 요한나도 그애를 끔찍이 생각하니까. 그러니까 아니 이야기는 안 할게요. 하지만 나하고 살면 모든 게 얼마나 달라질지 생각해봐요. 나는 옛날같지 않아요. 아주 작은 집을 빌렸고 수위는 당신이나 나한테 신경써주지 않을 거예요. 절약해서 살아야 하고 옛날에 목요일 식사라고 부르던 걸 날마다 먹어야 할 거예요. 왜 목요일마다 남은 음식을 해치워야 했잖아요. 생각나요? 하필이면 그날 기스휘블러가 와서 식사를 함께 했는데. 이렇게 맛있는 음식은 처음 먹어본다고 했지요. 기억나죠? 언제나 그렇게 지독할 만큼 정중했지요. 사실 그 사람은 도시에서 유일하게 음식 맛을 제대로 아는 사람이었거든요. 다른 사람들이야 뭐든지 다 좋다고 했지만."

로스비타는 한 마디 한 마디를 기쁘게 들으며 일이 잘 풀리고 있음을 알았다. 에피가 말을 이었다.

"그런 걸 다 생각해봤어요? 내 살림이었지만 당신도 오랫동안 풍족하게 살았어요. 그때는 절약이 문제된 적이 없었지요. 그럴 필요가 없었으니까. 하지만 지금은 절약해야 해요. 나는 가난해요. 알다시피 호엔크레멘에서 주는 돈으로 살고 있거든요. 부모님은 할 수 있는 한 나한테 잘해주시지만 부자는 아니에요. 이제 말해봐요. 어떻게 생각해요?"

로스비타의 대답은 이랬다.

"토요일에 트렁크를 들고 올게요. 저녁이 아니라 아침에요. 짐 정리를 시작할 때 올게요. 저는 마님과 딴판으로 일을 열심히 하거든요."

"그런 말 마요, 로스비타. 나도 할 수 있어요. 꼭 해야 하면 누구나 다 할 수 있는 거예요."

"마님, 제가 '이건 로스비타한테는 좋지 않아'라고 생각이라도 할까 봐 걱정하시는 것 같은데 그럴 필요 없습니다. 로스비타는 마님하고 함께할 수 있다면 무엇이든 좋아요. 슬픈 일은 더욱 그렇지요. 저는 벌써부터 그걸 기다리고 있답니다. 이제 제가 얼마나 잘하는지 보시게 될 거예요. 잘못하면 배울 거예요. 저는 교회 묘지에 앉아 있을 때를 잊어버리지 않았거든요. 그때 저는 달랑 혼자였고 거기 늘어선 무덤에 당장 눕고 싶은 마음뿐이었어요. 그때 누가 왔지요? 누가 제 목숨을 부지하도록 붙잡아주셨지요? 아, 저는 진짜 많은 일을 겪었답니다. 아버지가 불에 달군 벌건 막대기를 들고 달려들었을 때……"

"알고 있어요, 로스비타."

"예, 정말 지독한 일이었지요. 하지만 돈도 없이 묘지에 쓸쓸하게 혼자 앉아 있을 때는 더 나빴답니다. 그때 마님이 오신 거예요. 그 은혜를 잊는다면 저는 천당에 못 가지요."

로스비타가 소파에서 일어나 창가로 갔다.

"보세요, 마님. 꼭 보셔야 해요."

에피는 창가로 갔다.

저쪽 길 건너편에 롤로가 앉아 하숙집을 올려다보고 있었다.

며칠 뒤 에피는 로스비타의 도움을 받아 쾨니히그레처 가의 집으로 이사했다. 새 집은 처음부터 마음에 들었다. 물론 교제는 없었지만 하숙집에 살면서 사람들과 사귀는 것이 그다지 즐겁지 않았기에 혼자 있는 것이 힘들지 않았다. 적어도 처음에는. 로스비타와는 수준 높은 대화는 할 수 없었다. 신문에 나오는 이야기조차 할 수 없었지만, 그냥 인간적인 일과 관계가 있고 에피가 "아, 로스비타, 마음이 또 불안해……" 하고 시작하면 충직한 로스비타는 대답을 아주 잘하고 항상 위로해주고 조언까지 해주는 것이었다.

크리스마스까지는 아주 잘 지냈다. 그러다 크리스마스이브에는 벌써 쓸쓸해졌고 새해가 다가오자 우울해지기 시작했다. 춥지는 않았지만 흐리고 비 오는 날이 많았다. 낮이 짧아지면서 밤이 길어졌다. 무엇을 하나? 에피는 책을 읽고, 수를 놓고, 혼자서 하는 카드놀이를 하고, 쇼팽을 연주했다. 하지만 쇼팽의 야상곡은 그녀의 생활을 밝혀주기에 적합한 곡이 아니었다. 로스비타가 차 도구와 달걀 접시와 잘게 자른 비엔나 커틀릿 접시를 쟁반에 차려서 들고 오면 그녀는 피아노 뚜껑을 닫으며 말하는 것이었다.

"이리 와요, 로스비타. 말동무 좀 해줘요."

그럼 로스비타는 다가와서 말했다.

"마님, 또 피아노를 너무 많이 치셨군요. 그러면 안색이 나빠지고 붉은 반점이 생기잖아요. 의사 선생님이 그러지 말라고 하셨는데."

"아, 로스비타, 선생님은 간단하게 금지하고 로스비타는 간단하게 그 말을 따라하지. 그럼 난 뭘 해? 하루 종일 창가에 앉아 그리스도 교회를 바라볼 수는 없잖아요. 일요일 저녁 예배 때 창문이 환하게 밝혀지면 늘 바라보지만 소용이 없어요. 오히려 마음이 점점 무거워진다고요."

"마님, 그럼 교회 안으로 들어가보지 그러세요. 한 번 가보셨잖아요."

"오, 여러 번 갔었어요. 하지만 얻는 게 별로 없었어요. 목사님은 설교를 아주 잘하시고 아주 똑똑하신 분이라서 내가 설교 내용을 백분의 일만 이해해도 좋을 정도예요. 그렇지만 모든 게 책을 읽는 것과 다를 게 없어요. 또 목사님이 흥분해서 목소리가 커지고 이것저것 비난을 하고 까만 곱슬머리를 흔들어대면 그만 경건한 마음이 사라진다니까."

"사라진다고요?"

에피는 웃음을 터뜨렸다.

"내가 경건한 적이 없는 줄 아나봐. 그럴지도 모르지. 하지만 누구 탓이죠? 내 탓은 아니에요. 목사님은 늘 구약성서 이야기를 많이 해요. 그것도 좋지만 나는 감동을 못 느끼겠어요. 더욱이 그냥 듣기만 하는 거라서 나한테 맞지 않아요. 난 눈코 뜰 새 없이 일이 많아야 해요. 그런 게 나한테 맞을 거야. 어린 소녀들이 살림을 배우는 협회도 있고 재봉 학교도 있고 유치원 보모들도 있는데. 혹시 못 들어봤어요?"

"예, 들은 적이야 있지요. 아니 아가씨가 유치원에 다녔으니까요."

"그것 봐요, 나보다 더 잘 아네. 나는 쓸모 있는 사람이 되는 그런 협회에 들어가고 싶어요. 하지만 꿈도 꿀 수 없지. 부인들이 나를 받아주지 않을 테니까. 받아줄 수도 없을 거예요. 온 세상이 문을 닫아걸고 좋은 일도 못 하게 하는 게 가장 끔찍해. 나는 불쌍한 아이들의 공부를 도와줄 수도 없어······"

"마님한테 맞지도 않을 거예요. 아이들이 늘 기름에 전 장화를 신고 다니거든요. 축축한 날이면 고약한 냄새가 나고 김이 풀풀 난다고 요. 마님은 못 견디실 거예요."

에피는 쓴웃음을 지었다.

"당신 말이 옳을지도 몰라, 로스비타. 하지만 당신 말이 옳은 게 나 쁜 거예요. 그런 걸 보면 과거의 내가 아직도 너무 많이 남아 있고 여 전히 너무 호강하고 있다는 걸 깨닫게 돼요."

로스비타는 그런 말은 귓등으로도 듣지 않았다.

"마님처럼 좋으신 분한테 너무 호강한다는 건 없습니다. 다만 그런 슬픈 곡은 자꾸 치지 마세요. 이따금 저는 이제 다 다시 좋아지고 뭔 가 찾을 것 같은 예감이 든답니다."

과연 뭔가 찾을 수 있었다. 에피는 폴친 출신 지휘자 딸의 예술가적 오만을 여전히 끔찍하게 생각했지만 화가가 되기로 했다. 가장 낮은 아마추어 단계도 못 넘어설 것을 잘 알고 있었기에 자신이 생각해도 우스웠지만 어쨌든 열정적으로 매달렸다. 이제 할 일이 생겼다는 것 과 더불어 조용하고 시끄럽지 않은 일이라서 마음에 들었기 때문이 다. 그녀는 연로한 미술 교수에게 등록했다. 마르크 지방의 귀족에 대 해 많이 알고 믿음이 깊은 사람이라서 그런지 교수는 처음부터 그녀 에게 마음이 끌리는 눈치였다. 그는 여기 구원할 영혼이 있다고 생각 하는 것 같았다. 그는 에피를 친딸처럼 따뜻하게 대했다. 그녀는 그것 을 몹시 기뻐하며 첫 레슨 시간을 좋은 전환점으로 생각했다. 그녀의 가엾은 인생은 이제 더는 그렇게 가엾지 않았다. 로스비타는 자기 예 상이 들어맞아서 진짜 뭔가를 찾았다고 의기양양해했다.

그렇게 세월이 흘렀다. 에피는 사람들과 다시 관계를 맺은 것이 행복해서 옛날의 인간관계를 회복하고 넓히고 싶은 소망이 마음속에 움텄다. 이따금 호엔크레멘이 못 견디게 그리웠고 아니를 보고 싶은 마음은 그보다 간절했다. 어쨌든 아니는 그녀가 낳은 딸이었다. 아니 생각이 날 때면 세계는 좁으니까 중앙아프리카에서도 아는 사람을 만날 수 있다던 트리펠리 생각이 났다. 그런데 아니를 한 번도 못 만나다니, 놀라웠다. 하지만 그것 역시 달라졌다. 어느 날 에피는 동물원 바로 옆에서 레슨을 마치고 정거장 근처에서 노선 마차를 탔다. 기다란 쿠어퓌르스트 가를 지나가는 마차였다. 무척 더운 날이었다. 세찬 바람에 커튼이 불룩해지며 흔들리는 모습이 보기 좋았다. 그녀는 승강장 앞쪽 구석에 몸을 기대고 유리창에 있는 하늘색 소파 그림을 보고 있었다. 소파에는 무거운 장식용 술이 달려 있었다. 마차는 천천히 달렸다. 그때 초등학생 세 명이 마차에 뛰어올라오는 것이 보였다. 가방을 메고 작고 뾰족한 모자를 쓴 세 명 가운데 둘은 금발의 활달한 소녀였다. 나머지 한 명은 짙은 머리카락에 표정이 진지했다. 그 아이가 아니였다. 에피는 소스라치게 놀랐다. 그렇게 보고 싶던 아이를 막상 만나니까 갑자기 죽을 것처럼 두려웠다. 어떻게 할까? 에피는 얼른 마음을 정하고 승강장 앞문을 열었다. 마부 혼자 서 있었다. 그녀는 다음 정거장 전에 내려달라고 부탁했다.

"그럴 수 없게 되어 있습니다, 아가씨."

하지만 그녀가 동전을 하나 주면서 애원하는 눈길로 쳐다보자 마음씨 착한 마부는 생각을 바꾸고 혼자 중얼거렸다.

"원래는 안 되지만 한 번은 괜찮겠지."

마차가 서고 마부가 격자문을 열어주자 그녀는 얼른 뛰어내렸다.

에피는 흥분한 채로 집에 돌아왔다.

"생각해봐요, 로스비타, 아니를 봤어요."

에피는 노선 마차에서 아니를 만난 이야기를 했다. 로스비타는 엄마와 딸이 감동적으로 재회하지 않았다고 못마땅해하며 사람들 앞이라서 그러지 못했다는 에피의 설명을 마지못해 받아들였다. 에피는 엄마의 자부심을 가지고 아니의 모습을 묘사하지 않을 수 없었다. 그러자 로스비타가 말했다.

"예, 아니는 꼭 반반이에요. 예쁜 것과, 이렇게 말해도 된다면, 별난 건 엄마를 닮았지만, 진지한 건 아빠를 빼다박았어요. 전체적으로 보면 역시 나리를 더 많이 닮았지요."

"정말 다행이야!"

"글쎄요, 분명하게 대답할 수 없는 문제 같은데요, 마님. 엄마를 더 좋아하는 사람들도 많을걸요."

로스비타의 대답이었다.

"그렇게 생각해요, 로스비타? 난 그렇게 생각하지 않아."

"아이, 제 눈을 속일 수는 없습니다. 사실은 마님도 잘 아시잖아요. 실제로 어떤지, 남자들이 무엇을 제일 좋아하는지 말이에요."

"아, 그만해요, 로스비타."

그렇게 대화가 중단된 다음 아니 이야기는 다시 화제에 오르지 않았다. 에피는 로스비타와 아니 이야기를 피하면서도 속으로는 그 일을 잊을 수 없었다. 자신이 낳은 딸 앞에서 도망쳤다는 생각에 괴로웠다. 그녀는 수치스러울 만큼 괴로웠을 뿐 아니라 아니를 얼마나 만나고 싶은지 병이 날 지경이었다. 인슈테텐에게 편지를 써서 부탁할 수

는 없었다. 에피는 자신의 죄를 잘 알고 있었다. 그렇다, 그녀는 죄의
식을 일부러 열정적으로 키우고 있었다. 하지만 그러면서도 가슴속에
는 인슈테텐에 대한 반감이 가득했다. 그녀는 자신에게 말했다. 그가
옳아, 백번 천번이고 옳다고. 하지만 결국은 틀렸어. 오래전에 일어난
일이고 새 생활을 시작했어. 그 일을 세월 속에 그냥 스러지게 해야
하는데 그러는 대신 불쌍한 크람파스가 피를 흘렸지.

그렇다, 인슈테텐에게 편지를 쓸 수는 없었다. 하지만 아니를 만나
고, 말을 하고, 품에 안고 싶었다. 에피는 며칠 동안 고민한 끝에 결국
최선의 방법을 생각해냈다.

다음날 아침 그녀는 공들여 단정한 검은 옷을 차려입고 장관 부인
에게 면담 신청을 하러 린덴 가로 갔다. 그리고 브리스트 가문의 에피
폰 인슈테텐이라고 적힌 명함을 들여보냈다. 남작 부인이란 호칭을
비롯하여 다른 내용은 다 빼버렸다. "들어오시랍니다"라는 말이 들리
자 그녀는 하인을 따라 대기실로 갔다. 대기실에 앉아 기다리며 두근
거리는 가슴으로 벽에 걸린 그림들을 들여다보았다. 구이도 레니의
그림 〈새벽의 여신 오로라〉가 있고, 맞은편에는 벤저민 웨스트의 동
판화를 모방한 영국 동판화들이 걸려 있었다. 빛과 그림자가 풍부하
기로 유명한 요판 인쇄 기법을 사용한 동판화들이었다. 리어 왕이 비
바람이 몰아치는 들판을 헤매고 있는 그림도 있었다.

그림 감상을 마치자마자 옆방 문이 열리면서 키가 크고 날씬하고
인상 좋은 부인이 들어왔다. 장관 부인이 다가와 손을 내밀었다.

"부인, 반갑습니다. 이렇게 다시 만나다니……"

장관 부인은 소파로 가서 앉으며 에피의 손을 끌어 옆에 앉혔다.

에피는 그런 따뜻한 마음에 감동받았다. 거만하거나 비난하는 기색은 흔적도 없고 인간적인 따뜻한 마음만을 느낄 수 있었다. 장관 부인이 다시 말했다.

"어떻게 도와드릴까요?"

에피의 입가가 움찔했다. 이윽고 그녀가 입을 열었다.

"부탁이 있어서 이렇게 찾아뵈었습니다. 부인께서 혹시 해결해주실 수 있을 것 같아서요. 제겐 열 살 난 딸이 하나 있습니다. 삼 년 동안 만나지 못했는데 다시 보고 싶습니다."

장관 부인이 에피의 손을 잡고 그녀의 얼굴을 다정하게 바라보았다. 에피가 말을 이었다.

"삼 년 동안 만나지 못했다고 했지만 정확한 말은 아니에요. 사흘 전에 봤거든요."

에피는 아니를 만난 이야기를 자세히 설명했다.

"제 딸을 보고 도망쳤습니다. 인과응보라는 걸 알고 있고 제 인생을 바꿀 생각도 없습니다. 지금 이렇게 사는 게 당연하고 다른 생활을 바라지도 않았어요. 하지만 아이 일은 너무 가혹해요. 아이를 가끔 만나고 싶습니다. 남의 눈을 피해 몰래 만나는 게 아니라 관련 있는 모든 사람이 다 알고 동의하는 가운데 만나고 싶어요."

장관 부인이 그 말을 되풀이했다.

"관련 있는 모든 사람들이 다 알고 동의하는 가운데. 그러니까 남편 분의 동의를 얻고 싶다는 말씀이로군요. 남편 분의 교육방침이 아이를 엄마한테서 떼어놓는 쪽인 것 같은데 그 점을 제가 뭐라고 할 수는 없습니다. 어쩌면 그분이 옳을지도 몰라요. 이런 말을 하는 걸 용서하세요, 부인."

에피가 고개를 끄덕이자 장관 부인이 말을 이었다.

"남편 분의 방침을 인정하지만 우리의 감정 가운데 가장 아름다운 감정일지도 모르는 자연스러운 감정의 권리를 인정해달라는 거지요. 적어도 우리 여자들은 그런 감정에서 자신을 발견하지요. 제 말이 맞나요?"

"모두 맞습니다."

"제가 딸을 가끔 만날 수 있게 허락을 받도록 힘을 써야겠군요. 그것도 딸의 마음을 다시 얻도록 부인 댁에서 만날 수 있게요."

에피가 다시 그렇다고 하자 장관 부인이 말을 계속했다.

"힘 닿는 대로 해볼게요, 부인. 쉽지는 않을 거예요. 남편 분은, 예전처럼 이렇게 부르는 걸 용서하세요, 분위기나 기분이 아니라 기본 원칙에 따라 행동하시는 분이에요. 그분으로서는 원칙을 아예 버리거나 잠시라도 포기하는 게 무척 힘들 거예요. 그렇지 않았다면 그분의 행동방식과 교육방식이 벌써 예전에 달라졌겠죠. 남편 분은 부인이 가혹하다고 여기는 것을 옳다고 생각하는 거예요."

"혹시 제가 부탁을 거두어들이는 편이 좋다고 보세요?"

"아닙니다. 남편 분이 옳다는 말이 아니라 그가 왜 그렇게 행동하는지 이유를 설명하고, 우리 일이 어려울 수도 있다는 걸 암시하고 싶었을 뿐이에요. 무리가 되더라도 한번 해보자고요. 일을 슬기롭게 시작하고 활시위를 너무 팽팽하게 당기지 않으면 우리 여자들은 많은 일을 할 수 있으니까요. 더욱이 남편 분은 제게 특별한 호의를 갖고 있으니까 제 부탁을 거절하진 못할 거예요. 내일 작은 모임이 있는데 거기서 남편 분을 만날 거예요. 모레 아침에 제가 일을 슬기롭게, 그러니까 성공적으로 시작했는지 알려드릴게요. 제 생각엔 우리가 승리할 거예요. 부인은 아이를 다시 만나서 즐거워하실 거예요. 무척 예쁜 소녀라고 들었어요. 놀랄 일도 아니지요."

제33장

약속대로 이틀 후 아침에 장관 부인의 편지가 왔다. 에피는 편지를
읽었다.

부인, 좋은 소식을 전하게 되어 기쁩니다. 모든 일이 뜻대로 이루
어졌어요. 남편 분은 사교적인 분이라서 숙녀의 부탁을 거절할 수
없으셨습니다. 그런데 이 말을 안 할 수가 없네요. "예"라고 대답했
지만 그분이 그것을 지혜롭고 옳다고 생각하는 건 아니라는 느낌을
강하게 받았어요. 하지만 기뻐해야 할 자리에서 트집을 잡지는 말
자고요. 아니는 정오쯤 부인 댁으로 갈 거예요. 행복한 재회가 되길
바랍니다.

에피는 우편물이 두번째로 배달되었을 때 그 편지를 받았다. 아니가 오려면 두 시간도 안 남았지만 그 시간이 한없이 길게 느껴졌다. 에피는 안절부절못하고 두 방 사이를 왔다갔다하다가 다시 부엌으로 돌아와 로스비타와 할 수 있는 오만 가지 이야기를 했다. 내년엔 건너편 그리스도 교회의 담쟁이덩굴이 창문을 완전히 뒤덮을 거라는 이야기도 하고, 수위가 또 가스 마개를 잘못 잠갔는데 이러다가는 다음에 가스가 폭발해서 자기들이 공중으로 날아갈 거라는 이야기도 했다. 또 석유를 안할트 가에서 사지 말고 다시 운터덴린덴의 큰 램프 가게에서 사야겠다는 말도 했다. 그렇게 별의별 이야기를 다 했지만 아니 이야기는 하지 않았다. 장관 부인의 편지에도 불구하고, 아니 어쩌면 그 편지 때문에 생긴 두려움을 보이고 싶지 않았기 때문이다.

정오가 되었다. 마침내 초인종이 수줍게 울리자 로스비타가 문구멍으로 누가 왔는지 보러 갔다. 맞았다, 아니였다. 로스비타는 아이에게 뽀뽀를 해주었다. 그리고 아무 말도 하지 않고 마치 집에 병자라도 있는 듯이 조용히 복도에서 뒷방을 거쳐 앞방으로 통하는 문으로 아이를 데리고 갔다.

"저기로 들어가요, 아니 아가씨."

로스비타는 모녀의 재회를 방해하지 않으려고 아이를 혼자 두고 부엌으로 돌아갔다.

에피는 거울 기둥에 등을 기대고 방의 다른 쪽 끝에 서 있다가 아이를 보고 소리쳤다.

"아니!"

아니는 살짝 열려 있는 문가에 그대로 서 있었다. 당황하기도 했지만 반은 작정하고 그러는 것 같았다. 그래서 에피가 달려가 아니를 높이 안아 들고 입을 맞추었다.

"아니, 예쁜 내 딸, 정말 좋구나. 이리 와서 엄마한테 이야기해주렴."

에피는 아니의 손을 잡고 소파에 가서 앉으려고 했다. 하지만 아니는 여전히 수줍게 엄마를 쳐다보면서 왼손으로 탁자보의 끝자락을 움켜쥐고 꼿꼿이 서 있었다.

"아니, 알고 있니? 엄마는 널 한 번 본 적이 있단다."

"예, 그런 것 같아요."

"이야기를 많이 해주렴. 정말 많이 컸구나! 흉터가 있네. 로스비타가 말해줬어. 너는 놀 때면 늘 너무 조심성이 없고 야단스러웠어. 엄마를 닮은 거야. 엄마도 그랬단다. 학교에선 어때? 늘 일등만 할 것 같은데. 모범생이고 항상 최고 점수를 집에 가져올 것 같아. 베델슈테트 양이 네 칭찬을 많이 한다고 들었어. 좋은 거야. 나도 욕심이 많았지만 점수가 그렇게 좋지는 않았지. 나는 신화 과목을 제일 잘했는데. 너는 어떤 과목을 제일 잘해?"

"모르겠어요."

"오, 곧 알게 될 거야. 누구나 다 알거든. 점수가 가장 좋은 과목이 뭐야?"

"종교 과목이요."

"그것 보렴, 그럴 줄 알았다. 아주 좋은 거야. 나는 종교 과목을 그렇게 잘하지는 못했지만 수업 탓도 있었던 것 같아. 우리는 교생 선생님 한 명뿐이었거든."

"우리도 교생 선생님이 한 명 있었어요."

"그분이 다른 데로 가셨니?"

아니가 고개를 끄덕였다.

"왜 가셨는데?"

"모르겠어요. 하지만 목사님이 새로 오셨어요."

"모두 그분을 좋아하겠구나."

"예. 일학년 아이도 둘이나 우리 수업에 들어오려고 해요."

"아, 그렇구나. 좋은 일이야. 요한나는 뭐 해?"

"나를 집 앞까지 데려다주었어요……"

"왜 같이 올라오지 않았어?"

"요한나가 밑에서 기다리는 게 더 좋대요. 건너편 교회에 있겠다고."

"그럼 네가 요한나를 데리러 가야겠구나?"

"예."

"요한나가 널 기다리면서 초조해하지 않아야 할 텐데. 그 교회엔 조그만 앞뜰이 있는데 아주 오래된 교회처럼 창문에는 담쟁이덩굴이 반쯤 뒤덮여 있단다."

"요한나를 오래 기다리게 하고 싶지 않아요."

"아, 너는 남 생각을 많이 하는구나. 엄마가 기뻐해야 할 일인데. 다만 사람은 그런 마음을 적당하게 나누어 베풀 줄 알아야 해…… 자, 말해보렴, 롤로는 뭐 해?"

"롤로는 아주 잘 지내요. 그런데 아빠는 롤로가 갈수록 게을러진다고 하세요. 늘 햇볕에 누워 있거든요."

"그럴 거야. 네가 아기였을 때 벌써 그랬으니까…… 말해보렴, 아니, 오늘 이렇게 다시 만났으니까 앞으로 더 자주 놀러 올래?"

"오, 그럼요. 허락을 받으면요."

"우리, 알브레히트 황태자 정원에 산책하러 가자."

"오, 그럼요. 허락을 받으면요."

"아니면 실링 제과점에 가서 아이스크림을 먹을 수도 있지. 파인애플아이스크림이나 바닐라아이스크림을 먹자. 나는 그 두 가지가 늘 제일 좋았단다."

"오, 그럼요. 허락을 받으면요."

세번째 "허락을 받으면요"라는 말에 에피의 인내심은 그만 바닥이 나고 말았다. 에피는 벌떡 일어나 분노가 이글거리는 눈으로 아니를 노려보았다.

"시간이 다 된 것 같구나, 아니. 요한나가 초조해할 거야."

에피가 종을 당기자 옆방에 있던 로스비타가 바로 들어왔다.

"로스비타, 아니를 건너편 교회에 데려다줘요. 요한나가 거기서 기다리고 있거든. 요한나가 그동안 감기에 걸리지 않았으면 좋겠는데. 그럼 내가 미안하잖아. 요한나에게 안부 전해줘요."

로스비타와 아니가 나갔다.

로스비타가 바깥에서 대문을 잠그자마자 에피는 숨이 막혀 죽을 것 같아서 옷을 잡아뜯고는 발작적인 웃음을 터뜨렸다. 그녀는 "이런 게 재회라니" 하고는 고꾸라지듯 달려가 창문을 활짝 열었다. 도움이 될 것을 찾았다. 가슴이 찢어질 듯 아픈데 몇 가지가 눈에 띄었다. 창문 옆 책꽂이에 실러와 쾨르너 책 몇 권과, 높이가 똑같은 시집들 위에 성경과 찬송가책이 보였다. 무릎을 꿇고 기도하려면 앞에 뭔가 있어야 했다. 그녀는 성경과 찬송가책을 움켜잡아 아까 아니가 서 있던 책상 모서리에 놓았다. 그리고 그 앞에 무너지듯 무릎을 꿇고는 작은 소리로 말했다.

"오, 하늘에 계신 하느님, 제가 저지른 일을 용서해주세요. 저는 어린아이였습니다…… 아니, 아니요, 어린아이는 아니었지요. 무슨 일을 저질렀는지 알 만큼 나이를 먹었지요. 저도 그걸 알고 있었어요. 대수롭지 않은 죄라고 하려는 게 아니에요. ……하지만 이건 너무해요. ……아이 일은, 하느님, 저를 벌하려는 당신이 아니라 그 사람, 그 사람이 한 일이니까요! 저는 그가 고결하다고 믿었고, 그래서 옆에 있으면 늘 작아지는 느낌이었어요. 하지만 이제 알았어요. 그는 그런 사람이에요. 그릇이 작다고요. 작아서 잔인한 거예요. 작은 건 다 잔인하니까요. 그가 아이에게 그렇게 가르쳤겠지요. 그는 항상 교사였어요. 크람파스가 그를 그렇게 불렀지요. 그때는 비웃으며 한 말이었지만 맞는 말이었어요. '오, 그럼요. 허락을 받으면요.' 너는 허락받을 필요 없어. 다시는 너희를 보지 않을 테니까. 난 너희를 증오해. 내가 낳은 딸도. 너무한 건 너무한 거야. 그는 출세주의자였을 뿐이야. 명예, 명예, 명예 하면서…… 불쌍한 사람을 쏘아 죽였지. 나는 그 남자를 사랑한 적이 없고 사랑하지 않았으니까 다 잊어버렸다고. 다 어리석은 짓이었는데 이제 와서 피를 보고 사람을 죽이다니. 그리고 난 죄인이 되었지. 그는 장관 부인의 부탁을 거절할 수 없어서 아이를 보낸 거야. 아이를 보내기 전에 앵무새처럼 훈련시켜서는 '허락을 받으면요'라는 판에 박은 말을 가르쳤겠지. 내가 저지른 일을 생각하면 구역질이 나. 하지만 너희의 미덕은 더 구역질이 난다고. 다 꺼져버려. 나는 계속 살아야 할 테지만 영원히 살진 않을 거야."

로스비타가 돌아왔을 때 에피는 얼굴을 돌리고 죽은 듯 바닥에 쓰
러져 있었다.

<h1 style="text-align:center">제34장</h1>

왕진 부탁을 받고 온 룸쉬텔은 에피의 상태가 심상치 않다고 진단했다. 오래전부터 있던 폐결핵 증세가 전보다 뚜렷해졌고, 더 나쁜 것은 신경쇠약의 초기 증세가 보이는 것이었다. 하지만 기분을 바꿔주는 조용하고 자상한 그의 치료방식이 좋은 영향을 미쳐서 에피는 의사가 옆에 있는 동안은 안정을 찾았다. 이윽고 룸쉬텔이 일어나자 로스비타는 그를 현관까지 바래다주었다.

"아, 고문관 나리, 걱정이 돼서 죽겠어요. 그런 일이 또 벌어지면 어떻게 해요. 또 일어날 수 있잖아요. 아, 이제 한시도 마음이 편치 못할 거예요. 아이 일은 정말 너무했어요. 불쌍한 마님. 아직 젊으신데. 그 나이에 시작하는 사람들도 많은데."

룸쉬텔이 위로했다.

"그만해요, 로스비타. 다 좋아질 거예요. 마님은 여길 떠나야 합니다. 다른 공기, 다른 사람들이 필요해요."

그런 일이 있고 이틀 후 호엔크레멘에 편지 한 통이 도착했다. 편지에는 이렇게 쓰여 있었다.

부인! 브리스트 가와 벨링 가의 오랜 친분과 무엇보다 따님에 대한 애정 때문에 이런 편지를 드린다고 생각해주십시오. 더는 이렇게 둘 수 없습니다. 따님은 몇 년 전부터 고독하고 고통스런 생활을 하고 있는데 무슨 조치를 취하지 않으면 급격히 쇠약해질 거예요. 폐결핵의 소양은 늘 있었고, 그래서 몇 해 전에 엠스를 추천했던 것인데 그런 오랜 병에 새로운 병이 하나 더 생겼습니다. 따님은 신경이 쇠약해지고 있어요. 더 진행되는 것을 막으려면 공기를 바꿔야 합니다. 어디가 좋을까요? 슐레지엔의 온천 가운데 하나를 고르는 것은 어렵지 않습니다. 잘츠브룬도 좋지만 신경쇠약이 있으니까 라이네르츠가 더 좋지요. 그래도 호엔크레멘밖에 없습니다. 부인, 공기만으로는 병이 나을 수 없으니까요. 따님에게는 로스비타뿐이어서 쇠약해지고 있습니다. 하인의 충성도 좋지만 부모의 사랑은 더 좋습니다. 늙은이가 의사 직분을 벗어나는 일에 끼어드는 걸 용서하십시오. 하지만 다시 생각하면 직분을 넘어선다고 할 수 없지요. 의사니까 이런 말씀을 드리고, 의무에 따라—이런 표현을 쓰는 것을 용서하십시오—이런 요구를 하는 것이니까요…… 저는 살면서 많은 것을 보았습니다…… 하지만 그런 이야기는 더 드리지 않겠습니다. 남편 분께 안부 전해주십시오.

룸쉬텔 박사 올림

브리스트 부인은 남편에게 편지를 읽어주었다. 두 사람은 정원 쪽으로 난 응접실을 등지고 해시계가 있는 원형 화단을 바라보며 그늘진 타일 통로에 앉아 있었다. 창문을 휘감은 머루넝쿨이 바람에 가만히 흔들리고, 연못에는 잠자리 몇 마리가 환한 햇빛을 받으며 멈춰 있었다.

브리스트는 잠자코 차 쟁반을 손가락으로 톡톡 두드렸다.

"부탁인데 그만 두드리고 차라리 말을 하세요."

"아, 루이제, 무슨 말을 하란 말이오. 두드리는 것으로 이미 말하지 않소. 내 생각은 오래전부터 잘 알잖소. 청천벽력처럼 인슈테텐의 편지가 왔을 때는 나도 당신과 같은 생각이었지. 그것 역시 까마득한 옛날이오. 그래 내가 죽을 때까지 종교 재판장 노릇을 해야겠소? 오래전에 벌써 진력이 났어……"

"날 비난하지 마세요, 브리스트. 나도 당신처럼 그애를 사랑해요. 어쩌면 더 사랑할지도 몰라요. 누구나 나름의 방식이 있다고요. 하지만 세상을 살면서 나약하고 다정하게 행동하는 게 다는 아니에요. 법과 규율에 위배되는 것, 사람들이 단죄하는 것, 적어도 당분간이라도 단죄하는 것, 또 단죄받아 마땅한 것을 전부 너그럽게 대하는 게 능사는 아니라고요."

"바보 같은 소리 마요. 제일 중요한 게 하나 있다오."

"물론, 제일 중요한 게 하나 있지요. 하지만 그게 뭐죠?"

"자식에 대한 부모의 사랑이오. 게다가 자식이 하나라면……"

"그럼 교리문답과 도덕과 '사회'의 요구는 다 끝나는 거예요."

"아, 루이제, 마음껏 교리문답을 들먹여도 좋지만 '사회'를 들먹이지는 마요."

"사회에 등을 지는 건 무척 어려운 일이에요."

"아이에게 등을 지는 것도 마찬가지요. 내 말을 믿어요, 루이제, '사회'는 원하면 눈을 감아줄 수도 있어. 나는 이런 입장이오. 라테노 경기병이야 와도 좋고 오지 않아도 좋다고. 간단하게 전보를 치겠소. '에피, 오너라.' 그래도 되겠소?"

브리스트 부인은 일어나 남편의 이마에 입을 맞추었다.

"물론이에요. 다만 날 비난하면 안 돼요. 쉬운 일은 아니에요. 이 시점부터 우리의 인생은 달라질 거예요."

"난 참을 수 있소. 곡물은 잘 자라고 가을엔 토끼를 사냥할 수 있지. 또 붉은 포도주는 여전히 맛있고. 아이가 집에 오면 맛이 더 좋을 거야…… 그럼 전보를 치고 오리다……"

에피가 호엔크레멘에 온 지도 벌써 반년이 넘었다. 그녀는 예전에 썼던 이층의 방 두 개를 썼다. 에피가 큰 방을 쓰고 로스비타가 그 옆 방에서 잤다. 호엔크레멘에 오면 환자에게 도움이 될 것이라던 룸쉬텔의 예상은 사실로 드러났다. 에피는 잔기침이 줄고 부드러운 얼굴의 사랑스런 매력을 앗아간 신랄한 표정이 사라지고 다시 웃을 수 있었다. 케신과 지난 일이 화제에 오르는 일은 거의 없었지만 파덴 부인은 예외였다. 늙은 브리스트가 특별히 호감을 갖고 있는 기스휘블러도 빼놓을 수 없었다.

"알론초, 미람보를 데리고 있고 트리펠리를 크게 키운 그 아름다운 스페인 사람은 천재가 틀림없어. 분명하다니까."

그럼 에피는 모자를 손에 들고 한도 끝도 없이 허리를 굽혀 공손하게 절하는 기스휘블러를 흉내 내야 했다. 흉내 내는 데 소질이 있는 그녀는 비슷하게 흉내 낼 수 있었지만 이 경우는 좋아하는 착한 사람에게 잘못하고 있다는 느낌 때문에 마지못해 했다. 인슈테텐은 아예 입에 올리지도 않았다. 호엔크레멘의 상속녀인 아니 역시 마찬가지였다.

그렇다, 에피는 다시 살아났다. 여성들이 흔히 그러듯 그 일을 여전히 가슴 아프게 생각하면서도 흥미로운 사건으로 보는 면이 없지 않은 브리스트 부인은 남편과 경쟁하듯 딸에게 사랑과 관심을 보여주었다.

"우리가 이런 겨울을 보내는 것도 정말 오랜만이구나."

브리스트가 말했다. 에피는 일어나 아빠의 이마에 흘러내린 얼마 안 되는 머리카락을 쓰다듬었다. 그렇게 모든 것이 아름다웠다. 하지만 에피의 건강은 겉으로만 좋았을 뿐, 속으로는 깊어진 병이 조용히 생명을 갉아먹고 있었다. 에피가 인슈테텐과 약혼하던 날 입었던 하늘색과 하얀색 줄무늬의 헐렁한 옷에 느슨한 허리띠를 매고 아침 인사를 하려고 발랄하게 걸어오면 브리스트 부부는 놀랍고 기쁘면서도 애처로운 눈빛으로 딸을 바라보았다. 여전히 호리호리하고 눈은 반짝였지만 그것은 밝은 젊음이 아니라 괴로움을 승화시킨 데서 오는 독특한 분위기임을 눈치챘기 때문이다. 에피를 눈여겨본 사람은 다 아는 사실이었지만 그녀만 아무것도 모르고 있었다. 그녀는 정겹도록 평화로운 곳으로 돌아와, 쫓겨나 비참했던 시절에도 그녀를 사랑했고 그녀가 사랑했던 사람들과 화해한 것을 행복해하면서 지냈다.

에피는 집안일을 열심히 하면서 살림을 예쁘게 꾸미고 조금 고치는 데도 신경을 썼다. 그녀는 미적 감각이 있어서 언제나 바른 선택을 했다. 독서 특히 예술은 아예 그만두었다.

"그런 걸 너무 많이 했어요. 이제 두 손을 놓아버리니까 좋아요."

독서와 예술은 슬픈 시절의 기억을 너무 많이 떠올려서 그러는 것 같았다. 에피는 대신 조용히 기뻐하며 자연을 바라보는 기술을 익혔다. 플라타너스 잎이 떨어지고, 얼음이 언 연못에 햇빛이 반짝이고, 아직 겨울이 물러가지 않은 화단에 크로커스꽃이 피면 그녀는 행복을 느꼈다. 그런 모든 것을 몇 시간 동안 하염없이 바라보면서 인생이 그녀에게 주지 않은 것, 더 정확히 말하면 그녀 스스로 잃어버린 것을 잊는 것이었다.

교유하는 사람이 아예 없지는 않았다. 모두가 등을 돌리지는 않았지만 그래도 학교와 목사관 사람 들과 제일 친하게 지냈다.

쌍둥이가 결혼해서 학교가 비었지만 별로 상관이 없었다. 그들이 있더라도 전처럼 잘 지낼 수는 없었으리라. 그래서 그녀는 그만큼 얀케와 더 가깝게 지냈다. 얀케는 스웨덴령 포메른뿐 아니라 케신 지방까지도 스칸디나비아에 속한다고 보고는 계속 질문을 했다.

"예, 선생님, 그곳엔 증기선이 있어요. 편지에 썼던가 아니면 선생님께 말했던 것 같은데, 비스비에 갈 뻔한 적도 있어요. 생각해보세요, 비스비에 거의 갈 뻔했다니까요. 우습지만 제 인생의 많은 부분에

'거의'라는 말을 쓸 수 있답니다."

얀케가 말했다.

"아쉽다, 아쉬워."

"예, 아쉽지요. 하지만 뤼겐에서는 실제로 여기저기 다녔어요. 뤼겐은 선생님이 좋아하실 만한 곳이에요. 생각해보세요, 아르코나에는 아직도 벤트족의 커다란 야영지가 남아 있대요. 거기는 안 갔거든요. 아르코나에서 멀지 않은 헤르타 호수에는 갔어요. 하얗고 노란 개연꽃이 핀 연못을 보면서 선생님 딸 헤르타 생각이 많이 났어요……"

"그래, 그래, 헤르타…… 하지만 헤르타 호수 이야기를 하려고 했던 것 같은데……"

"예, 그러려고 했지요…… 생각해보세요, 글쎄 제물을 바쳤던 커다란 바위 두 개가 호숫가에 있더라고요. 매끄러운 바위에는 홈이 파였는데 옛날에 피가 흘러내리던 홈이래요. 저는 그때부터 벤트족이 싫어졌어요."

"아, 에피, 미안하지만 벤트족이 아니야. 돌 제단과 헤르타 호수는 한참 오랜 옛날, 그리스도가 탄생하기 한참 전 일이란다. 순수한 게르만족이지. 우리는 모두 거기서 나온 거야……"

에피는 웃음을 터뜨렸다.

"그럼요, 우리는 모두 거기서 나왔지요. 얀케 가문은 분명히 그렇고 브리스트 가문도 그럴지 몰라요."

그녀는 뤼겐과 헤르타 호수에서 화제를 돌려 손자들에 대해 묻고 베르타와 헤르타가 낳은 아기 중 누가 더 예쁘냐고 물었다.

그렇다, 에피는 얀케와 가깝게 지냈다. 얀케는 헤르타 호수, 스칸디나비아, 비스비에 대해 아주 자세히 알고 있었지만 근본적으로 단순한 사람이었다. 그래서 젊고 외로운 부인은 니마이어 목사와 이야기하는 것을 훨씬 더 좋아했다. 공원을 산책할 수 있는 가을에 에피는 니마이어와 정말 많은 이야기를 나누었다. 하지만 겨울이 되면서 몇 달동안은 그럴 수가 없었다. 목사 부인 때문에 목사관에는 들어가고 싶지 않았기 때문이다. 목사 부인은 언제나 몹시 불쾌했다. 교구민이 볼 때 자신도 결함이 없지 않으면서도 이제는 대놓고 거만하게 굴었다.

그래서 에피는 겨울 내내 속이 상했지만 4월 초가 되자 사정이 달라졌다. 덤불 가장자리가 파릇파릇해지고 질척이던 공원 길도 바짝 말랐다. 에피는 다시 산책을 시작했다.

어느 날 그렇게 산책을 하는데 멀리서 뻐꾸기가 울었다. 에피는 울음소리를 세어보고는 니마이어의 팔에 매달렸다.

"뻐꾸기가 우네요. 뻐꾸기한테 물어보고 싶지는 않아요.* 말해보세요, 목사님은 인생을 어떻게 생각하세요?"

"아, 에피, 그런 어려운 문제는 묻지 마라. 철학자에게 묻거나 대학에 서면으로 문의해야지. 내가 인생을 어떻게 생각하느냐고? 중요하기도 하고 하찮기도 하지. 때로는 아주 중요하고 때로는 아주 하찮다고."

"맞아요. 마음에 들어요. 더 알고 싶지 않아요."

그런 말을 하는데 어느새 그네까지 왔다. 에피는 갑자기 어린 소녀 때처럼 그네에 휙 올라탔다. 그리고 니마이어가 놀란 가슴을 채 다스리기도 전에 냉큼 위아래로 능숙하게 몸을 놀려 그네를 움직였다. 몇

---

* 뻐꾸기는 울음소리를 세는 사람의 수명을 알려준다는 민간신앙이 있다.

초 동안 그러자 몸이 붕 하늘 높이 올라갔다. 그녀는 한 손으로 줄을 잡고, 다른 한 손으로 가슴과 목에 둘렀던 비단 스카프를 벗어 행복한 듯 흔들었다. 이윽고 속도를 늦추더니 팔짝 뛰어내려와 니마이어의 팔을 다시 잡았다.

"에피, 옛날과 똑같구나."

"아니에요. 그냥 그랬으면 싶은 거죠. 다 지난 일이에요. 그냥 한번 해본 거예요. 아, 정말 좋았어요. 공기가 정말 상쾌했어요. 꼭 하늘을 나는 기분이랄까. 제가 하늘나라에 들어갈 수 있을까요? 말해주세요, 목사님은 아실 거예요. 부탁이에요……"

늙은 니마이어는 두 손으로 에피의 얼굴을 잡고 이마에 키스를 해주었다.

"그럼, 에피, 그럴 거야."

제35장

에피는 바깥 공기를 쐬고 싶어서 하루 종일 공원에서 지냈다. 프리자크 출신의 늙은 의사 비지케도 그러라고 허락했지만 아무래도 자유를 너무 많이 준 것 같았다. 5월의 쌀쌀한 날씨에 에피는 그만 심한 감기에 걸리고 말았다. 열이 나고 기침을 심하게 하자 평소 사흘마다 오던 비지케가 매일 호엔크레멘으로 왔다. 그는 어떻게 해야 할지 몰라 당황했다. 에피가 수면제와 기침약을 달라고 했지만 열이 너무 높아서 약을 줄 수 없었기 때문이다.

브리스트가 물었다.

"선생님, 어떻게 될까요? 선생님은 그애를 어렸을 때부터 아시고 그애를 데려오셨잖아요. 몸무게가 눈에 띄게 줄고, 붉은 반점이 생기고, 갑자기 번쩍이는 눈으로 묻는 듯 쳐다보고. 다 마음에 들지 않아요. 어떻게 생각하세요? 어떻게 될까요? 얼마 못 갈 것 같습니까?"

비지케가 천천히 고개를 저었다.

"그렇지는 않습니다, 브리스트 씨. 열이 높은 게 마음에 걸리지만 내릴 거예요. 열이 내리면 따님을 스위스나 망통으로 보내야 합니다. 맑은 공기와 좋은 경치를 보면 지난 일은 잊을 거예요……"

"레테*, 레테."

비지케가 빙긋 웃었다.

"그래요, 레테지요. 유감스럽게도 고대 그리스 친구들이 이름만 남기고 성분을 가르쳐주지 않았네요……"

"적어도 조제법이라도 알면 좋으련만. 요새는 비슷한 물을 만들 수 있으니까요. 이런, 비지케, 여기에 그런 요양소를 세우면 장사가 될걸요. 프리자크 망각의 샘을 만드는 겁니다. 하지만 우선은 리비에라로 하자고요. 망통이 리비에라에 있죠? 요즘 곡식 가격이 좋지 않지만 해야 하는 건 해야지요. 집사람과 의논하리다."

브리스트는 아내와 의논했고 그 자리에서 동의를 얻었다. 브리스트 부인은 은둔생활을 한다는 생각이 드는지 요즘 들어 부쩍 남쪽 지방에 가고 싶어했다. 그것 역시 남편의 제안에 찬성하는 데 역할을 했다. 그런데 정작 당사자인 에피는 관심이 없었다.

"엄마 아빠, 어쩌면 그렇게 나한테 잘해주세요. 나는 이기적이라서 기대할 게 있다면 두 분의 희생을 받아들일 거예요. 하지만 분명 해롭기만 할 거예요."

---

* 그리스 신화에 나오는 저승 세계의 강. 강물을 마시면 이승에 대한 기억을 전부 잊는다고 한다.

"그렇지 않아, 에피."

"아니에요. 나는 성격이 예민해졌어요. 모든 게 다 화가 나요. 여기는 그렇지 않아요. 엄마 아빠가 응석을 다 받아주고 미리미리 다 신경 써주시니까. 하지만 여행을 하면 불쾌한 일을 피할 수가 없어요. 불쾌한 일은 차장에서 시작해서 웨이터에서 끝나죠. 거드름을 피우는 그 사람들 얼굴만 생각해도 벌써 열이 올라요. 아니, 아니요, 그냥 여기 있게 해주세요. 다시는 호엔크레멘을 떠나고 싶지 않아요. 여기가 내가 있을 곳이에요. 난 저 아래 화단의 해시계 주위에 핀 헬리오트로프가 망통보다 좋아요."

그래서 여행은 없었던 일이 되었다. 이탈리아에 기대를 많이 걸었던 비지케가 말했다.

"환자의 뜻을 존중해줘야 합니다. 변덕이 아니거든요. 그런 환자들은 감정이 섬세해서 무엇이 도움이 되고 무엇이 그렇지 않은지 묘하게 잘 알아맞히지요. 에피 부인이 차장과 웨이터에 대해 한 말은 사실 맞는 말이에요. 호텔에서 받은 짜증을 상쇄해줄 만큼 치유력이 좋은 공기는 없습니다. 호텔에서 짜증이 난다면 말이지요. 부인을 여기 그냥 있게 합시다. 그게 최선이 아니라면 최악도 아닐 겁니다."

과연 비지케의 말이 맞았다. 에피는 병이 나았고 몸무게도 조금 늘었다. 브리스트는 광적으로 몸무게를 재는 사람이었다. 에피의 예민한 성격도 많이 누그러졌다. 하지만 그녀는 날이 갈수록 더 바깥 공기를 쐬고 싶어했다. 특히 서풍이 불고 구름이 잔뜩 긴 날이면 몇 시간 동안 바깥에서 지냈다. 그런 날이면 그녀는 들판과 습지까지 나갔다. 1킬로미터를 걷는 적도 많았다. 피곤해지면 목장의 울타리에 앉아 바람에 흔들리는 미나리아재비와 붉은 수영 덤불을 꿈꾸듯 바라보았다.
어느 날 브리스트 부인이 말했다.

"넌 항상 혼자 다니는구나. 이곳 사람들은 위험하지 않지만 낯선
불량배들이 많이 돌아다닌단다."

위험하다는 생각은 해본 적이 없는 에피는 깜짝 놀랐다. 그녀는 로
스비타와 둘만 있을 때 말했다.

"당신을 데리고 갈 수는 없어요, 로스비타. 너무 뚱뚱하고 이제 다
리도 튼튼하지 않으니까."

"마님, 그렇게 나쁘진 않아요. 아직 시집도 갈 수 있다고요."
로스비타의 말에 에피는 웃음을 터뜨렸다.

"그럼요. 누구나 언제라도 시집갈 수 있지요. 로스비타, 개가 있으
면 얼마나 좋을까. 아빠 사냥개는 나를 전혀 따르지 않아요. 사냥개들
은 멍청해서 사냥꾼이나 정원사가 엽총을 들어야만 움직인다니까. 요
즘은 롤로 생각이 많이 나요."

"하긴 여기는 롤로 같은 개는 없지요. '여기'가 싫다는 말은 아니에
요. 호엔크레멘은 무척 좋아요."

두 사람이 그런 대화를 나누고 사나흘 후 인슈테텐은 평소보다 한
시간 일찍 서재에 들어갔다. 환한 아침햇살에 잠이 깼는데 다시 잠이
올 것 같지 않아서 오랫동안 미루었던 일을 처리하려고 그냥 일어났
던 것이다.

여덟시 십오분이었다. 종을 누르자 요한나가 아침식사를 쟁반에 차
려서 가져왔다. 쟁반에는 〈십자가 신문〉과 〈노르트도이체 알게마이

네〉*와 함께 편지 두 통이 놓여 있었다. 주소를 보니까 하나는 장관 글씨였다. 하지만 다른 하나는? 우체국 소인이 분명하지 않은데다 "귀한 신분이신 인슈테텐 남작 귀하"라니. 관직의 칭호를 잘 모르는 사람이 보낸 편지가 분명했다. 글씨 역시 많이 배우지 못한 사람의 글씨였다. 하지만 주소는 묘하게 정확했다. "W. 카이트 가 Ic, 삼층"이라고 적혀 있었다.

인슈테텐은 국가 관리답게 '각하'의 편지를 먼저 뜯어보았다.

친애하는 인슈테텐! 폐하께서 귀하의 임명에 서명하셨음을 알려드릴 수 있어서 기쁩니다. 진심으로 축하합니다.

인슈테텐은 임명된 사실보다 장관이 친절한 편지를 보내준 것이 더 좋았다. 케신에서의 그날 아침 이후 출세 같은 문제에 약간 비판적이 되었기 때문이다. 그는 죽어가던 크람파스의 눈길을 아직도 생생하게 기억했다. 그날 이후 그는 만사를 다른 잣대로 평가하고 다른 눈으로 보았다. 결국 훈장이 무슨 의미가 있는가? 그는 아무 재미 없는 나날을 보내며 만년의 라덴베르크 장관의 일화를 여러 번 떠올렸다. 거의 잊힌 그 일화에 따르면, 라덴베르크는 오래 기다린 끝에 드디어 붉은 독수리훈장을 받았지만 화를 내며 "까맣게 될 때까지 거기 있어라" 하고 소리치며 훈장을 던져버렸다는 것이다. 훗날 훈장은 실제로 '까맣게' 변했을 테지만 이미 너무 뒤늦은 일이어서 분명 훈장을 받은 사람

---

* 1848년, 1861년 각각 창간된 보수적인 신문.

에게 큰 기쁨을 주지 못했을 것이다. 우리에게 기쁨을 주는 것은 시간과 상황과 연관이 있다. 오늘 우리를 행복하게 해준 것이 내일 무가치해질 수 있다. 인슈테텐은 그것을 절감하고 있었다. 제일 높은 곳에서 주는 명예와 총애는 분명 중요하지만, 아니 적어도 **중요했지만** 화려한 겉모습은 사실 별게 아니다. 사람들이 '행복'이라고 부르는 것이 존재한다면 그것은 그런 겉모습과는 다른 것이리라.

"만약 내가 누릴 자격이 있다면 행복에는 두 가지가 있지. 우선, 자신이 있어야 할 자리에 있는 거야. 하지만 지금 자신이 그렇다고 말할 수 있는 관리가 어디 있을까. 또 하나는 일상이 잘 풀리는 거지. 이를테면 잠을 잘 자거나 새로 산 장화가 발을 조이지 않는 것 같은 거라고. 그게 가장 좋은 거야. 낮의 열두 시간, 칠백이십 분을 특별히 화내지 않고 보내면 그날은 행복한 날이라고 할 수 있지."

인슈테텐은 오늘도 그런 쓰라린 생각을 했다. 두번째 편지를 집어 들었다. 그는 편지를 읽고 나서 이마를 쓸며 행복이 존재한다는 **사실**을 가슴 아프게 깨달았다. 예전에는 행복을 누렸지만 이제 그 행복을 잃고 앞으로 다시는 누릴 수 없는 것이다.

그때 요한나가 빌러스도르프 추밀고문관이 왔다고 전했다. 빌러스도르프는 벌써 문턱에 서 있었다.

"축하합니다, 인슈테텐."

"고문관님의 축하는 진심이겠지만 다른 사람들은 화를 낼 겁니다. 그런데……"

"그런데? 설마 지금 트집을 잡으려는 것은 아니겠지요."

"그럼요. 그저 폐하의 은혜가 부끄럽고 장관님의 호의는 더욱 부끄러울 따름입니다. 다 장관님 덕분이거든요."

"그런데……"

"그런데 저는 기쁨을 잊어버렸어요. 제가 이런 말을 하면 다른 사람들은 상투적으로 하는 말이라고 생각하겠지요. 하지만 고문관님은 아실 거예요. 여길 둘러보세요. 얼마나 공허하고 황량합니까. 남들이 보석이라고 부르는 요한나가 들어오면 저는 마음이 불안해집니다. 무대에 등장하는 듯한 태도도 그렇고—인슈테텐은 요한나를 흉내 냈다—인류한테 하는지 저한테 하는지 모르겠지만 무슨 특별한 요구를 들고 나타나는 듯한 우스꽝스러운 모습도 그렇고 모두 공허하고 비참하게 보여요. 그렇게 우스꽝스럽지만 않다면 총으로 쏘아 죽이고 싶다니까요."

"인슈테텐, 그런 기분으로 국장이 되시려고요?"

"아, 다른 도리가 있겠어요? 읽어보세요. 방금 받았습니다."

빌러스도르프는 우체국 소인이 분명하지 않은 편지의 "귀하신 신분"이란 말을 보고 재미있어했다. 그는 편지를 더 편안하게 읽으려고 창가로 갔다.

나리! 제 편지를 받고 아마 많이 놀라실 거예요. 롤로 때문에 편지 드립니다. 아니 아가씨가 벌써 작년에 롤로가 많이 게을러졌다고 했지만 여기서는 상관없습니다. 롤로는 여기서 마음대로 게으름을 피워도 됩니다. 게으르면 게으를수록 더 좋지요. 마님이 롤로가 있으면 좋겠다고 하세요. 습지나 들판에 가실 때면 늘 말씀하시지요. "로스비타, 혼자 가니까 사실은 무서워요. 하지만 누구하고 가겠어요? 롤로, 그래요, 롤로라면 괜찮을 거야. 롤로는 나를 싫어하지 않으니까. 동물들은 그 일에 관심이 없어서 좋아요." 마님은 그렇게 말씀하신답니다. 더는 말씀드리지 않을게요. 아니 아가씨한테 안부 전해주세요. 요한나에게도요.

나리의 충성스런 하녀
로스비타 겔렌하겐 드림

빌러스도르프가 편지를 다시 접으며 말했다.

"로스비타가 우리보다 낫군요."

"제 생각도 그래요."

"그래서 만사가 의심스럽게 보이는 거예요?"

"그렇습니다. 오래전부터 그런 생각을 하고 있는데 의도했든 의도하지 않았든 저를 고발하는 로스비타의 소박한 말을 보니까 다시 어떻게 해야 좋을지 모르겠어요. 오래전부터 그 문제 때문에 괴로웠어요. 이제 그만 이 모든 일에서 벗어나고 싶습니다. 이제 아무것도 마음에 들지 않고 상을 받을수록 다 무의미하다는 생각이 들어요. 제 인생은 실패했어요. 그래서 속으로 생각하지요. 야심과 공명심일랑 모두 버리고, 저의 교사로서의 소질을 발휘해 비교적 지위가 높은 도덕 교사가 되자고. 그런 인물이 있었거든요. 그럴 수만 있다면 저는 함부르크에 '거친 집'을 세운 비헤른 박사*처럼 아주 유명한 인물이 될 수

---

* 신교 신학자. 비헤른이 세운 '거친 집'은 처음에는 갈 곳이 없는 젊은이들을 교육하는 기관이었지만 훗날 죄수 복지기관과 병자를 보살피는 기구로 확대되었다.

있을 겁니다. 그 놀라운 인물은 눈길과 신앙으로 범죄자들을 양처럼 길들였지요……"

"흠, 반대할 게 없는데. 괜찮을 것 같아요."

"아니요, 괜찮지 않습니다. 그것 역시 안 됩니다. 제겐 모든 길이 다 막혀버렸어요. 제가 어떻게 살인자의 영혼을 감동시킬 수 있겠습니까? 그러려면 먼저 자신의 영혼이 깨끗해야 해요. 그렇지 못하고 손에 그런 걸 묻힌 사람은 적어도 자기가 교화하려는 사람들 앞에서라도 참회하는 광인처럼 행동하고, 뼈를 깎는 참회를 해야 해요."

빌러스도르프가 고개를 끄덕였다.

"……그것 보세요, 고개를 끄덕이시네요. 하지만 이제 와서 그렇게 할 수는 없는 노릇이에요. 이제 와서 참회의 옷을 입은 남자 역을 할 수는 없어요. 자책감에 죽도록 춤을 추는 탁발승이나 고행자는 더더욱 안 될 말이고요. 다 할 수 없으니까 이렇게 생각했지요. 여길 떠나는 게 가장 좋다고. 다 떨쳐버리고 문화와 명예를 모르는 흑인들 속으로 들어가자고. 그들은 행복한 사람들입니다! 모든 일은 문화니 명예니 하는 쓰레기들 때문에 일어나니까요. 정열 때문이었다면 그래도 봐줄 수 있지요. 하지만 정열 때문에 그런 짓을 하는 사람은 없습니다. 오직 관념을 위해서…… 관념이라고요! ……한 사람이 쓰러지면 자신도 같이 쓰러지는 거지요. 더 나쁘죠."

"어리석은 말씀 그만하세요, 인슈테텐. 다 기분이고 생각입니다. 아프리카를 횡단한다니, 무슨 말씀이세요? 그런 건 빚을 진 소위나 하는 짓이에요. 하지만 고문관님 같은 분이! 아랍의 붉은 모자를 쓰고 백인들과 토인들의 협상을 주재하려고요? 무테사 왕*의 사위와 의형제를 맺으시려고요? 구멍이 여섯 개나 난 열대 모자를 쓰고 콩고를 따라가다가 카메룬이나 그 부근에서 불쑥 다시 나타나려고요? 불가능합니다!"

"불가능하다고요? 왜요? 만약 불가능하다면 뭘 해야 하죠?"

"그냥 여기 남아서 체념하는 법을 연습해야지요. 짐이 무겁지 않은 사람이 어디 있습니까? 날마다 '사실 몹시 의심스러운 이야기야'라고 하지 않는 사람이 어디 있어요? 아시다시피 저도 져야 할 짐이 있어요. 고문관님과 같은 짐은 아니지만 그렇다고 많이 가볍지도 않지요. 원시림을 누비고 흰개미집에서 밤을 보내는 건 어리석은 짓이에요. 그런 게 좋은 사람은 그래도 되지만 우리 같은 사람이 할 일은 아니죠. 부서진 요새에 남아 쓰러질 때까지 견디는 게 최고예요. 먼저 작은 일에서 가능한 기쁨을 느낄 줄 알아야 합니다. 제비꽃이 피고, 루이제 왕비의 기념비가 꽃에 둘러싸여 있고, 어린 소녀들이 끈이 달린 긴 부츠를 신고 줄넘기를 하는 것을 보는 눈이 있어야 한다고요. 아니면 프리드리히 황제**가 누워 있는 포츠담의 평화 교회에 가보는 것도 좋지요. 요새 묘소를 짓기 시작했거든요. 거기 서서 그분의 생애를 곰곰 생각해도 마음이 편해지지 않으면 저도 더는 도와드릴 방법이 없습니다."

"좋아요, 좋습니다. 하지만 한 해는 길고, 하루는…… 또 밤은요."

"그 문제라면 쉽지요. 〈사르다나팔〉***이나 델 에라가 나오는 〈코펠

리아〉*가 있고, 그게 끝나면 호프집 지혠이 있어요. 무시하지 마세요. 맥주 세 조끼면 마음의 안정을 찾을 수 있습니다. 일을 우리처럼 해결하는 사람들이 아직도 많습니다. 아주 많지요. 아는 사람 중에 역시 쓰라린 일을 많이 겪은 사람이 있어요. 그 사람이 언젠가 이런 말을 하더라고요. '저를 믿으세요, 빌러스도르프. 보조 장치가 없으면 안 되는 거예요.' 그는 건축 기술자였어요. 그래서 아는 거죠. 과연 그 말이 맞더라고요. '보조 장치' 생각이 나지 않는 날이 하루도 없으니까요."

빌러스도르프는 그렇게 마음을 털어놓고는 모자와 지팡이를 챙겨 들었다. 친구의 말을 들으며 인슈테텐은 아까 혼자 생각했던 '작은 행복' 생각이 나서 반쯤 수긍하듯 고개를 끄덕이며 혼자 미소를 지었다.

"어디 가세요, 빌러스도르프? 청사로 가기에는 너무 이른데요."

"오늘 하루는 온전히 저를 위해 쓸 생각입니다. 먼저 산책을 할 거예요. 한 시간 동안 운하를 따라 샤를로텐부르크 수문까지 갔다가 다시 돌아오려고요. 그다음엔 포츠담 가에 있는 호프집 후트에 잠깐 들러 나무계단을 조심조심 올라갈 거예요. 밑에는 꽃집이 하나 있지요."

"그런 것이 즐거우세요? 만족을 느끼세요?"

"꼭 그렇지는 않습니다. 하지만 조금 도움이 되지요. 거기 가면 다양한 단골손님들을 만날 수 있습니다. 일찍 한잔 걸치는 사람들이죠. 이름은 말하지 않는 편이 현명할 것 같네요. 라티보어 공작** 이야기

---

* 델 에라는 베를린 왕실 오페라 하우스의 프리마 발레리나였던 이탈리아의 유명한 무용수. 〈코펠리아〉는 레오 델리브의 발레 작품.
** 슐레지엔의 대지주. 1877년부터 프로이센 귀족원 의장.

를 하는 사람이 있는가 하면, 코프 대주교* 이야기를 하는 사람도 있
지요. 심지어 비스마르크 이야기를 하는 사람도 있어요. 조금 격이 떨
어지고 사분의 삼은 틀린 이야기입니다. 하지만 재미만 있으면 이렇
다 저렇다 트집 잡지 않고 고맙게 생각하며 경청하지요."
　빌러스도르프는 그렇게 말하고 갔다.

---

* 프로이센과 가톨릭 교회의 갈등을 중재한 가톨릭 성직자.

제36장

5월도 아름다웠지만, 6월은 더 아름다웠다. 롤로가 오자 에피는 옛날 일이 생각나서 마음이 많이 아팠다. 하지만 곧 이겨내고 충성스런 개를 다시 곁에 두게 된 것을 진심으로 기뻐했다. 로스비타는 칭찬을 받았고, 늙은 브리스트는 아내에게 인슈테텐이 쩨쩨하지 않고 언제나 합리적이고 건전한 기사라고 인정하는 말을 했다.

"중간에 멍청한 이야기가 끼어들어서 유감이야. 진짜 모범적인 부부였는데."

다시 만났을 때 정작 롤로는 무덤덤했다. 시간 감각이 없기 때문이거나 헤어져 있던 세월을 혼란으로 생각하고 이제 그 혼란이 사라졌다고 여겨서 그러는 것 같았다. 나이가 든 것도 영향을 미쳤으리라. 롤로는 재회의 순간에 기쁨을 별로 표현하지 않았듯이 애정을 표현하는 데도 인색했지만 충성심은 오히려 더 커진 것 같았다. 롤로는 여주인 곁을 잠시도 떠나지 않았다. 사냥개에게는 친절하게 대했지만 자기보다 낮은 존재를 대하듯 했다. 롤로는 밤에는 에피의 방문 앞 골풀 매트에서 자고, 식구들이 야외에서 아침을 먹을 때는 해시계 옆에 누워 있었다. 언제나 조용했고 졸린 듯이 보였다. 하지만 에피가 식탁에서 일어나 복도로 가서 밀짚모자를 들고 우산꽂이에서 양산을 꺼내 들면 다시 젊음을 되찾는 것이었다. 롤로는 체력은 전혀 걱정하지 않고 시골길을 달려 올라갔다가 달려 내려왔으며 들판이 나타나면 비로소 얌전해졌다. 에피는 대개 오솔길이 아니라 큰길로 한 시간 남짓 걸었다. 아름다운 경치보다 공기가 더 중요했기 때문이다. 처음에는 오래된 느릅나무가 많지만 포장도로가 시작되면서부터는 포플러나무가 많아지는 그 길을 따라가면 기차역이 나왔다. 모든 것이 다 좋았다. 에피는 행복해하며 유채밭과 토끼풀밭의 향기를 마시고, 하늘 높이 날아오르는 종달새를 바라보고, 가축들이 목을 축이는 샘물이나 커다란 물통의 개수를 세어보았다. 나직한 소리가 들려오면 눈을 감고 달콤한 망각에 빠져들어야 할 듯한 기분이 들었다. 역 근처 포장도로 바로 옆에 있는 도로공사용 압착 롤러가 그녀가 쉬는 곳이었다. 그곳에서는 철로에서 일어나는 일이 바라다보였다. 기차들이 오가고, 이따금 두 줄기의 기차 연기가 한 순간 하나로 합쳐졌다가 어느새 다시 왼쪽 오른쪽으로 흩어져 마을과 작은 숲 뒤로 사라지곤 했다. 롤로는 에피 옆에 앉아 있다가 같이 아침을 먹었다. 에피가 던져주는 마지막 음식을 덥석 물면 고맙다는 말을 하려는 듯 밭이랑을 미친 듯이 달려 올라가다가 알을 품은 자고새들이 바로 옆에서 푸드득 옆 이랑으로 날

아가면 비로소 우뚝 걸음을 멈추는 것이었다.

"올여름은 정말 아름다워요! 일 년 전에는 내가 아직도 이렇게 행복할 수 있다고는 꿈에도 몰랐어요, 엄마."

에피는 브리스트 부인과 연못 주위를 거닐거나 사과나무 가지에 열린 올사과를 따서 용감하게 와삭 깨물면서 날마다 그렇게 말했다. 그녀는 이가 튼튼했다. 그럼 브리스트 부인은 딸의 손을 쓰다듬었다.

"우선 건강해져야 해, 에피. 완전히 건강해지면 행복을 찾을 수 있을 거야. 옛 행복이 아니라 새로운 행복 말이야. 다행히 행복에는 여러 가지가 있단다. 두고 보렴, 우리가 뭔가 찾아낼 테니까."

"엄마 아빠는 정말 너무 좋으세요. 내가 두 분의 인생을 바꾸어놓고, 저 때문에 두 분은 너무 일찍 노인이 되어버렸는데."

"아, 에피, 그런 말은 하지 마라. 그 일이 터졌을 때 나도 그렇게 생각했단다. 하지만 이제 이렇게 조용히 사는 게 예전의 소란스럽고 수선스런 생활보다 좋다는 걸 알았단다. 네가 여행할 수만 있다면 우리도 같이 갈 수 있어. 비지케가 망통을 권했을 때 너는 몸도 아프고 신경도 예민했지. 아프니까 차장과 웨이터 들에 대해 그런 이야기를 했던 거야. 하지만 신경이 튼튼해지면 괜찮을 거야. 화도 안 나고 거드름 피우는 태도나 곱슬머리를 보면 오히려 웃음이 나올 거라니까. 푸른 바다와 하얀 돛, 빨간 선인장으로 뒤덮인 바위들. 본 적은 없지만 그럴 것 같구나. 가보고 싶다."

그렇게 여름이 가고 별똥별이 무수히 떨어지는 시기가 지나갔다. 그런 밤이면 에피는 자정이 넘도록 창가에 앉아 하염없이 하늘을 바라보았다.

"나는 늘 믿음이 깊지 않았지. 하지만 우리는 어쩌면 저 위에서 왔을지도 모른다는 생각이 들어. 이승의 삶을 마치면 우리가 태어난 하늘로 돌아가는 걸까? 저기 별들이 있는 곳 아니면 더 먼 저 위로! 모르겠어. 알고 싶지도 않고. 그냥 그리울 뿐이야."

불쌍한 에피, 너무 오래 하늘의 기적을 올려다보고 너무 오래 그런 생각을 했구나! 결국 그녀는 차가운 밤공기와 연못에서 피어오르는 안개 때문에 그만 또 병석에 눕고 말았다. 비지케가 왕진 부탁을 받고 와서 진단을 했다. 그는 브리스트를 따로 불러 말했다.

"가망이 없습니다. 얼마 남지 않았으니까 마음의 준비를 하세요."

그 말이 맞았다. 며칠 후 그리 깊지 않은 밤, 열시가 채 안 되었는데 로스비타가 아래층으로 내려와 브리스트 부인에게 말했다.

"마님, 위층 마님 상태가 심상치 않아요. 계속 나지막하게 혼잣말을 하시고 가끔 기도도 하시는 것 같아요. 하지만 절대 그렇다고 인정을 안 하세요. 잘 모르겠지만 곧 돌아가시려나봐요."

"나하고 말하고 싶어해요?"

"그런 말은 안 하셨어요. 제 생각엔 그러고 싶으신 것 같아요. 위층 마님이 어떤지 아시잖아요. 번거롭게 하거나 걱정을 끼치고 싶지 않은 거예요. 위층 마님과 말하시는 게 좋을 것 같아요."

"좋아요, 로스비타. 올라가볼게요."

브리스트 부인은 열시 종이 울리기 전에 에피 방으로 올라갔다. 에피는 창가에 놓인 기다란 안락의자에 누워 있었다. 창문은 열려 있었다.

브리스트 부인은 흑단 등받이에 금빛 막대기 세 개가 끼워진 까만 의자를 끌어당겨 앉았다. 그리고 딸의 손을 잡았다.

"좀 어때, 에피? 로스비타가 열이 많다고 하던데."

"아, 로스비타는 모든 걸 늘 두려워해요. 꼭 내가 죽을 거라고 생각하는 것 같아요. 나는 모르겠어요. 하지만 로스비타는 모두 다 자기처럼 죽음을 두려워해야 한다고 믿지요."

"에피, 넌 죽는 걸 편안하게 생각할 수 있어?"

"아주 편안해요, 엄마."

"잘못 생각하는 것 아니야? 누구나 삶에 애착이 있어. 젊은이들은 특히 더 그렇지. 에피, 넌 아직도 아주 젊단다."

에피는 잠시 잠자코 있다가 이윽고 이렇게 대답했다.

"엄마도 아시지만 나는 책을 많이 읽지 않았어요. 인슈테텐은 그 점에 놀랄 때가 많았죠. 그걸 못마땅해했어요."

에피가 인슈테텐의 이름을 든 것은 그때가 처음이었다. 브리스트 부인은 충격을 받았고 진짜 마지막이 왔음을 깨달았다. 브리스트 부인이 말했다.

"나한테 할 이야기가 있는 것 같은데."

"예, 내가 아직 젊다고 하시니까. 물론 나는 아직 젊어요. 하지만 상관없어요. 옛날 행복했을 때 인슈테텐이 밤마다 책을 읽어주었어요. 인슈테텐은 좋은 책이 많았는데 어느 책에 이런 구절이 나왔어요. 어떤 사람이 즐거운 잔칫상에서 불려나갔대요. 다음날 그는 자기가 나간 다음에 잔치가 어땠느냐고 물었어요. 그러자 사람들은 이렇게 대답했대요. '아, 많은 일이 있었지요. 하지만 당신이 놓친 것은 아무것도 없습니다.' 엄마, 나는 그 구절이 무척 인상 깊었어요. 잔칫상에서 조금 일찍 불려나가도 큰 의미는 없는 거예요."

브리스트 부인이 잠자코 있자 에피는 몸을 조금 일으켰다.

"예전 이야기와 인슈테텐 이야기를 했으니까 다른 이야기도 해야 겠어요, 엄마."

"에피, 홍분한 것 같구나."

"아니, 아니에요. 영혼의 짐을 내려놓으면 홍분이 아니라 오히려 진정이 되는 거예요. 아까 이런 말을 하려고 했어요. 나는 하느님하고 또 사람들하고 화해하고 죽는다고요. 그 사람하고도 화해하고."

"그가 많이 원망스러웠구나? 이렇게 말해서 미안해, 에피. 하지만 너희 부부의 불행은 네가 자초한 거란다."

에피는 고개를 끄덕였다.

"예, 엄마. 그래서 슬퍼요. 끔찍한 일들이 터지고, 마지막으로 아니 일이 벌어지니까, 엄마도 아시죠, 이런 우스운 표현을 써도 된다면, 나는 그야말로 창을 거꾸로 돌렸어요. 그리고 진심으로 생각했지요. 그 사람 잘못이라고, 그 사람이 무미건조하고 계산적이고 잔인하기 때문이라고요. 그래서 그를 저주하는 말을 내뱉었어요."

"그게 마음에 걸리니?"

"예, 엄마. 그 사람이 알았으면 좋겠어요. 병이 들어서 여기서 지낸 나날은 내 인생 최고의 날들이었다는 것을 말이에요. 또 그가 모든 면에서 올바르게 행동했다는 사실을 내가 깨달았다는 것도요. 불쌍한 크람파스와의 일은, 그래요, 그 사람이 달리 어떻게 행동할 수 있었겠어요? 내게 크나큰 상처를 준 일도 그래요. 내가 낳은 아이가 내게 거부감을 갖도록 가르친 것 말이에요. 너무 가혹하다고 생각하고 마음이 많이 아팠지만 그것도 그 사람이 옳았어요. 내가 그렇게 믿으며 죽었다고 전해주세요. 그럼 그 사람은 위로를 받고 똑바로 일어설 거예요. 어쩌면 화해를 하겠지요. 그는 성격적으로 좋은 점이 많고, 진정한 사랑이 없는 사람이 흔히 그렇듯 아주 고결한 사람이거든요."

에피는 기운이 빠진 것 같았다. 잠이 들었거나 잠을 자고 싶은 것처럼 보였다. 브리스트 부인은 조용히 일어나서 방을 나왔다. 그러자 에피는 바로 일어나 다시 한 번 서늘한 밤공기를 마시려고 창가에 앉았다. 별들이 반짝이고 공원에는 나무 이파리 하나 움직이지 않았다. 하지만 오래 귀를 기울이면 플라타너스나무 위로 가랑비가 내리는 듯한 소리가 점점 또렷이 들리는 것이었다. 그녀는 드디어 모든 것에서 벗어난 듯 해방감을 느꼈다.

"안식, 안식이야."

한 달이 지났다. 9월도 끝나가고 있었다. 날씨는 화창했지만 공원의 나무들은 이미 울긋불긋한 옷을 갈아입었다. 추분 무렵 내린 사흘 동안 몰아친 비바람으로 떨어진 나뭇잎들이 여기저기 흩어져 있었다.

원형 화단에는 작은 변화가 생겼다. 해시계가 없어지고 그 자리에 어제부터 하얀 대리석 묘비가 세워져 있었다. 묘비에는 그냥 "에피 브리스트"라고 적혀 있고 그 밑에 십자가 표시뿐이었다. 그것이 에피의 마지막 부탁이었다.

"묘비에는 옛 이름을 적어주세요. 다른 이름에는 자랑스러운 일을 못 했으니까요."

브리스트 부부는 에피의 부탁을 들어주었다.

그렇다, 어제 대리석 묘비가 세워졌다. 브리스트 부부는 또 묘비를 바라보며 앉아 있었다. 예전 그대로 놓아둔 헬리오트로프가 묘비를 둘러싸고 있었다. 롤로는 앞발에 머리를 파묻고 옆에 앉아 있었다. 각반이 점점 넓어지는 빌케가 아침식사와 우편물을 들고 왔다. 늙은 브리스트가 말했다.

"빌케, 마차를 부르게. 아내와 시골에 다녀와야겠어."

브리스트 부인이 커피를 따르며 화단과 꽃을 바라보았다.

"저기 봐요, 브리스트. 롤로가 또 비석 앞에 앉아 있어요. 우리보다 더 슬펐나봐요. 밥도 잘 안 먹고."

"루이제, 동물이란 그런 거요. 내가 늘 그러지 않았소. 인간이란 우리가 생각하는 것처럼 그렇게 대단한 존재가 아니라오. 우리는 항상 본능이 어쩌고 하지만 결국 그게 가장 좋은 거야."

"그런 말 하지 마세요. 당신이 그렇게 철학을 하면…… 기분 나쁘게 생각하지 마세요, 브리스트, 하지만 당신은 그런 능력은 모자라요. 훌륭한 지성은 있지만 그런 문제를 다룰 수는 없다고요……"

"없지."

"문제를 제기해야 한다면 전혀 다른 문제가 있어요, 브리스트. 불쌍한 아이가 저기 누운 다음 그런 의문이 들지 않은 날이 하루도 없었어요……"

"뭔데?"

"혹시 우리가 잘못한 건 아닐까요?"

"어리석은 소리 마요, 루이제. 왜 그런 생각을 해?"

“그애를 다르게 키워야 했던 건 아닐까요? 우리가 말이에요. 니마이어는 무능력한 사람이니까요. 그는 매사를 그냥 의심스러운 채로 두니까. 그리고 브리스트, 유감이지만…… 당신은 계속 점잖지 않은 이야기를 늘어놓고…… 끝으로 나 자신을 비판할게요. 나만 무죄로 빠져나갈 생각은 없으니까요. 혹시 그애가 너무 어렸던 건 아닐까요?”

롤로가 잠이 깨서 천천히 머리를 흔들었다. 브리스트는 조용히 말했다.

“루이제, 그만해요…… 그거야말로 진짜 간단한 문제가 아니오.”

사랑과 결혼, 그 치명적인 경계

테오도어 폰타네의 작품 세계

죄르지 루카치는 『에피 브리스트』의 작가 테오도어 폰타네를 디킨스, 새커리, 플로베르와 어깨를 나란히 하는 사실주의의 대가로 평가한다. 폰타네는 60세를 목전에 둔 1878년 첫 소설 『폭풍 전야』를 발표한 이래 1898년 세상을 떠나기까지 미완성 유작인 『마틸데 뫼링』을 포함하여 총 18편의 소설을 남겼다. 이 중 처음 두 편의 역사소설을 제외하면 모두 당시의 사회 현실을 배경으로 한 사회소설이다. 사실주의에서는 사회 현실을 있는 그대로 충실하게 묘사하는 것이 중요한 의미를 갖는다. 폰타네 역시 소설에서 "우리 자신이 속한 시대의 상"을 제시하는 데 역점을 두었다.

폰타네가 활동했던 시대는 1848년 3월 혁명의 실패, 1871년 1월 프로이센을 주축으로 한 독일의 통일, 급격한 산업화 등 격변이 일어났던 시대였다. 1848년 3월 혁명은 자유주의적 시민 계층이 주도한 혁명으로, 민족주의에 입각한 독일 통일과 민주주의 원칙에 기초를 둔 의회제도의 확립을 목표로 했다. 하지만 이 혁명은 귀족을 중심으로 한 기존 세력의 반대로 결국 실패로 돌아갔다. 비스마르크의 등장으로 민주주의 원칙은 공공연하게 파기되고, 독일 국민의 염원이었던 통일은 덴마크, 오스트리아, 프랑스를 상대로 한 세 차례의 전쟁을 통해 국가 주도로 실현되었다. 대다수 시민들은 순수 자유주의적 이념을 버리고 연이은 전쟁의 승리에 도취했으며, 국수주의적 애국심을 앞세워 전쟁을 찬양하고, 비스마르크와 같은 '위대한 개인'을 영웅시했다. 1850년에서 1875년 사이에 집중적으로 이루어진 급격한 산업화는 더 큰 변화를 불러왔다. 물리학, 화학, 생물학 등의 자연과학의 발달과 교통, 통신, 인쇄, 광학 분야의 기술 혁명을 토대로 수많은 생산 공장들이 설립되면서 독일의 산업은 눈부시게 발전했다. 하지만 급격한 산업화는 부정적인 결과를 동반했다. 농촌 인구의 도시 유입으로 주택, 위생, 교육 문제 등이 심각하게 대두하고, 공장 노동자의 저임금으로 도시 빈민이 형성되었다. 당시 독일의 모든 사회계층은 이러한 시대의 영향을 받지 않을 수 없었다.

폰타네 역시 격동의 세월을 비켜갈 수 없었다. 그는 어려운 가정 형편 때문에 직업학교를 마치고 30세까지 약사 조수와 약사로 일했으며, 오랫동안 언론 일에 종사했고, 소설을 발표하기 전 여행기와 발라드 작가로 먼저 이름을 알렸다. 그가 남긴 편지들은 그의 폭넓은 경험뿐만 아니라 당시 사회에 대한 지대한 관심과 예리한 시각을 잘 보여준다. 그는 언론인 시절 영국의 발달된 산업사회를 경험했기에 자본

주의 발달의 부정적인 측면을 알면서도 자본주의 발달 자체를 부정하지는 않았다. 다만 '아름다운 것, 선한 것, 진실한 것'에 대해 말하면서도 사실은 오직 돈만을 숭배하는 부르주아의 이중성을 비판할 뿐이다. 폰타네는 또한 역사의 변화를 감지하지 못하는 프로이센 귀족의 편협하고 오만하고 고루한 점을 비판하면서도 그들에게 인간적인 공감과 미학적인 애정을 갖고 있었다. 그는 노동자 계층에 대해서도 열린 자세를 보여주었다. 사회주의자 법이 시행되던 1878년에 이미 노동자들의 이념에는 정당성이 있으며 따라서 무기로 제압할 수 없다고 말하고, 1896년에는 더 나아가 "새롭고 더 나은 세계는 제4계급에서 시작된다"고 말한다.

폰타네는 소설에서 당시 사회에 대한 이러한 진단을 직접적으로 표명하지 않는다. 신분과 성격이 다른 다양한 인물들을 통해 사회를 보는 다양한 시선을 소개할 뿐이다. 그의 소설에는 영웅적인 주인공도 모험적인 사건도 나오지 않는다. 줄거리는 주로 중요한 한 사건을 중심으로 전개되며, 등장인물들의 숫자 역시 지극히 제한되어 있다. 또한 가장 큰 성공을 거둔 등장인물들은 베를린의 평범한 시민 계층과 프로이센 특히 마르크 지방의 귀족 계층이다. 폰타네는 평범한 이들 인물들이 집에서 혹은 소풍, 사교 모임, 연극 공연 등을 계기로 나누는 일견 사소해 보이는 대화를 통해 인간과 사회의 갈등 관계를 짚어내는 데 탁월한 능력을 발휘한다. 그의 소설은 마음의 순수한 요구를 따르려는 사람은 사회의 인습과 갈등을 빚을 수밖에 없음을 보여준다. 소설에서는 사회의 인습이 승리를 거두지만 이미 사회는 도덕적인 힘을 상실한 부당한 것으로 폭로된다. 사회는 변화하는 시대의 산물로서 절대적인 정당성을 갖고 있지 않다. 현재 유효한 원칙으로 간주되는 것도 시대가 바뀌면 다른 새로운 원칙에 자리를 내주어야 하기 때문이다. 폰타네가 귀족에 대한 정치적인 판단과 미학적 판단을 구분한 것은 이러한 맥락에서 이해해야 한다. 그는 편협하고 고루한 귀족 계층을 비판하지만 오랜 역사를 자랑하는 그들이 역사적 변화의 의미, 옛 삶의 형태와 새로운 삶의 형태의 관계를 분명하게 보여주는 데서 미학적인 매력을 발견한다.

폰타네의 소설에서 등장인물들은 사회의 요구를 무조건 추종하거나, 인습의 부당함을 알면서도 이를 어쩔 수 없는 것으로 받아들인다. 그러나 부당한 사회에 반기를 드는 시도를 그리지 않는다고 그의 소설에 비판적인 요소가 없다고 볼 수는 없다. 이는 직접적인 개입을 자제한 채 거리를 두고 인물과 사건을 그리는 그의 서술 형식에서 찾을 수 있다. 60세가 다 되어 첫 소설을 발표하고 80세를 앞두고 작가로서 최고의 기량을 드러낸 그는 소설에서 세상 경험을 많이 하고 난 후 모든 일을 공정하게 바라보고 너그럽게 이해하는 온화함과 유머와 함께, 앞을 내다보는 현명하고 넓은 시야를 보여준다. 그의 객관적인 서술 형식은 잘못을 저지른 인물을 결과만 보고 판단하지 않고 사건의 맥락 속에서 보면서 옳고 그름을 스스로 판단하게 해준다. 토마스 만은 이런 폰타네를 가리켜 "오직 노년만이 어울리는" 작가라고 평가한다. 작가가 77세가 되는 1895년 단행본으로 출간된 『에피 브리스트』는 그의 소설의 이러한 특징을 잘 보여준다.

『에피 브리스트』에 나타난 여성과 사회

토마스 만은 폰타네의 소설『에피 브리스트』를 엄선한 가장 훌륭한 소설 6권 안에 반드시 넣어야 하는 작품으로 꼽는다. 이 소설은 출간된 지 채 1년도 안 되어 5쇄가 발간될 만큼 당시 큰 인기를 끌었으며, 지금까지 네 번이나 영화로 만들어진 데서 볼 수 있듯이 오늘날까지도 여전히 인기를 잃지 않고 있다.

실화를 토대로 한 이 작품은 어머니의 권유로 철모르는 17세의 나이에 결혼한 시골 귀족 가문의 무남독녀 에피의 불행으로 끝난 결혼 생활을 그리고 있다. 상대는 북독일의 소도시 케신의 군수이며 어머니의 젊은 시절 애인이었던 38세의 인슈테텐 남작이다. 에피의 어머니는 과거 인슈테텐과 결혼까지 생각하는 사이였지만 에피의 아버지 브리스트가 나타나자 그를 버리고 브리스트와 결혼한다. 브리스트가 비록 나이는 많지만 사회적 지위와 호엔크레멘의 영지와 저택을 소유하고 있었기 때문이다. 그녀는 당시 귀족 가문의 결혼관을 대변하는 인물로서 결혼에서 중요한 것은 성격의 조화나 사랑보다는 상대방의 사회적 신분이나 지위, 경제적인 능력이라고 본다. 이런 브리스트 부인에게 건실한 성격에 지위도 있고 예절도 바른 인슈테텐은 딸에게 편안하고 안정된 생활을 보장해줄 인물로 보일 수밖에 없다. 에피 역시 귀족에 지위가 있고 잘생긴 인슈테텐을 좋은 배우자로 생각한다. 나이 차이는 많지만 같은 귀족 가문 사이의 무난해 보이는 에피의 결혼이 순탄하지만은 않으리라고 짐작할 수 있다.

에피는 어머니와 같이 교회 제단 양탄자를 만들면서 지루해서 가끔

일어나 맨손체조를 하는, 어리광 부리는 말괄량이 소녀로 우리에게
처음 소개된다. 무엇이 삶에 대한 기쁨으로 충만한 발랄한 이 소녀를
세상의 손가락질을 받는 부도덕한 여인으로 만들고, 30세의 젊은 나
이에 요절하게 만들었을까? 폰타네는 1895년 10월 10일 한 편지에서
자신의 작품에 등장하는 여성들의 자연성을 높이 평가하고 자신이 그
들을 사랑하는 것은 "그들의 미덕 때문이 아니라 그들의 인간성, 즉
그들의 약점과 결점 때문"이라고 말한다. 폰타네는 『에피 브리스트』에
서도 한 여인의 간통 사건을 통해 인간의 자연스러운 마음과 사회의
갈등을 직접적인 개입을 극도로 자제하는 특유의 담담한 필치로 그리
고 있다.

　에피 부부의 결혼이 실패한 일차적인 이유는 두 사람의 성격과 기
질이 너무 다르다는 데서 찾을 수 있다. 에피는 나무에 기어올라가고
그네 타는 것을 좋아하는 '자연의 아이'인 반면, 인슈테텐은 예술과
역사에 대한 해박한 지식과 함께 현실적인 안목과 능력을 갖춘 사회
적인 인물이다. 가부장적인 사회 분위기 탓도 있겠지만 나이와 지식
과 경험에서 차이가 나는 두 사람의 관계는 신혼여행 때 이미 드러난
다. 인슈테텐이 주도하고 가르쳐주는 입장이며, 에피는 남편의 뜻을
고분고분 따라야 하는 입장이다. 바람직하지 않은 이런 관계는 케신
에서 생활하면서 그대로 이어진다. 명예욕도 있지만 모험과 재미를
추구하는 성향의 에피에게 별다른 사건도 일어나지 않고 마음을 터놓
을 친구도 없는 외롭고 단조로운 생활은 견딜 수 없는 것이었다. 게다
가 남편은 일에만 몰두하여 에피를 더욱 외롭게 한다. 소설에서 중국
인 유령 이야기는 에피의 마음을 헤아려주지 못하는 인슈테텐의 무감

각과, 결혼생활에 대한 에피의 불안을 드러내는 지표가 된다. 이런 상황에서 남편과는 정반대로 법과 질서를 무시하고 기분전환과 경박함을 예찬하며 시와 연극에 조예가 있는 크람파스는 매력적으로 보일 수밖에 없다. 크람파스는 인슈테텐을 넌지시 비판하고 불륜의 위험을 소재로 한 연극 공연에 끌어들이는 등 노련한 솜씨로 에피의 마음을 사는 데 성공한다. 에피의 간통은 이처럼 일어날 수밖에 없는 어쩔 수 없는 일처럼 그려진다. 하지만 에피는 간통을 저지른 후 수치심과 불안감에 시달리며 남편이 승진하여 베를린으로 이사하게 되자 이를 구원으로 받아들인다. 에피는 사건을 교묘히 숨기고 그동안 서로를 좀 더 배려하게 된 부부는 위기를 넘기고 7년 남짓 행복하게 생활한다. 이런 에피를 비난할 수 없는 것은 그녀가 간통 후에도 여전히 재치 있고 따뜻하고 자연스러운 모습을 보여줄 뿐만 아니라 사건을 대하는 태도 역시 비겁하지 않기 때문이다. 그녀는 모든 죄를 자신의 탓으로 생각하며, 츠비커 부인의 말처럼 편지를 태우고 아무 일도 없었던 듯 살지도 않는다. 그녀는 간통을 저지른 사실 자체보다는 그 사실을 계속 숨기고 거짓말하는 것에 부끄러움을 느끼고, 그것이 밝혀질까 불안해하고 괴로워한다. 사실이 밝혀진 후 이혼을 당하고 어렵게 살면서도 그녀는 자신의 처지를 당연한 것으로 받아들이려고 애쓴다. 이러한 태도는 어렵게 만난 딸과의 재회를 계기로 돌변한다. 모녀의 정을 나누기를 기대했던 에피는 딸의 냉담한 태도에 모녀의 정마저 부인하는 사회와 인슈테텐에게 분노를 터뜨린다. 그녀는 인슈테텐을 출세주의자, 교사, 진짜 중요한 자연스러운 감정을 부인하는 그릇이 작은 사람으로 단정한다. 그리고 과거의 어리석은 실수를 꼬투리 잡아한 남자를 죽이고 한 여자를 죄인으로 만든 명예라는 '미덕'을 큰 목소리로 고발한다. 하지만 그녀는 임종을 앞두고 세상과 인슈테텐에 대한 분노를 버리고 모든 것을 어쩔 수 없는 일로 받아들인다. 그녀는 인슈테텐의 결투와 딸의 교육 방침 역시 옳았다고 믿는다면서 인슈테텐이 "성격적으로 좋은 점이 많고, 진정한 사랑이 없는 사람이 흔히 그렇듯 아주 고결한 사람"이라고 말한다.

에피의 이러한 평가는 폰타네의 생각과 일치한다. 당시 에피를 불행에 빠뜨린 인슈테텐을 "메스꺼운 늙은이"라고 비난하는 독자에 대해 폰타네는 인슈테텐을 "사랑해야 할 점이 전혀 없지 않은 아주 훌륭한 사람"이라고 변호한다. 그리고 옳은 사람들은 바로 그 옳은 점 때문에 불신을 사고 심지어 혐오감을 불러일으킬 때가 있다고 지적한다. 실제로 인슈테텐의 잘못은 당시 사회의 규범에 따라 올바르게 행동했다는 데 있다. 인슈테텐은 사실을 알고 나서 여전히 아내를 사랑하기 때문에 용서하고 싶은 마음이 없지 않으면서도, 또 세월이 흘러 크람파스에 대한 증오나 복수심을 느끼지 않으면서도 결투를 하고 이혼을 한다. 그는 사람은 개인인 동시에 사회적인 존재이기에 자신이 속한 사회를 생각해야 하고 명예를 지키라는 사회의 요구에 따라 행동해야 한다고 생각하기 때문이다. 이런 그를 일방적으로 매도할 수 없는 것은 그가 명예 숭배가 '우상 숭배'라는 사실을 알면서도 사회의 인습에 따라 행동하기 때문이다. 그는 결투를 하고 베를린으로 돌아오는 기차 안에서 증오심과 복수심 때문에 크람파스를 죽였더라면 차라리 덜 괴로웠을 거라고 생각한다. 복수는 아름다운 것은 아니지만 인간적인 것이고 따라서 자연스러운 인간의 권리이기 때문이다. 그는 자신이 관념과 개념을 위해 에피를 파멸시켰으며 자신 또한 같이 파멸하게 되리라는 사실을 알고 있는 것이다. 세월이 흐른 후에도 그는 사건을 잊지 못하고 사회적으로 성공했으면서도 삭막한 삶에 절망하여 자신의 인생은 실패했다고 말한다. 여기서 인슈테텐은 겉으로 볼 때는 가해자이지만 피해자로 밝혀진다. 그는 여자의 마음을 간파하는 섬세함이 모자라고 남을 가르치려 드는 교사적인 면모가 있는 등 약점이 없지 않지만 비인간적이고 잔인한 사람은 아니기 때문이다. 이는 그가 에피의 자연스러운 매력을 높이 사고, 인간적인 기스휘블러와 로스비타의 진가를 알아보는 데서 드러난다.

그 외에도 소설은 에피의 간통 사건을 보는 다양한 시선을 소개한다. 요한나는 가장 강경한 입장을 대변한다. 요한나는 세월이 지났더라도 간통은 처벌받아 마땅한 죄이며, 따라서 인슈테텐의 결투 역시 잘못이 아니라고 생각한다. 그녀는 자신이 에피와는 달리 바른 사람이라고 자부하며 인슈테텐이 이를 알아주기를 바란다. 그녀의 이런 태도는 이혼한 에피에게 아니를 데려다주면서 에피를 보러 그녀의 집으로 들어가지 않는 데서도 드러난다. 요한나의 태도는 빌러스도르프가 전하는 대다수 케신 사람들의 반응이나 브리스트 부부가 에피를 받아들인 후 전과 달리 조용한 생활을 해야 하는 것에서 엿볼 수 있듯이 대다수 사람들의 일반적인 태도라고 할 수 있다. 반면 로스비타는 마음의 눈으로 사건을 보는 인물이다. 그녀는 인슈테텐의 결투 소식을 들은 순간 벌써 세월이 지났는데 결투를 하는 것은 잘못이라고 말하며 에피의 미래를 걱정하고 크람파스의 죽음을 안타까워한다. 더나아가 이혼 후 어렵게 지내는 에피를 돌보면서 늘 그녀를 위로하고 조언까지 해준다. 또한 호엔크레멘에서 혼자 산책하는 것을 무서워하는 에피를 위해 인슈테텐에게 애견 롤로를 보내달라고 부탁하기도 한다. 이들 외에도 브리스트 부부를 비롯하여 기스휘블러, 룸쉬텔, 얀케, 니마이어 목사와 그 부인, 빌러스도르프, 장관 부인 등이 각자의 신분과 입장과 성격에 따라 각각 다른 반응을 보인다. 소설에서 폰타네는 객관적이지만 기본적으로 이해하는 따뜻한 시선으로 등장인물들을 바라보고 그들의 반응을 담담하게 그릴 뿐, 자신의 목소리를 거의 내지 않는다.

폰타네는 당시 귀족 계층에 큰 영향을 미쳤던 쇼펜하우어의 여성관을 비판한 적이 있다. 쇼펜하우어는 「여성론」에서 여자란 "유치하고 어리석고 소견이 좁은" 존재로서 기껏해야 아이를 돌보고 남성에게 "기분전환"과 "위로"를 주는 데 적합하다고 주장하면서 일부다처제를 격찬했다. 이에 대해 폰타네는 그런 글은 한마디로 "고집 세고 편견에 가득 차 있으며 개인적으로 화가 나 있는 한 늙은이의 허튼소리"라고 비판한다. 하지만 사랑에 근거한 결혼을 주장한 입센의 드라마 『유령』을 비판하는 데서도 볼 수 있듯이 그는 기존의 인습과 관행을 완전히 버릴 것을 주장하지는 않는다. 그는 세상이 생긴 이래 결혼은 대부분 사랑보다는 인습과 이익을 고려한 "계약이고 합의"였다고 말한다. 그리고 인간의 마음이 위대하고 강한 것은 사실이지만 약하고 변덕스러운 것 역시 사실이라면서 현 상태를 "역사적으로 형성된 것"으로서 존중하라고 권고한다.

현 상태를 '역사적으로 형성된 것'으로서 존중하라는 말은 『에피 브리스트』에서 인슈테텐의 친구 빌러스도르프의 말과 통하는 면이 있다. 빌러스도르프는 결투 후 오랫동안 괴로워하며 차라리 문화와 명예를 모르는 흑인들 속으로 들어가고 싶다는 인슈테텐을 위로하며 "그냥 여기 남아서 체념하는 법을 연습하라"고 권한다. 그에 따르면 세상에서 무거운 짐을 지고 살지 않는 사람은 없다. 따라서 모든 것을 참고 견디는 것이 우리의 의무이며, 그러기 위해서 제비꽃이 피고 어린 소녀들이 줄넘기를 하는 모습 같은 작은 일에서 기쁨을 느끼고, 발레 작품이나 술 같은 '보조 장치'의 도움을 받으라는 것이다.

『에피 브리스트』에서 폰타네는 무엇을 말하고 싶었던 것일까? 소설에서는 부당한 사회에 적극적으로 반기를 드는 인물은 나오지 않는다. 주인공 에피는 입센의 『인형의 집』의 노라처럼 집을 뛰쳐나가 적극적으로 자신의 운명을 개척하려는 인물이 아니라 결혼 전이나 결혼 후 그리고 이혼 후에도 여전히 귀족 신분의 한계에 머물러 있다. 그녀는 재치 있고 따뜻하고 사랑스럽지만 자신의 힘으로 홀로 설 수 있는 인물은 아니다. 정신적으로도 그녀는 결국은 사회의 모든 규범을 수용하는 모습을 보여준다. 그렇다면 작가는 빌러스도르프의 말처럼 우리는 부당하더라도 사회의 규범을 따라야 하며, 괴롭더라도 그러한 삶을 견뎌야 한다고 주장하는 것일까? 그렇게 볼 수 없는 이유는 등장인물 모두를 따뜻한 시선으로 바라보고 담담하게 그리는 폰타네의 서술 방식에서 찾을 수 있다. 대화를 통한 객관적인 서술은 우리로 하여금 당시 사회의 규범 속에 머물러 있는 등장인물들을 더 높은 위치에서 바라보고 판단하게 해준다. 우리는 등장인물들의 다양한 반응을 보면서 에피와 인슈테텐의 불행을 슬퍼하게 된다. 그리고 세상의 눈을 대변하는 요한나, 딸의 행동이 잘못임을 세상에 보여주기 위해 이혼한 에피를 받아들이지 않는 브리스트 부인보다는 사건 후에도 여전히 에피를 보는 시선이 변하지 않는 로스비타나, 자식을 사랑하는 마음의 소중함을 들면서 병든 에피를 집으로 부르는 브리스트에게 더욱 공감하게 된다. 이런 점에서 폰타네의 소설은 비록 작가가 의도하지 않았다고 하더라도 사회에 대한 통렬한 고발이 된다.

현재 우리 사회에서 여성의 지위는 옛날에 비해 많이 향상되었다. 결혼생활에서도 여자의 순종이 미덕으로 간주되지도 않으며, 여성이 간통을 저질렀다고 사회적으로 매장되지도 않는다. 하지만 아직은 여성이 남성과 동등한 권리와 지위를 누리고 있다고 주장할 수는 없을 것이다.

간통을 소재로 19세기 후반 프로이센 귀족 계층 여성의 사회적 지위를 보여준 폰타네의 소설은 우리에게 결혼과 사랑, 여성의 지위, 더 나아가 인간과 사회의 관계에 대해 다시 생각하게 해준다. 결혼에서 사랑과 조건 중 어느 쪽이 더 중요할까? 행복한 결혼생활이란 어떤 것일까? 마음과 사회의 도덕률이 갈등을 빚을 때 우리는 어느 쪽에 의거해 판단하고 행동해야 할까? 오늘날의 우리에게도 여전히 중요한 이들 문제는 브리스트의 표현대로 어쩌면 "간단한 문제가 아닐지도" 모른다. 하지만 그 문제는 그렇기 때문에 우리가 더욱 고민해야 하는 문제일지도 모른다. 이 점에서 폰타네의 소설은 오늘날의 우리에게도 여전히 의미를 갖는다.

한미희

1819년	12월 30일 노이루핀에서 약사인 아버지 루이 앙리 폰타네와 어머니 에밀리에의 장남으로 태어남. 부모는 프랑스에서 종교 박해를 피해 이주한 위그노파 집안 출신이다.
1827년	슈비네뮌데로 이사.
1832년	노이루핀의 김나지움 입학.
1833년	베를린의 직업학교 입학.
1836년	베를린의 약국에서 약사 견습생활을 시작함.
1839년	〈베를린 피가로〉지에 첫 노벨레 발표.
1840년	약사 견습을 마치고 1843년까지 부르크, 라이프치히, 드레스덴, 레친에서 약사 조수로 일함. 〈베를린 피가로〉지에 첫 시 작품 발표.
1844년	지원병으로 베를린에서 1년간 군대생활을 함. 첫 영국 여행. 베를린의 일요 작가모임 '슈프레 강 위의 터널'에 가입하여 1865년까지 활동.
1845년	제대 후 잠시 레친에 있는 아버지의 약국에서 일하다가 베를린의 약국으로 자리를 옮김. 12월 8일 에밀리에 루아네 쿠머와 약혼.
1847년	제1급 약사 자격 취득.
1848년	3월 혁명에서 바리케이드 투쟁에 참여. 잡지 『베를리너 차이퉁스할레』에 시와 글 기고. 베를린의 베타니엔 병원에서 근무.
1849년	약사생활을 청산하고 자유 문필가로 살기로 결심. 급진적인

〈드레스덴 신문〉에 시와 정치 기사 기고.

1850년　　발라드 『남자들과 영웅들. 여덟 개의 프로이센 가곡 *Männer und Helden. Acht Preußenlieder*』, 로만체『아름다운 로자문데*Von der schönen Rosamunde*』출간. 8월 생계를 위해 프로이센 내무성 소속의 '문학 카비네트*Das literarische Kabinett*'에 들어감. 10월 16일 에밀리에와 결혼. 6남 1녀의 자녀 중 세 아들은 출생 후 얼마 되지 않아 숨짐.

1851년　　몇 달간 고정적인 일자리 없이 지내다가 프로이센 정부의 '언론 담당 본부'에 들어감. 『시집*Gedichte*』출간.

1852년　　언론 담당 본부의 '정부 저널리스트'로서 영국을 여행함.

1854년　　여행기『런던에서의 어느 여름*Ein Sommer in London*』출간.

1855년　　'독일과 영국의 언론 교류'를 트는 프로이센 정부의 공식 임무를 맡고 다시 런던으로 파견됨. 이 사업은 수요 부족으로 몇 달 후 중지됨. 런던에서 공연되는 연극에 대한 비평을 독일 신문에 기고함.

1856년　　런던 주재 프로이센 대사관의 언론 담당 시보로 런던에 체류. 여러 영국 신문사를 위해 일하는 한편, 독일 신문에 영국의 역사와 정치, 문화에 대한 기사를 기고함.

1859년　　가족과 함께 베를린으로 돌아옴. 당국의 '문학 사무소'에서 몇 달간 근무.

1860년　　영국에 체류하는 동안 기고한 기사를 묶은 『영국에서*Aus England*』출간. 1858년 8월의 스코틀랜드 여행을 토대로 『트위드 저쪽 너머*Jenseits des Tweed*』출간. 보수적인 〈십자가 신문〉에서 영국 관련 기사 편집을 맡음.

1861년　　『마르크 브란덴부르크 지방 편력기*Wanderungen durch die Mark Brandenburg*』제1권 출간.

1863년　　『마르크 브란덴부르크 지방 편력기』제2권 출간.

1864년   프로이센·덴마크 전쟁의 전장을 여행함.

1866년   종군기『1864년의 슐레스비히 홀슈타인 전쟁*Der Schleswig-
             Holsteinische Krieg im Jahre 1864*』출간. 프로이센·오스
             트리아 전쟁의 전장을 여행함.

1870년   종군기『1866년의 독일 전쟁*Der deutsche Krieg von 1866*』
             출간. 프로이센·프랑스 전쟁중 파리를 여행하다가 간첩 혐
             의를 받고 프랑스군에 체포되었다가 비스마르크의 중재로
             풀려남. 〈십자가 신문〉을 그만두고 1889년까지 〈포스 신문〉
             의 연극 비평가로 활동함.

1871년   『전쟁 포로로 잡히다. 1870년의 체험*Kriegsgefangen.
             Erlebtes 1870*』출간.

1872년   『마르크 브란덴부르크 지방 편력기』제3권 출간.

1873년   종군기『프랑스와의 전쟁 1870~1871년*Der Krieg gegen
             Frankreich 1870~1871*』제1권 출간. 제2권은 1875~
             1876년에 출간됨.

1874년   아내와 이탈리아 여행.

1875년   아내와 스위스, 이탈리아, 오스트리아 여행.

1876년   베를린 예술원 상임 총무로 취임하지만 몇 달 후 사임.

1878년   역사소설『폭풍 전야*Vor dem Sturm*』출간.

1880년   노벨레『그레테 민데*Grete Minde*』출간.

1881년   범죄소설『오리나무 언덕*Ellernklipp*』출간.

1882년   『마르크 브란덴부르크 지방 편력기』제4권 출간. 노벨레
             『간통녀*L'Adultera*』출간.

1883년   노벨레『샤흐 폰 부테노*Schach von Wuthenow*』출간.

1884년   소설『페퇴피 백작*Graf Petöfy*』출간.

1885년   범죄소설『배나무 아래서*Unterm Birnbaum*』출간.

1887년   소설『세실*Cécile*』출간.

1888년   소설『얽힘과 설킴Irrungen Wirrungen』출간.

1889년   마르크 브란덴부르크 여행기『다섯 개의 성Fünf Schlösser』
          출간.

1890년   소설『슈티네Stine』『대차관계의 해결Quitt』출간.

1891년   실러 문학상 수상. 소설『돌이킬 수 없음Unwiederbring-
          lich』출간.

1892년   소설『예니 트라이벨 부인Frau Jenny Treibel』출간. 의사
          의 권고로 지난 삶을 기록하면서 정신적인 위기와 우울증
          을 극복함.

1894년   자서전『나의 어린 시절Meine Kinderjahre』출간. 베를린
          대학에서 명예 박사 학위를 받음.

1896년   소설『에피 브리스트Effi Briest』『포겐풀 일가Die Poggen-
          puhls』출간.

1897년   소설『슈테힐린 호수Der Stechlin』를 잡지에 연재함.

1898년   『20세에서 30세까지Von Zwanzig bis Dreißig』출간. 9월
          20일 베를린에서 사망.

1899년   『슈테힐린 호수』가 단행본으로 출간됨.

1906년   미완성 유작『마틸데 뫼링Mathilde Möhring』출간.

세계문학전집 048
에피 브리스트

1판 1쇄 2010년 8월 23일
1판 5쇄 2023년 10월 30일

지은이 테오도어 폰타네 ｜ 옮긴이 한미희
책임편집 고우리 ｜ 편집 오동규 ｜ 독자모니터 유은영
디자인 송윤형 한충현 김민하 최미영 ｜ 저작권 박지영 형소진 최은진 서연주 오서영
마케팅 정민호 서지화 한민아 이민경 안남영 왕지경 황승현 김혜원 김하연
브랜딩 함유지 함근아 고보미 박민재 김희숙 정승민 배진성
제작 강신은 김동욱 이순호 ｜ 제작처 영신사

펴낸곳 (주)문학동네 ｜ 펴낸이 김소영
출판등록 1993년 10월 22일 제2003-000045호
주소 10881 경기도 파주시 회동길 210
전자우편 editor@munhak.com | 대표전화 031)955-8888 | 팩스 031)955-8855
문의전화 031)955-1927(마케팅), 031)955-1916(편집)
문학동네카페 http://cafe.naver.com/mhdn
인스타그램 @munhakdongne | 트위터 @munhakdongne
북클럽문학동네 http://bookclubmunhak.com

ISBN 978-89-546-1188-6 04850
      978-89-546-0901-2 (세트)

www.munhak.com

1, 2, 3 안나 카레니나 레프 톨스토이 | 박형규 옮김

4 판탈레온과 특별봉사대 마리오 바르가스 요사 | 송병선 옮김

5 황금 물고기 르 클레지오 | 최수철 옮김

6 템페스트 윌리엄 셰익스피어 | 이경식 옮김

7 위대한 개츠비 F. 스콧 피츠제럴드 | 김영하 옮김

8 아름다운 애너벨 리 싸늘하게 죽다 오에 겐자부로 | 박유하 옮김

9, 10 파우스트 요한 볼프강 폰 괴테 | 이인웅 옮김

11 가면의 고백 미시마 유키오 | 양윤옥 옮김

12 킴 러디어드 키플링 | 하창수 옮김

13 나귀 가죽 오노레 드 발자크 | 이철의 옮김

14 피아노 치는 여자 엘프리데 옐리네크 | 이병애 옮김

15 1984 조지 오웰 | 김기혁 옮김

16 벤야멘타 하인학교- 야콥 폰 군텐 이야기 로베르트 발저 | 홍길표 옮김

17, 18 적과 흑 스탕달 | 이규식 옮김

19, 20 휴먼 스테인 필립 로스 | 박범수 옮김

21 체스 이야기 · 낯선 여인의 편지 슈테판 츠바이크 | 김연수 옮김

22 왼손잡이 니콜라이 레스코프 | 이상훈 옮김

23 소송 프란츠 카프카 | 권혁준 옮김

24 마크롤 가비에로의 모험 알바로 무티스 | 송병선 옮김

25 파계 시마자키 도손 | 노영희 옮김

26 내 생명 앗아가주오 앙헬레스 마스트레타 | 강성식 옮김

27 여명 시도니가브리엘 콜레트 | 송기정 옮김

28 한때 흑인이었던 남자의 자서전 제임스 웰든 존슨 | 천승걸 옮김

29 슬픈 짐승 모니카 마론 | 김미선 옮김

30 피로 물든 방 앤절라 카터 | 이귀우 옮김

31 숨그네 헤르타 뮐러 | 박경희 옮김

32 우리 시대의 영웅 미하일 레르몬토프 | 김연경 옮김

33, 34 실낙원 존 밀턴 | 조신권 옮김

35 복낙원 존 밀턴 | 조신권 옮김

36 포로기 오오카 쇼헤이 | 허호 옮김

37 동물농장 · 파리와 런던의 따라지 인생 조지 오웰 | 김기혁 옮김

38 루이 랑베르 오노레 드 발자크 | 송기정 옮김

39 코틀로반 안드레이 플라토노프 | 김철균 옮김

40 어두운 상점들의 거리 파트릭 모디아노 | 김화영 옮김

41 순교자 김은국 | 도정일 옮김

42 젊은 베르테르의 슬픔 요한 볼프강 폰 괴테 | 안장혁 옮김

43 더블린 사람들 제임스 조이스 | 진선주 옮김

44 설득 제인 오스틴 | 원영선, 전신화 옮김

45 인공호흡 리카르도 피글리아 | 엄지영 옮김

46 정글북 러디어드 키플링 | 손향숙 옮김

47 외로운 남자 외젠 이오네스코 | 이재룡 옮김

48 에피 브리스트 테오도어 폰타네 | 한미희 옮김

49 둔황 이노우에 야스시 | 임용택 옮김

50 미크로메가스 · 캉디드 혹은 낙관주의 볼테르 | 이병애 옮김

51, 52 염소의 축제 마리오 바르가스 요사 | 송병선 옮김

53 고야산 스님·초롱불 노래 이즈미 교카 | 임태균 옮김

54 다니엘서 E. L. 닥터로 | 정상준 옮김

55 이날을 위한 우산 빌헬름 게나치노 | 박교진 옮김

56 톰 소여의 모험 마크 트웨인 | 강미경 옮김

57 카사노바의 귀향·꿈의 노벨레 아르투어 슈니츨러 | 모명숙 옮김

58 바보들을 위한 학교 사샤 소콜로프 | 권정임 옮김

59 어느 어릿광대의 견해 하인리히 뵐 | 신동도 옮김

60 웃는 늑대 쓰시마 유코 | 김훈아 옮김

61 팔코너 존 치버 | 박영원 옮김

62 한눈팔기 나쓰메 소세키 | 조영석 옮김

63, 64 톰 아저씨의 오두막 해리엇 비처 스토 | 이종인 옮김

65 아버지와 아들 이반 투르게네프 | 이항재 옮김

66 베니스의 상인 윌리엄 셰익스피어 | 이경식 옮김

67 해부학자 페데리코 안다아시 | 조구호 옮김

68 긴 이별을 위한 짧은 편지 페터 한트케 | 안장혁 옮김

69 호텔 뒤락 애니타 브루크너 | 김정 옮김

70 잔해 쥘리앵 그린 | 김종우 옮김

71 절망 블라디미르 나보코프 | 최종술 옮김

72 더버빌가의 테스 토머스 하디 | 유명숙 옮김

73 감상소설 미하일 조셴코 | 백용식 옮김

74 빙하와 어둠의 공포 크리스토프 란스마이어 | 진일상 옮김

75 쓰가루·석별·옛날이야기 다자이 오사무 | 서재곤 옮김

76 이인 알베르 카뮈 | 이기언 옮김

77 달려라, 토끼 존 업다이크 | 정영목 옮김

78 몰락하는 자 토마스 베른하르트 | 박인원 옮김

79, 80 한밤의 아이들 살만 루슈디 | 김진준 옮김

81 죽은 군대의 장군 이스마일 카다레 | 이창실 옮김

82 페레이라가 주장하다 안토니오 타부키 | 이승수 옮김

83, 84 목로주점 에밀 졸라 | 박명숙 옮김

85 아베 일족 모리 오가이 | 권태민 옮김

86 폭풍의 언덕 에밀리 브론테 | 김정아 옮김

87, 88 늦여름 아달베르트 슈티프터 | 박종대 옮김

89 클레브 공작부인 라파예트 부인 | 류재화 옮김

90 P세대 빅토르 펠레빈 | 박혜경 옮김

91 노인과 바다 어니스트 헤밍웨이 | 이인규 옮김

92 물방울 메도루마 슌 | 유은경 옮김

93 도깨비불 피에르 드리외라로셀 | 이재룡 옮김

94 프랑켄슈타인 메리 셸리 | 김선형 옮김

95 래그타임 E. L. 닥터로 | 최용준 옮김

96 캔터빌의 유령 오스카 와일드 | 김미나 옮김

97 만(卍)·시게모토 소장의 어머니 다니자키 준이치로 | 김춘미, 이호철 옮김

98 맨해튼 트랜스퍼 존 더스패서스 | 박경희 옮김

99 단순한 열정 아니 에르노 | 최정수 옮김

100 열세 걸음 모옌 | 임홍빈 옮김

101 데미안 헤르만 헤세 | 안인희 옮김

102 수레바퀴 아래서 헤르만 헤세 | 한미희 옮김

103 소리와 분노 윌리엄 포크너 | 공진호 옮김

104 곰 윌리엄 포크너 | 민은영 옮김

105 롤리타 블라디미르 나보코프 | 김진준 옮김

106, 107 부활 레프 톨스토이 | 박형규 옮김

108, 109 모래그릇 마쓰모토 세이초 | 이병진 옮김

110 은둔자 막심 고리키 | 이강은 옮김

111 불타버린 지도 아베 고보 | 이영미 옮김

112 말라볼리아가의 사람들 조반니 베르가 | 김운찬 옮김

113 디어 라이프 앨리스 먼로 | 정연희 옮김

114 돈 카를로스 프리드리히 실러 | 안인희 옮김

115 인간 짐승 에밀 졸라 | 이철의 옮김

116 빌러비드 토니 모리슨 | 최인자 옮김

117, 118 미국의 목가 필립 로스 | 정영목 옮김

119 대성당 레이먼드 카버 | 김연수 옮김

120 나나 에밀 졸라 | 김치수 옮김

121, 122 제르미날 에밀 졸라 | 박명숙 옮김

123 현기증. 감정들 W. G. 제발트 | 배수아 옮김

124 강 동쪽의 기담 나가이 가후 | 정병호 옮김

125 붉은 밤의 도시들 윌리엄 버로스 | 박인찬 옮김

126 수고양이 무어의 인생관 E. T. A. 호프만 | 박은경 옮김

127 맘브루 R. H. 모레노 두란 | 송병선 옮김

128 익사 오에 겐자부로 | 박유하 옮김

129 땅의 혜택 크누트 함순 | 안미란 옮김

130 불안의 책 페르난두 페소아 | 오진영 옮김

131, 132 사랑과 어둠의 이야기 아모스 오즈 | 최창모 옮김

133 페스트 알베르 카뮈 | 유호식 옮김

134 다마세누 몬테이루의 잃어버린 머리 안토니오 타부키 | 이현경 옮김

135 작은 것들의 신 아룬다티 로이 | 박찬원 옮김

136 시스터 캐리 시어도어 드라이저 | 송은주 옮김

137 고독한 산책자의 몽상 장자크 루소 | 문경자 옮김

138 용의자의 야간열차 다와다 요코 | 이영미 옮김

139 세기아의 고백 알프레드 드 뮈세 | 김미성 옮김

140 햄릿 윌리엄 셰익스피어 | 이경식 옮김

141 카산드라 크리스타 볼프 | 한미희 옮김

142 이 글을 읽는 사람에게 영원한 저주를 마누엘 푸익 | 송병선 옮김

143 마음 나쓰메 소세키 | 유은경 옮김

144 바다 존 밴빌 | 정영목 옮김

145, 146, 147, 148 전쟁과 평화 레프 톨스토이 | 박형규 옮김

149 세 가지 이야기 귀스타브 플로베르 | 고봉만 옮김

150 제5도살장 커트 보니것 | 정영목 옮김

151 알렉시 · 은총의 일격 마르그리트 유르스나르 | 윤진 옮김

152 말라 온다 알베르토 푸겟 | 엄지영 옮김

153 아르세니예프의 인생 이반 부닌 | 이항재 옮김

154 오만과 편견 제인 오스틴 | 류경희 옮김

155 돈 에밀 졸라 | 유기환 옮김

156 젊은 예술가의 초상 제임스 조이스 | 진선주 옮김

157, 158, 159 카라마조프가의 형제들 표도르 도스토옙스키 | 김희숙 옮김

160 진 브로디 선생의 전성기 뮤리얼 스파크 | 서정은 옮김

161 13인당 이야기 오노레 드 발자크 | 송기정 옮김

162 하지 무라트 레프 톨스토이 | 박형규 옮김

163 희망 앙드레 말로 | 김웅권 옮김

164 임멘 호수·백마의 기사·프시케 테오도어 슈토름 | 배정희 옮김

165 밤은 부드러워라 F. 스콧 피츠제럴드 | 정영목 옮김

166 야간비행 앙투안 드 생텍쥐페리 | 용경식 옮김

167 나이트우드 주나 반스 | 이예원 옮김

168 소년들 앙리 드 몽테를랑 | 유정애 옮김

169, 170 독립기념일 리처드 포드 | 박영원 옮김

171, 172 닥터 지바고 보리스 파스테르나크 | 박형규 옮김

173 싯다르타 헤르만 헤세 | 권혁준 옮김

174 야만인을 기다리며 J. M. 쿳시 | 왕은철 옮김

175 철학편지 볼테르 | 이봉지 옮김

176 거지 소녀 앨리스 먼로 | 민은영 옮김

177 창백한 불꽃 블라디미르 나보코프 | 김윤하 옮김

178 슈틸러 막스 프리슈 | 김인순 옮김

179 시핑 뉴스 애니 프루 | 민승남 옮김

180 이 세상의 왕국 알레호 카르펜티에르 | 조구호 옮김

181 철의 시대 J. M. 쿳시 | 왕은철 옮김

182 카시지 조이스 캐럴 오츠 | 공경희 옮김

183, 184 모비 딕 허먼 멜빌 | 황유원 옮김

185 솔로몬의 노래 토니 모리슨 | 김선형 옮김

186 무기여 잘 있거라 어니스트 헤밍웨이 | 권진아 옮김

187 컬러 퍼플 앨리스 워커 | 고정아 옮김

188, 189 죄와 벌 표도르 도스토옙스키 | 이문영 옮김

190 사랑 광기 그리고 죽음의 이야기 오라시오 키로가 | 엄지영 옮김

191 빅 슬립 레이먼드 챈들러 | 김진준 옮김

192 시간은 밤 류드밀라 페트루솁스카야 | 김혜란 옮김

193 타타르인의 사막 디노 부차티 | 한리나 옮김

194 고양이와 쥐 귄터 그라스 | 박경희 옮김

195 펠리시아의 여정 윌리엄 트레버 | 박찬원 옮김

196 마이클 K의 삶과 시대 J. M. 쿳시 | 왕은철 옮김

197, 198 오스카와 루신다 피터 케리 | 김시현 옮김

199 패싱 넬라 라슨 | 박경희 옮김

200 마담 보바리 귀스타브 플로베르 | 김남주 옮김

201 패주 에밀 졸라 | 유기환 옮김

202 도시와 개들 마리오 바르가스 요사 | 송병선 옮김

203 루시 저메이카 킨케이드 | 정소영 옮김

204 대지 에밀 졸라 | 조성애 옮김

205, 206 백치 표도르 도스토옙스키 | 김희숙 옮김

207 백야 표도르 도스토옙스키 | 박은정 옮김

208 순수의 시대 이디스 워턴 | 손영미 옮김

209 단순한 이야기 엘리자베스 인치볼드 | 이혜수 옮김

210 바닷가에서 압둘라자크 구르나 | 황유원 옮김

211 낙원 압둘라자크 구르나 | 왕은철 옮김

212 피라미드 이스마일 카다레 | 이창실 옮김

213 애니 존 저메이카 킨케이드 | 정소영 옮김

214 지고 말 것을 가와바타 야스나리 | 박혜성 옮김

215 부서진 사월 이스마일 카다레 | 유정희 옮김

216 사람은 무엇으로 사는가 레프 톨스토이 | 이항재 옮김

217, 218 악마의 시 살만 루슈디 | 김진준 옮김

219 오늘을 잡아라 솔 벨로 | 김진준 옮김

220 배반 압둘라자크 구르나 | 황가한 옮김

221 어두운 밤 나는 적막한 집을 나섰다 페터 한트케 | 윤시향 옮김

222 무어의 마지막 한숨 살만 루슈디 | 김진준 옮김

223 속죄 이언 매큐언 | 한정아 옮김

224 암스테르담 이언 매큐언 | 박경희 옮김

225, 226, 227 특성 없는 남자 로베르트 무질 | 박종대 옮김

228 앨프리드와 에밀리 도리스 레싱 | 민은영 옮김

229 북과 남 엘리자베스 개스켈 | 민승남 옮김

230 마지막 이야기들 윌리엄 트레버 | 민승남 옮김

231 벤저민 프랭클린 자서전 벤저민 프랭클린 | 이종인 옮김

232 만년양식집 오에 겐자부로 | 박유하 옮김

233 이상한 나라의 앨리스 루이스 캐럴 | 존 테니얼 그림 | 김희진 옮김

234 소네치카 · 스페이드의 여왕 류드밀라 울리츠카야 | 박종소 옮김

235 메데야와 그녀의 아이들 류드밀라 울리츠카야 | 최종술 옮김

● 문학동네 세계문학전집은 계속 출간됩니다